Daniela Sacerdoti
Himmel im Herzen

PIPER

Zu diesem Buch

Bei Inary Monteith steht die Welt Kopf: Erst setzt sie mit etwas zu viel Alkohol und einer anschließenden leidenschaftlichen Nacht die Freundschaft zu ihrem besten Freund Alex aufs Spiel und bricht ihm das Herz. Dann folgt ein schockierender Anruf aus ihrer schottischen Heimat: Der Gesundheitszustand ihrer kleinen Schwester, die schon lange an einem schweren Herzfehler leidet, hat sich dramatisch verschlechtert. Kurzerhand macht Inary sich auf den Weg in ihr altes Heimatdorf Glen Avich. Doch dort werden schmerzvolle Erinnerungen aus ihrer Vergangenheit wach. Dazu spukt Alex ihr ständig im Kopf herum, und ihrer Schwester geht es zunehmend schlechter. Als Inary keinen Ausweg mehr sieht, weist ihr eine alte Gabe ihrer schottischen Großmutter den Weg zur Heilung ihres Herzens …

Daniela Sacerdoti ist die Urenkelin des italienischen Schriftstellers Carlo Levi. Sie wurde in Neapel geboren und ist in Südtirol aufgewachsen, wo sie als Lehrerin arbeitete, bis sie in Glasgow ein neues Leben begann. Hier widmet sie sich ganz ihrer Familie und dem Schreiben.

Daniela Sacerdoti

HIMMEL IM HERZEN

Roman

Aus dem Englischen
von Sina Hoffmann

PIPER
München Berlin Zürich

Mehr über unsere Autoren und Bücher:
www.piper.de
Aktuelle Neuigkeiten finden Sie auch auf Facebook, Twitter und YouTube.

Von Daniela Sacerdoti liegt im Piper Verlag vor:
Am Ende des Winters
Himmel im Herzen

FSC
www.fsc.org
MIX
Papier aus verantwortungsvollen Quellen
FSC® C083411

Deutsche Erstausgabe
Februar 2016

Titel der englischen Originalausgabe:
»Take Me Home«, Black & White Publishing Ltd., Edinburgh

Umschlaggestaltung: FAVORITBUERO
Umschlagabbildung: Tang Yau Hoong/GettyImages (Seifenblasen);
Natalia Toropova/shutterstock.com (Frau)
Satz: Uhl + Massopust, Aalen
Gesetzt aus der Bembo
Druck und Bindung: CPI books GmbH, Leck
Printed in Germany ISBN 978-3-492-30110-7

Für meine Mutter, Ivana Fornera Sacerdoti, die als Kind das zweite Gesicht hatte und die Gabe besaß, sehen zu können.

Für Claudio Corduas: Blut ist dick, aber Freundschaft ist dicker.

Emily's Lied

Aus dem tiefsten Winter
Entspringt neues Leben
Von meinem Fenster aus erblicke ich kleine Vögel
Und wünschte, ich könnte fliegen

Der Frühling ist den Lebenden gewidmet
Ich will den Herzschlag nicht loslassen
Der in mir schwächelt
Wie die untergehende Sonne

Ich gehöre dazu, bis mein Herz verstummt
Der Himmel und diese Hügel sind mein
Bis zu meinem letzten Herzschlag

Ich bin wie ein Schneeglöckchen
Zitternd und leise
Ich hebe mein Köpfchen gen Himmel
Dieses wunderschöne Land

Haltet meine Hand, weint nicht
Ich werde keine Angst haben
Und wenn ich gehen muss
So vergesst niemals meine Liebe

Ich gehöre dazu, bis mein Herz verstummt
Der Himmel und diese Hügel sind mein
Bis zu meinem letzten Herzschlag.

Prolog

Von der anderen Seite

Morag Kennedy winkte mir an einem klaren, sonnigen Tag in Glen Avich von der anderen Seite aus zu. Sie stand vor ihrem weiß getünchten Cottage, und die Sommersonne glühte hinter ihr wie ein goldener Heiligenschein auf und ließ die Felder in goldenem Glanz erstrahlen. Ich winkte zurück und lief auf sie zu in der Hoffnung, sie könnte vielleicht ein paar der gezuckerten Geleedrops haben, die sie mir immer gab, doch dann zögerte ich. Ich wusste, dass sie krank war, und wollte sie nicht belästigen. Mit einem Mal merkte ich, dass ich mich irgendwie seltsam fühlte – meine Arme und Beine kribbelten, und in meinen Ohren summte es leise. Dieses Gefühl war mir völlig fremd, etwas Ähnliches hatte ich noch nie zuvor verspürt.

Just in diesem Augenblick schoben sich Wolken vor die Sonne, und da diese nun nicht mehr blendete, konnte ich Mrs Kennedy erst richtig erkennen: Sie trug das Baumwollkleid mit Blümchenmuster, das sie normalerweise für die Gartenarbeit anzog, das Haar war zu einem ordentlichen Bob frisiert und die Strickjacke mit einer schlichten Brosche verschlossen. Ich musste zweimal hinschauen – Mrs Kennedys Gesicht sah irgendwie anders aus. Sie war schon seit langer Zeit krank, ihre Gesichtszüge wirkten immer ausgezehrter, der Körper wurde mit jedem Tag magerer. Selbst in meinem Alter – ich muss so um die acht Jahre alt gewesen sein – war ich mir der Schmerzen und der Angst bewusst, die sich nach und nach ihres Verstandes bemächtigten und sich in ihrer Miene zeigten, besonders in ihrem Blick – so, wie die Krankheit sich ihres ganzen Körpers bemächtigte. Doch an jenem Frühsommerabend schien sie wieder ganz die Alte zu sein. Ihr Lächeln wirkte heiter, und ihre blauen Augen strahlten wie vor ihrer Erkrankung.

Plötzlich hörte ich Schritte hinter mir, drehte mich um und sah meinen Bruder, der gerade unser Cottage auf der anderen Straßenseite verließ. Ich nahm an, dass er geschickt worden war, um mich zum Abendessen hereinzurufen, und wunderte mich, warum meine Mutter mich nicht einfach vom Küchenfenster aus gerufen hatte, wie sie es sonst für gewöhnlich tat. Vielleicht wollte sie sicher sein, dass ich auch wirklich sofort nach drinnen kam; ich war dafür bekannt, auch gern mal stattdessen in die Felder hineinzulaufen und mir so eine weitere Stunde des Spiels zu ergaunern.

»Mum will, dass du reinkommst, Inary«, sagte Logan leise. Er war immer so ernst, doch in jenem Augenblick wirkte er sogar fast pathetisch. Ich drehte mich zu Mrs Kennedy um, um mich von ihr zu verabschieden, doch sie war fort.

»Ist das Abendessen schon fertig?«, fragte ich meinen Bruder.

»Ich glaube nicht.«

»Warum muss ich dann reinkommen?«

»Schschscht, Inary, jetzt komm rein!« Meine Mutter war an der Haustür aufgetaucht; sie streifte die Schürze ab und strich sich übers Haar. Als wir vor ihr standen, fuhr sie fort: »Ich möchte, dass ihr beide ein Auge auf Emily habt, während Oma und ich mal eben rübergehen. Wir bleiben nicht lang weg; wir müssen nur kurz Karen und Isabel kondolieren.«

Ich hatte keine Ahnung, was sie damit meinte. »Kondolieren« war einfach ein zu schwieriges Wort für eine Achtjährige. »Wo gehst du hin?«

Sie hielt inne und sah mich zärtlich an. »Mrs Kennedy ist gestorben, Süße. Ich möchte ihren Kindern sagen, wie leid mir das tut.«

»Sie ist nicht gestorben. Sie ist doch da. Ich hab sie eben noch gesehen.«

Viele Jahre sind seitdem vergangen, aber ich erinnere mich immer noch an den Blick meiner Mutter, als ich diese Worte sagte. Überraschung und gleichzeitig auch eine Art von Wiedererkennen.

»Wo hast du sie gesehen, Inary? Bist du in ihrem Haus gewesen?«

»Nein. Sie war draußen, im Garten. Sie hat mir zugewinkt.«

Meine Mutter kniete sich vor mich hin und hielt mich ganz fest. Sie streichelte mir übers Gesicht; ihre Finger rochen noch nach den Himbeeren, die sie zuvor im Garten gepflückt hatte. »Du kommst genau nach deiner Oma Margaret, weißt du? In jeder Hinsicht«, flüsterte sie.

Ich lächelte. Ich liebte meine Großmutter von ganzem Herzen, und gesagt zu bekommen, dass ich genau wie sie war, fühlte sich wie das weltbeste Kompliment an.

»Lass uns gehen, Anne«, erklang Großmutters Stimme von der Haustür her. »Was ist los?«, fragte sie, als sie den Gesichtsausdruck meiner Mutter gesehen hatte.

»*An da Shealladh*«, flüsterte meine Mutter. Untereinander sprachen sie immer dann Gälisch, wenn sie nicht wollten, dass ich ihre Worte verstand. »Sie hat Mrs Kennedy gesehen, Mum.«

Meine Großmutter riss die Augen auf. Dann nahm sie meine Hand und zog mich sanft zu sich heran.

»Oh, Inary ...«

Mit einem Mal war ich verwirrt. Ich begriff nicht, ob ich brav oder ungezogen gewesen war und warum sowohl meine Mutter als auch meine Großmutter so emotional reagierten. Ich hatte doch nur Mrs Kennedy gesehen, bevor sie gestorben war. Das war alles. Außerdem verstand ich überhaupt nicht, was »sterben« bedeutete.

Und schon kamen mir die Tränen. »Was habe ich denn angestellt?«

»Oh, Inary, sei nicht traurig, Liebes«, erwiderte meine Großmutter. »Du bist noch so klein. Ich war viel älter, als es bei mir anfing. Für den Moment musst du einfach nur wissen, dass du eine besondere Gabe hast.« Sie legte ihre Hände um mein Gesicht und küsste mich auf die Stirn. Ihre Augen glänzten. »Und jetzt ab mit dir und leiste deiner Schwester Gesellschaft, Liebes. Wir sind nicht lang weg.«

Gemeinsam überquerten sie die Straße und gingen zu Mrs Kennedys Töchtern, während Logan und ich uns um Emily kümmern sollten. Ich lief in ihr Zimmer hinauf, um bei ihr zu sein. Damals war sie gerade erst fünf Jahre alt und hatte schon zwei Herzoperationen hinter sich. Sie schlief; ihre Lippen waren selbst im Schlaf leicht bläulich verfärbt.

Normalerweise hatte ich Mühe, längere Zeit still zu sitzen, doch nach allem, was gerade passiert war, fühlte ich mich irgendwie seltsam beunruhigt, als sei plötzlich jede Energie aus mir entwichen.

Ich habe eine Weile gebraucht, bis mir klar wurde, dass ich Mrs Kennedy nach ihrem Tod gesehen hatte; ihr Körper lag in ihrem Haus, doch ihre Seele hatte sich befreit. Irgendwann habe ich begriffen, dass sie mir keineswegs zur Begrüßung zugewinkt hatte: Sie hatte sich von mir verabschiedet.

1 Die Nacht, in der ich fiel

Inary

»Cassandra lief weiter, so schnell, dass sich ihre Lunge anfühlte, als würde sie jeden Moment platzen. Sie spürte die Veränderung bereits. Ihre Muskeln verkrampften sich, und alle Knochen taten ihr weh, als würden sie sich strecken und so weit ausdehnen, dass sie kurz davor waren zu brechen. Wenn sie nicht bald einen Platz fand, an dem sie sich wandeln konnte, wäre ihr Geheimnis gelüftet. Was würden sie mit jemandem wie ihr anstellen? Sie Experimenten unterziehen? Sie in einen Zoo einsperren?«

»Sie in einen Zoo einsperren?«, las ich bestürzt laut vor. Ich nahm die Brille ab und schlug mir zum x-ten Mal die Hände vors Gesicht. Dies war das Wochenende, an dem ich endlich mit meiner Geschichte vorankommen sollte. Das Problem war nur, dass mein Kopf einfach nicht mitspielen wollte. Seit Monaten schon hatte ich an Cassandras Geschichte gearbeitet, doch bislang hatte dies zu rein gar nichts geführt. Mehrere Tausend Wörter, die vergebens waren, ebenso wie mehrere vergeudete Monate. Niemals würde Cassandra das Licht der Welt erblicken. Stattdessen würde sie nur wieder auf den Stapel der Manuskripte wandern, die niemals abgeschickt wurden. Und ich würde den Rest meines Lebens damit verbringen, die Bücher anderer Leute auf Vordermann zu bringen und von dem Roman zu träumen, den ich niemals schreiben würde. Ich war Lektorin in einem kleinen Verlag in London und liebte meinen Job eigentlich – doch in letzter Zeit war mir alles zu eng geworden wie eine Haut, die sich noch nicht abgelöst hatte.

Ich seufzte und starrte auf das Foto mit den Hügeln von Glen Avich, das über meinem Schreibtisch an der Wand hing: Darauf war der weite, windumtoste schottische Himmel zu sehen und die schwarzen Umrisse der Kiefernwälder; ein Hauch von Nebel waberte über der Landschaft, und der Mond lugte geisterhaft hinter einer Bergspitze hervor. Das Foto war so wunderschön, dass ich beinahe die Wälder und die Torffeuer riechen und den Wind auf meiner Haut spüren konnte. Normalerweise verlieh es mir Auftrieb, wenn ich das Bild betrachtete, doch dieses Mal wurde ich plötzlich und unerklärlicherweise von einer großen Angst gepackt …

»Ich bin zu Hause!«, ertönte die Stimme meiner Mitbewohnerin im Flur.

In dem Versuch, dieses düstere Gefühl wieder loszuwerden, das mich gepackt hatte, lief ich in den Flur und drückte sie ganz fest. »Lesley!«

»Inary!« Sie lachte und erwiderte meine Umarmung. »Was ist denn mit dir los?«

»Rette mich, und geh mit Alex und mir etwas trinken«, flehte ich sie an. »Ich hab einen echt harten Tag hinter mir.«

»Ach, Süße, ich kann leider nicht. Ich muss heute Abend arbeiten.« Lesley war Konzertveranstalterin, was bedeutete, dass sie oft an den Wochenenden arbeiten musste. Gleichzeitig bedeutete dies aber auch jede Menge Freikarten für Konzerte, was definitiv ein Vorteil war.

»Nicht mal ein Gläschen auf die Schnelle?«, flehte ich.

»Ich kann nicht.« Sie starrte mich finster an, oder versuchte es zumindest. Es war schwierig, gleichzeitig jemanden böse anzustarren und zu grinsen. »Dafür habe ich aber das ganze nächste Wochenende frei.«

»Das ist toll«, erwiderte ich und meinte es auch so. Ich freute mich schon sehr auf ein gemeinsames Wochenende. Lesley und ich waren Mitbewohnerinnen, seit ich nach London gezogen war; sie hatte mich mit ihrem besten Freund bekannt gemacht, Alex. Wir drei waren während der letzten drei Jahre nahezu unzertrennlich gewesen.

Mit Lesley zusammenzuwohnen war einfach nur perfekt. Ich besaß leider die Angewohnheit, des Öfteren zu vergessen, mich um mich selbst zu kümmern, doch sie machte um mich einen großen Wirbel, sorgte dafür, dass ich regelmäßig aß, kaufte mir Erkältungsmittel, wenn ich krank war, und ertrug tapfer mein andauerndes Chaos. Dafür *unterhielt* ich sie, zumindest behauptete sie dies immer. Ich brachte sie zum Lachen und sorgte für gute Laune. Das hatte ich schon immer gut gekonnt – sogar dann, wenn mir selbst gar nicht nach guter Laune zumute war.

Ich hatte Lesley im Sommer kennengelernt, bevor ich nach Aberdeen gegangen war, um dort an der Uni Englisch zu studieren. Was zunächst wie eine eher unwichtige Begegnung ausgesehen hatte, war zu einem Treffen mit Konsequenzen geworden. Ich hatte meine Tante Mhairi in ihrem Cottage am Ufer von Loch Avich besucht. Es hatte in Strömen geregnet, doch ich – typisch – hatte mal wieder meinen Schirm vergessen. Allerdings hatte ich meinen Schirm schon seit Monaten nicht mehr gesehen.

Während ich also vor der Haustür meiner Tante stand, pitschnass wurde und vergeblich ihren Namen rief, erblickte ich eine Gruppe von Wanderern, die das benachbarte Cottage ansteuerten, ein Ferienhaus, das vermietet wurde. Es handelte sich zweifellos um Touristen. Denn würde ein weit über ein Meter achtzig großer Mann mit einer Hautfarbe wie schwarzer Kaffee und einem Kopf voller Dreadlocks – Lesleys Bruder Kamau, wie ich später erfahren sollte – im Dorf wohnen, hätte ich das gewusst. Der auffällige Mann wurde von einer Gruppe von Männern und Frauen begleitet, unter denen sich eine unglaublich hübsche Frau befand, deren Haar zu Cornrows, winzig dünnen Zöpfen, geflochten war. Die Gruppe blieb vor dem Cottage stehen und schaute gelegentlich zu mir herüber, war jedoch zu höflich, um mich offen anzustarren. Man wechselte ein paar Worte, die ich aber durch das Geprassel des Regens nicht verstehen konnte, bevor dann die junge Frau mit den geflochtenen Zöpfchen zu mir herüberkam.

»Hallo, wir ... ähm ... wir wohnen hier in der Heather Lodge. Du wirst ja pitschnass, darum haben wir gedacht, ob du nicht lieber drinnen warten willst, du weißt schon, nicht hier im Regen. Auf wen auch immer du wartest.« Sie hatte einen angenehmen Londoner Akzent, unter den sich noch etwas anderes mischte – ich glaube, es war Französisch, doch später sollte sich herausstellen, dass es der Akzent der Karibischen Inseln war. Nicht leicht zu unterscheiden, deshalb konnte einem dieser Fehler leicht unterlaufen. Ihre Sorge rührte mich sehr. »Vielen Dank, ist schon okay. Ich gehe einfach nach Hause, das ist nicht weit.«

»O ... dann nimm den hier«, erwiderte sie und bot mir ihren leuchtend roten Schirm an, während sie die Kapuze aufsetzte und dabei mit der Masse ihrer geflochtenen Zöpfe zu kämpfen hatte.

»Mach dir keine Umstände, ich bin es gewohnt, hier nass bis auf die Haut zu werden! Du brauchst den Regenschirm schließlich noch«, erklärte ich und hob abwehrend die Hände.

»Nein, eigentlich nicht. Sieh mal«, antwortete sie lächelnd und kramte in ihrem Rucksack herum, »ich habe noch einen!« Sie holte einen winzigen gepunkteten Taschenschirm hervor und reichte mir diesen.

Ich musste lachen. »Warum trägst du zwei Schirme mit dir herum?«

»Um auf der sicheren Seite zu sein.« Sie zuckte mit den Schultern. Kurz und gut: Das war Lesley.

Ich nahm den gepunkteten Schirm und lief im prasselnden Regen davon. Ich erinnere mich noch, dass ich mich umdrehte und Lesley dort stehen sah, wie sie mich – umrahmt von ihrem leuchtend roten Schirm wie eine exotische Blüte – beobachtete. Lächelnd winkte sie mir zu, bevor sie sich schließlich umdrehte und ihren Freunden ins Haus folgte. Damals wusste ich noch nicht, dass sie meine beste Freundin werden sollte, trotz der großen Entfernung zwischen uns und trotz der Tatsache, dass wir beide von vollkommen unterschiedlichen Seiten der Welt stammten.

Am nächsten Tag kehrte ich zum Cottage zurück, um ihr den Schirm zurückzugeben, und am Ende unterhielten wir uns mehrere Stunden miteinander. Nachdem sie nach London zurückgekehrt war, blieben wir in Kontakt und mailten einander beinahe wöchentlich. Langsam vertiefte sich unsere Freundschaft, und nachdem … nachdem mein Leben in Schottland in die Binsen gegangen war, bin ich bei ihr eingezogen. Sie hat mich schlichtweg davor bewahrt, den Verstand zu verlieren.

»Warum hast du einen harten Tag hinter dir?«, erkundigte sie sich nun, hängte ihren Mantel an die Garderobe, zog sich die Schuhe aus und reihte sie fein säuberlich nebeneinander auf, wie sie es immer tat. Neben ihren Sachen befand sich auf einem Korbstuhl ein unordentlicher Haufen aus Jacken, Mützen, nicht zueinanderpassenden Handschuhen und einzelnen Socken, gemischt mit verschiedenem Krimskrams: So sah *meine* Ecke aus.

»Ich bin im Stress.« Ich seufzte.

»Autorin zu sein, das ist schon echt hart«, zog sie mich auf und ging auf nackten Füßen über die Holzdielen in die Küche, wobei ihre geflochtenen Zöpfe auf dem Rücken auf und ab hüpften.

»Es ist hart, *keine* zu sein«, erwiderte ich, der Wahrheit entsprechend. Ich verlor immer mehr die Hoffnung, jemals mit dem Schreiben meinen Lebensunterhalt verdienen zu können. Und das Schreiben war schon seit … schon immer meine große Leidenschaft gewesen.

»Na gut. Die Werwolf-Geschichte entwickelt sich also nicht so wie geplant?«, fragte sie und schaltete den Wasserkocher ein. »Möchtest du einen Kaffee?«

»Nein danke. Die Sache mit dem Werwolf… heikles Thema. Keine Ahnung, warum das in den Büchern anderer Leute funktioniert, aber wenn ich versuche, eine solche Geschichte zu schreiben, dann …«

Lesley nippte an ihrem Milchkaffee. »Vielleicht liegt es daran, dass es eben nicht *deine* Geschichte ist. Also, die Geschichte, die du erzählen sollst.«

»Schon möglich.« Hatte ich denn überhaupt eine Geschichte zu erzählen? Davon war ich stets überzeugt gewesen, doch allmählich fragte ich mich, ob dies wohl so stimmte oder ob ich nicht einfach nur völlig verblendet war. Ob mein Spruch »Eines Tages werde ich Schriftstellerin« nicht doch das Äquivalent zu der Verkündung einer Fünfjährigen war: »Wenn ich einmal groß bin, will ich Ballerina werden«.

Ich seufzte. »Wie auch immer. Ich glaube, ich gehe mich jetzt besser fertig machen …«

»Hast du noch Zeit für ein Curry?«, fragte Lesley.

»Ein Curry aus der Imbissbude oder ein Lesley-Curry?«, erkundigte ich mich hoffnungsvoll. Lesleys Familie stammte aus Jamaika, und ihre Currys waren fantastisch. Während ich allein schon mit Spaghetti bolognese meine liebe Mühe hatte. Lesley hatte mein Markenzeichen »Sparversion bolognese« getauft – ich finde, das sagt schon alles.

»Ein Lesley-Curry natürlich, meine Liebe.«

Die Versuchung war groß, doch ich wollte zu meinem Treffen mit Alex nicht zu spät erscheinen. »Kannst du mir was übrig lassen? Wenn ich später nach Hause komme?«

»Mal sehen …«

»Ach, komm schon!«

»Na gut. Aber du musst was essen, damit du eine ordentliche Grundlage hast.«

»Ja, Mum!« Ich lachte.

Ich kehrte in mein Zimmer zurück und speicherte das Cassandra-Dokument ab, obwohl es mir in den Fingern juckte, alles zu löschen, was ich an diesem Nachmittag geschrieben hatte, um später dann noch einmal ganz von vorn zu beginnen.

Schnell streifte ich Jeans und Pulli über – ich wollte mich nicht schick machen. Schließlich ging ich zu einem Treffen mit Alex, nicht etwa zu einem heißen Date. Aber so leger kam ich mir dann auch irgendwie komisch vor, weshalb ich mich letztlich doch für ein schwarzes Kleid und eine leuchtend lilafarbene Strumpfhose entschied. Ich versuchte, mein Haar mit der Bürste zu bändigen – ich hatte *so viel* davon –, und betrachtete dann mein Spiegelbild. Es war ein seltsames Gefühl, wenn man die Person kaum wiedererkannte, die einem da entgegenblickte. Eine junge Frau, die einem zwar ähnlich sah – die gleiche wellige Haarmähne und die typisch schottische helle Haut –, gefolgt von der Frage: Wer ist das?

Ich seufzte und machte mich unter den Bergen von achtlos aufeinandergeworfenen Klamotten auf die Suche nach meiner Handtasche. Ich hatte keinen blassen Schimmer, wie es so weit gekommen war oder auch warum, aber im Augenblick schien so ziemlich alles in meinem Leben plötzlich schwierig geworden zu sein, und meine Tage und Nächte waren von einer seltsamen Unruhe und Rastlosigkeit geprägt. Es war, als hätte ich etwas Wichtiges verloren, das ich nun verzweifelt zurückzubekommen versuchte. Etwas, das ich einst besessen hatte, oder jemand, der ich einmal gewesen war… jemand, der auf den Namen Inary hörte und nicht die Frau war, die die Romane anderer Leute in Ordnung brachte und über Werwölfe schrieb. Jemand, der nicht die Frau war, die mir im Spiegel entgegenblickte.

Ich schaute mich in meinem kleinen Londoner Zimmer um. Hier regierte die Unordnung, und es war winzig – doch es war meines: der Kleiderschrank, den ich hellblau und silbern angestrichen hatte, zwischen dessen Türen reihenweise Kleider hervorlugten und an dessen Griff an der linken Tür schief ein Kleid hing; die Bücherstapel auf meinem Nachttisch, die mit Eintrittskarten von Konzerten und Theaterstücken übersäte Pinnwand; der Schreibtisch, auf dem sich Papiere, Zeitschriften und Bücher häuften … Bruchstücke meines Lebens, eines glücklichen Lebens – eines Lebens, das ich mir aus dem Nichts aufgebaut hatte, nachdem alles, wirklich alles, was mir wichtig gewesen war, zu Staub zerfallen war.

Warum also diese Rastlosigkeit?

Vielleicht, weil alles so banal und alltäglich aussah und sich auch so anfühlte. Früher war ich einmal in der Lage gewesen, darüber hinauszuschauen, hinter all die kleinen Dinge des Alltagslebens zu sehen, jenseits unserer Wirklichkeit. Ich war einmal jemand gewesen, der den sechsten Sinn besaß, und nicht nur die gewohnten fünf Sinne. Das war jetzt jedoch nicht mehr so. Dennoch wuchs in mir der Gedanke heran, dass mein Leben doch eigentlich anders hätte verlaufen sollen – eine Vorstellung, die mich nicht mehr losließ.

Ich entdeckte den Riemen meiner Handtasche unter einem Manuskriptstapel auf dem Schreibtisch. Als ich das Zimmer durchquerte, um mir die Tasche zu holen, fiel mein Blick ein weiteres Mal auf das Bild von Glen Avich. Da war er wieder – der Schauer, der mir über den Rücken lief. Ich hängte mir die Tasche über eine Schulter und legte die Hand auf das gerahmte Bild meiner Schwester, das direkt neben dem Computer stand. Ganz gleich, wie unordentlich mein Zimmer war: Emilys Bild war niemals verdeckt, und der glänzende Silberrahmen war stets poliert.

Mein nächster Besuch stand in ein paar Wochen an, und ich war wie immer hin- und hergerissen: Einerseits konnte ich es kaum erwarten, Emily wiederzusehen, andererseits graute mir bereits davor, auf Logan zu treffen, denn ich fürchtete besonders sein vorwurfsvolles Schweigen und seine Anschuldigungen. Während ich an die beiden dachte, schien der Silberrahmen um Emilys Foto unter meinen Fingern eiskalt zu werden – ich schauderte und zog meine Hand weg. Schnell warf ich einen

Blick auf die Uhr – blieb mir noch genügend Zeit, um sie anzurufen? Doch ich war schon spät dran. Ich würde sie vom Pub aus anrufen, nahm ich mir vor, und verließ nach einer kurzen Verabschiedung von Lesley die Wohnung.

Die Nacht in London war wie immer erfüllt von Lärm und vielen Menschen; der Himmel war orangefarben – so vollkommen anders als die stillen, rabenschwarzen Nächte zu Hause.

Warum musste ich eigentlich immerzu an daheim denken? Das war zwar nichts Neues für mich, aber normalerweise geschah dies nicht so oft wie heute. Also versuchte ich, mich auf das Hier und Jetzt zu konzentrieren, und betrat den Pub, in dem sich Gruppen von Männern und Frauen an ihre Drinks klammerten und sich über die laute Musik hinweg miteinander unterhielten.

Alex war schon da. Ich wünschte inständig, behaupten zu können, dass mein Herz bei seinem Anblick keinen Freudensprung vollbrachte, doch das tat es – eine weitere Sache, die mich in letzter Zeit beunruhigte. Ich fing an, mich ein wenig zu sehr auf die Treffen mit Alex zu freuen; mir fiel auf, wie stark seine Hände aussahen und wie gut es sich anfühlte, wenn sie irgendwie auf mir landeten – auf meiner Schulter, ganz beiläufig, oder wenn Alex mich an die Hand nahm und durch einen überfüllten Club führte. Mir fiel sein dichtes, schwarzes Haar auf, und schwups, da war es wieder, dieses kleine »*oh*«, das ich jedes Mal in mir verspürte, wenn ich ihn sah.

Nicht gut.

»Hey!« Er winkte mir zu; seine Finger waren wie immer ganz verschmiert von der Tinte eines Pantone-Markers. Schon seit Alex alt genug war, um einen Stift halten zu können, hatte er Pantone-verschmierte Finger. Er war von Beruf Grafikdesigner, und das mit Leib und Seele. Er verdiente damit seinen Lebensunterhalt, gleichzeitig war es aber auch seine ganze Leidenschaft. Natürlich war er darin sehr viel erfolgreicher als ich mit meiner Schriftstellerei.

»Hi, wie geht's?«, grüßte ich und setzte mich neben ihn. Es grenzte schon an ein Wunder, dass wir überhaupt einen Tisch bekommen hatten, so voll, wie es hier war.

»Aye, gut. Viel zu tun. Und dir?« Alex lebte zwar schon jahrelang in London, doch er sagte immer noch »Aye« statt »Ja«. Das brachte mich stets zum Lachen. Ich nahm an, dass es für ihn eine Sache des Prinzips war, seine schottischen Wurzeln zu behalten.

»Gut, denke ich.«

»Was ist los? Warte, ich besorg dir erst mal etwas zu trinken, dann erzählst du mir alles. Wie immer?«

Ich nickte und beobachtete, wie er sich durch die Menschenmenge schlängelte – er war deutlich größer als die meisten Leute hier, was ihm jedoch nicht unangenehm war, sondern ihm vielmehr große Aufmerksamkeit bescherte, wo auch immer er war. Insbesondere die Aufmerksamkeit von Frauen, dachte ich, als ich ein ziemlich hübsches Mädchen entdeckte, das ihn anerkennend musterte. Ich verdrehte die Augen. Ich wollte mir nicht eingestehen, dass es mich störte. Das einzig Gute war, dass Alex dies nie zu bemerken schien, da er nie auf die eindeutigen Blicke reagierte. Mir war es schleierhaft, warum jemand wie er immer noch Single war. Vor drei Jahren hatte er sich von seiner langjährigen Freundin getrennt, seitdem hatte es keine Frau mehr in seinem Leben gegeben.

»Also, dann erzähl mir mal alles«, erklärte er nach seiner Rückkehr und schob einen Drink zu mir herüber.

»Na ja … ach, es ist nichts.« Wie sollte ich nur in Worte fassen, wie seltsam ich mich in letzter Zeit fühlte? Dass ich mich in meiner Haut nicht mehr wohlfühlte und angespannt war? Dass mir nichts mehr richtig zu sein schien?

»Komm schon, erzähl es mir. Ich bin ganz Ohr.«

»Es ist das, was ich schreibe«, platzte es aus mir heraus. Nun, zumindest war es ein Teil des Problems. »Es klappt irgendwie nicht.« Ich nippte an meinem Glas. »Lesley meint, dass vielleicht die Geschichte, an der ich arbeite, gar nicht meine Geschichte ist …«

»Die Cassandra-Sache? Ich kann es nicht fassen, dass du weder Lesley noch mir erlaubst, irgendwas von dem zu lesen, was du schreibst. Ich bin sicher, es ist toll …«

Ich spürte, wie ich errötete, und schüttelte den Kopf. »Nein, das ist es nicht. Glaub mir.«

»War klar, dass du das sagst. Ich finde auch alles, was ich mache, völlig blödsinnig, das ist einfach so. Wenn dann aber am Ende eines Projekts die Dinge Gestalt annehmen, bin ich jedes Mal aufs Neue über die Ergebnisse völlig überrascht.«

Ich musste lachen. Alles, woran Alex arbeitete, war in meinen Augen wunderbar, doch mir war klar, was er damit meinte. Ich arbeitete mit Autoren zusammen und wusste, mit wie vielen Unsicherheiten sie sich normalerweise herumschlugen. Doch zu meinem Entsetzen steckte mehr hinter meinem Problem als Unsicherheit. Meine Arbeit kam mir nicht mehr *richtig* vor.

»Für jemanden, dessen Arbeit normalerweise völlig blödsinnig ist, scheint es dir aber ziemlich gut zu gehen«, erwiderte ich.

Jetzt musste er lachen. »Na, vielleicht ist sie nicht blödsinnig, aber meine Arbeit kommt mir zumindest oft so vor. Aber das will ich dir ja gerade sagen. Du selbst magst vielleicht nicht viel von deiner Arbeit halten, aber alle anderen finden sie gut. Schließlich ist es doch so: Du wirst es niemals herausfinden, wenn du nicht irgendwen mal deine Texte lesen lässt … Das ist übrigens ein Wink mit dem Zaunpfahl.«

»Ich werde dich auf jeden Fall mal etwas lesen lassen, versprochen! Nur jetzt noch nicht.«

»Hat eigentlich irgendjemand schon jemals was von dir gelesen?«

»Nur meine Schwester. Sonst niemand.«

»Emily? Wie geht es ihr?«

»Ganz okay …« Als ich meine Schwester erwähnte, wanderten meine Gedanken wieder zu Glen Avich. Eine plötzliche Sehnsucht raubte mir beinahe die Luft – ich musste ihre Stimme hören. Ich musste ihre Stimme so dringend hören, dass es fast wehtat.

Ich riss mich von meinen Gedanken los. Alex redete immer noch. »… vielleicht ist es ja auch nur eine Schreibblockade. Du weißt schon, keine Inspiration, du fühlst dich leer und ausgelaugt … so was eben. Das kommt schon mal vor.«

»O … ja, ja. Ich weiß.« Ich nickte und trank einen Schluck von meinem Wodka-Orange. »Tut mir leid, Alex, ich muss mal kurz zu Hause anrufen …«

»Klar. Ist alles okay mit dir?«, erkundigte er sich. Wahrscheinlich sah ich besorgt aus. Zumindest fühlte ich mich so.

»Ja, alles gut«, entgegnete ich und sprang auf, ohne mich um meine Jacke zu kümmern. Ich bahnte mir einen Weg aus dem Pub hinaus und quetschte mich an erhitzten Körpern vorbei. Zwischen zwei Gruppen von Rauchern, die froren und pafften, trat ich nach draußen, und die eiskalte Luft raubte mir im ersten Moment die Luft zum Atmen. Zu Hause bei meinen Geschwistern ging niemand ans Telefon. Ich versuchte es danach auf Emilys Handy, dann bei Logan – beide Mobiltelefone waren ausgeschaltet. Wahrscheinlich waren die beiden unterwegs, bestimmt im Kino in Aberdeen. Ich drängelte wieder nach drinnen und arbeitete mich mit den Ellbogen durch die Gästeschar dieses Samstagabends.

»Alles gut?«

»Keiner rangegangen. Ich habe versucht, meine Schwester anzurufen.«

»Es ist Samstagabend. Die lassen wahrscheinlich gerade die Sau raus. Oder wohl eher die Schafe.«

»Haha, sehr witzig.«

»Übrigens, habe ich die schon aufgenommen?« Alex deutete auf meine lilafarbene Strumpfhose.

»Meine Beine?« Ich grinste, obwohl ich natürlich genau wusste, was er meinte. So, wie ich Eulen sammelte, sammelte

Alex Farben. Er machte Fotos von allen möglichen Dingen und registrierte seine Fundstücke in einer speziellen Datenbank, die er aufbaute und »Chromatica« getauft hatte. Dies sollte eine Art Farbbibel werden, die die Welt des Grafikdesigns, wie wir sie kannten, revolutionieren würde, zumindest nach seinen Worten. So war Alex. Im Augenblick beschäftigte er sich mit den zahllosen Schattierungen der Farbe Lila.

»Keine Ahnung, hast du?«

»Ich glaube nicht. Warte«, entgegnete er und fischte sein Handy aus der Hosentasche. Unter den verdutzten Blicken unserer Nachbarn am Nebentisch machte er ein Foto von meinem Knie. »Vielen Dank. Oh, warte, bevor ich es vergesse …«

Plötzlich dröhnte explosionsartig Musik aus den Boxen über uns, sodass seine letzten Worte im Lärm untergingen. Zwar besuchten wir schon seit einer Ewigkeit diesen Pub, doch in letzter Zeit schienen sie dort das Lautstärke-Level in eine unerträgliche Höhe hochgedreht zu haben.

»War es hier schon immer so laut?«, rief ich und rieb mir das Ohr.

Alex lachte. »Entweder das, oder wir werden alt! Sollen wir zu mir gehen?«

Mein Magen verkrampfte sich ein wenig. Und das, nachdem wir nun drei Jahre lang viele Abende gemeinsam auf dem Sofa verbracht und DVDs geschaut und im Gästezimmer des jeweils anderen übernachtet hatten sowie an den Wochenenden spontan beim anderen vorbeigekommen waren, um aus allem, was wir in den Küchenschränken finden konnten, ein Mittagessen zu zaubern. Nach all dem hätte mich eine Einladung nicht derart beunruhigen sollen. Oder in Erregung versetzen sollen. Oder mich gleichermaßen beunruhigen und erregen sollen. Doch das tat es.

Unsinn. Es war Unsinn. Wir waren doch nur Freunde. Oder? Okay, manchmal entwickelten sich die Dinge zwischen uns ein wenig zweideutig. Aber die Grenze hatten wir niemals überschritten, und ich war mir absolut sicher, dass das auch so bleiben würde. Wenn ich mich nur genügend anstrengte. Immerhin hatte ich meine Gründe, warum ich weder mit Alex noch mit jemand anderem etwas anfangen wollte. Ich war einfach noch nicht so weit.

Und dennoch war ich in letzter Zeit sehr verwirrt. Obwohl es absolut keinen Sinn hatte, sich darüber den Kopf zu zerbrechen. Es war eine Nacht wie jede andere zwischen Freunden, wie wir schon so viele miteinander verbracht hatten.

»Klar«, erwiderte ich und packte meine Handtasche und die Jacke.

Wir traten in die eiskalte Februarnacht hinaus, und keine zwanzig Minuten später hockte ich auf dem Teppich vor Alex' Ofen, einen Whisky in der Hand. Einen *Talisker*, um genau zu sein. Nicht viele Wohnungen in London verfügten über einen echten Ofen, und für mich, die mit Torffeuern aufgewachsen war, war es wundervoll, einen solchen gefunden zu haben. Die tanzenden Flammen vor Augen, verlor ich mich in meinen Gedanken.

»Inary Monteith, du bist die einzige Frau, die ich kenne, die einen guten Whisky zu schätzen weiß. Meine Schwestern hassen ihn.«

»O nein, da gibt es viele wie mich. Du kennst nur einfach nicht genügend Frauen, Alex«, zog ich ihn auf.

»Ja, wahrscheinlich ist *das* das Problem!« Er lächelte, ließ sich vor mir nieder und schlug die langen Beine übereinander. Seine blaugrauen Augen leuchteten, der Widerschein des Feuers tanzte auf seinen Gesichtszügen. Er sah so vertraut aus, als würde ich ihn schon von jeher kennen, und nicht erst seit drei Jahren.

»So. Ich habe eben im Pub schon versucht, es dir zu sagen, denn wie der Zufall so will, habe ich etwas, das dich aufheitern wird«, verkündete er und holte eine kleine Schachtel aus seiner Hosentasche. Ich ahnte bereits, was es war, und lächelte voller Vorfreude.

Ich löste das silberne Band und hob den Deckel an – es war, wie ich vermutet hatte, eine kleine Eulenfigur – blau schillernd und kaum größer als eine Murmel. »Die ist wunderschön! Vielen Dank …«

Vor vielen Jahren waren meine Mutter und mein Vater zusammen nach Lourdes gepilgert und hatten mir eine Eule aus Terrakotta mitgebracht – anstatt der gewohnten religiösen Statuen, nahm ich an. Ich habe sie innig geliebt – aus irgendeinem Grund hatte ich mich immer schon zu Eulen hingezogen gefühlt. Mit dieser Eule hatte ich meine Sammlung begonnen. Nachdem ich diese Obsession einmal Alex gegenüber erwähnt hatte, war es für ihn zur Gewohnheit geworden, mir von jedem Ort, den er besuchte, eine Eule mitzubringen. Er war Grafikdesigner, der an großen Kampagnen für internationale Unternehmen arbeitete, und reiste daher sehr viel durch die Welt. Er hatte mir Eulen aus Oslo, San Francisco, Peking und Kuala Lumpur mitgebracht, und die schönste davon – meine Lieblingseule – war eine kleine Figur aus Walfischknochen aus St. Petersburg.

»Gern geschehen. Ich habe sie in Madrid in dieser unglaublichen Markthalle gefunden. Eines Tages fahre ich mal mit dir dorthin«, erklärte er und schaute in die Flammen.

»Das wäre toll«, stotterte ich und versuchte, die Konsequenzen dessen auszublenden.

»Aber jetzt mal im Ernst, Inary … was ist los? Du verhältst dich seit einiger Zeit ziemlich seltsam. Ich weiß nicht, du bist … einfach nicht mehr du selbst. Ist zu Hause bei dir alles in Ordnung?«

»Ja. Keine Ahnung … es ist nur …« Ich zuckte mit den Schultern. »Ich weiß es nicht.« Ich trank einen Schluck Whisky. Ich konnte ihm unmöglich erklären, was ich in letzter Zeit empfand. Ebenso wenig konnte ich ihm von meiner damaligen Gabe erzählen oder von den Dingen, die ich gesehen hatte, und wie dies alles im Alter von zwölf Jahren aufgehört hatte. Und wie ich mich nun einfach nicht mehr als Ganzes fühlte.

»Was auch immer es ist … du weißt, dass ich für dich da bin, nicht wahr?«, stellte er klar und sah mir in die Augen. In jenem Moment drehte sich in meinem Herz ein kleines Feuerrad. Es kostete mich wirklich eine enorme physische Kraft, ihn nicht an Ort und Stelle zu küssen. Immerhin war ich es gewohnt; ich war es gewohnt, meine Arme davon abzuhalten, sich um ihn zu schlingen und zu verhindern, dass mein Mund den seinen suchte. Also konnte ich es auch noch ein weiteres Mal schaffen. Doch irgendetwas verriet mich.

Vielleicht war es die Wärme, die der Whisky ausstrahlte, vielleicht der Feuerglanz, der sich auf seinem Gesicht spiegelte, möglicherweise aber auch die seltsamen Gefühle, die ich in letzter Zeit empfand – nämlich, nicht mehr zu wissen, wer ich wirklich war. Denn nun beugte sich ein anderes Ich, eine andere Inary, zu ihm hinüber und küsste ihn. Und dann war es wie die Erdanziehung. Er legte eine Hand auf meinen Nacken und nahm mit der anderen meine Hand. Einen Augenblick lang verharrte ich, sein Gesicht an meinem – dann befreite ich meine Hand und schlang den Arm um seinen Nacken, um ihn näher an mich ziehen zu können.

Seine Lippen schmeckten nach Whisky, Honig und Zuhause, und es fühlte sich richtig an, als hätte das hier schon vor langer Zeit geschehen sollen. Viel zu früh löste sich sein Mund von meinen Lippen, und mir wurde schwindelig angesichts dieses Verlusts.

Sein Atem strich nahe meinem Ohr vorbei. »Ich weiß nicht, wie ich es sagen soll, aber … ich glaube, ich habe mich in dich verliebt«, flüsterte er, den Kopf in meinem Haar vergraben. Sofort schien sich mein Bauch zu einem Knoten aus eiskalter Angst zu verkrampfen, sodass ich augenblicklich auf den Boden der Tatsachen zurückkatapultiert wurde.

Was tat ich hier? Was taten wir hier?

Ich hatte mir doch geschworen …

Aber es war zu spät. Es war passiert. Die Worte waren gesagt und konnten nicht mehr zurückgenommen werden. Sie standen zwischen uns und hallten in unseren Ohren nach. »Inary«, flüsterte er, und er sprach den Namen korrekt aus. Wie wir es zu Hause tun. Mein Herz gewann den stillschweigenden Kampf gegen meinen Kopf. Wie es für gewöhnlich immer geschah.

Alex stand auf, nahm meine Hand und führte mich ins Schlafzimmer, hinein in eine andere Welt.

Ich erinnere mich an jede Minute dieser Nacht. Ich erinnere mich daran, wie er mir tief in die Augen blickte, wie er sagte: *Du bist das Beste, was mir je passiert ist.* Ich erinnere mich sehr gut daran, wie ich an nichts anderes denken konnte, wie ich mich nach nichts anderem sehnte, wie ich nichts anderes brauchte als ihn und mich zusammen, in jenem Moment.

Als der Morgen kam und ich mich nackt und schutzlos in seinem Bett wiederfand, stieg Panik in mir auf, als mir die vergangene Nacht und ihre Bedeutung schlagartig klar wurden.

Alex schlief. Seine langen, schwarzen Wimpern warfen sanfte Schatten auf seine Haut; einen Arm hatte er um meine Hüfte geschlungen. Zwar hatte ich keine Ahnung, was Schönheit bedeutete, aber mir war klar, dass er für mich perfekt aussah. Als hätte ich ihn schon immer gekannt, selbst als kleines Kind, als seien die Gesichtszüge meines Seelenverwandten in meinem Blut verankert, in meinen Genen verschlüsselt.

Dennoch musterte ich ihn und stellte mir den Moment vor, wenn er aufwachen würde. Ich stellte mir den Moment danach vor, und den danach und wiederum den danach. Hunderte und Tausende von Momenten, die sich zu Tagen und Wochen und Monaten addieren würden, in denen ich ihn lieben, ihm vertrauen und ihn zum Mittelpunkt meines Lebens machen würde. Das alles bis zu *jenem* Augenblick – wenn er die Lippen öffnete, um etwas zu sagen, und ich annähme, dass es etwas Harmloses sein würde, irgendetwas über unser Leben, über unsere Familie, das Wetter oder ein neues Buch, das er gelesen hatte, und er mir dann stattdessen mitteilen würde, dass wir nicht mehr länger zusammen seien.

All das stellte ich mir vor, und es fiel mir nicht schwer, da mir das alles schon einmal passiert war.

Und noch einmal würde ich das nicht zulassen.

So schnell ich konnte, stand ich auf, schlang mir ein Betttuch um und suchte meine Kleidung zusammen, die auf dem Boden verteilt lag. Ich hörte, wie er hinter mir im Bett meinen Namen rief, mit verschlafener Stimme, voller Wärme. Voller Glück und Zufriedenheit.

»Inary …«

»Es war ein Fehler«, erklärte ich, ohne mich umzudrehen, bevor *er* es sagen konnte, jetzt oder nächste Woche oder in einem halben Jahr. Denn ich wusste, dass er das früher oder später tun würde. »Es tut mir leid, Alex«, fing ich an, und jedes Wort fiel wie ein Blutstropfen auf seinen flauschigen cremefarbenen Teppich. Auf der Suche nach neuen Kontaktlinsen – mir brannten die Augen – kramte ich in meiner Tasche herum. »Das hätten wir nicht tun sollen …«

»Was meinst du?« Er setzte sich auf; der Schock stand ihm deutlich ins Gesicht geschrieben. Schuldgefühle plagten mich. Diese Worte konnte ich niemals mehr zurücknehmen.

Ich kippte den Inhalt meiner Tasche auf den Fußboden und suchte nach der Packung mit den Kontaktlinsen, als mein Blick auf das Handy fiel. Wie am Vortag wurde mir mit einem Mal schwer ums Herz – es war das gleiche Gefühl, das ich bei dem Anblick des Bildes von Glen Avich empfunden hatte. In der Ecke des Displays wurde ein kleines rotes Zeichen angezeigt – ich hob das Handy hoch, um nachzusehen, was es war, und verstummte. Vierzehn verpasste Anrufe. Alle von Logan.

»Oh …«

»Inary?« Ich hörte Alex wie aus weiter Ferne rufen.

Um mich herum drehte sich alles, und ich hatte das Gefühl, mich vor Schmerzen krümmen zu müssen – dabei hatte ich keine Ahnung, warum. Ich wusste nicht, was dieser schneidende Schmerz in meinem Herzen bedeutete. Als dann das Handy klingelte, leuchtete der Name meines Bruders auf dem Display auf, und schlagartig *wusste* ich, worum es ging.

Meine Hände zitterten so sehr, dass ich kaum auf die grüne Taste drücken konnte. Ich hörte, wie Logan erklärte, dass sich das Leben unserer Schwester seinem Ende näherte, dass das neue Herz, auf das sie wartete, falls es denn jemals eines geben sollte, zu spät kommen würde. Ich solle so schnell wie möglich nach Hause kommen, anderenfalls würde ich sie nicht mehr lebend sehen.

2 Ich habe sie immer schon geliebt

Alex

Sie ist fort. Die Wand protestiert nicht, als ich immer und immer wieder auf sie einschlage.

Ein *Fehler*.

Als solchen hat sie unsere gemeinsame Nacht bezeichnet, und dann hat ihr Handy geklingelt. Es gab einzelne Wortfetzen und Tränen, und ich wusste nicht, ob ich zu wütend war, sie auch nur anzuschauen, oder ob ich sie in meinen Armen halten, sie trösten und ihr sagen sollte, dass alles gut werden würde, dass es ihrer Schwester bestimmt gut ginge, dass ich immer, immer auf ihrer Seite sei, egal, was auch passieren würde. Dass ich immer für sie da sei.

Doch ich sagte nichts. Ich stand einfach nur da und war zu verletzt, um etwas sagen oder mich auch nur bewegen zu können.

Und dann zog sie sich hastig an. Ihr Gesicht war tränenüberströmt – sie wollte gerade zur Tür hinaus, und wie ich befürchtete, auch raus aus meinem Leben. Da ergriff ich ihre Hand und drehte Inary zu mir herum, damit sie mich ansehen musste. »Was auch immer das letzte Nacht war, Inary, bezeichne es nicht als einen Fehler. Du darfst meine Gefühle für dich nicht als Fehler bezeichnen.«

Sie erwiderte nichts. Die Tür fiel hinter ihr ins Schloss, und damit war sie fort.

Ich habe Inary schon immer geliebt, zumindest fühlt es sich so an.

Bei unserer ersten Begegnung war sie über und über mit Farbe beschmiert. Sogar ihr wunderbares kastanienbraunes Haar – mit einer Farbe irgendwo zwischen Rot und Braun, ein warmer, kupferfarbener Ton, den ich bislang nur auf Gemälden gesehen hatte – war mit lilafarbenen Strähnen versehen. Ich bin besessen von Farben, und der Anblick dieser jungen Frau, wie sie in Lila, Rot und Blau gekrönt gewesen war, als sei sie gerade aus einem Gemälde von Chagall gestiegen, hatte mir den Atem geraubt.

Ich half Lesley beim Umzug in ihre neue Wohnung. Sie hatte mich mit einem Transporter voller Kram überfallen, und ich musste weitere Müllbeutel und Kisten in mein Auto laden – sie besaß genug, um mit ihrem Hausstand zwei Gebäude zu bestücken. Zudem hatte sie mir einen Satz Schlüssel übergeben, und ich war gerade dabei, diesen aus meiner Tasche zu fischen, während ich einen großen Umzugskarton auf einem Arm balancierte, als ich sah, dass die Tür bereits offen stand. Also schob ich mich in die Wohnung, und da stand sie dann. Inary. Ich hatte schon so viel von Lesleys bester Freundin oben aus dem Norden gehört, doch irgendwie hatten wir uns bisher immer verpasst.

»Du musst Alex sein«, stellte sie fest und lächelte strahlend.

»Und du musst Hilary sein«, erwiderte ich.

»Inary«, korrigierte sie mich lächelnd. »Kein H oder L. Aber ein N in der Mitte.«

»Oh, tut mir leid …«

»Mach dir keine Gedanken.« Wieder lächelte sie. »Das passiert mir andauernd. Meine Mutter war in einem Buch über schottische Märchen über den Namen gestolpert, aber sonst habe ich ihn noch nie irgendwo gehört. Sind das Sachen von Lesley?«, fragte sie dann und deutete auf den großen Karton in meinen Händen.

»Ja, ja, aber da kommt nicht mehr viel. Nur noch etwa siebenundzwanzig weitere Kartons wie dieser. Wir werden ungefähr in einer Woche fertig sein, denke ich.«

Sie lachte. Das ist gut, fand ich. Ich brachte sie zum Lachen.

»Da sind auch noch ein paar Müllsäcke. Oh, und Lesley ist ebenfalls mit dem Transporter auf dem Weg hierher.«

»O nein!« Inary schob sich eine Haarsträhne hinters Ohr. Zwar redete sie weiter, und ich hörte auch ihre Worte, doch verstehen konnte ich sie nicht. Ich befand mich irgendwo anders, an einem windigen, wunderschönen Ort, an dem ich als Kind einmal gewesen war und den ich dann für lange Zeit vergessen hatte. »Ich wusste schon, dass Lesley sammelwütig ist, aber mir war nicht klar, wie viel Kram sie besitzt! Komm, ich zeig dir ihr Zimmer. Es befindet sich am Ende des Flurs, dort drüben. Alex?«

Ich riss mich aus meinen Gedanken. »Ja. Ja, tut mir leid.«

»Du brauchst dringend eine Tasse Tee!« Wieder lachte sie. Sie war so … lebendig. Neben ihr fühlte ich mich ganz grau, als trüge sie all die Farben in sich, die ich jemals brauchen würde.

»Das wäre toll, vielen Dank.« Ich stellte den Karton in Lesleys Zimmer ab und folgte ihr in die Küche, während ich mir verzweifelt den Kopf darüber zerbrach, was ich sagen sollte. »Also, Lesley hat erzählt, dass du aus Schottland kommst …«, fing ich an.

»Aber nicht, dass ich einen starken Akzent oder so was hätte …«

Ich musste lachen. Natürlich besaß sie den weichen, singenden Tonfall der schottischen Highlands. »Woher kommst du?«

»Aus Glen Avich, nicht weit von Aberdeen. Das Dorf ist winzig, wahrscheinlich hast du noch nie davon gehört. Und du?«

»Ich bin in Edinburgh groß geworden …«

»Hallo!« Lesley kam herein und schleppte einen weiteren Umzugskarton an. Mit einem Seufzer stellte sie den Karton auf dem Boden ab, wobei ihr ihre Mähne aus winzigen Flechtzöpfen ins Gesicht fiel.

»Hallo! Ich habe schon mal mit Streichen angefangen!«, rief Inary.

»Das sehe ich«, erwiderte Lesley mit Blick auf Inarys vollgespritzte Kleidung. »Du hast Alex also schon kennengelernt. Endlich! Ich wollte euch bereits seit einer Ewigkeit miteinander bekannt machen ...«

Ich bin mit Lesleys Bruder Kamau zur Uni gegangen – so haben Lesley und ich uns kennengelernt. Zwischen uns bestand nie etwas anderes als eine reine Freundschaft, obwohl ich mich oft nach dem Grund dafür gefragt habe – schließlich verstanden Lesley und ich uns wunderbar. Dennoch ist nie mehr daraus geworden. Nachdem dann einmal allen Beteiligten, inklusive uns, klar geworden war, dass wir nur Freunde waren und es auch bleiben würden, hatte sich zwischen uns eine sehr tiefe Freundschaft entwickelt. Was aber Kamau natürlich nicht davon abhielt, uns miteinander verkuppeln zu wollen, auch wenn ich damals eine Zeit lang eine Freundin gehabt hatte – Gaby.

Und dann lernte ich Inary kennen, in Farben getaucht wie ein geerdeter Regenbogen. Alles an ihr – ihre schmale Figur, der Klang ihrer Stimme, die Art, wie sie lächelte – war so lebendig und frisch, dass es sich anfühlte, als würde sie mich zum Leben erwecken.

Ich merkte, wie Lesley mich dabei beobachtete, wie ich wiederum Inary beobachtete, und wusste, dass sie meine Gedanken erraten würde. Dafür kannte sie mich zu gut. Ich murmelte etwas von siebenundzwanzig Kartons und einem Transporter, den ich zu entladen hatte, und verließ beinahe fluchtartig den Raum.

Den Rest des Tages kam ich mir wie benebelt vor. Lesleys völlig irre Menge an Kram wanderte vom Transporter in ihre Wohnung, Karton für Karton, während ich immer wieder einen Blick auf Inary erhaschte, die Wände anstrich, Tee kochte und zur Musik sang, die Lesley einschaltete. Den Tag ließen wir bei Fish and Chips ausklingen: Die Teller standen ein wenig wackelig auf Umzugskartons, da es hier bislang noch keine Möbel gab. Danach gingen wir noch in einen Pub in Battersea, nicht weit von meinem Haus entfernt. Draußen war es schon dunkel, und wir beeilten uns, um schnell aus der Kälte herauszukommen. Während sich die Mädchen an einen Tisch setzten, lief ich zur Bar, um uns Drinks zu holen.

Als ich mich an die Bar lehnte und darauf wartete, meine Bestellung abgeben zu können, merkte ich plötzlich, dass jemand neben mir stand. Als ich mich umdrehte, entdeckte ich, dass Inary mir gefolgt war; sie stand sehr, sehr nahe neben mir, sodass sich unsere Arme berührten.

»Schon gut«, sagte ich, »ich besorge uns Drinks.«

»Ich weiß. Ich dachte nur, ich könnte dir solang Gesellschaft leisten.«

Diese Zartheit fiel ihr so leicht wie das Atmen. Sie war furchtlos, offen und trug ihre Gefühle stolz zur Schau.

Ein paar Wochen später habe ich mit Gaby Schluss gemacht.

Nach nunmehr drei Jahren, nach einem endlosen wollen wir/wollen wir nicht, hat sie endlich die Nacht mit mir verbracht. Und es dann als einen Fehler bezeichnet, was mir höllisch wehgetan hat.

Sie ist nach Glen Avich zurückgegangen, wurde von den schrecklichen Nachrichten von ihrer Schwester aus London fortgerissen. Ich konnte es nicht fassen, dass Emily im Sterben lag – Emily, die lebhaft und fröhlich wie ein kleines Windrad gewesen war, so eines, das die Leute sich gern in ihre Gärten stellen. Emily, ein Meter fünfzig voller funkensprühendem Elan, voller Unverfrorenheit und Lebenslust.

Bei ihrem ersten Besuch hier unten in London – sie kam nur zweimal zu Besuch; die Reise nach London war zu anstrengend für sie – hatten sie und Inary eine geschlagene Woche lang ohne Unterlass miteinander geredet. Sie waren wie Spatzen, die tschilpten und zwitscherten, da sie so glücklich waren, wieder vereint zu sein.

Völlig unfassbar für mich.

Ich wollte so gern für Inary da sein – ich *musste* für sie da sein. Aber die Frage war, ob ich mir das weiterhin zumuten konnte? War ich für sie bloß irgendeine Stütze, die sie benutzte und dann wegwarf? Ich hatte es wirklich nicht verdient, so behandelt zu werden. Ihre Ängste und Zweifel gaben ihr nicht das Recht, mich dermaßen zu benutzen.

Wie ein Zombie ging ich ins Büro und watete durch die Arbeit, als sei sie ein Feld voller Schlamm und Morast. Kein Wort von Inary. Das dämliche Telefon klingelte den ganzen Tag über, und es kamen Nachrichten, E-Mails und anderes Zeug herein, das mich nicht interessierte, doch keine der Meldungen stammte von Inary. Ganz offensichtlich meinte sie das, was sie sagte, ernst.

Sobald ich nach Hause kam, ertränkte ich all meine Gedanken in einem Glas Whisky, und schon war die Morgendämmerung hereingebrochen. Mittlerweile war Inary in Glen Avich. Genauso gut hätte sie auf einem anderen Planeten sein können.

Warum, warum nur hatte sie gesagt, es sei ein Fehler gewesen? Und warum hatte sie so angsterfüllt ausgesehen, als sie diese schrecklichen Worte ausgesprochen hatte? Hatte sie Angst vor mir, vor uns?

Meine Finger, noch ganz ungelenk von dem Alkohol und der schlaflosen Nacht, fingen an, eine Nachricht zu tippen. Und dann löschte ich sie wieder. Reglos lag ich auf meinem Bett und studierte einen Riss in der Decke. Erst dann entdeckte ich etwas auf dem Boden neben dem Fenster. Es war eine emaillierte Gänseblümchenkette – die Kette, die Inary in der vergangenen Nacht getragen hatte.

Ich setzte mich auf die Fensterbank, hockte dort eine ganze Weile, spielte mit der Kette herum, musterte währenddessen die Londoner Skyline und dachte an zu Hause.

3 Das letzte Wort vor der großen Stille

Inary

Ich kehrte in meine Wohnung zurück und stopfte wahllos Kleidungsstücke und meinen Laptop in eine Tasche, während das Taxi immer noch unten wartete, um mich zum Flughafen nach Heathrow zu fahren. Sobald ich dort angekommen war, rief ich Rowan, meinen Chef bei Rosewood Publishing, an, um ihn darüber zu informieren, dass ich am Montag nicht zur Arbeit kommen würde und dringend unbezahlten Urlaub brauchte. Danach rief ich Lesley an. Ich fiel in ein tiefes Loch – in einen dunklen Brunnen – und brauchte sie, um mich wieder an die Oberfläche zu zerren.

»O Inary, das tut mir so leid …«

»Ja. Ja. Na ja …« Ich kämpfte mit den Tränen. »Irgendwie haben wir stets gewusst, dass so etwas passieren könnte, aber wir haben immer gehofft, dass sie operiert würde und es ihr dann besser ginge …«

»Vielleicht geht es ihr in ein paar Tagen ja auch wieder besser. Möglicherweise ist es nur ein falscher Alarm …«

»Das hoffe ich sehr«, erwiderte ich und hoffte es wirklich inständig – entgegen aller Logik und trotz allem, was Logan mir gesagt hatte. Das wünschte ich mir von ganzem Herzen. Denn Wunder gab es schließlich immer wieder. Und genau das war es, worauf wir hofften: auf ein Wunder.

»Wenn du irgendetwas brauchst, ruf mich an. Jederzeit, egal, ob tagsüber oder nachts«, fuhr sie fort und klang dabei so liebenswürdig, so typisch Lesley, dass ich die Tränen nicht mehr länger zurückhalten konnte und das Telefonat schleunigst beenden musste. Nachdem ich aufgelegt hatte, bekam ich eine SMS von ihr: Das Bild eines kleinen grünen Kleeblattes, um mir viel Glück zu wünschen. Da fiel mir auf, dass sie mich gar nicht gefragt hatte, warum ich letzte Nacht nicht nach Hause gekommen war. Auch gut. Darüber hätte ich jetzt ohnehin nicht reden wollen.

Alles kam mir wie ein Albtraum vor, wie einer, aus dem ich nicht erwachen konnte. Mit einem Schlag war mein gesamtes Leben auf den Kopf gestellt worden. Wieder einmal. Zuvor war alles schon ziemlich verkorkst gewesen – der tragische Tod meiner Eltern durch einen Autounfall, die Sache mit Lewis, und nun das: meine Emily …

Vielleicht hatte ich schon eine ganze Weile unterschwellig gewusst, dass mit Emily etwas nicht stimmte, und hatte mich nur geweigert, es zu akzeptieren. In den letzten Wochen hatte in Emilys Stimme eine brüchige, aufgesetzte Fröhlichkeit durchgeklungen. Eigentlich hatte ich Logan fragen wollen, ob alles in Ordnung war, doch in der kommenden Woche hätte ich die beiden ohnehin ein paar Tage besucht; ich hatte mir daher vorgenommen, mir lieber mit eigenen Augen ein Bild zu machen. Das würde mich davor bewahren, mehr mit Logan reden zu müssen, als unbedingt nötig war. Denn mein Bruder hatte mir den Umzug nach London nie verziehen und machte daraus auch keinen Hehl.

Und er hatte recht. Ich hatte Emily im Stich gelassen, und nun lag sie im Sterben, und ich war drei Jahre lang fort gewesen. Weg von ihr, von Glen Avich und von Logan, der die gesamte Last auf sich genommen hatte.

Wieder liefen mir die Tränen übers Gesicht. Gott sei Dank konnte mich auf meinem Sitzplatz niemand sehen. Ich schaltete meinen iPod an und versuchte, mich zusammenzureißen.

Am liebsten hätte ich nun mit Alex gesprochen. Ich sehnte mich nach seiner Stimme. Aber es war alles einfach zu viel;

ich konnte mich nicht auch noch damit auseinandersetzen. Die Nacht mit ihm zu verbringen war in so vielerlei Hinsicht keine gute Idee gewesen. Als ob ich es mir leisten konnte, *noch einmal* in diese Situation zu geraten. Noch einmal an so etwas zu zerbrechen.

Vor drei Jahren war ich verlobt gewesen und hatte kurz vor der Hochzeit gestanden. Obwohl Lewis aus Kilronan kam, einem Dorf ein Stück weiter an der Straße, die durch unser Dorf führte, waren die Kreise, in denen sich jeder von uns bewegte, nie aufeinandergestoßen, bis wir uns an der Universität von Aberdeen für exakt den gleichen Kurs angemeldet hatten. In der Cafeteria lief ich ihm – im wahrsten Sinne des Wortes – über den Weg, und sein kochend heißer Kaffee verbrühte mir den Arm. Die Narbe habe ich immer noch, eine weiße Stelle an der Innenseite meines Arms, wo die Haut weicher und anfälliger ist. Geradezu symbolträchtig.

Wir landeten also in der Notaufnahme, wobei er noch aufgeregter war als ich und sich immer und immer wieder entschuldigte. Ein paar Monate später wohnten wir bereits zusammen. So etwas hatte ich noch nie für irgendjemanden empfunden – es kam mir vor, als würde ich eine neue Welt betreten, ein neues Sonnensystem, in dem er die Sonne war. Wir zogen in ein Haus in Kilronan, und er bestand darauf, dass wir uns verlobten. Es war fast so, als hinge sein Leben davon ab. Kurz danach war der Ort der Eheschließung festgelegt, und das Hochzeitskleid hing in meinem Kleiderschrank, in einer dünnen, weißen Stoffhülle. Ich trug den Ehering seiner Großmutter.

Eines Tages, exakt neunundachtzig Tage vor unserer Hochzeit – ja, ich habe nachgezählt –, änderte er seine Meinung.

Einfach so.

Vielleicht hatte er kalte Füße bekommen, vielleicht hatte er festgestellt, dass seine Verliebtheit nachgelassen hatte, vielleicht war er auch nie wirklich verliebt gewesen. Doch ich vermutete, dass er Angst hatte. Nackte Angst, denn in einem Augenblick, als die Vertrautheit zwischen uns perfekt war, in einem Moment, als ich ihn alles über mich wissen lassen wollte, hatte ich ihm von meiner Gabe erzählt – und von dem Moment an war alles anders gewesen. Wahrscheinlich hielt er mich für einen Freak.

Ich bin dann wieder zu Logan und Emily zurückgezogen, konnte es jedoch nicht mehr ertragen, in Glen Avich über die Straße zu gehen. Die Leute starrten mich an – Sie wissen schon, mit diesem bedauernden Ach-das-arme-Ding-Blick. Obendrein lief ich ständig seiner Mutter und seinen Brüdern über den Weg, und ich musste an unserem ehemaligen Haus vorbei, um zu dem verdammten Supermarkt zu gelangen. Es war die reinste Qual. Überall sah ich ihn und das Leben, das ich hätte führen sollen, und ganz gleich, wohin mein Blick auch fiel – alles war mit Erinnerungen an uns verbunden.

Nur kurze Zeit danach, in einem Anfall von Trauer, besuchte ich Lesley in London und überlegte auf der Fahrt dorthin, wie es weitergehen sollte. Ich hatte ihr Lewis damals vorgestellt, als sie einmal in Glen Avich zu Besuch gewesen war. Ich hatte gespürt, dass sie ihn nicht besonders mochte, obwohl sie es nie ausgesprochen hatte. Ich wünschte, ich hätte damals ihrem Eindruck von Lewis mehr Aufmerksamkeit geschenkt.

In einem jener seltsamen Momente des glücklichen Zufalls berichtete mir Lesley, dass ihre Mitbewohnerin nach Singapur ging, um dort Englisch zu unterrichten, und sie nun eine Nachfolgerin suchte, mit der sie eine neue Wohnung teilen wollte. Zudem schrieb mir ein alter Studienfreund in einer Mail, dass der Verlag *Rosewood Publishing* eine neue Lektoratsassistentin suchte. Die Gelegenheit war perfekt; mir eröffnete sich die Chance, ein neues Leben zu beginnen – ich musste nur noch zugreifen. Ich bekam die Möglichkeit, Lewis und all das, was er mir angetan hatte, hinter mir zu lassen.

Ohne den Wunsch, jemals wieder in Schottland zu leben, zog ich nach London um.

Ein paar Tage vor meiner Abreise kam Emily in mein Zimmer, als ich gerade die letzten Sachen zusammenpackte. Wir alle waren gerade von einem Abschiedsessen im Green Hat mit unserer Tante Mhairi und unseren Cousinen zurückgekehrt. Nicht nur für mich, sondern für uns alle kam es dem bittersüßen Ende einer Ära gleich. Kilronan befand sich gerade einmal zwanzig Minuten von Glen Avich entfernt, doch London glich einem anderen Planeten.

»Nimm das«, sagte Emily und schenkte mir ein hauchdünnes, ultraleichtes Etwas, das die Farbe von Loch Avich im Sommer besaß – eine Farbschattierung zwischen Aquamarin, Türkis und Blau. Sie hatte das Kleidungsstück im Rahmen ihres Collegeprojektes hergestellt; damals hatte es sogar eine kleine Modenschau mit den Arbeiten der Absolventen gegeben. Natürlich war Emilys Kollektion die beste gewesen; ich war vor Stolz beinahe geplatzt.

»Hey, nein … das gehört dir, das kann ich nicht annehmen.«

»Du wirst ein paar schicke Kleidungsstücke dringender benötigen als ich, Inary! Denk nur mal an all die glamourösen Konzerte, zu denen Lesley dich mitnehmen wird!« Sie lächelte fröhlich. Emily und ich besaßen diese Gemeinsamkeit: Wir neigten dazu, meistens fröhlich zu sein.

»Du wirst auch abends ausgehen. Du hast doch wohl nicht vor, hier für immer und ewig mit Logan zu Hause herumzusitzen, oder?«

Sie seufzte, und ich erinnere mich noch gut daran, dass ihr Gesicht eine Sekunde lang völlig entrückt ausgesehen hatte, irgendwie durchscheinend – als wäre sie einerseits hier bei mir in meinem Zimmer, andererseits aber bereits weit, weit weg. Als ob ihre Anwesenheit auf dieser Welt nur vorübergehend war.

»Ich möchte, dass du es nimmst. Und ich will, dass du nach London gehst und glücklich bist und keinen Blick zurückwirfst. Lebe für mich. Ich möchte, dass du all die Dinge tust, die ich gern tun würde, aber nicht tun kann.«

Lebe für mich. Ihre Worte brannten sich bei mir ganz tief ein.

Im ersten Augenblick konnte ich darauf nichts erwidern. Es klang, als hätte sie ihr Leben aufgegeben, und das war definitiv nicht der Plan gewesen. Wir wollten doch den Ärzten beweisen, wie falsch sie mit ihren Prognosen lagen. Emily würde uns alle überleben, davon war ich überzeugt.

Und da stand ich nun, alle Taschen gepackt, bereit, sie im Stich zu lassen.

»Vielleicht ist es ja doch ein Fehler …«, fragte ich gequält.

»Es ist kein Fehler. Lass dir das ja nicht von Logan einreden! Du musst gehen, Inary! Du musst dir ein eigenes Leben aufbauen, und das wirst du auch. Ich kann das im Moment nicht, aber du kannst es, und du wirst es tun. Weit weg von … von allem, was hier passiert ist.« Zwar erwähnte sie Lewis nicht, doch sein Name stand unausgesprochen zwischen uns.

»Logan ist außer sich vor Wut. Er hat kaum ein Wort mit mir gesprochen.«

Emily verdrehte die Augen. »Er will nicht, dass du gehst, weil er besorgt ist, ich könnte sterbenskrank werden, aber das werde ich nicht. Außerdem stehen die Chancen gut, dass ich bald auf der Liste für Herztransplantationen einen Platz erhalte. Wir kommen also schon klar«, stellte sie fest und lachte. »Logan sucht nur andauernd einen Grund, damit er schmollen kann!«

»Womit er aber auch nicht ganz unrecht hat.«

»Na ja.« Emily zuckte mit den Schultern. »Du wirst eben der Teil unserer Familie, der in London wohnt. Und du wirst uns alle stolz machen. Sieh mal …« Wieder lächelte sie und legte ihre Hand auf den Stapel Manuskripte, der – mit Bändern und Schleifen zusammengebunden – fertig zum Packen auf dem Schreibtisch lag. »Du schreibst doch schon seit Ewigkeiten an deinen Büchern. Du verzichtest dafür auf Schlaf, verbringst die Wochenenden in deinem Zimmer und tippst …«

»Weil ich im Grunde ein Streber bin …« Ich lachte.

»Ja, und was für einer!« Nun lachte auch sie. »Aber auch, weil du mit dem Herzen dabei bist. Du hast nie etwas anderes gewollt, oder?« Als Antwort schüttelte ich den Kopf. Sie hatte recht. Schon seit ich noch ein kleines Mädchen gewesen war, hatte ich nie etwas anderes gewollt, als zu schreiben. »Du musst also nach London gehen und deinen Traum verwirklichen.«

»Das ist gar nicht so einfach …«

»Doch, das ist es, Inary.« In einer ihrer typischen kleinen Gesten voller Zuneigung wickelte sie eine meiner Locken um ihren Finger. »Du brauchst dazu nichts anderes als Entschlossenheit …«

»Und Talent …«, fuhr ich fort, wobei meine Worte vor Selbstzweifeln nur so trieften.

»Ja, genau, Talent, und das hast du. Das weiß ich. Und ich weiß auch, dass du es schaffen wirst. Ganz gleich, ob ich dann noch hier bin und es miterleben werde oder nicht …«

»Sag so etwas nicht, Emily. Du wirst auf die Warteliste gesetzt und bekommst ein neues Herz, dann wird alles besser.« Sie so reden zu hören, das fühlte sich an wie ein Stich, der mitten ins Herz ging.

»Ach, mach dir keine Sorgen«, sagte sie lachend. »In mir steckt noch genug Leben! Ich werde dich in London besuchen und dann mit Lesleys verrückten Freunden abends ausgehen …«

»Ganz genau. Und darum brauchst du dein Top auch selbst …«

»Wir machen das so: Du nimmst es mit, und wenn ich dich dann besuche, ziehe ich es an.«

»Abgemacht.«

Ihren Teil der Abmachung hat sie jedoch nicht ganz eingehalten. Sie konnte nur zweimal zu Besuch kommen, und mit Lesleys Freunden auszugehen wäre zu viel für sie gewesen. Und bald schon stand selbst eine Autofahrt mit Logan nicht mehr zur Debatte. Aber auch ich habe mich nicht an meinen Teil der Abmachung gehalten; es gab immer noch keinen Roman mit meinem Namen darauf, und ich wusste mittlerweile nicht einmal mehr, was ich überhaupt schreiben sollte.

Ich verfiel in einen unruhigen Schlaf und erwachte erst, als wir kurz vor der Landung waren. Beim Blick aus dem Fenster sah ich, dass sich England während der letzten Stunden endlich in sanfte schottische Hügel und Moore verwandelt hatte; eine Million Schattierungen von Braun und Lila glänzten in der Morgendämmerung.

Ich hatte Kopfschmerzen, und meine Augen brannten, als ich am Bahnhof auf den ersten Zug nach Glen Avich wartete und einen doppelten Espresso trank, der es schaffte, mich aufzuwecken und mir ein Loch in den leeren Magen zu bohren. Logan konnte ich nicht anrufen, um ihn zu bitten, herzukommen und mich abzuholen – die Fahrt von Glen Avich nach Aberdeen und wieder zurück dauerte beinahe zwei Stunden, und ich wollte nicht, dass er Emily so lange allein ließ. Endlich bestieg ich den kurzen Zug, der nur über zwei Waggons verfügte, in denen sich ein paar Rentner, der Zugführer und ich befanden. Durch das Zugfenster betrachtete ich die Landschaft, die ich schon immer gekannt und die ersten gut zwanzig Jahre mein Zuhause genannt hatte.

Als ich in Glen Avich auf den Bahnsteig hinaustrat, schlug mein Herz einen kurzen Augenblick schneller, trotz meiner Erschöpfung und der Sorge. Ich holte tief Luft und sog den Duft von Kiefern und Torffeuern ein. Über den Hügeln, wo die Erde den Himmel küsste, erblickte ich eine rosafarbene Wolke; die Luft war kalt und klar, und über allem lag eine friedliche Stille. Ich war zu Hause angekommen. Schon komisch, dass ich unser Haus in Glen Avich immer noch als mein Zuhause bezeichnete, selbst nachdem ich jahrelang woanders gewohnt hatte …

Den Weg vom Bahnhof zu unserem Haus, einige Hundert Meter entfernt, rannte ich beinahe und hielt den Kopf gesenkt, in der Hoffnung, nicht stehen bleiben und mit irgendjemandem reden zu müssen. Ich war einfach noch nicht bereit, über Emily zu sprechen. Mit schweren Beinen lief ich durch die Seitenstraßen und vermied die kürzere Hauptstraße. Gegenüber von unserem Haus blieb ich stehen; ein weiß getünchtes Cottage am Fuß des St.-Colman-Way. Ich holte tief Luft und klammerte mich an meine Reisetasche. Im ersten Stock brannten die Lichter.

Ich überquerte die Straße, jeder Schritt eine Qual. Ich hatte keine Ahnung, was mich erwarten würde, was ich sehen würde, wenn ich Emilys Zimmer betrat.

Als ich vor der schweren Holztür stand, klopfte ich mit zitternden Händen an. Eine Frau in einer Krankenschwesteruniform, die ich nicht kannte, ließ mich herein.

»Sie müssen Inary sein«, begrüßte sie mich.

Voller Angst nickte ich nur und trat ein.

Mein Bruder stand auf dem Treppenabsatz und besprach sich leise mit Tante Mhairi, die Köpfe zusammengesteckt, wobei Logan sie um einiges überragte. Mir brach das Herz, denn sobald ich die Miene meines Bruders sah, war mir klar, dass alle Hoffnung vergebens war. Ich wusste nun mit Sicherheit, dass die Diagnose der Ärzte nicht falsch gewesen war, wie ich so oft gedacht hatte. Schlagartig wurde mir klar, dass Emilys Leben sich tatsächlich dem Ende näherte.

Verzweiflung ist ein seltsames Gefühl, das einen entweder als scharlachrote Woge überschwemmt, einen schreien und schluchzen und die Welt verfluchen oder einen an Ort und Stelle erstarren lässt, einem alle Energie und Ziele raubt, die Seele herausreißt und nichts als eine leere Hülle zurücklässt. Genau so habe ich mich beim Anblick der angsterfüllten Miene meines Bruders gefühlt. Mir wurde bewusst, dass der Tod in unser Haus eingekehrt war und nur noch auf den richtigen Zeitpunkt wartete, um zuzuschlagen – und dieser Zeitpunkt war nicht mehr weit.

»O Inary! Gott sei Dank bist du da!« Tante Mhairi lächelte mich an, ihr Gesicht faltig und erschöpft. Sie kam die Treppe heruntergeeilt und schlang die Arme um mich. Logan folgte ihr, doch anders, als ich gehofft hatte, umarmte er mich nicht. Er blieb vor mir stehen und starrte mich an, als ob er mich anflehen würde, als ob er ertrinken würde und nur ich ihn retten könnte – doch wie sollte ich ihn retten, wo ich doch selbst gerade ertrank?

»Da bist du ja«, stellte er fest, als wäre er überrascht. Gleichzeitig schwang in seiner Stimme etwas Vorwurfsvolles mit. Wieder wurde ich von Schuldgefühlen gepackt.

»Emily …«, flüsterte ich.

»Sie schläft. Besser, du störst sie jetzt nicht.«

Einen Augenblick lang lag eine drückende Stimmung auf uns, voller unausgesprochener Worte. Dann verkündete Tante Mhairi, dass sie Teewasser aufstellen und Frühstück machen würde. Ich sollte mich solang am Feuer wärmen. Und diese schlichten Alltagsworte rund um Tee, Toast und welch ein kühler Morgen es doch sei, und wie schön es doch sei, dass wir alle drei wieder zusammen zu Hause seien, brachen den Bann, unter dem ich stand, und zerrten mich wieder in die Welt der Lebenden zurück.

Oben starb Emily, und dennoch würde die Zeit nicht stehen bleiben; wir würden weiterleben. Doch nichts, absolut nichts würde mehr sein wie zuvor.

Während Tante Mhairi das Frühstück zubereitete, betrat ich, so leise ich konnte, Emilys Zimmer und setzte mich zu ihr ans Bett. Sie war leichenblass, ihre Lippen waren leicht bläulich verfärbt. Dutzende Medizinflaschen waren sorgsam auf ihrem Nachttisch aufgereiht; ihre Nähmaschine stand unbenutzt auf dem Tisch in der Ecke, zusammen mit einem Stapel von Stoffresten. Mir fiel auf, dass sie an etwas gearbeitet haben musste, bevor sie gezwungen gewesen war, damit aufzuhören: Unter der Nadel der Nähmaschine lag noch Stoff. Ein dunkler, pflaumenblauer Stoff mit einem winzigen Blümchenmuster darauf.

Mein Blick wanderte zu Emily zurück, und ich erstarrte. Dieses zerbrechliche Püppchen konnte doch nicht meine Schwester sein! Meine Schwester steckte voller Leben, strahlte von innen heraus, war fröhlich, rebellisch und stark. Mir fiel auf, dass ihre Nägel leuchtend grün lackiert waren; das war so typisch für Emily ...

Ich war dankbar, dass sie schlief, denn ich musste aus dem Zimmer raus und in mein eigenes Zimmer flüchten. Ich schrie in mein Kissen hinein, während Logan draußen vor meiner Zimmertür herumschlich, todunglücklich und hilflos. Dann trocknete ich meine Tränen, setzte ein Lächeln auf und beschloss, nicht mehr zu weinen, bis ..., bis es so weit war. Ich beschloss, stark zu sein und nie, niemals vor Emily meine Trauer zu zeigen. Ich nahm mir vor, ihr bis zu ihrem letzten Atemzug Freude zu bereiten. Auf gewisse Art und Weise war der überraschende Tod meiner Eltern ein Segen gewesen – ich weiß, das mag vielleicht seltsam klingen, doch zumindest hatten die beiden keine Zeit gehabt, Angst zu haben und zu leiden. Doch vor Emily lag ein langer Weg voller Schmerzen, ein Tunnel, an dessen Ende nur noch mehr Dunkelheit auf sie wartete.

Als ich in ihr Zimmer zurückkehrte, wachte sie gerade auf. Ihre Augenlider flatterten, als wandele sie immer noch in einem Traum. Ich nahm sie in die Arme – sie hatte Gewicht verloren –, und anstatt ihren wunderbaren, süßen Emily-Duft einzuatmen, roch ich nur Krankheit und Medikamente, und mir wurde schwer ums Herz. Doch ich blieb bei meinem Vorsatz.

»Hey, Süße ...«

»Du bist zurück ...«, murmelte sie.

»Na klar. Ich bin hier, um Logan in den Wahnsinn zu treiben.«

»Das tust du doch immer«, erwiderte sie und verzog den Mund zu einem kleinen, geisterhaften Lächeln.

»Und das macht sie richtig gut«, sagte Logan von der Tür aus. Er sah mich an, und in seinem Blick lag eine seltsame Mischung aus Verbitterung und Erleichterung.

Ja, ich war zurück und würde auch nirgendwo anders hingehen.

4 Meine zweite Hälfte

Logan

Die verlorene Tochter ist also zurückgekehrt. Und das offenbar sogar für länger als nur für ein Wochenende.

Emily hatte einen guten Tag – Inary zu sehen hat sie aufgeheitert. Inary hat ein Talent dafür, Leute aufzuheitern, das konnte sie schon immer gut. Aber ebenso gut ist sie darin, wegzulaufen, wenn es hart auf hart kommt, und die anderen im Schlamassel sitzen zu lassen.

Jedenfalls hat sie das mit mir so gemacht.

Mittlerweile schlafen alle, und die Flasche vor mir ist beinahe geleert. Das macht mir ein wenig Sorge. Ich kann mich nicht daran erinnern, sie überhaupt geöffnet zu haben. Aber es scheint für mich die einzige Möglichkeit zu sein, die Nacht zu überstehen. Denn erst, nachdem der Whisky seine Aufgabe erledigt hat, kann ich die Augen schließen und die Schmerzen in meinem Inneren vergessen. Ein paar Stunden lang schlafen und vergessen.

Bis jetzt spüre ich noch nichts, doch er wird seine Wirkung schon nicht verfehlen. Islay Whisky – man kann sich darauf verlassen, dass er alles betäubt. Die Sache ist nur, dass Emilys Foto von ihrem Collegeabschluss mir gegenüber auf dem Kaminsims steht, und das macht es mir doch deutlich schwerer. Sie schaut mir zu, wie ich trinke. Ich weine nicht. Nicht einmal ein bisschen. Vielleicht später, wenn ich betrunken genug bin.

Als Emily zur Welt kam, war ich zehn Jahre alt. Ich weiß nur noch, dass irgendetwas mit dem Baby nicht stimmte, dass meine Mutter mit Emily im Krankenhaus bleiben musste und eine ganze Weile nicht mehr nach Hause kommen konnte. Als meine Mutter endlich heimkehrte und Emily mitbrachte, wollte ich meine Schwester nicht einmal anschauen. Denn sie hatte unser Leben auf den Kopf gestellt und uns unsere Mutter für eine gefühlte Ewigkeit weggenommen. Tagelang habe ich mich gewehrt, auch nur das Geringste mit ihr zu tun zu haben.

Dennoch bin ich eines Abends allein in das Schlafzimmer meiner Eltern gegangen. Eine ganze Weile habe ich mich um Emilys Wiege herumgetrieben, und dann konnte ich nicht anders: Ich wollte einen Blick auf sie werfen, auf dieses kleine Wesen, dessen Herz ganz, ganz schlimm krank war. Emily war winzig klein – waren Inary und ich eigentlich jemals so klein gewesen? So sanft ich konnte, strich ich ihr über die Wange und über das Flaumhaar. Sie schlief, doch als ich sie berührte, öffnete sie die Augen. Ich keuchte – würde sie schreien und weinen? Hatte ich sie erschreckt? Ich hielt die Luft an und wartete schon darauf, die Schritte meiner Eltern zu hören, um dann ausgeschimpft zu werden, doch Emily weinte nicht. Stattdessen lächelte sie, ein winziges, zahnloses Lächeln.

Mit dem Wissen, das ich mittlerweile habe, denke ich, dass sie noch zu klein war, um mich tatsächlich zu sehen, und außerdem können Babys so früh noch gar nicht lächeln. Doch damals war ich mir sicher, dass sie mich angelächelt hatte. Ich hielt ihre Hand, und sie klammerte sich mit ihren winzigen Fingerchen an mich.

Plötzlich bemerkte ich, dass jemand hinter mir stand – meine Mutter.

»Du bist ihr großer Bruder. Du musst dich um sie kümmern«, sagte sie, und diese Worte haben sich bei mir eingebrannt. Emily klammerte sich immer noch an meine Hand. Sie wollte mich nicht mehr loslassen. Und ich wollte auch nicht gehen.

Danach blieb alles mehr oder weniger, wie es war. Meine

Eltern starben bei einem Autounfall – ich hatte den Eindruck, dass meine Familie die erste in der Reihe gewesen sein musste, als das Unglück verteilt wurde. Ich war damals dreiundzwanzig Jahre alt, Inary fast sechzehn und Emily dreizehn. Wir haben uns nicht unterkriegen lassen. Ich habe mich um meine Schwestern gekümmert; Emily war immer wieder im Krankenhaus, und Inary lebte in ihrer eigenen Welt, mit ihren Geschichten und Büchern und dem Traum, Schriftstellerin zu werden. Zusammen waren wir ein gutes Team. Tante Mhairi, die ältere Schwester unseres Vaters, half uns, und meine Eltern hatten mir genügend Geld vererbt, um das »Welly« kaufen zu können, einen Laden im Dorf für Outdoor- und Campingzubehör, der gut lief. Er warf genug ab, um einen Angestellten zu bezahlen, der im Laden arbeitete, wenn Emily mich brauchte. Wir schlugen uns irgendwie durch.

Sogar als Inary nach Aberdeen ging, um dort zu studieren, war sie immer noch für Emily da. Und auch als sie mit Lewis zusammenkam – dieses armselige Exemplar von einem Mann –, war sie immer noch sehr viel bei uns, um zu helfen. Ich wusste damals nicht, was ich ohne sie gemacht hätte, mit meiner Arbeit, dem Haus, den ganzen Krankenhausterminen und der anhaltenden Sorge, Emilys Pflege und dem ganzen Stress.

Dann hat dieser Mistkerl sie verlassen, und sie war am Boden zerstört. So hatte ich Inary noch nie erlebt, nicht einmal, als unsere Eltern gestorben waren. Es war, als sei mit einem Mal alles Licht in ihr erloschen. Oder vielleicht war es auch alles zusammen: der Tod unserer Eltern, Emilys Krankheit und nun dies. Vielleicht war dies der letzte Tropfen gewesen, der das Fass zum Überlaufen gebracht hatte. Sie zog nach London, und ich musste mich um Emily kümmern. Mutterseelenallein.

Was soll ich sagen? Natürlich habe ich es getan. Was blieb mir denn auch anderes übrig? Verstehen Sie mich nicht falsch, ich bin ganz sicher kein Heiliger. Manchmal war das Einzige, was mich davon abhielt zusammenzubrechen, in den Garten rauszugehen und stundenlang Holz zu hacken. Zwischendrin gab es durchaus Tage, an denen ich nach London fahren wollte, nur, um Inary anzuschreien, weil sie mich hier mit allem allein hatte sitzen lassen.

Das hätte ich wirklich tun sollen.

Natürlich gab es beschissene Zeiten. Doch ich erhebe mein Glas auf dich, Emily. Denn trotz all der Tage und Nächte, die ich mich um dich gekümmert habe, mit unseren Eltern oder ohne sie, mit unserer Schwester oder auch ohne sie, würde ich, auch im Nachhinein betrachtet, nichts davon ändern wollen.

5 Der lange Abschied

Inary

Nun begann also das Warten. Die Ärzte sprachen von einer Woche; das Herz meiner Schwester schlug noch drei Wochen. Die längsten, schwersten drei Wochen meines Lebens.

Tage folgten Nächten, denen Tage folgten, denen wiederum Nächte folgten, und wir machten weiter, wie ferngesteuert, benommen und erschöpft und hungrig, aber zu beunruhigt, um schlafen oder essen zu können. Es fühlte sich an, als würde auch das Leben aus uns weichen. Die Nächte waren am schlimmsten. Emily schlief jeweils nur ein paar Stunden, und die restliche Nachtzeit wechselten wir uns dabei ab, ihr Gesellschaft zu leisten. Wir hatten zwar zwei Krankenschwestern eingestellt, die in Schichten arbeiteten, da Emily rund um die Uhr überwacht werden musste, doch auch wir wollten bei ihr sein. Ich erzählte Emily von meinem Leben in London, las ihr vor, und gemeinsam schauten wir uns das Nachtprogramm im Fernsehen an. Wenn ich dann endlich ins Bett gehen konnte, war ich zu erschöpft und zu müde, um schlafen zu können, und mein Gesicht schmerzte vom vielen Lächeln.

Oftmals hörte ich Logans Schritte, die vor meiner Tür verharrten. Die Holzdielen knarzten, und dann wusste ich, dass er Gesellschaft brauchte. Zwischen uns war es nicht gerade zum Besten bestellt, doch aus unerfindlichen Gründen kümmerte er sich immer noch um mich. Ich stand dann auf, und wir tranken stundenlang Tee – oder, in Logans Fall, Whisky – vor dem Kamin im Wohnzimmer, während wir uns von irgendeinem stumpfsinnigen Fernsehprogramm berieseln ließen und ein paar belanglose Worte wechselten. In meinen endlosen Versuchen, alle bei Laune zu halten, übernahm ich meistens das Reden. Aber ich hatte natürlich keine Chance, ihn aufzuheitern. Logan hatte die gesamte Last der Welt geschultert. Manchmal war er derartig niedergeschlagen, dass er nicht einmal mehr die Energie besaß, etwas zu sagen. Manchmal kochte er vor Wut auf die Missbildung von Emilys Herz und haderte mit unseren Eltern, weil sie so früh gestorben waren. Und er war wütend auf mich, weil ich fortgegangen war. Ich spürte seine Ablehnung sehr deutlich, die wie Dampf aus ihm entwich. Ich konnte auch seine Trauer und seinen Kummer spüren, und er tat mir fast genauso leid wie Emily.

Ich selbst versank in einem stillen, tiefen See aus Tränen. Irgendwo unter Wasser trieb ich dahin und versuchte, mit dieser neuen, seltsamen, schmerzhaften Welt klarzukommen. Wir hatten bereits den plötzlichen Tod unserer Eltern ertragen müssen, und das war schlimmer gewesen, als ich es jemals beschreiben könnte. Doch so grausam ihr Ableben auch gewesen war, so entsprach es dennoch der Ordnung aller Dinge – erst sterben die Großeltern, dann die Eltern. Aber nicht unsere dreiundzwanzigjährige kleine Schwester, die ihr ganzes Leben noch vor sich hatte.

Lesley rief jeden Tag an. Ich klammerte mich an ihre Stimme wie an einen Rettungsanker, doch mit jedem Tag stellte ich fest, dass sie weiter forttrieb; mein Leben in London wurde immer mehr zu einem weit entfernten Traum. Ich allein hatte ein finsteres Land betreten, und während ich immer tiefer und tiefer in dieses Land reiste, konnte mir selbst meine beste Freundin nicht mehr folgen.

»Lies mir etwas vor, was du geschrieben hast, Inary.« Emily lag zusammengerollt im Bett, die weißen Hände unter ihrer Wange begraben. Ich hatte ihr gerade ein paar Löffel Suppe eingeflößt, und allein schon das hatte sie vollkommen erschöpft.

»O … na ja, ich arbeite gerade an dieser Geschichte … *Cassandra.* Darin geht es um einen Werwolf, doch das ist ein ziemlicher Blödsinn.«

»Das glaube ich dir nicht. Du weißt, wie sehr mir deine Geschichten gefallen.«

»Die hier wird dir nicht gefallen …«

»Warum schreibst du nichts über das Leben hier? Also in Glen Avich?«

»Schon komisch, dass du das sagst. Lesley hat mir neulich geraten, mich nach Geschichten umzusehen, die ich erzählen könnte …«

»Vielleicht befindet sich deine Geschichte hier«, flüsterte Emily. Ich hatte ihr das Haar seitlich zu einem Zopf geflochten, damit es sie im Liegen nicht störte. Sie hatte wunderbares Haar, hellblond mit einem leicht rötlichen Farbstich – sie war perfekt rotblond. Ich fragte mich unweigerlich, ob Alex diese besondere Farbschattierung wohl schon in seine Chromatica aufgenommen hatte …

Ich strich ihr über die Wange; Emily schloss die Augen.

»Vielleicht«, erwiderte ich. »Jedenfalls gehe ich mal schnell meinen Laptop holen. Jede Wette, dass du bei meiner Geschichte gut einschlafen kannst.«

»Sei nicht albern«, murmelte sie grinsend. Ich wollte gerade ihr Zimmer verlassen, als sie mich zurückrief. »Inary?«

»Ja?«

»Ich habe darüber nachgedacht, Lesley meine Musik zu vermachen«, erklärte sie. Mir rutschte das Herz in die Hose, und ich traute mich nicht, darauf zu antworten. Ich stand einfach nur da, alle Luft war mit einem Schlag aus meinen Lungen entwichen. »Gibst du sie ihr, wenn ich tot bin? Hier ist alles drauf …« Sie blickte zu ihrem erbsengrünen iPod hinüber, der auf dem Nachttisch lag.

»So was darfst du nicht sagen, Emily …«

»Warum soll ich mich nicht darum kümmern, was mit meinen Sachen geschieht?«

Sie hatte recht. Es brach mir das Herz, aber sie hatte recht. »Natürlich werde ich ihr den iPod *nicht* geben. Ich werde ihn bei eBay verkloppen und das Geld für einen Whirlpool für Logan sparen.«

Sie musste lachen. Sie zum Lachen zu bringen, das war meine Lieblingsaufgabe.

Ich setzte mich wieder auf ihr Bett und las ihr aus *Cassandra* vor. Nach einer Weile fiel mir auf, dass sie Mühe hatte, die Augen offen zu halten.

»Na toll, mein Buch ist also doch zum Einschlafen«, beschwerte ich mich grinsend.

Emily lächelte, dann flatterten ihre Augenlider, und schon war sie eingeschlafen.

Ab und an versuchte ich, das Haus zu verlassen, um ein wenig frische Luft zu schnappen und einen klaren Kopf zu bekommen. Glen Avich hatte mich empfangen, als wäre ich nie weg gewesen. Die Straßen entlangzulaufen fühlte sich anders an, als wenn ich nur übers Wochenende hier war oder für einen Kurzurlaub. Damals hing ich immer irgendwie zwischen Schottland und London fest; mein Kopf steckte zwischen beiden Orten. Nun gab es jedoch keine anderen Gedanken außer der Sorge um Emily. Ein Morgen gab es nicht, ich hatte keine Pläne, keinen anderen Wunsch, als es Emily so behaglich wie möglich zu machen. Jedes Mal, wenn meine Gedanken zu meinem Leben in London, zu Alex, wanderten, kettete ich mich erneut an Glen Avich.

Ich lief durch das Dorf, als würde ich wieder hierhergehören, und im Moment tat ich das auch. Jeder Ausflug aus dem Haus bedeutete, alle paar Schritte stehen zu bleiben und mit irgendjemandem reden zu müssen – denn alle hier waren entweder Freunde oder Familie. Ganz sicher war es nicht leicht, in einem solchen Goldfischglas zu leben, in dem jeder alles über mich und das wusste, was wir gerade durchmachten, aber manchmal war es doch auch ein großer Trost. Niemals hatte man das Gefühl, allein zu sein. Das ganze Dorf drückte Emily und uns gemeinschaftlich die Daumen.

Oft ging ich zu Peggys Laden, um dort Lebensmittel einzukaufen – im Grunde alles, um Emilys schwindenden Appetit wieder anzufachen. Peggy ist eine entfernte Cousine von mir – wie die meisten Leute in Glen Avich, wie ich zugeben muss –, und ihr Laden bildete das Herzstück des Dorfes. Hier konnte man alles kaufen, von Lebensmitteln bis zu Zeitschriften und Souvenirs, ja sogar Babykleidung, die im Dorf gestrickt worden war und in einer kleinen Auslage auf der einen Seite der Theke präsentiert wurde. Von Bleiche bis zu Kleiderbügeln und Buntstiften, von Eimern bis hin zu selbst gemachten Tabletts und Schnürsenkeln – hier gab es alles. Zudem war dies *der* Ort, um sich im Hinblick auf das Leben der Dorfbewohner auf den neuesten Stand zu bringen.

Peggy war eine Mischung aus Arzt, Pastor und Kummerkastentante. Alle kamen zu ihr. Wenn man einen privaten Rat brauchte, führte sie einen in die kleine Küche im Hinterzimmer, schenkte eine Tasse Tee oder einen Saft ein und stellte Süßigkeiten auf den Tisch – je nach Alter des Ratsuchenden –, und dann konnte man sich den Kummer von der Seele reden. Ich erinnere mich noch gut daran, dort mehrmals gesessen zu haben, während sich meine Großmutter mit Peggy und ihrer Schwester Flora unterhalten hatte, und auch an meine Grübeleien darüber – da wir alle McCrimmon-Frauen waren (mütterlicherseits) –, ob sie wohl auch die gleiche Gabe wie meine Großmutter und ich besaßen? Ich war nie mutig genug gewesen, ihnen diese Frage tatsächlich zu stellen. Jetzt kam ich nicht um die Frage herum, was Peggy wohl über Alex und mich sagen würde, wenn ich mich ihr anvertraute.

Eines Morgens war ich bei ihr und deckte mich mit neuem

Lesestoff für Emily ein – sie liebte Modemagazine, die wir zusammengekuschelt in ihrem Bett lasen –, als meine Cousine Eilidh hereinkam. Ich hatte schon gehört, dass sie nach Glen Avich zurückgezogen war und nun mit Jamie McAnena zusammenlebte, einem Schmied und Künstler, der ein alter Freund meines Bruders war. Bislang war ich ihr jedoch noch nicht begegnet.

»Inary! Oh, Süße!«, rief sie und nahm mich fest in den Arm. Sie duftete nach grünen Äpfeln. »Es tut mir so leid …«

Generell mochte ich es nicht besonders, wenn Leute Mitleid mit mir hatten, doch jetzt fühlte es sich irgendwie anders an. Ich umarmte sie und vergrub mein Gesicht in ihrem Haar. Als wir uns wieder voneinander lösten, bemerkte ich, wie mir die Tränen in die Augen stiegen.

»Eigentlich wollte ich bei euch vorbeikommen, aber Logan meinte, dass Emily zu krank sei, um Besuch zu empfangen …«

»Das stimmt. Sie kann keinen Besuch bekommen.« Ich holte tief Luft. »Aber wie geht es dir denn, Eilidh? Ich habe dich ja eine halbe Ewigkeit nicht mehr gesehen!« Ich war ziemlich verblüfft, als ich ihr in die Augen sah. Denn ich hatte ganz vergessen, wie ähnlich diese den meinen sahen – die gleiche Form, die gleiche Farbe –, ein klares Aquamarin. Man konnte uns ansehen, dass wir miteinander verwandt waren, obwohl sie vom roten Haar verschont geblieben war. Ich bevorzuge zwar die Bezeichnung »Rotbraun«, aber seien wir mal ehrlich: Mein Haar ist rot. Eilidhs Haar war dagegen kastanienbraun und fiel in wunderbaren Wellen auf ihre Schultern herab.

»Mir geht's gut. Ich wohne wieder in Glen Avich, ich habe einen Sohn bekommen …«

»Stimmt, Tante Mhairi hat mir davon erzählt. Herzlichen Glückwunsch …«

»Und er ist so ein hübsches Baby!«, fiel mir Peggy ins Wort.

»Ich freue mich schon, ihn mal zu sehen. Grüß Jamie von mir …«

»Werde ich machen. Hör mal …« Sie legte ihre warme Hand auf die meine. Ich schaute zu Boden; ich traute mich nicht, in ihre freundliche Miene zu schauen, um nicht in Tränen auszubrechen. »Ich wohne am anderen Ende der Straße. Wenn du irgendwas brauchst, dann ruf mich an oder komm einfach vorbei.«

»Vielen Dank.«

»Ein paar Häuser weiter die Straße hinauf gibt es ein neues Café, hast du das schon gesehen?«

»Oh, ja, La Piazza. Bislang hab ich das aber nur von außen gesehen.«

»Wenn du mal einen Kaffee trinken willst, irgendwann mal …«

Plötzlich ging die Ladentür auf, und ein eiskalter Windstoß wehte herein. »Hallo, Inary«, grüßte eine Stimme, die ich kannte. Die ich nur allzu gut kannte.

Ich drehte mich um, und da stand sie. Anabel. Lewis' Mutter. Zweifellos befand sie sich auf einem Botengang, der mit der Kirche zu tun hatte.

Drei Jahre lang hatten wir kein Wort miteinander gewechselt, doch früher oder später musste ich ihr ja über den Weg laufen. Ich zwang mich, sie anzusehen, obwohl ich genau wusste, was ich dabei empfinden würde. Sie war eine hochgewachsene, breit gebaute Frau mit dröhnender Stimme und neugierigem Blick.

»Hi, Anabel.« Das Herz pochte mir gegen die Rippen.

»Und, wie geht es dir?«, fragte sie in jenem leicht herablassenden Tonfall, den sie mir gegenüber immer angeschlagen hatte. Als wäre ich nicht gerade allzu klug, nicht allzu hübsch. Ich ging nicht in ihre Kirche, doch ihr Sohn hatte mich – zumindest eine Zeit lang – ausgewählt, sodass sie mich hatte hinnehmen müssen. Einmal hatte sie sogar erklärt, die McCrimmon-Frauen seien alle ein wenig seltsam; danach hatte Logan kein Wort mehr mit ihr gewechselt. Emily bezeichnete sie als

Cruella, da sie Hunde züchtete und Emily davon überzeugt war, dass Anabel Mäntel aus ihren Fellen nähte. Sie hatte stets gescherzt, dass Anabel garantiert in einem Dalmatinermantel auf unserer Hochzeit auftauchen würde.

»Danke, gut«, erwiderte ich. Wie es mir ging? Wusste sie denn nicht Bescheid? Komisch. Hier in der Gegend wusste jeder alles über jeden.

»Lewis hat mir von Emily erzählt …« Oh. Sie wusste also *doch* Bescheid. Ich starrte sie an und war ziemlich erstaunt, dass sie ehrlich bestürzt zu sein schien. »Aber Emily war schon immer ein wenig kränklich, nicht wahr …?« Bei ihr klang das so, als sei Emily selbst schuld. Das vergiftete McCrimmon-Blut, vermutlich. Mit anderen Worten, sie zeigte sich also von ihrer gewohnt charmanten Seite. Ich unterbrach sie.

»Nun, es war nett, dich zu sehen, Anabel.« Gelogen. »Vielen Dank, Peggy!«, rief ich schnell und rannte mit flammend roten Wangen aus dem Laden hinaus. Draußen blieb ich stehen und holte erst einmal tief Luft, so tief ich konnte. Es gab eine Frage, die mir im Hals stecken geblieben war: *Wie geht's Lewis?* Das war jedoch eine Frage, die ich nicht stellen konnte, weil ich die Antwort eigentlich gar nicht hören wollte. Falls es ihm nicht gut gehen sollte, würde mich die Antwort zu sehr mitnehmen. Und falls er mit einer anderen glücklich war, würde auch das mich zu sehr mitnehmen. Außerdem sollte es mir wirklich egal sein.

Plötzlich merkte ich, dass ich einen Stapel Zeitschriften im Arm hielt, den ich gar nicht bezahlt hatte. Ich musste also in den Laden zurück und versuchen, Cruella dabei keine reinzuhauen. Doch gerade, als ich die Ladentür öffnen wollte, kam mir Eilidh entgegen.

»Die gehen auf mich. Was für eine nette Frau. Komm«, sagte sie und hakte sich bei mir unter. »Lass uns gehen, bevor sie wieder rauskommt.«

»Danke. Ja, so charmant war sie schon immer.« Ich schluckte.

»Aber glücklicherweise hast du mit denen ja nichts mehr zu tun.«

Ein mit Regen gemischter Windstoß peitschte mir ins Gesicht, sodass ich schnell den Kragen meiner Jacke hochschlug. Der Himmel war von bleischweren Wolken verhangen. Eilidh und ich liefen in friedlichem Schweigen auf den St.-Colman's-Way zu. Dabei war ich sehr dankbar, dass Eilidh mir keine Fragen stellte – denn selbst die einfachste Nachfrage hätte schmerzhafte Gedanken ausgelöst. Wie zum Beispiel: *Wie lang bleibst du?*

Bis ... und dann folgte der Gedanke, den ich nicht denken konnte, ohne dass es mir dabei das Herz zerriss: *bis sie von uns geht.*

»Wo ist denn dein Baby jetzt?«, fragte ich schnell und versuchte, mit meinen Gedanken glücklichere Gefilde anzusteuern.

»Mit seinem Dad und Maisie beim Kleinkinderspielplatz in Kinnear. Ich bin mit dem Frühjahrsputz beschäftigt. Mein Leben ist tatsächlich ziemlich aufregend!«, scherzte sie.

»Frühjahr? Du bist aber optimistisch!«, erwiderte ich und schaute zu dem Sturmhimmel über uns hinauf.

»Der Frühling kommt bald«, erklärte Eilidh.

Ja. Und Emily wird dann nicht mehr hier sein, um das mitzuerleben.

Mit einer letzten Umarmung verabschiedeten wir uns voneinander, gefolgt von dem Versprechen, uns bald einmal zu treffen. Dann betrat ich unser Haus – und mit diesem Schritt kehrte ich in den Schwebezustand zwischen Leben und Tod zurück, in ein Niemandsland, in dem ich nichts anderes tun konnte, als zu warten und zu hoffen, obwohl es keine Hoffnung mehr gab.

6 Eine junge Frau in einem weißen Kleid

Alex

»Ich gehe kurz ins Café runter, soll ich dir etwas mitbringen?«, rief mir eine der anderen Designerinnen, Sharon, mit ihrer sanften Stimme zu. Drei Wochen lang, seit dem Tag, an dem Inary fortgegangen war, fiel nun schon ein eiskalter Regen auf London herab. Ich versuchte alles, sie auf die einzige Art und Weise zu vergessen, die ich kannte – indem ich mich mit Arbeit ablenkte. Lesley würde bald ins Büro kommen, um die Umgestaltung der Website des Unternehmens, für das sie arbeitet, zu besprechen, was mich ein wenig aufheitern würde.

»Alex?« Sharon sah mich an und wartete auf eine Antwort. Da fiel mir erst auf, dass ich ganz vergessen hatte, etwas zu erwidern.

»Tut mir leid, ich war hier kurz abgelenkt. Nein danke. Ich habe keinen Hunger.«

»Heute schon wieder kein Mittagessen?« Sie verschränkte die Arme und tat vorwurfsvoll.

»Vielleicht später.« Ich grinste.

»Nein, das kommt überhaupt nicht infrage. Du wirst etwas mit mir essen. Ich kaufe dir ein« – sie sah zur Decke hinauf und versuchte, sich an etwas zu erinnern, das ich mochte – »ein Hühnchensandwich, nicht wahr?« Lächelnd nickte ich. »Und ein Stück Sahnetorte. Ein Nein wird nicht akzeptiert!« Gerade, als ich protestieren wollte, unterbrach sie mich. »So, ich bin dann mal kurz weg!«, rief sie und sah mir tief in die Augen. Dabei fiel mir auf, wie das gedämpfte Licht ihre braunen Augen beinahe schwarz leuchten ließ, wie zwei Obsidiansteinchen.

»Danke. Lass mich bitte wissen, wie viel ich dir schuldig bin …«

»Du bist eingeladen«, entgegnete sie und war schon zur Tür hinaus.

Seit zwei Jahren arbeitete Sharon nun schon mit mir zusammen. Es hatte lang gedauert, und ich brauchte zudem ein wenig Hilfe, um zu bemerken, dass sie an mir interessiert war. Mir selbst war das gar nicht aufgefallen. Die Muster und Farben der Kleidung anderer Leute entgingen mir niemals, ebenso wie die Umrisse von Gebäuden, Formen von Blüten und jede Farbnuance, die der Himmel zu jeder Tageszeit zu bieten hatte, doch menschliches Verhalten war und blieb mir ein Rätsel. Letztlich hatte Gary, einer meiner Kollegen, mich mit der Nase darauf stoßen müssen.

»Bist du sicher, dass sie auf mich steht?«

»Na klar. Fällt dir denn gar nicht auf, wie sie dich ansieht?«

»Nein, eigentlich nicht.«

Er verdrehte die Augen. »Wach auf, Alex. Du wärst ein Narr, wenn du sie gehen lassen würdest.«

Von da an vermied ich es, über Sharon zu reden. Sharon selbst mied ich auch, sofern dies in unserem kleinen Büro möglich war. Bitte nicht falsch verstehen – Sharon war schön, nett und witzig. Alles, was ein Mann sich wünschen konnte.

Sie war nur einfach nicht Inary.

Eine Weile schien sie Distanz zu wahren – vielleicht war sie verletzt angesichts der Tatsache, dass ich auf ihr Interesse offensichtlich nicht eingegangen war. Nach einiger Zeit schien sich alles jedoch wieder beruhigt zu haben, ganz so, als hätte sie es eingesehen und meine Entscheidung akzeptiert.

Eines Tages besuchte Inary mich im Büro. Sie kam wie ein Sonnenstrahl herein, lächelte und redete fröhlich drauflos, wie sie es immer tat. Ich sah, wie Sharon sie eingehend musterte.

Und selbst mir war in diesem Moment klar, dass Sharons Lächeln nur aufgesetzt war. Sie saß stocksteif auf ihrem Bürostuhl und wartete nur darauf, dass Inary endlich ging. Sharon konnte eins und eins zusammenzählen und wusste sofort, was ich für Inary empfand. Na ja, das war kein großes Ding, alle um mich herum wussten das. Und alle hatten früher oder später schon versucht, mich zur Vernunft zu bringen. Alle außer Lesley, die fest davon überzeugt war, dass Inary und ich füreinander geschaffen waren und sie nur noch ein wenig mehr Zeit brauchte, um über den Typen hinwegzukommen, der sie verlassen hatte.

Eines Abends, als wir beide in meinem Haus allein waren, gewährte Inary mir einen kurzen Einblick in ihr altes Leben.

»Wusstest du, dass ich einmal beinahe geheiratet hätte?«, fragte sie und schenkte sich ein weiteres Glas Wodka ein. Sie hatte es sich auf dem Sofa gemütlich gemacht, die Beine angezogen und den Kopf auf dem Sofakissen. Normalerweise war Inary im betrunkenen Zustand ziemlich fröhlich. Dann tanzte sie, lachte und erzählte allen, dass sie sie liebte. An jenem Abend jedoch nicht.

»Ach, tatsächlich?« Ich war überrascht. Zwar wusste ich, dass es jemanden in ihrem Leben gegeben hatte, nicht jedoch, dass es so ernst gewesen war. Inary verlobt?

»Er wollte nicht einfach nur so zusammenleben«, antwortete sie und wedelte mit ihrem Glas herum. »Nein. Seine Mum und sein Dad hätten das nicht akzeptiert. Die Leute hätten sich das Maul über uns zerrissen, die Leute aus ihrer verdammten Kirche. Nein, er wollte es. Heiraten.«

»Okay«, erwiderte ich beschwichtigend.

»Also bin ich losgezogen und habe mir ein Kleid gekauft. Emily hat mir geholfen, eines auszusuchen. Es war wunderschön, weißt du? Trägerlos, etwa so geschnitten …« Die Hälfte ihres Glasinhaltes landete auf dem Kissen, als sie mir den Schnitt ihres Hochzeitskleides demonstrierte. »Und dann hat er mich sitzen lassen!«

»Ich glaube, du hast jetzt genug getrunken, Inary, komm schon, trink das hier …«

»Oh, danke. Was ist das? Warum, zum Teufel, gibst du mir *Wasser*?«, fragte sie und verzog das Gesicht.

»Los, trink das«, beharrte ich und setzte mich neben sie.

»Nein.«

»Jetzt komm schon. Wenn du das jetzt austrinkst, werde ich dir morgen ein leckeres Frühstück zubereiten.« Ich versuchte, sie wie ein Kind zu bestechen.

»Na gut. Krossen Speck und Rührei für mich, bitte.« Hätte sie sich nicht so sehr über ihren Exverlobten aufgeregt, hätte ich das alles vielleicht sogar ganz witzig gefunden. Sie lehnte ihren Kopf an meine Schulter. »Oje, bin ich vielleicht müde …«

»Na gut. Zeit, schlafen zu gehen.« Ich hob Inary hoch und trug sie ins Gästezimmer. Als ich ihr dabei half, sich ins Bett zu legen, murmelte sie etwas.

»Was sagst du da?«

»Ich sagte, dass ich nie wieder irgendwen lieben will!«

»Oh. Okay …« Ich deckte sie mit dem Bettlaken zu. Ein Teil von mir amüsierte sich über ihren betrunkenen Zustand, doch in ihrer Stimme schwang ein Hauch von Trauer mit, der mich nervös machte und mich vor die Frage stellte, ob sie tatsächlich ernst meinte, was sie da sagte.

»Weißt du, was der Grund dafür war?«

»Was war denn der Grund?«, fragte ich.

»Lewis hat meine Gabe gehasst.«

»Hat er das?«, fragte ich und zog die Decke noch ein wenig höher. Ihre Augen waren schwarz verschmiert, das Haar rund um die Stirn herum verschwitzt. So sah sie ziemlich jung und verletzlich aus. »Was hast du ihm denn geschenkt?«, fragte ich in der Annahme, dass mit »Gabe« ein Geschenk gemeint war, das sie ihm gemacht hatte. Zugegeben, schon ein seltsamer Grund, jemanden so kurz vor der Hochzeit zu verlassen. Eine

Antwort habe ich jedoch nie erhalten, weil sie da bereits eingeschlafen war.

Die ganze Sache war so vollkommen untypisch für Inary – weder davor noch danach habe ich sie jemals wieder so erlebt, und ich habe nie erfahren, was sie damit gemeint hatte, dass Lewis ihre Gabe gehasst hatte.

Inarys Weigerung, sich mit irgendjemandem zu treffen (und das nicht etwa aus Mangel an Angeboten – ich lebte in ständiger Angst vor den Schriftstellern, mit denen sie zusammenarbeitete), hatte schon ganze drei Jahre angedauert, und daran schien sich auch nichts zu ändern. Mir war klar, dass der Typ, mit dem sie verlobt gewesen war, ihr das Herz gebrochen hatte. Aber waren wirklich ihre Enttäuschung und ihre Angst schuld daran, dass sie sich mir nicht nähern konnte? Oder lag es an etwas anderem, an etwas Endgültigerem – etwa daran, dass sie kein Interesse an *mir* hatte, sodass sie, wenn sie endlich so weit war, jemand anderen finden würde? Ganz bestimmt einen dieser Schriftsteller-Typen, mit denen sie zusammenarbeitete. Ich quälte mich selbst, indem ich mir vorstellte, wie sie plötzlich mit irgendeinem schwedischen Kurzgeschichten-Autor auf und davon war und mit einem Schiff durch die Fjorde segelte. Okay, Fjorde gibt es nur in Norwegen, aber Sie verstehen hoffentlich, was ich meine.

Jedes Mal, wenn sie einen Schriftsteller erwähnte, machte sich das Grauen in meinem Bauch in Form eines kalten, steinharten Klumpens breit. Ich wollte so gern Lesleys Theorie Glauben schenken und darauf hoffen, dass Inary ihre Meinung in Bezug auf uns ändern würde. Doch das, was dann vor drei Wochen passiert war – der Schmerz, den sie mit nur ein paar Worten ausgelöst hatte –, brach mir wirklich das Herz.

Sharons Rückkehr riss mich aus dem Chaos meiner Gedanken; sie kam mit einem köstlich duftenden Paket in den Händen ins Büro zurück. Ich kochte einen Kaffee, und wir aßen gemeinsam. Ohne jede Vorwarnung beugte sie sich plötzlich zu mir herüber und strich mit dem Finger über meine Wange, nahe an meiner Lippe vorbei. Ihr Haar duftete herrlich und intensiv nach einem schweren Parfum. »Du hattest da ein wenig Sahne …«, erklärte sie, lächelte und schaute plötzlich zur Seite.

Sie wusste genau, was sie tat. Und selbst *mir* war das klar.

In diesem Moment kam Lesley herein, und ganz sicher wusste auch sie, was los war. Doch sie verlor kein Wort darüber, nicht einmal, als Sharon gegangen war und wir im Büro allein waren. Aber ich wusste, dass sie mit Sicherheit früher oder später auf dieses Thema zu sprechen kommen würde.

Lesley setzte sich neben mich an meinen Schreibtisch und fing ganz unmerklich an, alles glatt zu streichen, alles gerade und ordentlich auszurichten – kurz gesagt: Sie unterzog all meine Sachen einer Lesley-Behandlung.

»Du bist ziemlich unordentlich, oder?«

»Nein, du bist nur außergewöhnlich ordentlich«, erwiderte ich.

»Halt die Klappe.« Sie lachte.

»Hm … hast du was von Inary gehört?« Ich zwang mich, so beiläufig wie möglich zu klingen, während ich die bislang fertigen Ergebnisse auf dem Bildschirm aufrief.

»Ja, sie hat ein paarmal angerufen. Es ist einfach nur schrecklich, Alex. Jedes Mal klingt alles schlimmer. Emily geht es ziemlich schlecht …«

Plötzlich kam ich mir entsetzlich egoistisch vor. Hier saß ich nun und zerbrach mir den Kopf über unsere gemeinsame Nacht und meine Gefühle für Inary, während ihre Schwester im Sterben lag und Inary gerade die Hölle durchmachte.

»Ich kann mir gar nicht vorstellen, wie sich das wohl anfühlt … Emily ist doch erst dreiundzwanzig …«, stotterte ich.

»Ich auch nicht. Wenn Kamau sterben würde … Jedenfalls bete ich, dass noch ein Wunder geschieht. Und ich wünschte, ich könnte jetzt für Inary da sein – wenn sie nur nicht so weit weg wäre.«

»Ich auch.«

»Hast du mit ihr gesprochen?«

»Nein.«

»Du hast *überhaupt noch nicht* mit ihr geredet?« Lesley sah mich überrascht an. Inary hatte ihr also nichts von uns erzählt.

Ich schüttelte den Kopf. Ich konnte mich nicht dazu überwinden, ihr von Inary und mir zu erzählen. Es ging einfach nicht.

»Vielleicht solltest du sie mal anrufen …«

Ich holte tief Luft. »Ich denke, sie braucht ein wenig Zeit und Raum für sich.«

»Vielleicht«, erwiderte Lesley und musterte mich neugierig.

Ich ertrug dieses Gespräch einfach nicht mehr. »Jetzt aber ran an die Arbeit, Lesley«, mahnte ich und versuchte verzweifelt, mich zu konzentrieren.

In jener Nacht nahm ich die zerrissene Gänseblümchenkette und ließ sie in einer Schublade verschwinden, die ich mit ein wenig mehr Kraft zuknallte, als nötig gewesen wäre. Aus den Augen, aus dem Sinn. Inary zu vergessen konnte man vielleicht damit vergleichen, mit dem Rauchen aufzuhören: Beim ersten Mal klappt es nicht, aber man versucht es wieder und wieder und greift doch einmal, zweimal, dreimal wieder zum Glimmstängel, bis man es irgendwann schafft, wenn man Glück hat oder nur entschlossen genug ist. Inary war wie jede andere Abhängigkeit, süß, schädlich und vernichtend – ich konnte ohne sie nicht leben, doch letztlich hielt sie mich zugleich davon ab zu leben.

Es wurde höchste Zeit, damit aufzuhören, sich immer wieder nahezukommen und dann doch wieder zu scheitern. Aber wie sollte ich es beenden, da Inary doch gerade diese entsetzliche Situation erlebte? Und war ich wirklich bereit für ein Leben ohne sie – ohne sie als meine feste Freundin und auch ohne sie als nur »eine« Freundin? Also komplett ohne Inary?

Ich wüsste nicht, wie ich das fertigbringen sollte.

7 Eine Mauer zwischen uns

Inary

Ich konnte es anhand der Art und Weise spüren, wie Logan Schubladen öffnete und schloss, wie er beim Kaffeekochen seufzte, wie er Emilys Tablettendöschen auf der Suche nach Ich-weiß-nicht-was durchforstete und mit den Geschirrtüchern hantierte, als seien sie ein Schlangennest. Mir war klar, dass er Streit suchte.

Einerseits wollte ich ihm aus dem Weg gehen und die Konfrontation vermeiden, auf die wir zusteuerten, während ich mich ihm andererseits aber auch stellen und ihm offen all das auf den Kopf zusagen wollte, was ich seit meinem Fortgang aus Glen Avich auf dem Herzen hatte. Wie sehr ich es ihm übel nahm, dass er mich unentwegt bestraft hatte. Dass ich es mir nicht ausgesucht hatte, dass mein Leben in eine Million Stücke zerbrochen war und ich gezwungen gewesen war fortzugehen. Und wie sehr ich es hasste, dass er immer so gereizt war …

»Inary! Egal, was du da gerade machst – es brennt an!«, schrie Logan. Ich zog erschrocken die Suppe vom Herd. »Das hat uns gerade noch gefehlt, dass das Haus in Flammen aufgeht! Kannst du dich nicht wenigstens ein einziges Mal konzentrieren? Kannst du einmal darauf achten, was im Hier und Jetzt passiert? Oder hast du wieder wie gewohnt eine Million wichtigerer Dinge im Kopf?«

Da. Es musste ja so kommen. Meine Hände zitterten vor Wut, als ich mir eine Haarsträhne aus dem Gesicht strich und Mühe hatte, nicht zurückzuschreien. Doch er wollte mich einfach nicht in Ruhe lassen.

»Kannst du mir vielleicht sagen, wo du gerade mit deinen Gedanken bist, Inary? Verrätst du es mir?«

Er stand ziemlich nahe vor mir – zu nahe. Ich schaute zu ihm auf. Mein Bruder war ein hochgewachsener Mann, ein starker obendrein; er überragte mich um einiges. Aber vor seiner Wut hatte ich keine Angst, da ich meinerseits völlig *außer* mir war.

»Meine Gedanken sind bei Emily«, zischte ich wütend. »Da, wo sie schon immer gewesen sind, Logan. In Gedanken war ich immer bei ihr. Und schrei nicht so herum …«

»Die ganze Zeit über, die du in London warst, bist du also in Gedanken bei Emily gewesen? Deine Gedanken hat sie nicht gebraucht, weißt du? Deine *Gedanken* haben nämlich nicht dafür gesorgt, dass sie jeden Tag ihre Tabletten genommen hat, sie haben sie nicht alle vier Wochen ins Krankenhaus gefahren, den ganzen Weg nach Aberdeen und zurück, und auch noch jedes Mal mit schlechten Nachrichten. Jedes Mal. Ich habe nicht ein einziges Mal ›Es sieht gut aus‹ zu hören bekommen, nie. Jeden Monat habe ich ein professionelles Lächeln gesehen, gefolgt von einem Schulterzucken, wenn ich gefragt habe, wann denn das neue Herz kommt. Ob es ihr langsam besser geht. Ob sie überleben wird.«

Ich hasste mich abgrundtief, als mir die Tränen übers Gesicht liefen. Ich wollte etwas erwidern, doch er war noch nicht fertig.

»Seit Jahren habe ich keine einzige Nacht mehr durchgeschlafen. Jede Nacht werde ich wach und stehe auf, um nach ihr zu sehen. Wie Mum es früher gemacht hat, als wir noch Kinder waren, erinnerst du dich? Vielleicht ist es dir aber auch nie aufgefallen. Ich habe seit Jahren keine Nacht mehr durchgeschlafen aus Angst davor, sie morgens tot in ihrem Bett vorzufinden. Und es hatte keinen Sinn, Inary, dir die Wahrheit zu sagen, da es ja doch nicht bei dir angekommen wäre. Jedes Mal, wenn wir versucht haben, dir zu sagen, dass sie nur dann überleben wird, wenn sie ein neues Herz bekommt, wolltest du nicht zuhören!

Du warst immer überzeugt davon, dass noch ein Wunder geschehen würde …«

Ich schluchzte und schlug mir die Hand vor den Mund.

»Vielleicht war diese Denkweise zu deinem Vorteil. Damit du dir erlauben konntest wegzugehen. Denn Emily würde es irgendwann schon wieder gut gehen. Aber ihr geht es nicht gut, sie *stirbt*. Du warst drei lange Jahre fort. Und hast mich hier mit allem alleingelassen …«

Ich konnte es nicht mehr ertragen. Ich konnte nicht einfach so dastehen und ihm weiter zuhören.

Denn er hatte recht.

Ich wäre am liebsten weggerannt, raus auf die Straße gelaufen und zur St.-Colman's-Quelle hinaufgelaufen, um dort in Ruhe zu weinen.

Stattdessen knallte ich ihm eine.

Logan erstarrte und sah mich mit flammendem Blick an. Eine Sekunde lang fürchtete ich, er würde zurückschlagen – ich wappnete mich –, doch das tat er nicht. Er drehte sich um und schlug so fest auf die Wand ein, dass ich es knacken hörte. Danach barg er die verletzte Hand in der gesunden und krümmte sich zusammen.

»Könnt ihr bitte etwas leiser sein?« Schwester Lynda tauchte in der Tür auf. »Emily kann euch hören. Sie ist völlig aufgebracht. Worum auch immer es geht – klärt das woanders!«, zischte sie.

»Tut mir leid«, erwiderte ich und wischte die Tränen weg, die mir immer noch über die Wangen liefen.

»Du kannst das nie wiedergutmachen, Inary. Ganz gleich, was du tust. Du kannst nicht ungeschehen machen, was passiert ist. Leb damit«, giftete Logan, wütend flüsternd, und verließ danach sowohl das Zimmer als auch das Haus.

Eine Weile saß ich am Küchentisch und weinte, bevor ich die Treppe zu Emily hinaufging. Ich hatte mir geschworen, dass sie mich nicht weinen sehen würde, und ich beabsichtige, dieses Versprechen auch zu halten. Ich setzte mich zu ihr aufs Bett und strich die Bettdecke um sie herum glatt.

»Tut mir leid, dass wir so herumgeschrien haben. Du weißt ja, wie wir sind. Wie Hund und Katze.«

»Ich weiß. Macht Logan dir das Leben schwer?«, flüsterte Emily. Ich würde mich niemals an ihre blauen Lippen gewöhnen und daran, wie beunruhigend ihre Atmung klang. Am liebsten hätte ich für sie geatmet.

»Nicht mehr als sonst auch.« Ich versuchte zu lächeln.

»Er versteht dich einfach nicht.«

»Er hat ja recht. Ich hätte euch niemals allein lassen dürfen …« Ich hasste mich. In diesem Moment hasste ich mich wirklich abgrundtief.

»Er muss nicht so leben, wie er lebt, Inary.«

»Was meinst du damit?«

Emily holte tief Luft – so tief sie eben konnte. »Ich bin seine Ausrede.«

»Seine Ausrede?«

»Solang ich da bin, muss er sich um mich kümmern. Er kann Glen Avich nicht verlassen, keine ernsthafte Beziehung führen …«

»Warum nicht? Also, ich meine damit, er könnte ja durchaus eine Freundin haben …«

»Genau«, murmelte Emily. Sie atmete noch mühsamer. Ich musste sie in Ruhe lassen, das Reden fiel ihr zu schwer. »Wie ich schon sagte: Ich bin seine Ausrede.«

»Genug geredet, Süße. Kann ich dir irgendwas Gutes tun?«

»Kannst du mir ein Kapitel aus *Cassandra* vorlesen?«

Ich grinste. »Klar. Dann kannst du herausfinden, ob sie die Flucht geschafft hat oder nicht.«

»Die arme Cassandra …«, flüsterte Emily.

Ich nickte. »Weibliche Werwölfe haben es schwer. Stell dir nur mal vor, wie lang es dauert, wenn sie ihre Beine rasieren muss …«

Ich hatte sie zum Lachen gebracht. Schnell drückte ich ihre Hand und zuckte ein wenig zusammen, da meine Handfläche noch ein wenig von dem Schlag in Logans Gesicht schmerzte.

8 Seele, sei frei

Inary

Eines Nachmittags, drei Wochen nach dem Tag meiner Ankunft, fiel Emily in einen tiefen Schlaf, ganz plötzlich wie ein erschöpftes Kind. Dies war jedoch nicht jener unruhige Schlaf, den wir seit Wochen bei ihr kannten, die von Medikamenten ausgelöste Bewusstlosigkeit, die in kurzen Schüben kam und sie noch müder machte, als sie zuvor schon gewesen war. Stattdessen war es ein tiefer, friedlicher Schlaf. Die Farbe in ihr Gesicht kehrte zurück, sie atmete regelmäßig, die Augenlider flatterten nicht mehr; sie sah wieder wie die alte Emily aus, mit rosigen Wangen und einem friedlichen Gesichtsausdruck. In orangefarbener Pracht ging die Sonne über den Hügeln unter, ließ ihre Strahlen in Emilys Haar spielen, sodass es honigfarben aufleuchtete.

Logan und ich saßen bei ihr, und als die Stunden vergingen und sie immer noch nicht aufgewacht war, da wussten wir, dass sie nie mehr aufwachen würde, dass ihr Kampf vorüber war.

Die Dunkelheit brach herein. Emilys Brust hob und senkte sich noch eine Weile, und dann veränderte sich ihr Gesichtsausdruck. Etwas kaum Wahrnehmbares, etwas nicht Greifbares – was Emily aber ausmachte –, verschwand. Sie war von uns gegangen. Einfach so. Keine letzten Worte, kein Pathos – nur Schlaf, tiefer Frieden, Stille. Es war drei Uhr in der Früh, die Stunde des Todes, in der viele leidende Seelen ihren Kampf aufgeben und sich mitreißen lassen.

Meine Augen waren trocken, als ich mich tief erschüttert über Emily beugte und mir kein Atem, ganz gleich, wie schwach oder abgehackt er auch war, entgegenschlug. Ich hörte meinen Bruder aufschluchzen, als ich aufstand und sowohl das Fenster als auch die Zimmertür weit öffnete; ich folgte damit der Tradition der schottischen Highlands, um die Seele der Toten davonfliegen zu lassen. Die eiskalte Winterluft drang in Emilys Zimmer herein und füllte unsere Lungen.

Ich wollte, dass Emilys Seele frei war.

Ich wollte, dass Emily frei und nicht mehr länger in der heimtückischen Hülle ihres Körpers gefangen war, der ihr nach und nach immer mehr Kraft geraubt, ihre Seele im Stich gelassen und sie nach dem Leben hatte hungern lassen.

Der Geruch von Trauer und Medikamenten löste sich allmählich auf, als der Geruch der schottischen Nacht ins Zimmer drang; eine Welle der Erleichterung erfasste mich. Meine wunderhübsche Schwester war nun frei.

In traurigem Schweigen saß ich auf ihrem Bett. Ich hielt ihre Hand und löste den Verschluss ihres Armbandes. Die silberne Schwalbe daran hatte ihre Flügel weit ausgebreitet und flog frei davon, wie ich es mir für Emily wünschte. Als ich das Armband an meinem Handgelenk befestigen wollte, zitterten meine Hände jedoch so sehr, dass Logan mir dabei helfen musste.

Mein Bruder und ich standen da und starrten einander fassungslos an. Ich wollte ihm gern tröstende Worte sagen, jene Worte, die eher durch ihren Klang als durch ihre Bedeutung beruhigen, wie etwa Summen ein weinendes Baby beruhigt. Ich sah zu ihm auf und öffnete den Mund, um ihm zu sagen, dass ich für ihn da bin, dass es mir unendlich leidtat, fortgegangen zu sein … Doch als ich die Lippen öffnete, fiel mein Blick auf Emily, die leblos auf ihrem Bett lag, das feine Haar wie ein Fächer auf dem Kissen ausgebreitet, die Augen für immer geschlossen. Unter der Bettdecke waren die Konturen ihres schmalen Körpers zu erkennen, jenes Körpers, den ich so oft in den Armen gehalten hatte, den ich während ihrer letzten Tage gewaschen und angezogen hatte …

Vor meinen Augen explodierten plötzlich Bilder von Emily. Emily als kleines Mädchen, das in einem gelben Sommerkleid am Ufer des Loch entlangläuft; wir beide, wie wir im Haus unserer Großmutter Verstecken spielen; wie wir uns nach der Schule eine Tüte Süßigkeiten teilen; wie wir an einem verregneten Tag durch die Pfützen springen … Und ein Standbild: Unser ganz besonderer Platz in unserem gemeinsamen Kinderzimmer, zwischen der Kommode und dem Schreibtisch. Jener nestartige Schlupfwinkel, in den wir uns verkrochen, in dem wir es uns gemütlich machten und ich ihr Geschichten erzählte, die ich mir erst kurz zuvor ausgedacht hatte – als gäbe es nur uns beide auf dieser Welt.

Und nun lag sie da, leblos.

Innerlich zerbrach etwas in mir, in meiner Brust, so plötzlich und scharf wie ein Sprung in einem Spiegel. Dieses Gefühl war so real, dass ich das Geräusch fast hören konnte. Mein Mund war bereit und wollte etwas sagen, doch die Worte blieben mir im Hals stecken. Nichts kam mir über die Lippen, obwohl ich es wieder und wieder versuchte.

Logan und ich saßen schweigend im Wohnzimmer, sprachlos und betäubt vor Trauer, und beobachteten das Torfstück im Kamin, das langsam herunterbrannte. Ich hatte immer noch keine einzige Träne vergossen.

Als die Morgendämmerung über Glen Avich hereinbrach und fahles, graues Licht den Raum erfüllte, stand ich benommen auf und holte mir die Schere aus der Besteckschublade. Dann ging ich ins Badezimmer hinauf und musterte mich im Spiegel. Wieder erkannte ich das Gesicht nicht, das ich sah. Eine Miene voller Schmerz, mit geröteten, trockenen, brennenden Augen – wer war bloß diese Frau?

Einen Moment lang zögerte ich – ich wusste nicht, was ich

tat –, und dann, als hätte ich mich in zwei Personen gespalten, sah ich dabei zu, wie mein Haar auf die Fliesen hinunterfiel und kleine, weiche Häufchen bildete. Mein Kopf fühlte sich seltsam leicht an.

Ich ließ mich zu Boden fallen, saß einfach nur da und starrte die Fliesen an der gegenüberliegenden Wand an. Haarbüschel hatten sich zwischen meinen Fingern verfangen. Weder Arme, Beine noch den Rest meines Körpers konnte ich spüren – als hätte das ganze Leid mich dazu gebracht, ihn zu verlassen. Ich konnte einfach nur dasitzen und die Arme um meine angezogenen Beine schlingen, weiche, rote Haarbüschel in den Händen.

Nach einer ganzen Weile – keine Ahnung, wann – kam Logan herein. Er legte einen Arm um meine Hüfte und hob mich hoch. Ich schloss die Augen und wollte meinen Kopf schon an seine Brust lehnen, doch er hielt mich erst einmal eine Armlänge entfernt fest und musterte mich.

»Dein Haar …«

Was ist denn damit? Ach ja. Ich hab's abgeschnitten.

»Komm«, sagte er, trug mich in mein Zimmer, legte mich auf mein Bett und deckte mich zu. Erst da fiel mir auf, wie kalt mir war. Ein intensives schmerzhaftes Frösteln packte mich. Mir war so kalt, dass ich das Gefühl hatte, dass mir niemals mehr warm werden würde.

Im Hintergrund ertönte eine Stimme – Lynda. »Logan, hast du kurz Zeit …?«

»Ruh dich aus, Inary. Ich bin gleich zurück«, erklärte Logan. Seine Augen waren weit aufgerissen, als könne er kaum glauben, was passiert war. Als könne er nicht fassen, dass der Tod unsere Familie erneut heimgesucht hatte.

Ich wartete noch ab, bis ich seine Schritte auf der Treppe nach unten hörte, stand dann auf, ignorierte die Kälte und die Art, wie sich alles um mich herum drehte. Ich fuhr den Laptop hoch und öffnete den Ordner mit dem Namen »Geschichten«.

Alles, woran ich gearbeitet hatte, also beinahe alles, woran ich je geschrieben hatte, befand sich in diesem Ordner. Ich löschte eine Datei nach der anderen, bis der gesamte Ordner leer war. Cassandras Geschichte gab es nun nicht mehr. Keine meiner Geschichten existierte mehr. Es war, als hätte ich sie nie geschrieben. Ich hatte das Gefühl, das Fenster noch einmal öffnen zu müssen, damit sie alle davonfliegen und Emilys Seele folgen konnten.

Mein Herz war wie erstarrt, die Augen trocken, die Seele leer. Eine plötzliche Panikattacke packte mich – so intensiv, dass ich wieder zitterte. Ich dachte ernsthaft, dass ich den gleichen Weg wie Emily gehen würde, den gleichen wie die Geschichten und mich einfach in Luft auflösen würde.

Und dann geschah es.

Mir stand das Haar zu Berge, und es fing an, in all meinen Gliedmaßen zu kribbeln, während ein leises, sanftes Summen in meinem Ohr ertönte. Ein seltsames, unnatürliches Frösteln breitete sich auf meinen Schultern aus. Mit untrüglicher Sicherheit wusste ich, dass ich nicht allein war – jemand stand hinter mir. Langsam und zitternd drehte ich mich um, und dann erblickte ich sie – sie saß an meinem Frisiertisch. In der Dunkelheit blinzelte ich ein paarmal, bevor sich mein Blick auf den Schatten heftete. Ich versuchte, mich mucksmäuschenstill und reglos zu verhalten, sogar ohne einzuatmen.

Emily?

In meinem Herzen rief ich ihren Namen, ich rief und rief und versuchte, den Schatten mit meinen Gedanken dazu zu bringen, eine Form anzunehmen, die stumme, schlanke Gestalt dazu zu bewegen, sich umzudrehen und mir ihr Gesicht zu zeigen, ihr geliebtes Gesicht. Doch nichts dergleichen geschah. Die Ränder der Gestalt verblassten rasch, und schon war sie verschwunden.

Bitte komm zurück. Komm zu mir zurück, flehte ich inständig und starrte den Platz an, an dem sich der Geist befunden hatte, während ich vor Angst, Sehnsucht und Ehrfurcht zitterte. Meine Gabe war zurückgekehrt. Sie musste zurückgekehrt sein, damit ich Emily noch einmal sehen konnte.

»Inary?« Logan. Er half mir auf, und ich hielt seine Hand fest, damit er mich auf dieser Seite der Wirklichkeit festhielt, auf der Seite der Lebenden.

An das, was danach geschah, erinnere ich mich nicht mehr.

9 Das Ende und der Anfang

Inary

Ein paar Stunden später wachte ich auf einem der Sofas auf. Logan hatte eine Decke um mich geschlungen, wie ich dankbar feststellte. Durch einen Spalt zwischen den Vorhängen sickerte trübes Winterlicht ins Zimmer – es musste schon später Vormittag sein. Bis zum Morgengrauen hatten wir zusammengesessen, doch dann war ich wohl von der Müdigkeit übermannt worden – ich konnte mich nicht daran erinnern, eingeschlafen zu sein. Was die vorherige Nacht betraf, so konnte ich mich an überhaupt nichts erinnern.

Emily war tot.

Etwas anderes spielte keine Rolle mehr.

Aber das Leben ist immer stärker als die Verzweiflung. Gedanken an die Gegenwart packten mich und brachten mich dazu, mich aufzusetzen. Dabei fühlte sich mein Kopf so seltsam leicht an.

Mein *Haar*! Ich hatte es mir abgeschnitten. Mist! Warum hatte mich niemand davon abgehalten? Schnell rannte ich ins Badezimmer und betrachtete mich im Spiegel. Das Haar sah gar nicht mal so schlecht aus – vielmehr war es mein Gesicht, das schrecklich aussah. Ich schnappte mir die erstbeste Bürste, die ich finden konnte, und strich die gestutzten Wellen glatt. Da sie nun nicht mehr von ihrem Eigengewicht niedergedrückt wurden, lockten sich die Haarspitzen bereits. Mit eiskaltem Wasser wusch ich mir das Gesicht und schnappte erschrocken nach Luft. Danach fühlte ich mich nicht mehr ganz so benommen.

Mein Bruder saß am Küchentisch und klammerte sich an eine dampfende Tasse. Auch er sah mitgenommen aus, hatte dunkle Schatten unter den Augen und wirkte mit seinem alten Wollpulli, der Jeans und den nackten Füßen irgendwie ungepflegt. Er schien vom Gewicht des Verlustes von Emily niedergedrückt zu werden. Es tat mir so leid für ihn.

Als er meine Anwesenheit spürte, riss er sich zusammen. »Inary. Willst du Kaffee?«, fragte er und stand langsam auf. Er bewegte sich steif, als hätte er die ganze Nacht hier gehockt. Was er wahrscheinlich auch getan hatte. Die Knöchel seiner linken Hand, mit der er vor ein paar Tagen auf die Wand eingeschlagen hatte, waren blaugrün.

Ich öffnete den Mund, um seine Einladung zu einem Kaffee anzunehmen, doch mir kam kein Wort über die Lippen. Schlagartig erinnerte ich mich daran, was kurz nach Emilys Tod passiert war. Dass meine Stimme verschwunden war und mir die Worte im Hals stecken zu bleiben schienen.

Ich versuchte es wieder und wieder und formte unter Logans fassungslosem Blick immer wieder ein »Ja«. Nichts. Ich merkte, wie sich Panik in mir ausbreitete, und hob die Hand an meinen Hals.

»Inary, alles in Ordnung mit dir?« Logan kam zu mir herüber. Ich sah ihm in die Augen, als ich noch einen letzten Versuch unternahm zu sprechen, doch wieder kam kein Wort über meine Lippen. Es war, als seien meine Stimmbänder eingefroren. Als sei es eben nicht nur ein augenblicklicher Schock.

Ich schüttelte meine gestutzten Locken und hoffte, damit das zu vertreiben, was meinen Hals umklammert hielt und es mir unmöglich machte zu reden. Durch die ruckartige Bewegung, gepaart mit dem Schlaf- und Essensmangel, wurde mir schwindelig. Ich schnappte mir einen Stuhl und setzte mich, die Ellbogen auf dem Tisch aufgestützt, schnell hin.

»Inary?«

Ich war unentschlossen, ob ich noch einen Versuch wagen

sollte zu sprechen. Ich beschloss, damit noch so lange zu warten, bis ich allein war, und nickte stattdessen.

»Ab mit dir nach oben. Leg dich hin, ich bring dir einen Kaffee hoch. Ich kümmere mich um … alles. In einer halben Stunde kommen sie.« Er klang beinahe zärtlich, fast so, als hätte er mich immer noch gern.

Mir war klar, wen er meinte. Den Bestatter nämlich. Der kam, um Emily abzuholen. Wieder nickte ich, die Augenlider schwer vor Erschöpfung, während erneut Trauer in mir aufstieg. Ganz langsam ging ich die Treppe hinauf und musste jede Stufe einzeln bewältigen. Ich ging an Emilys Zimmer vorbei; laut wie ein Schrei sickerte die Stille dort heraus. Wäre ich durch diese Tür getreten, hätte ich meine Schwester dort tot auf dem Bett liegen sehen. Auch der letzte Rest meiner noch verbliebenen Energie verließ mich mit einem sanften Zischen, wie Luft, die aus einem Ballon herausströmte. Ob mein Herz jetzt wohl auch aufhören würde zu schlagen? So wie Emilys, fragte ich mich ernsthaft. Warum lebte ich noch, während meine Schwester ohne jeden Funken Leben dalag?

Aber dies war nicht mehr meine Schwester. Es war nur noch ihr Körper, ermahnte ich mich, um den Schmerz in meinem Inneren ein wenig zu dämpfen. Sie selbst war nicht tot. Sie war frei wie die Schwalbe an ihrem Armband, das nun an meinem Handgelenk hing.

Ich lehnte mich an Emilys Tür und ließ den Kopf kurz am Holz ruhen.

Komm zurück, komm zurück zu mir, ertappte ich mich dabei, wie ich sie anflehte. *Lass mich dich noch einmal sehen, Emily …*

Heißes, fast schon kochend heißes Wasser umhüllte mich beim Duschen und beruhigte mich ein wenig.

Mit einer sauberen Jeans und einem Pulli bekleidet, mit nassem Haar und nackten Füßen saß ich anschließend auf meinem Bett, die Zimmertür geschlossen. Ich holte tief Luft.

Ich bin Inary, versuchte ich zu sagen, legte meine Lippen um jede Silbe und zwang meine Stimmbänder zu vibrieren.

Hallo. Hallo. Ich bin Inary.

Nichts. Kein Ton kam mir über die Lippen. Ich formte die Wörter mit meinem Mund, doch nichts passierte, zumindest nichts, was lauter als ein Seufzer oder ein Luftholen gewesen wäre. Wieder legte ich meine Finger an den Hals und versuchte zu ertasten, was dort nicht stimmte …

Ich musste mir irgendetwas eingefangen haben. Die Grippe, eine Kehlkopfentzündung oder irgendwas in der Art. Ich hatte mich während der letzten Tage in Emilys Leben selbst vollkommen vernachlässigt – ich hatte vergessen, zu essen oder mir zum Einkaufen eine Jacke anzuziehen, und es war kalt draußen. Glen Avich war im März wirklich immer noch eisig kalt. Da hatte ich also meine Antwort. Ich brauchte demnach nur Paracetamol und Lutschtabletten für den Hals, und bald schon wäre alles wieder im Lot.

Ein paar Sekunden lang war ich erleichtert, doch dann verließ mich meine Hoffnung wieder. Ich befühlte meine Stirn – trocken und kühl. Keinerlei Halsschmerzen. Keine Brustschmerzen. Ich war nicht krank.

Vor lauter Panik, die erneut in mir aufstieg, bekam ich Herzrasen.

Ich kann nicht sprechen. Ich kann tatsächlich nicht mehr sprechen.

Ich versuchte krampfhaft, mich zusammenzureißen, und holte ein paarmal tief Luft. Wenn es jemals einen ungeeigneten Zeitpunkt gab, um eine Panikattacke zu bekommen, dann jetzt. Logan konnte sich unmöglich auch noch darum kümmern – von mir mal ganz zu schweigen. Ich musste mich zusammennehmen. Schließlich war dies nur ein temporäres Problem. Das *musste* ein temporäres Problem sein.

Während ich mich bemühte, meine zittrige Atmung zu beruhigen, schreckten mich Stimmen und Geräusche von draußen auf. Kurz schloss ich die Augen und bereitete mich innerlich auf das vor, was gleich geschehen würde. Der Bestattungsunternehmer Mr Clarke war mit seinen Söhnen eingetroffen. Sie hatten sich damals nach dem Tod meiner Großmutter auch um alles gekümmert. Und nun waren sie wegen Emily hergekommen.

Ich verlor geliebte Menschen um mich herum, wie Bäume ihre Blätter verlieren. Ein Mensch nach dem anderen verschwand, und ich fühlte mich nackt wie die schwarzen Äste vor meinem Zimmerfenster. Außer Logan und mir waren nun alle fort.

Ich zwang mich, zur Tür zu gehen, wobei sich jeder Schritt so schwer anfühlte, als hätten sich meine Beine in Blei verwandelt. Ich zwang meine Hände, die Klinke herunterzudrücken; ich schaute hinaus. Da waren sie, ganz in Schwarz gekleidet wie ein Krähenschwarm. Und da stand auch Logan, mit abweisendem Blick, ungläubig. Schon komisch, wie ein so starker, hochgewachsener Mann plötzlich so winzig und verloren wie ein kleiner Junge aussehen kann.

Ich lief zu ihm, um ihm beizustehen; ich musste bei ihm sein. Ich musste es einfach, weil ich schon nicht da gewesen war, als Emily und er mich am meisten gebraucht hatten.

Einen Augenblick zog ich in Betracht, so laut zu schreien, wie ich nur konnte, und Emily den Bestattern aus den Händen zu reißen, die Männer aus dem Haus zu werfen und anzubrüllen, uns ja in Ruhe zu lassen. Meine Brust schwoll an vor Wut gegenüber den einzigen Leuten, die ich im Moment hassen konnte – die Leute, die uns Emily wegnahmen. Ein Schluchzen entwich meinem Mund, und Logan trat näher an mich heran; sein Arm berührte den meinen. Meine Wut verebbte, und stattdessen flossen mir Tränen über die Wangen.

Endlich.

»Es tut mir unfassbar leid, Inary«, kondolierte Mr Clarke, ein älterer Mann, der immer ruhig und leise sprach und bereits in fast jedem Haus des Dorfes in der jeweils dunkelsten Stunde gewesen war. Er hatte die Trauer in all ihren Formen erlebt.

Ich nickte und schämte mich für die Wut, die ich ihm gegenüber eben noch empfunden hatte. Ich fragte mich, ob ihm so etwas wohl zuvor schon einmal passiert war; ob Leute, die niemand anderen hatten, auf den sie wütend sein konnten, und Wut gegenüber dem Universum und dem Leben an sich empfanden, ihn schon mal zum Ziel ihrer Wut erklärt hatten.

Wir wollten Emily begleiten, doch Mr Clarke riet uns, zu Hause zu bleiben. Sie würden an alles denken. Gegen Mittag könnten wir vorbeikommen, um alles zu besprechen und vorzubereiten. Die Tür fiel hinter den Männern ins Schloss, und fort waren sie. Emily war fort.

Meine Lunge verkrampfte sich, und ich bekam keine Luft mehr – höchste Zeit für mein Mantra. *Emily wird nie mehr eine Gefangene ihres Körpers sein. Emily wird nicht beerdigt. Ihre Seele ist frei.*

»Ich trinke jetzt was …« Logans Stimme klang seltsam, als müsse er sich große Mühe geben, die Wörter und Sätze zu bilden, da er eigentlich nur weinen wollte. Ich sah es seiner Miene an, entdeckte die Tränen, die darauf drängten, ihm in die Augen zu steigen, gesammelt zu einem stillen Sturzbach, der fließen würde, sobald Logan sich das zugestehen würde.

Ich nahm seinen Arm und zwang ihn, mich anzusehen. *Ich kann nicht mehr sprechen*, formte ich lautlos mit den Lippen.

»Was meinst du damit?«

Ich berührte meinen Hals und schüttelte den Kopf. Vor lauter Panik hatte ich ein beklemmendes Gefühl in der Brust.

»Tut dir der Hals weh?«

Wieder schüttelte ich den Kopf.

»Bestimmt hast du dir eine Grippe oder so was eingefangen …«

Es klopfte an der Haustür – Tante Mhairi, deren Augen vom vielen Weinen in der schlaflosen Nacht ganz verquollen waren. Sie nahm mich fest in den Arm.

»Liebes, dein Haar! Was ist passiert?«

Ich zuckte mit den Schultern. Logan schüttelte kurz den Kopf, als wolle er sagen: »Frag lieber nicht.« Ich war ihm sehr dankbar dafür.

»Habt ihr beide überhaupt ein wenig geschlafen?«

»Nein«, erwiderte Logan. Ich konnte nicht antworten. »Inary hat sich erkältet; sie hat keine Stimme mehr«, erklärte er.

»Oh, Süße! Habt ihr was zum Einnehmen im Haus? Nein? Dann lauf ich schnell für dich zur Apotheke!«

Mir wurde bewusst, dass ich mich immer auf Lesleys Medikamentenvorräte verlassen hatte. Im Grunde hatte ich noch nie irgendwas kaufen müssen. Tante Mhairi war schon zur Tür hinaus, bevor ich überhaupt dagegen protestieren konnte, und sie kehrte kurz darauf mit allerlei Medikamenten sowie einem Röhrchen mit Vitamintabletten zurück – »um dich wieder ein wenig aufzubauen«. Ich nahm alles, was ich nehmen konnte – Lemsip, ein Erkältungsmittel, Lutschtabletten und eine Vitamintablette –, und entdeckte am Boden der Tüte zwei Lutscher. Ich holte sie heraus und zog die Augenbrauen hoch.

»Mr Talbot hat sie mir für Logan und dich mitgegeben«, erklärte Tante Mhairi schnell. »Er denkt wohl, ihr seid immer noch zehn Jahre alt.« Trotz allem musste ich grinsen. Der Anblick dieser Chupa-Chups-Lollis war seltsam rührend. »Er sagte, er wolle mit Nuala später noch vorbeikommen.«

Natürlich. Das ganze Dorf wollte »später noch vorbeikommen«. Mein Magen zog sich zusammen. Natürlich wollten die Leute vorbeikommen und uns besuchen, um zu zeigen, dass man uns nicht alleinließ, und um sich zu vergewissern, dass es uns gut ging. Man würde abgedeckte Teller mit Essen vorbeibringen und uns Trost spenden. Dafür war ich dankbar, ich brauchte irgendwie das Gefühl, dass wir von Familie und

Freunden umgeben waren, aber wie sollte ich mein Schweigen erklären? Hoffentlich würde alles bald wieder normal sein.

Gleich nach diesem Gedanken packte mich erneut das blanke Entsetzen. Nichts würde jemals wieder *normal* sein. Meine Stimme mochte vielleicht zurückkehren, Emily jedoch nicht mehr.

Die nächsten Stunden vergingen, in denen Logan und ich wie benommen dasaßen. Wir gingen zu Mr Clarke, sprachen über Emilys Beerdigung und kehrten heim. Leute kamen und gingen. Ich wünschte mir inständig, der Abend würde bald hereinbrechen, damit wir allein sein konnten. Außerdem wollte ich, dass Logan ein wenig schlief. Ich machte mir so viele Sorgen um ihn und schlich ihm permanent hinterher, um sicher zu sein, dass er nicht zu viel trank, da er doch so müde war, und drückte ihm stattdessen ab und zu ein Glas Wasser in die Hand.

Mir gelang es, alle davon zu überzeugen, dass ich nur eine Halsentzündung hatte. Niemand schien an dieser Erklärung für mein Schweigen zu zweifeln – das heißt niemand außer Logan. Ich merkte, wie er mich anstarrte, wenn er dachte, ich würde es nicht bemerken. Die Leute rieten mir, einen Schal zu tragen, mich warm anzuziehen; Tee zu trinken, Orangen zu essen, einen heißen Grog oder einen Vitaminsaft zu trinken; mich kurz hinzulegen, einen Spaziergang zu machen, ein wenig an die frische Luft zu gehen. Und so weiter und so fort. Ihre vielen Ratschläge und die Sorge um mich verringerten meine Schwermut, wenn auch nur ein wenig. Meine Trauer war wie ein Ozean, und die Freundlichkeit der Leute nahm nur ein paar Tropfen davon weg, doch das war immerhin besser als nichts.

Zwischen all dem Tee, den Sandwiches und den Nachbarn, die mit Aufläufen und Apple Crumble vorbeikamen, fiel mir ein, dass ich Lesley noch gar nicht gesagt hatte, dass Emily gestorben war. Ich schlich in mein Zimmer hinauf, genoss die Einsamkeit und schaltete zum ersten Mal seit drei Tagen mein Handy ein.

Sofort wurde ich mit verpassten Anrufen auf der Mailbox überschwemmt, die allesamt von Lesley stammten. Keine einzige Nachricht jedoch von Alex. Das tat weh, aber was hatte ich denn erwartet – so, wie ich mit ihm umgegangen war?

Instinktiv wählte ich Lesleys Nummer – ich sehnte mich geradezu danach, ihre Stimme zu hören –, doch dann fiel mir wieder ein, dass ich nicht sprechen konnte.

Emily ist letzte Nacht gestorben. Ich kann heute nicht reden – was ja stimmte, wenn auch nicht aus den Gründen, die sie wohl vermuten würde –, *rufe dich bald an.*

Oder zumindest hoffte ich, dass ich das können würde.

Sofort kam eine Antwort. Offenbar hatte sie auf eine Nachricht von mir gewartet.

Das tut mir so leid! Soll ich zu dir kommen?

O Gott, ja! Du kannst dir gar nicht vorstellen, wie sehr ich mir das wünsche!

Bitte komm! Es wäre mir so wichtig, dass du hier bist. Die Beerdigung findet übermorgen statt.

Halt die Ohren steif, Süße. Bin schon unterwegs. GLG, antwortete sie.

Kurz schloss ich die Augen und atmete tief aus. Die Vorstellung, sie bei der Beerdigung an meiner Seite zu haben, ließ alles ein wenig erträglicher erscheinen.

Aber ich wusste ja nicht einmal, ob ich überhaupt mit ihr reden konnte – keine Ahnung, wann meine Stimme wieder zurückkehren würde. In einer Stunde? Heute Abend? Nächste Woche vielleicht?

Ich fragte mich, ob ich ihr vor ihrer Ankunft von meiner

Stimme schreiben sollte, entschied mich dann jedoch dagegen. Das hätte sie nur noch mehr beunruhigt. Was aber, wenn meine Stimme nicht wiederkehren würde? Wie sollte ich dann erklären, wie … Meine Gedanken wirbelten durcheinander, in meinem Kopf hämmerte es. Ich rollte mich auf dem Bett zusammen. Ich musste mich dringend ausruhen, doch meine Gedanken wollten nicht aufhören umherzuspringen.

Als ich über das Chaos meiner Situation nachdachte, haute mich der plötzliche Wunsch, Alex alles zu erzählen, fast um und raubte mir den Atem. Ich redete mir ein, dass er Abstand bräuchte, aber ich konnte einfach nicht anders – ich schickte ihm die gleiche Nachricht wie Lesley, bevor ich mich wieder die Treppe hinunterschleppte, um mich zu Logan zu gesellen.

Nachdem ich eine Stunde lang ein Auge auf meinen Bruder gehabt hatte, wie er versuchte, sich mit den Leuten zu unterhalten, hörte ich, wie mein Handy klingelte. Ein einziges Mal.

Ich schlich in die Küche und warf einen Blick auf das Display. Ein verpasster Anruf von Alex. Wenn wir nicht reden konnten und keine Zeit für eine Nachricht hatten, riefen wir einander an und ließen es genau ein einziges Mal klingeln, damit der jeweils andere wusste, dass man an ihn dachte. Wir nannten das einen »Triller«. Keine Ahnung, wem das Wort eingefallen war. Ein solcher Triller konnte viele verschiedene Bedeutungen haben – es konnte ein »Gute Nacht« oder ein »Guten Morgen« sein, das Zeichen, dass gleich das Lieblingsprogramm im Fernsehen begann, das Signal für das Ende der Kaffeepause bei der Arbeit oder auch nur ein flüchtiger Gedanke.

Ich lehnte am Küchentisch und starrte eine ganze Weile auf mein Handy. *Ein entgangener Anruf von Alex* – ein Gedanke von ihm an mich, der nun irgendwo zwischen London und Glen Avich umherpendelte. Ein kleiner, tröstlicher Hoffnungsfunke entfachte sich in meinem Herzen und ließ alles ein bisschen weniger dunkel und kalt erscheinen.

Was konnte ich denn schon tun? Schließlich konnte ich mich nicht einfach in Luft auflösen. Nicht nach allem, was um sie herum gerade geschah. Wenn man schon von Unglück sprach – Inarys Familiengeschichte steckte voller Tragödien. Zuerst ihre Eltern und nun Emily. Allein die Vorstellung, was sie gerade durchmachte, ließ mich schaudern.

Aber nach dem, was zwischen uns vorgefallen war, wollte sie mich wahrscheinlich ohnehin nicht bei der Beerdigung sehen. Und ich befürchtete, selbst auch noch nicht so weit zu sein, ihr gegenübertreten zu können. Somit beschloss ich, dass es wohl das Beste sei, der Beerdigung fernzubleiben. Doch ich würde sie wissen lassen, dass ich für sie da war.

Ich war immer noch wütend über das, was sie gesagt und getan hatte – aber den Gedanken, welchen Schmerz *sie* gerade erleiden musste, konnte ich ebenso wenig ertragen. Also schnappte ich mir mein Handy und rief sie an, nur um wieder aufzulegen, bevor sie rangehen konnte. Ein Triller, um sie wissen zu lassen, dass ich *da* war.

10 Eine Feier für die Toten

Inary

Lesley traf am Morgen der Beerdigung ein, an einem strahlend schönen, sonnigen Vormittag, der für den frühen März in Glen Avich völlig untypisch war – ein Vorbote des Frühlings. Ich war mir nicht sicher, ob dies ein Segen war, ein kleiner Abschiedsgruß von Emily oder einfach nur eine Art, uns zu verhöhnen.

Ich stand unten auf der Straße, wartete auf Lesley – sie hatte mir eine SMS geschrieben, dass sie nur noch zehn Minuten entfernt war –, saugte das wunderbare Licht in mich auf und atmete die Luft tief ein, in der schon eine neue Jahreszeit und neues Leben zu spüren waren, während ich gleichzeitig klar vor Augen hatte, dass gleich meine Schwester beerdigt werden würde. Dass sie nie wieder diese Luft atmen würde, nie wieder den Wind in ihrem Gesicht spüren oder alles um sich herum in voller Blüte sehen würde …

Als ich Lesleys kleines rotes Auto am Ende der Straße auftauchen sah, brach ich vor Erleichterung in Tränen aus. Schnell lief ich ihr entgegen.

»Oh, Inary«, flüsterte sie, als sie ausstieg, »es tut mir so leid …«

Ich schloss Lesley in die Arme und wollte sie am liebsten gar nicht mehr loslassen. Wir sahen einander an, doch ich konnte nichts sagen. Hinsichtlich meiner Stimme hatte ich ihr noch gar nichts erzählt – ich hoffte immer noch, dass sie plötzlich wieder da sein würde. Ich fasste Lesley an der Hand und ging mit ihr ins Haus; in der Haustür wartete Logan schon auf uns. »Vielen Dank, dass du gekommen bist, Lesley.«

»Natürlich. Es tut mir so leid, Logan«, antwortete sie und umarmte ihn fest, was er ein wenig steif erwiderte. »Kann ich irgendwas für euch tun …?«, fragte sie und schaute mich an. Ich konnte nichts sagen.

»Inary hat keine Stimme mehr«, erklärte Logan. Ich nickte nur und deutete auf meinen Hals.

»O … hast du schon irgendwas eingenommen? Das hat ja gerade noch gefehlt! Hast du auch Fieber?« Sie befühlte meine Stirn, woraufhin ich die Augen schloss. Ich saugte ihre Fürsorglichkeit in mich auf. »Du fühlst dich aber ziemlich kühl an …«

»Nach der Beerdigung geht sie zum Arzt. Es ist nur eine Halsentzündung oder etwas Ähnliches, aber besser, es sieht sich ein Fachmann an«, antwortete Logan für mich.

»Und du hast die Haare kürzer …«

Ich sah zur Seite. Lesley verstand meine Andeutung.

»Es sieht hübsch aus. Du bist so tapfer, Inary. Komm her«, rief sie und nahm mich wieder in den Arm. Ich wünschte mir, für immer dort bleiben zu können und niemals dem entgegentreten zu müssen, was vor uns lag.

Inständig hatten wir uns eine kleine Beerdigung im engsten Familienkreis gewünscht, doch die Kirche war bis in die letzte Bank gefüllt. Schließlich konnten wir der halben Stadt – wohl eher der gesamten Stadt, wie ich schätzte – nicht verbieten herzukommen. Alex war jedoch nicht da, und ich spürte seine Abwesenheit wie ein Körperteil, das abgetrennt worden war. Aber ich verstand durchaus, warum er sich entschieden hatte, lieber nicht zu kommen: Der Grund war ich. Und ich konnte es ihm nicht einmal verübeln.

Emilys Freunde und Klassenkameraden saßen weiter hinten, die Augen ungläubig aufgerissen, weil so etwas einem von ihnen passieren konnte – junge Leute sterben schließlich nicht,

nicht wahr? David war auch unter ihnen, er war einmal für eine kurze Zeit Emilys Freund gewesen. Er war blass und ließ die Schultern hängen. Er war in Begleitung seiner Mutter erschienen. Nach der Beerdigung kamen die beiden zu uns und sprachen uns, die Köpfe gesenkt, ihr Beileid aus.

»Wir hatten sie so gern«, flüsterte seine Mutter. In ihren Augen glänzten Tränen. »Sie war eine so liebe junge Frau. Es tut mir unendlich leid, Logan, Inary.«

David sagte nichts. Den Bruchteil einer Sekunde schüttelte er Logans Hand und schaute dann plötzlich zur Seite. Ich hatte Mitleid mit ihm.

Viele Menschen waren in Tränen aufgelöst. Ich gehörte auch dazu. Ich hatte mich bei Lesley untergehakt und wiederholte innerlich immer wieder mein lebensrettendes Mantra: *Sie ist nicht hier. Sie liegt nicht in diesem Sarg. Sie wird jetzt nicht in die Erde hinabgesenkt. Die Erde schließt sich nicht über ihr. Sie liegt nicht im Stockfinsteren da.*

Emily ist frei.

Ich sah zu, wie sie neben unseren Eltern beerdigt wurde. Drei Gräber nebeneinander. Nun waren von unserer Familie nur noch Logan und ich übrig geblieben. Ich suchte nach seiner Hand und klammerte mich wie ein verängstigtes Kind an seine Finger. Er drückte meine Hand kurz und ließ sie dann los, sodass ich allein dastand.

Für den Leichenschmaus kehrten wir ins Haus zurück. Diese Tradition hatte mich immer schon irritiert. Im Grunde war es wie eine Feier für die Toten. Ich schätze mal, es hilft den Hinterbliebenen, da sie so kurz nach der Beerdigung nicht in ein menschenleeres Haus zurückkehren müssen. Mir half es durchaus, gleichzeitig erdrückte es mich jedoch auch. Während der ganzen Zeit wich mir Lesley nicht von der Seite … die vielen

Leute, so viele Blumengebinde überall und etliche Servierteller mit Sandwiches, alle geschmiert von unseren Nachbarn. All die Körper und Stimmen wirbelten umher und schienen eins zu werden, und mir drehte sich alles vor Augen, bis ich plötzlich eine Hand auf meinem Arm verspürte und einen süßen, frischen Apfelduft roch. Eilidh. Ich hatte sie seit unserer zufälligen Begegnung im Laden nicht mehr gesehen, da ich all meine Zeit mit … Emily verbracht hatte.

Emily.

Ich holte so tief wie möglich Luft und fing mich wieder.

Eilidh hielt ihr Baby im Arm, süß und kuschelig in einem blauen Strampler mit einem blauen Strickjäckchen darüber. Eilidh umarmte mich mit einem Arm und winkte zu Lesley hinüber.

»Logan hat mir erzählt, dass du keine Stimme mehr hast. Die Trauer stellt schon komische Dinge mit einem an«, erklärte sie kurz und musterte mich mit ihren klaren blauen Augen, die genau die gleiche Farbe wie die meinen hatten. Ich war ein wenig überrascht. Denn bis dahin hatte noch niemand mein Schweigen in diesen Zusammenhang gebracht, jedenfalls nicht mir gegenüber. Alle hatten vorgegeben, mir die Halsentzündung abzukaufen.

»Aber weißt du, mit der Zeit wird es besser … selbst, wenn es dir jetzt noch vollkommen unmöglich erscheinen mag«, fügte sie mit ihrer herzlichen, beruhigenden Stimme hinzu.

Jetzt drehte sich nicht mehr alles um mich herum, und ich hatte eine Art Gefasstheit wiedererlangt. Eilidh hatte einfach etwas an sich, das einen wie ein warmes Licht einhüllte – eine gewisse Art von Ruhe, ein wenig so wie die meiner Mutter damals. Eilidhs Worte hatten mich getröstet, vielleicht gerade deshalb, weil sie das laut ausgesprochen hatte, was alle insgeheim vermuteten, aber niemand sich zu sagen getraute – dass es nämlich das Trauma von Emilys Tod war, das mir die Stimme geraubt hatte. Vielleicht war es aber auch die Einsicht, wie sehr wir uns ähnlich sahen, die mich wieder daran erinnerte, wie tief ich in Glen Avich verwurzelt und dass ich mit der Hälfte der Dorfbewohner verwandt war. Dass ich irgendwohin gehörte, sogar, nachdem ich von hier zu fliehen versucht hatte.

»Inary! Es tut mir so leid …«, ertönte eine vertraute Stimme hinter mir. Eilidh verabschiedete sich taktvoll und ging, sodass ich mich umdrehen konnte und Torcuil Ramsay erblickte – Lord Ramsay, den Großcousin meiner Mutter. Wie gewohnt trug er einen löchrigen Pullover und verschmutzte Schuhe, und sein Haar sah aus, als hätte es schon monatelang keinen Kamm mehr gesehen, doch er trug seinen Kilt, den er nur für besondere Anlässe hervorholte.

Torcuil war einer der liebenswürdigsten Menschen, die ich kannte. Er schloss mich fest in die Arme, und als ich ihm in die Augen sah, wurden Bilder in mir wach, wie wir als Kinder früher immer zusammen gespielt hatten. Ich lächelte kurz, als ich mich an das Baumhaus auf dem Gelände der Ramsays erinnerte, auf das er Emily hinaufgeholfen hatte, damit sie sich nicht überanstrengte …

»Komm und besuch mich, Inary. Wir haben uns schon so lange nicht mehr gesehen«, flüsterte er mir zu – er sprach immer sehr leise – und drückte meine Hände ein letztes Mal, bevor er wieder ging.

Ich merkte, wie mich jemand sanft am Arm berührte – Lesley. Ich hatte schon ganz vergessen, dass sie da war.

»Ich laufe mal kurz nach oben«, erklärte sie. »Kommst du klar?«

Ich nickte.

»Inary …« Als Nächstes stand meine alte Schulfreundin Christina vor mir. Ich sah ihr kurz ins Gesicht, bevor mein Blick dann geradezu magisch auf ihren riesigen Babybauch gelenkt wurde. Sie deutete meine Miene richtig. »Ja, ich bin im sechsten Monat schwanger. Es dauert nicht mehr lang.« Ich musterte sie und wusste nicht, was ich tun sollte. Ich konnte ihr nicht gratulieren; es erschien mir zu schwierig, das mit den Lippen zu formen oder zu gestikulieren. Also wartete ich ab, dass sie weiterredete, was sie auch tat. »Es tat mir so leid, als ich das von deiner Schwester gehört habe, Inary. Die arme Emily. Ich wünschte, ich könnte die richtigen Worte finden …«

Ich starrte sie an. Worte waren derzeit auch nicht gerade meine Stärke, also nickte ich nur, meine Standardantwort.

»Inary, ist alles in Ordnung mit dir?«, fragte sie, und die Sorge war ihr deutlich anzusehen. Und dann dämmerte es mir. Sie wusste nicht, dass ich keine Stimme mehr hatte. Unglaublich: Jemand in Glen Avich wusste nichts davon. Funktionierte die Gerüchteküche hier etwa nicht mehr so gut wie früher, als ich noch hier gelebt hatte?

Ich deutete auf meinen Hals, zuckte mit den Schultern, breitete die Arme weit aus und kam mir wie ein französischer Schauspieler vor. Einen irren Moment lang hatte ich ein Bild von mir vor Augen, wie ich eine unsichtbare Treppe hinaufstieg, dazu einen schwarz-weiß gestreiften Pullover mit weißen Handschuhen trug und irgendwo eine rote Nelke angesteckt hatte. Diese Vorstellung ließ mich lautlos lachen, was der Situation überhaupt nicht angemessen war. Ich wirkte wohl leicht hysterisch, vermutete ich. Völlig fassungslos starrte Christina mich an. Wahrscheinlich dachte sie, ich hätte den Verstand verloren. Vielleicht stimmte das auch.

»Oh, du hast eine Halsentzündung? Ich hoffe, dir geht es bald besser! Wie ich schon sagte, es tut mir sehr leid, was mit Emily passiert ist. Ich geh jetzt wieder, Fraser wartet auf mich.« Ach ja, Fraser Masterson – auch er war in unserer Klasse gewesen. Tatsächlich haben wir irgendwann einmal zusammen herumgeknutscht – man stelle sich das vor. Du meine Güte. Verheiratet und schwanger mit fünfundzwanzig Jahren. Andererseits hätte das aber auch ich sein können, wenn …

Das Zimmer um mich herum bewegte sich, als der Gedanke, den ich gerade gehabt hatte, aus meinem Kopf zu springen schien und ein Eigenleben entwickelte. Ich spürte, wie mir das

Herz eine Sekunde lang stehen blieb – Christina hatte sich gerade in den Geist von »Was wäre wenn …« verwandelt.

Er war hier. Lewis war hier. Und er hielt die Hand einer anderen Frau.

Sie durchquerten das Zimmer und kamen auf mich zu. Mein Exverlobter und unsere ehemalige Mitschülerin – die hübsche, zierliche, immerzu kichernde Claire McKay. Bevor ich irgendetwas sagen konnte, umarmte mich Claire und murmelte mir ihr Beileid zu. Ich stand stocksteif da und war nicht in der Lage, meine Arme um sie zu schlingen.

Ich fragte mich, ob sie wohl wusste, was Lewis mir angetan hatte. Ich fragte mich ernsthaft, ob sie wusste, dass er mich nicht einfach nur verlassen hatte – sondern das genau drei Monate vor unserer Hochzeit. Wusste sie, dass ich mein Hochzeitskleid zum Secondhandladen gebracht hatte? Ich hatte es dort in einer Tüte vor der Tür abgelegt und war dann weggelaufen, bevor mich irgendjemand hatte sehen können. Ich hätte die Schande nicht ertragen, wenn sie »Vielen Dank – was für ein hübsches Kleid – Sie müssen darin bezaubernd ausgesehen haben – hatten Sie an Ihrem großen Tag Glück mit dem Wetter?« gesagt hätten.

Vielleicht war zwischen Lewis und Claire etwas passiert, als wir noch zusammen waren. Möglicherweise war das der Grund, warum er mich so plötzlich verlassen hatte. Der Gedanke fühlte sich wie ein Messerstich an. Ich blutete und blutete stillschweigend weiter, während die beiden vor mir standen.

»Ich bin hier, um dir zu sagen, wie leid es mir tut«, fing Lewis an.

Was tut dir leid? Dass meine Schwester gestorben ist? Oder dass du mir das Herz gebrochen hast?

Ich musterte sein Gesicht, jene Züge, die mir so vertraut waren. Jeden Morgen, wenn ich in unserem Bett aufgewacht war, war sein Gesicht das Erste gewesen, was ich gesehen hatte: seine langen hellen Wimpern, diese Lippen, von denen ich nicht genug bekommen konnte, sowie das dunkel-goldfarbene Haar, ganz zerzaust und weich auf dem Kissen. »Guten Morgen, Schlafmütze«, hatte er immer zu mir gesagt.

Ich rechnete mit einer Woge des Schmerzes, die mich wie erwartet auch überrollte.

Zudem rechnete ich mit dem intensiven, hungrigen Bedürfnis nach ihm, das ich seit unserer ersten Begegnung verspürt hatte, doch erstaunlicherweise blieb dieses aus.

Stattdessen beschlich mich eine Kälte, die mir durch Mark und Bein kroch – die Erinnerung daran, wie ich mich gefühlt hatte, nachdem er mich verlassen hatte. Wie er mir gesagt hatte, dass es vorbei sei, und dann einfach so Schluss gemacht hatte; wie er mir gesagt hatte, dass es besser für mich sei, eine Zeit lang allein zu sein; dass er Zeit zum Nachdenken brauche und dass er später noch mal anrufen würde, um sicher zu sein, dass es mir gut gehe. Stundenlang hatte ich zu Hause an unserem Küchentisch gesessen, fassungslos und wie betäubt, unfähig, etwas zu sagen, unfähig, mich zu bewegen, und ohne glauben zu können, was passiert war. In den ersten drei Wochen danach hatte ich ihn angefleht, sich mit mir zu treffen. Wir mussten reden, so konnte es doch nicht zu Ende gehen … doch er weigerte sich. Nach einer ganzen Weile war *er* dann mit einem Mal derjenige, der mich darum bat, mich mit ihm zu treffen – weil er mir alles erklären wollte. Mir wurde jedoch klar, dass ich es nicht hätte ertragen können, ihm in die Augen zu sehen. Sechs Wochen später bin ich nach London gegangen; seitdem hatten wir uns nicht mehr gesehen.

Und nun stand er hier vor mir.

Ich nehme an, mir war gerade bewusst geworden, dass ich Lewis aus meinem Herzen verbannt hatte, dass meine Liebe zu ihm gestorben war. Was er mir angetan hatte, schmerzte zwar weiterhin, doch das wusste ich bereits; ein Teil von mir saß immer noch an jenem Küchentisch in unserem Zuhause in Kilronan, mit trockenen, brennenden Augen und zitternden Händen.

»Ich wünschte, ich hätte sie gekannt«, sagte Claire absurderweise.

Ich nickte und schaute zu Boden. Keine Ahnung, was ich als Nächstes tun sollte. Ich wollte einfach nur, dass er ging und seine Claire mitnahm. Ich hoffte, sie würden glücklich miteinander. Vielleicht hoffte ich allerdings, dass Lewis genauso leiden müsste wie ich damals … Nein, ich wünschte wirklich niemandem, so unglücklich zu sein; ein solcher Mensch wollte ich nicht sein.

»Freut mich, dass es dir gut geht. Aber jetzt wird es höchste Zeit zu gehen«, ertönte plötzlich eine Stimme hinter mir. Tante Mhairi war an meiner Seite aufgetaucht und baute sich mit ihren ein Meter fünfzig direkt vor Lewis und Claire auf. Ihr Kopf reichte kaum bis an seine Brust.

»Oh. Oh. Ja, natürlich …«, stammelte er.

»Wiedersehen«, verabschiedete sie sich ohne Umschweife, legte eine Hand auf seinen Rücken und wies ihm mit der anderen den Weg zur Tür. Mit einer Miene ähnlich Gewitterwolken begleitete sie Lewis und Claire hinaus, bevor sie wieder zurückkehrte und sich zu mir gesellte. Ich stand immer noch da, völlig schockiert. Wie betäubt.

»Alles in Ordnung, Liebes? Ich könnte ihn erwürgen!«, knurrte Tante Mhairi leise. Ich schluckte. Einen Moment lang sah meine Tante in ihrer Strickjacke und dem Wollrock verdammt gefährlich aus. »Der traut sich was, hier aufzutauchen, und das auch noch mit dieser Schickimicki-Schnepfe!« Fast hätte ich wegen ihrer Ausdrucksweise lächeln müssen, aber nur fast. »Ich schwöre dir, wenn er sich dir noch ein einziges Mal nähert, dann … oh, sieh mal, da ist Lorna. Sie hat gerade große Probleme mit ihrem Derek.« Theatralisch senkte sie die Stimme. »Du weißt schon, das ist ihr Jüngster. Peggy hat erzählt, dass es nicht einen einzigen Zentimeter auf seinem Arm gibt, der nicht tätowiert ist. Da macht man was mit … alles wieder in Ordnung mit dir?«

Ich nickte.

»Oh, da kommt sie auch schon…« Tante Mhairi verdrehte die Augen und begrüßte Lorna.

Auf der Suche nach einem Whisky ließ ich den Blick durch den Raum schweifen. *Der* würde mir garantiert helfen. Als ich mich auf den Weg zur nächsten Flasche machte, die ich entdeckt hatte, schob sich jemand zwischen mich und meinen Laphroaig-Whisky.

Ein Mann.

Ein Mann mit sonnengebräuntem Gesicht und fröhlichen Augen, der einen Strauß weißer Rosen in den Händen hielt.

»Du musst Inary sein. Ich bin Taylor, ein Freund von Logan«, erklärte der Mann und streckte mir seine Hand entgegen. Er sprach mit amerikanischem Akzent – er war New Yorker, schätzte ich. Wer war er? Ein Zugezogener, ein ganz frisch Zugezogener. Er musste in den letzten Monaten hierhergezogen sein, da ich ihn noch nie zuvor gesehen hatte. »Logan hat erzählt, dass du keine Stimme mehr hast. Keine Sorge, du musst auch gar nichts sagen. Nur… ich hab die Rosen hier für Emily mitgebracht. Es tut mir sehr leid…« Er hielt mir den Rosenstrauß hin.

Zum tausendsten Mal an diesem Tag nickte ich.

Plötzlich fühlte ich mich vollkommen erschöpft. Ich wollte einfach nur allein sein.

»Du sehnst dich bestimmt danach, allein zu sein«, fuhr er fort, als könne er meine Gedanken lesen. »Darum gehe ich jetzt besser. Aber ich wollte sagen, dass ich an der Ausgrabungsstätte arbeite…« Welche Ausgrabungsstätte? Wovon redete er? »Logan und ich fahren ab und an mit dem Boot auf den See hinaus. Vielleicht hast du ja mal Lust mitzukommen… wenn du magst. Mit Logan natürlich…«, fuhr er schnell fort, wahrscheinlich, weil ich denken könnte, er würde mich bei der Beerdigung meiner Schwester angraben. Beides interessierte mich jedoch nicht. Ich schaute zu Boden, und er verstand die Andeutung.

»Also, wir sehen uns. Und noch einmal, es tut mir sehr leid, was passiert ist.« Damit drehte er sich um und lief schnurstracks zu Logan hinüber.

Ich stellte die weißen Rosen in eine Vase und schaffte es endlich, mir etwas zu trinken zu besorgen. Ich hatte mich dann doch für eine Tasse gesüßten Tee entschieden. Logan trank schon mehr als genug Whisky für uns beide zusammen. Ich nahm ein paar Schlucke und fühlte mich gleich ein wenig besser.

Dennoch war ich nach Lewis' überraschendem Auftritt mit seiner Claire immer noch erschüttert. Gott sei Dank hatte Logan ihn nicht entdeckt. Selbst wenn meine Gefühle für Lewis aus mir herausgepresst worden waren, so hatte er dennoch immer noch eine derartige Macht über mich, dass ich mich nun so allein und verlassen fühlte wie ein ausgesetztes Kind. Und dafür hasste ich mich selbst mehr, als ich ihn verabscheute. Ich hätte mich niemals so stark von ihm abhängig machen dürfen – das Leben keines Mannes und keiner Frau sollte sich derartig um das einer anderen Person drehen, sodass man dann völlig leer und verloren war, wenn der andere ging. Vielleicht ist es aber auch das Wesen der Liebe, sich von einer einzigen Person abhängig zu machen. Genau das war der Grund, warum ich nie wieder jemanden lieben wollte.

Auf eine gewisse Art und Weise, dachte ich verwirrt, wünschte ich Claire viel Glück. Dass sie nicht so verletzt werden würde wie ich.

Dieses Miststück.

Ich trank einen weiteren Schluck Tee, und plötzlich war Lesley wieder an meiner Seite. »Lewis war also da.«

Ich nickte.

»Ist mir vorher nie aufgefallen. Er hat O-Beine.«

Unglaublicherweise und völlig unerwartet musste ich lachen.

Endlich war alles überstanden. Mit tatkräftiger Hilfe von Maggie und Liz, zwei Freundinnen von Tante Mhairi aus der Gemeinde, räumten wir alles auf. Wir sollten uns um nichts kümmern, erklärten sie uns fröhlich; sie wären eine große Hilfe bei Beerdigungen und Leichenfeiern und würden alles innerhalb kürzester Zeit wieder in einen sauberen, ordentlichen Zustand versetzen. Eine sehr nützliche Fähigkeit, dachte ich und lächelte matt.

Beerdigungen waren komplizierte Angelegenheiten, wie ich gerade hatte herausfinden müssen. Beim Tod meiner Eltern war ich noch zu jung gewesen, als dass man mir irgendeine wirkliche Verantwortung aufgebürdet hätte, doch nun war das anders. Komischerweise erinnere ich mich kaum an die Beerdigung meiner Eltern – an der Stelle, an der sich die Erinnerungen befunden hatten, klaffte ein großes Loch. Ein paar Erinnerungsfetzen waren dennoch hängen geblieben – wie zum Beispiel die Erinnerung daran, dass ich bei Tante Mhairi übernachtet hatte; an meine neuen cremefarbenen Halbschuhe, die ich angestarrt hatte, weil ich zu viel Angst gehabt hatte, mich umzuschauen; und an meinen festen Freund Ally, der schweigend in der Küche gehockt hatte.

An das Gefühl, als sei der Himmel auf mich herabgestürzt.

Ich war Maggie und Liz unendlich dankbar, jenen praktisch veranlagten, unsentimentalen, kraftvoll zupackenden Frauen, die man um sich haben will, wenn es viel zu tun gibt und man ein gebrochenes Herz hat. Als sie gingen – nach einer letzten Umarmung und ein paar tröstenden Worten –, stellten Logan, Lesley und ich alle Blumen, die wir bekommen hatten, in Vasen und die Beileidskarten hübsch und ordentlich auf den Fensterbänken auf. Emily hätte sich gefreut, zu sehen, wie viele Leute sie geliebt hatten und sich sowohl um sie als auch um uns sorgten. Ihr hätten die weißen Rosen am besten gefallen – vom wem waren die noch gleich gewesen? Ach ja, der Typ mit dem Boot. Emily liebte weiße Rosen …

Bevor ich es verhindern konnte, kamen mir wieder die Tränen und tropften auf einen Strauß Chrysanthemen. Schnell tauchte Lesley neben mir auf, nahm mich in den Arm und strich mir über den Rücken. Ich musste der Tatsache ins Auge blicken, dass alles vorbei war. Dass es nichts mehr zu tun gab, außer darauf zu warten, dass die Blumen verblühten, und den geeigneten Zeitpunkt abzupassen, um die Beileidskarten in eine Kiste zu räumen und so zu verstauen, dass wir sie zwar nicht mehr jeden Tag sahen, sie aber dennoch nicht allzu weit weg waren. Und natürlich musste Emilys Zimmer ausgeräumt werden, erinnerte ich mich verzweifelt. Aber daran konnte ich noch nicht denken, jetzt noch nicht.

Es war also alles wirklich geschehen. Ich hatte nicht schlecht geträumt. Emily war tatsächlich gestorben.

Lesley war nach oben gegangen, und ich hatte gar nicht bemerkt, dass auch Tante Mhairi gegangen war, obwohl sie sich sicher verabschiedet hatte. Plötzlich saßen Logan und ich allein in der Küche, umringt von einem Blumenmeer, den Beileidskarten und Stille.

Ich fiel in ein Loch, und fiel immer tiefer und tiefer.

Und dann besann ich mich. Ich wusste, wir mussten eine Art von Normalität aufrechterhalten. Ich wusste, wir mussten weitermachen. Ich konnte an nichts anderes denken als daran, mich hinzulegen und zu weinen, aber es gab immer noch einiges, was getan werden musste. Darum öffnete ich den Kühlschrank und nahm irgendeine mit Folie abgedeckte Schüssel heraus, die uns eine unserer Nachbarinnen gebracht hatte. Ich stellte die Schüssel auf den Tisch, legte meine Hand auf die Schulter meines Bruders und deutete auf das Essen.

»Ich habe keinen Hunger, Inary. Ich hole mir noch einen Drink.«

Mir wurde ganz schwer ums Herz. Logan trank schon den ganzen Tag, und das auf nüchternen Magen.

Ich schüttelte den Kopf und schaltete den Herd ein.

»Ich hab doch gesagt, dass ich keinen Hunger habe, Inary! Spielen wir jetzt Vater-Mutter-Kind? Das ist sinnlos. Du bist ohnehin bald wieder weg.«

Logans Worte trafen mich tief in meinem Innersten. Noch schlimmer als das war allerdings sein Blick, als er mit mir sprach. Ich hatte ihn schon wütend, besorgt und aufgeregt erlebt, aber so hatte ich ihn noch nie gesehen. Sein Blick war *leer*.

11 Eis und Schokolade

Alex

An einem Abend vor drei Jahren, kurz vor Weihnachten, war ich mit Inary Schlittschuh laufen gegangen. Sie wohnte erst seit ein paar Monaten in London, und ich hoffte darauf, einen geeigneten Moment abzupassen, um sie – in aller Form – um ein Date zu bitten.

London zeigte sich von seiner besten Seite: Alles strahlte. *Alles*. Das Eis glitzerte, das Museum war hell erleuchtet, und Inarys Augen funkelten. Es war perfekt. Wir zogen uns die Schlittschuhe an, wobei Inarys Kopf mit der leuchtend blauen Mütze immer wieder auf- und abtauchte. Ich stand auf und bot ihr meine Hand an – ihre Hand fühlte sich schmal und zerbrechlich in der meinen an. Ganz langsam fuhr ich los, um sicher zu sein, dass Inary nicht hinfiel.

»Du bist gut! Das ist unfair!« Inary klammerte sich verzweifelt an mich.

»Schlittschuhfahren ist wie Radfahren. Wenn man es einmal kann, verlernt man es nicht mehr. Als Kind bin ich jedes Jahr im Dezember in Edinburgh Schlittschuh gefahren. Warst du schon mal da?«

»Nein, aber ich wollte immer schon mal … oooh!« Sie verlor das Gleichgewicht und vollführte ein kleines Tänzchen, um auf den Beinen zu bleiben. Ich hielt sie fest.

»Danke.« Schutz suchend kam sie näher, als eine Gruppe von geübten Schlittschuhläufern an uns vorbeisauste. Ich legte einen Arm um ihre Taille, bevor wir zögerlich losfuhren. »Ich wollte schon immer mal in Edinburgh meine Weihnachtseinkäufe erledigen«, stellte Inary fest. »Aber ich hab's nie geschafft ... jedes Mal kam etwas dazwischen.«

»Es ist wirklich toll ... Edinburgh ist zu jeder Jahreszeit wunderbar, aber um Weihnachten herum ist es dort einfach nur atemberaubend schön. All die Lichter, das sich drehende Riesenrad und die Musik im Hintergrund ...«

»Die einen taub macht, wenn man zu nahe rankommt ...«

»Ja, genau! Vielleicht können wir dort mal gemeinsam hinfahren.«

»Das wäre schön. Emily könnte dann auch mit ... meine Schwester. Es würde ihr bestimmt gut gefallen.« Inary lächelte und glitt resolut übers Eis, die Stirn vor Konzentration gerunzelt, während sie einen Schlittschuh vor den anderen setzte.

»Ist sie älter oder jünger als du?«

»Jünger. Ich habe aber auch noch einen älteren Bruder, Logan. Und du?«

»Ich habe drei Schwestern.«

»O ... soll ich dich jetzt bemitleiden? Du warst der einzige Junge? Oder ist das vielleicht auch gut gewesen?«

»Es war tatsächlich gut. Sie haben sich alle wie Glucken um mich gekümmert. Obwohl sie sich immerzu darüber beschweren, dass meine Mutter mich für den Goldjungen hält, der nichts falsch machen kann.«

»Das wäre dann Logan, wie er leibt und lebt!« Inary lachte.

»Gefällt es dir hier?«

»Sehr!«, erwiderte sie und ließ meine Hand los. Zunächst lief sie zögerlich weiter, dann immer beherzter. Sie lachte mit der typischen Inary-Fröhlichkeit. »Sieh mal! Ich kann's!« Sie war wie ein Kind, das gerade Rad fahren lernte.

»Hervorragend!« Inmitten all der bunten, formenreichen Kopfbedeckungen behielt ich ihre blaue Mütze im Auge. »Weiter so!«

»Uh, o ... Alex!« Sie stolperte.

Ich fuhr zu ihr, packte ihre Hand und gab ihr Halt. »Du bist aber stark«, neckte sie mich augenzwinkernd.

»Ein besseres Kompliment gibt es nicht. Das hat meine Großmutter schon immer zu mir gesagt.«

Wir fuhren weiter, und Inary traute sich immer mehr zu. Sie machte ihre Sache prima, bis ein kleines Mädchen urplötzlich die Richtung änderte und Inary abrupt bremsen musste, um nicht in das Mädchen hineinzulaufen. Sie verlor das Gleichgewicht und fiel der Länge nach hin.

»Autsch ...«

»Das sah schlimm aus.« Ich zuckte zusammen, packte sie an beiden Händen und half ihr auf.

»Das war es auch. Aber ich bereue nichts!«, entgegnete sie theatralisch. »Der Moment war es wert, sich dafür ein oder zwei Wirbel auszurenken. Weißt du, was mir jetzt gefallen würde?«

Ein Kuss, hoffe ich? Aber das sagte ich natürlich nicht laut. »Eine heiße Schokolade mit Sahne und Marshmallows.«

Sie lachte. »Woher weißt du das?«

»Ich weiß es eben.« Ich grinste.

Wir landeten schließlich in einem kleinen Café unweit vom Oxford Circus, in dem sich die Weihnachtseinkäufer ein wenig erholten. Überall an den Wänden hingen silberne Lichterketten, es sah aus wie zu Hause beim Nikolaus höchstpersönlich, während im Hintergrund Weihnachtsmusik spielte. Unsere Mützen, Schals und Handschuhe lagen auf einem Stuhl neben uns zu einem bunten Haufen aufgetürmt. Vor uns standen zwei dampfende Tassen mit heißem Kakao; nach einer Stunde Schlittschuhlaufen in der eisigen Kälte waren nicht nur Inarys Wangen rosa gefärbt, sondern auch ihre Nasenspitze.

Okay, der Zeitpunkt war gekommen. Ich würde sie jetzt einfach fragen. Hättest du Lust, mit mir zum Essen zu gehen? Also nur wir zwei?

Ich holte tief Luft und nahm Anlauf.

»Ich hab mich gefragt, ob ...«

»Oh, sieh bloß mal diese Lichter! Ich liebe die Winterzeit in London!«, rief Inary. »Alles glänzt und glitzert. Glen Avich ist im Winter immer nur dunkel und still.«

Argh. Chance verpasst! »Aber dunkel und still kann auch schön sein«, entgegnete ich. »Meinst du, du wirst jemals wieder dorthin zurückkehren?« Mit zugeschnürter Kehle wartete ich auf ihre Antwort. Ich wollte nicht, dass sie überhaupt *irgendwo* hinging.

»Für immer? Keine Ahnung. Obwohl ich Schottland schon sehr vermisse. Ich hätte nie gedacht, dass ich von dort einmal weggehen würde. Dann … ist jedoch so einiges passiert.« Sie schaute weg. »Willst du denn zurückgehen?«

»Ich bin mir nicht sicher. Zwar vermisse ich Schottland auch, aber … ich weiß nicht, ob ich zurückgehen will.«

»Deine Eltern leben in Edinburgh, oder?«

»Ja, genau wie meine Schwestern.«

»Und was machst du dann hier so ganz allein?« Inary lachte. »Vielleicht das Gleiche wie ich …«

»Warum? Was machst *du* denn?« Ich grinste zurück.

»Vergessen«, antwortete sie und leckte ein wenig kakaobestäubten Milchschaum vom Löffel ab. »Mmmm … die heiße Schokolade schmeckt fantastisch.«

»Was? Also ich meine: Was willst du vergessen? Entschuldigung, ich will nicht neugierig sein …«

»Nein, das ist schon in Ordnung. Ich will jemanden vergessen.« Sie zuckte mit den Schultern.

»O … tut mir leid«, erwiderte ich und hoffte inständig, dass dieser Kerl aus dem Rennen war.

»Schon besser so, wie es ist. Ich hab meine Lektion gelernt und will jetzt einfach nur weitermachen.« Sie seufzte und lächelte spröde. »Mit dem ganzen Thema habe ich abgeschlossen. Nie wieder, das sag ich dir!«

Oh.

»Tut mir leid, ich wollte dich nicht deprimieren! Hast du

jemanden, mit dem du dich triffst?« Sie neigte den Kopf zur Seite.

»Nein, im Augenblick nicht. Es gab mal jemanden. Aber jetzt nicht mehr.« Ich trank einen großen Schluck von meiner heißen Schokolade und verbrühte mir dabei die Lippen. Lieber nicht sagen, dass die Trennung von Gaby zum Großteil der Tatsache geschuldet war, dass ich Inary kennengelernt hatte.

»Was hat dich nach London geführt?«

»Ursprünglich die Arbeit. Aber mir gefällt London sehr. Seit dem vergangenen November bin ich schon fünf Jahre hier.«

»Du hast deinen Akzent aber nicht verloren.«

»Das habe ich auch nicht vor.«

»Ich auch nicht.« Inary lachte. »Ich hab das Gefühl, wir sollten jetzt ein schottisches Lied anstimmen oder so was …«

»Ein sentimentales Lied darüber, wie sehr wir die schottische Heimat vermissen?«

»Genau. Alternativ geht auch *Rudolph the Red-Nosed Reindeer.*«

Und das war der Punkt, an dem ich dachte, ach, was soll's, ich frage sie einfach. Was wäre denn schon das Schlimmste, was passieren könnte? Dass sie sagt: »Nein, ich hab's dir doch gerade gesagt, mit dem Thema hab ich abgeschlossen«? Wenn ich es nicht zumindest versuche, werde ich es nie erfahren …

»Inary. Ich habe überlegt … vielleicht können wir ja irgendwann mal abends zusammen rausgehen …«

»Klar! Warum nicht gleich heute Abend?«

»O … ja. Toll … ich könnte uns irgendwo einen Tisch reservieren …«

»Lesley sollte eigentlich jede Sekunde hier sein; sie sagte, sie hätte Lust auf Indisch …«

Na prima.

Wie aufs Stichwort unterbrach uns eine vertraute Stimme. »Hey! Wie war's beim Schlittschuhlaufen?« Lesley stand vor uns, beladen mit ihren Weihnachtseinkäufen. Sie ließ sich an unserem Tisch auf einen Stuhl fallen. »Ich brauche ganz dringend eine Tasse Tee!«

Ernüchtert lehnte ich mich zurück.

Das hat ja wirklich super geklappt!

»Hallo! Ich besorg dir einen Tee«, begrüßte Inary sie und erhob sich.

Meine Miene war zu einem Lächeln erstarrt. Das war tatsächlich das erste Mal, seit Lesley und ich uns kannten, dass ich über ihren Anblick alles andere als erfreut war.

»Es ist eiskalt da draußen! Übrigens, vielleicht freut es euch, zu hören, dass sich eure Weihnachtsgeschenke in einer dieser Taschen befinden. Aber in welcher?«, neckte sie uns frech. Ich schaute sie an und versuchte, ein Lächeln aufzusetzen. »Alex?«

»Ja?«

»Alles in Ordnung mit dir?« Lesley zog die Augenbrauen hoch.

»Ja, warum?«

»Inary hat mir eine SMS geschickt, dass ihr hier seid, und da ich gerade um die Ecke bei der Candle Company war, dachte ich… Macht es dir was aus, wenn ich mich zu euch geselle?«

Sie musste meine Miene richtig gedeutet haben. Ich fühlte mich mit einem Mal ganz furchtbar und versuchte, mich zusammenzureißen.

»Nein, überhaupt nicht! Tut mir leid. Hast du Hunger? Willst du dir was zu essen bestellen?«

»Oh«, antwortete sie. Ihre Lippen öffneten sich ganz langsam zu einem Lächeln.

»Oh, was?«, hakte ich nach.

Ihre Augen funkelten, während ihr Lächeln immer breiter wurde. »Du *magst* sie. Mögen im Sinne von… *auf sie abfahren.* Auf Inary«, flüsterte Lesley und drehte sich kurz um, um zu prüfen, ob Inary tatsächlich außer Hörweite war. Dann beugte sie sich zu mir vor. »O mein Gott!«

»Na ja…«

»O mein Gott!«, wiederholte sie, nun ein wenig lauter. Sie strahlte. »Genau, wie ich es geplant hatte!«

»Wie du *geplant* hast?«, stotterte ich. Ich konnte es nicht fassen. Erst meine Schwestern, dann Gary und Kamau und nun auch noch Lesley. Stand auf meiner Stirn etwa »Suche Seelenverwandte!« geschrieben? Warum versuchte eigentlich jeder, mich zu verkuppeln?

»Hier, bitte schön!« Inary war zurück und stellte eine dampfende Teetasse vor Lesley auf dem Tisch ab. »Damit du dich ein wenig aufwärmen kannst. Ich hab dir auch ein Stück Kuchen mitgebracht. Was ist los?«, fragte sie dann alarmiert und ließ den Blick von Lesley zu mir wandern.

»Nichts«, entgegnete Lesley schnell. »Alex hat gerade erzählt, wie gern er Schlittschuh fährt. Du machst das total gern, nicht wahr?«

»Ja.« Ich nickte. Ich nahm an, dass meine Wangen gerötet waren wie bei einem Zehnjährigen, der neben seinem allerersten Schwarm platziert wurde.

»Ich aber auch! Von heute an!«, stellte Inary klar und trank einen Schluck Kakao.

»Du musst wohl öfter mit Inary ausgehen«, erwiderte Lesley und strich sich ihren Pferdeschwanz mit den vielen geflochtenen Zöpfchen glatt. »Ihr seht beide sehr glücklich und zufrieden aus.«

12 Auf der Suche nach Emily

Inary

Erst lange Zeit nach Mitternacht ging ich nach oben. Logan war in seinem Zimmer – der Alkohol hatte ihn schachmatt gesetzt –, während Lesley und ich im Wohnzimmer saßen und uns vom Fernsehprogramm berieseln ließen, ohne darauf zu achten, was lief. Wichtig war dabei nur die Tatsache, dass ich nicht allein war, nicht ins Bett gehen, die Augen schließen und schreckliche Gedanken haben musste. Wir waren kurz davor, auf dem Sofa einzuschlafen, als Lesley sich mühsam aufrichtete. Ich warf einen Blick auf meine Uhr – es war zwei Uhr in der Früh. Schon wieder. Ich schien ohne Schlaf auszukommen.

»Ich verkrümele mich jetzt ins Bett«, verkündete Lesley und drückte meine Schulter. »Kommst du zurecht?«

Ich nickte, obwohl die ehrliche Antwort eher »Nein, ich komme nicht zurecht« gelautet hätte. Aber mir war klar, dass Lesley Schlaf brauchte, und ich im Grunde auch. Daher folgte ich ihr nach oben, wo sie mir »Gute Nacht« zuflüsterte und in ihrem Zimmer verschwand.

In meinem Kopf hatten sich Furcht und Sehnsucht vermischt, dass das, was in der Nacht von Emilys Tod passiert war, noch einmal geschehen könnte und ich sie *sehen* würde. Einerseits war ich voller Hoffnung, andererseits hatte ich Angst. Alles in mir sehnte sich nach Emily. Würde es noch einmal passieren?

Nach der Erscheinung an meinem Frisiertisch vor ein paar Tagen war ich immer wieder stundenlang damit beschäftigt gewesen, in die Dunkelheit zu starren – mit gemischten Gefühlen voller Sehnsucht und Entsetzen. Ich wollte meine Gliedmaßen dazu zwingen zu kribbeln, und ich wollte ein leises Summen vernehmen. Ich wollte, dass sich die Luft elektrisch auflud, dass mir die Haare im Nacken zu Berge standen, dass mich ein plötzliches Frösteln überkam. Aber nichts dergleichen geschah. Ich lag wach in meinem Bett, steif vor Enttäuschung, während meine Tränen eiskalt wurden und ich mich mit Gedanken an Emily quälte.

Und doch: Falls sich herausstellen sollte, dass meine Gabe, Dinge zu sehen, zurückgekehrt war, wäre auch das eine sehr furchterregende Vorstellung. Der Grund nämlich, warum ich meine Gabe im Alter von zwölf Jahren verloren hatte, war viel zu entsetzlich, um ihn mir noch einmal in Erinnerung zu rufen. Ich hatte mir die größte Mühe gegeben, alles zu vergessen.

Als ich nun über die Türschwelle meines Zimmers trat, blieb ich wie erstarrt stehen. Die Luft war dünn, aufgeladen, wie kurz vor einem Gewittersturm; es fühlte sich vollkommen anders an als im Rest des Hauses. Ich sah mich um und machte zögernd einen Schritt nach vorn, während ich gleichzeitig mit der Hand nach dem Lichtschalter tastete. Es war niemand da – und dennoch konnte ich *etwas* spüren. Etwas in meinem direkten Umfeld. Etwas in mir.

Ich wusch mich und machte mich bettfertig; meine Zähne schlugen in der feuchten, kalten Abendluft aufeinander. Das Licht schaltete ich wieder aus und lag, immer noch zitternd, unter der Bettdecke. Mir wurde einfach nicht warm. Und obwohl ich nichts anderes als weinen wollte, um ein wenig meines Schmerzes rauszulassen, hatte ich keine Tränen mehr. Ich lag da, zusammengerollt, als wäre ich wieder sechzehn Jahre alt und gerade zum Waisenkind geworden, klammerte mich an mein Kissen und hoffte darauf, dass bald ein neuer Tag anbrechen würde. Eine weitere schlaflose Nacht lag vor mir.

Plötzlich ging ein Ruck durch die Luft und platzte wie ein Blitz in mein Zimmer – ein rapider Ansturm elektrostatischer Aufladung, der in meinem Ohr summte und alle meine Nerven berührte, so wie ein Bogen Geigensaiten in Schwingung versetzte. Meine Gliedmaßen kribbelten, im Nacken standen mir die Haare zu Berge, und ich bekam eine Gänsehaut. Mit einem Ruck setzte ich mich auf und starrte keuchend in die Finsternis.

Emily?, formte ich mit den Lippen. Und dann: *Emily, bist du das?* Kein Ton kam mir über die Lippen, aber mir war klar, dass das für sie keinen Unterschied machen würde.

Niemand antwortete. Die Dunkelheit regte sich nicht.

Niemand.

Wieder machte sich Enttäuschung in mir breit und verwandelte sich in Zorn; Tränen der Wut rollten mir über die Wangen. War dies irgendein gemeiner Streich, den mir meine Sinne spielten? Irgendeine schreckliche Nebenwirkung der Trauer, nachdem erst die Hoffnung gewachsen war und mir nun doch genommen wurde, um mich noch mehr zu brechen, als ich ohnehin schon gebrochen war? Wieder und wieder schlug ich mit den flachen Händen gegen die Wand und hieß den erlösenden Schmerz willkommen, während mir leise Geräusche über die Lippen kamen, die wie das Jaulen eines kleinen Tieres klangen. Dann besann ich mich und hörte schlagartig auf – ob Logan und Lesley mich wohl gehört hatten? Das Letzte, was Logan jetzt gebrauchen konnte, war, mich hier so zu sehen. In der Dunkelheit spitzte ich die Ohren – nichts.

Ich ließ mich aufs Kissen zurücksinken und fühlte mich mutterseelenallein, völlig verloren. Plötzlich schien mich die Dunkelheit um mich herum zu erdrücken und mir die Luft aus den Lungen zu quetschen. Ich hatte das Gefühl, die vier Wände meines Zimmers kämen immer näher auf mich zu, und ich war mir absolut sicher, gleich mit Atmen aufzuhören wie meine geliebte Schwester.

Ich sprang aus dem Bett und öffnete die Vorhänge und das Fenster, atmete hastig die eisige Nachtluft ein und starrte voller Staunen auf die Schönheit vor mir: Der rabenschwarze Himmel war mit Sternen übersät, ein krallenartiger weißer Mond schimmerte durch die Wolkendecke, und die Venus glitzerte silbrig und kühl.

Wo bist du? Bitte komm zu mir. Komm zu mir zurück, flehte ich und strich über den kleinen Schwalbenanhänger, der an Emilys Armband hing. *Wo bist du? Wo kann ich dich finden?*

Ich musste raus, frische Luft schnappen. Nach Emily suchen. Schnell zog ich mich an und huschte auf Zehenspitzen so leise wie möglich die Treppe hinunter. Unten schlüpfte ich in meine Stiefel, schnappte mir meinen Mantel und lief los, bevor irgendjemand mitbekam, dass ich fort war.

Die Nacht war windig und erfüllt vom Duft nasser Erde und Feuchtigkeit – der typische Geruch einer schottischen Nacht. Die Erleichterung, draußen zu sein, war immens. Die Dunkelheit hatte mir nie Angst gemacht; in ihr fühlte ich mich zu Hause. Als kleines Mädchen hatte ich oft versucht, nach Sonnenuntergang noch draußen zu bleiben, da dann die Chance, etwas zu *sehen*, größer war. Damals war mir das ein wenig seltsam vorgekommen, doch vor jenem schrecklichen Tag am Loch Avich, dem Tag, an dem ich meine Gabe des zweiten Gesichts verloren habe, hatte ich eigentlich stets versucht, die Seelen Verstorbener ausfindig zu machen. Anstatt mich zu ängstigen, hatte ich die physischen Anzeichen einer bevorstehenden Begegnung sogar begrüßt – die geflüsterten Gedanken, die nicht die meinen waren, gefolgt von der Erscheinung –, überrascht von dem, was die Leute in früheren Zeiten in diesem Moment taten: Eine Frau in einem flatternden Rock trug ein Baby über den Spielplatz, ging schnurstracks durch die Schaukeln und das Karussell hindurch; zwei Mädchen, deren Haare zu Dutts gekämmt waren, standen in langen Kleidern neben der Friedhofsmauer und kicherten über etwas, was nur sie wussten; eine ältere Frau ging am Straßenrand, das Haar mit einem geknoteten Taschentuch bedeckt, in der Hand eine Sichel … Jedes Mal, wenn es passiert war – und es passierte nicht oft, jene Begegnungen waren selten und geradezu magisch –, fühlte ich mich ein wenig stärker, ein wenig reicher. Das *Sehen* war ein Teil von mir, ein Teil, den ich sehr schätzte.

Bis zu jenem Tag, an dem ich mit meinem Vater zum Loch Avich ging und das Entsetzten darüber, was ich dort sah, mir meine Gabe raubte. Noch Jahre danach hatte ich das Gefühl, ein Körperteil zu vermissen. Doch nun waren die alten Gefühle und Sinneswahrnehmungen zu meiner großen Erleichterung zurückgekehrt – und zugleich zu meinem großen Entsetzen. Am allerwichtigsten war jedoch, Emily wiederzusehen.

Bitte, lasst mich sie sehen, flehte ich inständig, als ich den St.-Colman's-Way in Richtung der Quelle hinauflief.

Ich passierte Eilidhs Cottage ebenso wie Jamies Werkstatt, die dunkel und still dalagen. Danach gab es immer weniger Häuser, je mehr ich mich der Quelle näherte. Bis auf den gelegentlichen Ruf eines Waldkäuzchens, das Kreischen und Knurren der Füchse und den Klang meiner Stiefel auf dem Gehweg war es mucksmäuschenstill. Ich schritt durch den Park; die vielen Solarleuchten hier verbreiteten ein geradezu gespenstisches Licht. Von hier oben aus betrachtet, lag ganz Glen Avich vor mir, das mit seinen weißen Cottages und den Reihenhäuschen entlang der Hauptstraße wie eine Patchworkdecke aussah und vom Fluss in zwei Teile gespalten wurde. Hinter Glen Avich verschmolzen die Hügel und Berge mit ihren zerklüfteten Spitzen mit dem Himmel, Schwarz ging in Schwarz über.

Ich tauchte meine Finger in das Wasser, das sich auf dem Boden des Steinbeckens an der Quelle gesammelt hatte. Keuchend stellte ich fest, wie kalt es war, und spürte die weichen, kleinen Algen auf dem Stein. Eine plötzliche Windböe ließ mich erzittern, und schnell zog ich mir den Kragen meiner Jacke enger um den Hals. Als ich zum Himmel hinaufblickte, hatten sich die Wolken über mir zu einer dichten Decke geschlossen. Der Himmel über Schottland kann sich innerhalb eines Augenblicks verändern, und bevor man es sichs versieht, öffnet der Himmel alle Schleusen, und man ist klatschnass bis auf die

Haut. Doch ich konnte nicht heimgehen, das brachte ich einfach nicht fertig – mir war es lieber, nass bis auf die Haut zu werden, als mich wieder zu Hause zu verkriechen. Irgendwo war Emily, und ich würde sie finden.

Ich wanderte noch eine Weile durch den Park, starrte in die Schatten – hoffend, beobachtend und suchend –, aber niemand war da, und ich fühlte auch nichts. Ich ließ den Blick umherwandern. Vor meinem inneren Auge sah ich Emily, wie sie in ihrer weinroten Schuluniform auf der niedrigen Steinmauer saß, die den Park umgab, und *Harry Potter* las … Eine Erinnerung an sie, eine von so vielen, die sich wie ein Messerstich mitten ins Herz anfühlte.

Ich lief den St.-Colman's-Way wieder hinunter, betrat den Spielplatz und ließ mich dort einen Augenblick lang auf einer Bank nieder. Hier wurde die Dunkelheit vom orangefarbenen Licht der Straßenlaternen durchbrochen. Ich prüfte meine Sinneseindrücke. Immer noch nichts. Kein Kribbeln, kein Summen, nichts. Der Schrei des Waldkäuzchens hallte durch die Nacht und wurde von einem anderen Schrei aus dem Wald beantwortet, während von den Füchsen nichts mehr zu hören war. Eine kleine Fledermaus, winziger als ein Spatz, flatterte über mir durch die Luft.

Wie oft hatten Emily und ich auf diesen Schaukeln gesessen, als Kinder, später dann als Teenager, uns leise miteinander unterhalten und uns gegenseitig alles erzählt, worüber wir zu Hause nicht reden konnten, weil uns dort unsere Eltern oder unser Bruder gehört hätten? Hier, genau hier, hatte sie mir erzählt, dass David zwar prima küssen könne, dafür aber einen furchtbaren Musikgeschmack habe. Dass sie sich einen Delfin aufs Handgelenk tätowieren lassen wollte, sobald sie Logan davon überzeugt habe, dass es eine tolle Idee sei. Und dass sie, wenn sie einmal groß sei, Modedesignerin werden wolle …

O Emily. Ich vermisse dich, ich vermisse dich, ich vermisse dich.

Ich stand auf und passierte den Friseur – man kam hierher,

um sich die Haare für den Abschlussball hochstecken zu lassen –, lief an Peggys Laden vorbei – hier hatten wir uns nach der Schule immer Süßigkeiten von unserem Taschengeld gekauft – und gelangte zu dem neuen Coffeeshop. Hier wurden keine Erinnerungen wach, dafür war uns einfach keine Zeit geblieben. Du warst zu krank, um mit mir hierherzukommen. Anschließend ging ich zum Green Hat hinunter; der Pub lag dunkel und verschlossen da, weder Musik noch Stimmen drangen durch die Tür. Hier hast du oftmals heimlich einen Schuss Wodka deinem Orangensaft beigemischt, selbst wenn du wusstest, dass das wegen deiner Medikamente verboten war. »Welchen Sinn hat es, am Leben zu sein, wenn ich rein gar nichts darf?«, hast du immer gesagt.

Überall stieß ich auf Erinnerungen an meine Schwester, in mir selbst und rings um mich herum. Ich merkte, dass meine Augen brannten. All diese Erinnerungen, die jetzt noch unglaublich intensiv waren – ob sie wohl mit der Zeit verblassen würden? Ganz gleich, wie sehr ich Emily liebte – würde ich mit der Zeit ihre Stimme, den Duft ihrer Haut und all ihre Eigenarten vergessen? Wie sie sich zum Beispiel immer mit beiden Händen das Haar aus dem Gesicht gestrichen hatte, wenn sie angestrengt über etwas nachdachte, oder wie alles in ihrer leidenschaftlichen, glühenden Art als »total irre« bezeichnet worden war? Wie sie immer ihre Nase krausgezogen hatte, wenn sie lachte, oder jedes Lied im Radio mitgesungen hatte, selbst wenn sie den Text nicht kannte?

Ich erinnere mich noch gut daran, wie sie – sie muss damals etwa fünf Jahre alt gewesen sein – einmal einen Marienkäfer gerettet und ihn »Polly« getauft hatte, und danach dann jeder Marienkäfer, der uns über den Weg lief, eine *Polly* war. Und wie sie an ihrem fünfzehnten Geburtstag ihr Haar blau gefärbt hatte und Logan daraufhin ausgeflippt war. Und ich erinnerte mich daran, dass sie einmal einen ganzen Wurf Katzenbabys adoptiert hatte, alle rabenschwarz mit weißen Pfoten, und sie sie allesamt »Murdo« nannte, sowohl die kleinen Kater als auch die Katzen. In Glen Avich gab es immer noch einige Murdos.

Ich erinnere mich an meine Schwester. Ich erinnere mich an dich, Emily.

Wieder weinte ich, ohne Scham und vollkommen hemmungslos, das Gesicht in meinen Händen vergraben. Ich eilte weg von den Straßen, hin zum Wald, und rief sie mit jedem meiner Schritte. Plötzlich blickte mir ein herzförmiges Gesicht von einem Ast herab entgegen, und ich erstarrte – es war das Waldkäuzchen, das ich zuvor schreien gehört hatte. Ich ging auf es zu, ganz vorsichtig und leise, um es nicht aufzuschrecken. Doch es breitete seine Flügel aus, flog davon und hockte sich auf einen anderen Ast, nicht weit von mir entfernt. Ich schaltete die Lichtfunktion meines Handys ein und folgte dem Waldkäuzchen, und als ich es fast erreicht hatte, flog es wieder davon, dieses Mal ein Stück weiter.

Eine Weile schien es mich zu locken, hockte sich immer wieder ein Stück weiter entfernt auf Äste, und ich folgte ihm. Zweige verhakten sich in meinem Haar, Reisig knackte unter meinen Füßen wie brüchige Knochen. Langsam ging die Sonne auf – im Osten konnte ich einen grauen Lichtschimmer erkennen –, doch um mich herum war es immer noch stockfinster. Der Himmel war schwarz mit stahlgrau schimmernden Wolken. Die Bäume um mich herum schienen einander etwas zuzuraunen, ihre Zweige bewegten sich und ächzten im aufkommenden Wind. Urplötzlich flatterte das Waldkäuzchen wieder auf und verschwand endgültig in der Dunkelheit.

Völlig verloren stand ich da. Ich hatte gehofft, dass mich die kleine Eule zu Emily führen würde. Das hatte ich wirklich. Doch als ich mich umschaute, war ich nur von Stille und Einsamkeit umgeben. Ich war allein. Wirklich mutterseelenallein. Mir blieb nichts anderes übrig, als nach Hause zu gehen.

Plötzlich fiel das schwache Licht meines Handys auf etwas – eine Kiefer, deren Rinde an einer Stelle weiß war, wo sie eigentlich hätte braun sein sollen. Es war ein Graffiti, das als eine

Art Relief gearbeitet war. Ich ging näher heran und hielt das Handy direkt davor, damit ich die Worte lesen konnte.

Dort stand: *Emily, ich liebe dich. D.*

David. Der tolle Küsser mit dem furchtbaren Musikgeschmack; der Junge, der mit seiner Mutter zur Beerdigung gekommen war.

Ich spürte die ersten Tropfen auf meinen Händen und im Gesicht, dann öffnete der Himmel alle Schleusen.

13 Leise kam sie herein

Inary

Als ich zu Hause ankam, sah ich aus wie ein nasses Kätzchen – und fühlte mich auch so. Ich strich mir das klatschnasse Haar aus der Stirn und trat über die Türschwelle.

Sofort traf es mich wie ein Schlag.

Mir standen die Haare zu Berge, und da waren sie auch schon, die Anzeichen, dass eine Seele in der Nähe war – das Kribbeln in allen Gliedern; das gedämpfte, fortwährende Summen, die Gänsehaut. Vor Erleichterung wurde mir beinahe schwindelig. Natürlich. Natürlich! Ich hatte sie im Dorf gesucht, dabei war sie die ganze Zeit über hier gewesen. Wo auch sonst? Schnell lief ich in die Küche – *Emily, Emily, Emily*, rief ich und ließ den Blick über die Küchenschränke, den Herd und den Tisch schweifen. Dann drehte ich mich um und ging ins Wohnzimmer hinüber – die Sofas, der Kamin, die Bücherregale, alles in der Dunkelheit verborgen – nichts.

Emily!, wollte ich laut rufen. Die unausgesprochenen Worte schmerzten mich. Schließlich rannte ich wieder nach oben und wäre beinahe über die letzte Stufe gestolpert, so groß war meine Sehnsucht, sie wiederzusehen. All meine Glieder kribbelten immer noch so sehr, dass es beinahe schmerzte; elektrostatische Ladung kroch mir über die Haut. Ich ging schnurstracks in ihr Zimmer. Mein Herz klopfte heftig, als ich die Tür aufstieß …

Das gelbliche Licht der Straßenlaterne vor unserem Haus, die gleiche, die ich auch von meinem Fenster aus sehen konnte, fiel durch einen Spalt im Vorhang herein. Ich schaute mich in Emilys Zimmer um – ihr Bett, sorgsam aufgeschüttelt, war unberührt; der Schreibtisch; die Frisierkommode mit all ihren Parfums und Medikamenten, die nebeneinander aufgereiht standen; ihre Nähmaschine; der gemütliche Platz zwischen dem Bett und der Wand, wo wir früher immer gehockt hatten und ich ihr meine Geschichten erzählte.

Niemand war hier. Emily war nicht hier.

Ein Schluchzen kam mir über die Lippen. *Wo bist du? Warum versteckst du dich vor mir?*

Und dennoch konnte ich ihre Gegenwart spüren. Ich wurde sogar das gruselige Gefühl nicht los, dass mein Haar tatsächlich anfing, sich aufzurichten, als hätte ich es lange gebürstet, sodass es durch die statische Aufladung in alle Richtungen abstand. Mittlerweile war mein Herz kurz davor, mir aus der Brust zu springen. Ich lief in das frühere Schlafzimmer meiner Eltern hinein, doch in jener Sekunde, als ich den Raum betrat, schlug mir die Enttäuschung wie eiskaltes Wasser entgegen. Das Kribbeln ließ nach, ebenso das Gefühl der statischen Aufladung um mich herum. In meinen Ohren summte es zwar immer noch leise, doch der Klang wurde immer schwächer. Die Luft fühlte sich fast schon wieder normal an, frei von jeder elektrischen Ladung. Sie war dabei zu gehen …

Emily … nein! Nicht, bevor ich dich gesehen habe!, formte ich die Worte, und das so angestrengt, dass ein ersticktes Flüstern erklang, ein Keuchen. Ich öffnete meine Zimmertür und trat in die Dunkelheit hinein.

Und dann sah ich sie.

Eine Person saß an meiner Frisierkommode, die gleiche Frau, die ich schon einmal gesehen hatte, den Rücken mir zugewandt. Einen Augenblick lang war ich vor Entsetzen wie geblendet – die Erinnerung an das, was ich vor Jahren gesehen hatte, jene schreckliche Vision, die vor meinen Augen aufgeblitzt war und mir die Fähigkeit zu sehen geraubt hatte. Doch dies dauerte nur einen Moment; diese Erscheinung hier fühlte sich anders an. Es *musste* meine Schwester sein. Es musste einfach Emily sein.

Wieder und wieder blinzelte ich in die Dunkelheit. Das Haar der Frau war dunkel und nicht etwa rotblond wie das von Emily. Dennoch wollte ich es nicht glauben. Natürlich war das Emily. Wer sonst sollte es sein?

Ihr Haar war im Nacken zu einem losen Knoten zusammengebunden – so trug Emily ihr Haar nie. Die schlanke Figur war in blaues, wollenes Nachthemd gehüllt – Emily hasste Nachthemden.

Dann neigte die Gestalt ihr Gesicht ein wenig zur Seite, sodass ich einen Blick auf ihr Profil erhaschen konnte.

Nun konnte ich es nicht mehr länger verleugnen. Das war nicht Emily.

Enttäuschung machte sich in meinem Herzen breit. Ich fühlte mich betrogen.

Und dennoch – trotz der Trauer und obwohl die Wunde angesichts des Todes meiner Schwester wieder aufgerissen war und blutete – konnte ich eine Seele sehen.

Mein zweites Gesicht war zurück, nach über dreizehn Jahren – dessen war ich mir nun sicher.

Ich war zu gebannt, um mich zu bewegen. In der Stille um mich herum konnte ich meinen flachen, beschleunigten Atem und mein klopfendes Herz hören. Das Mädchen lächelte, und ein Leuchten erfüllte ihr Gesicht, ein Ausdruck des puren Glücks. Ihre schlanken Finger hielten einen altmodischen Füllfederhalter; sie schrieb einen Brief. Ich verhielt mich, so ruhig ich konnte, und versuchte sogar, mein Zittern und das Klappern der Zähne zu unterdrücken. Ich war völlig durchnässt, und mir war eiskalt.

Die Stimme des Mädchens erfüllte den Raum und erklang sowohl in meinem Verstand als auch meinem Herzen, als spräche sie aus meinem Inneren heraus. Zwar hatte ich schon die Gedanken verstorbener Seelen in meinem Kopf widerhallen hören, doch wirklich sprechen habe ich sie nie gehört. Dies hier war etwas Besonderes. Stärker. Die Frau war realer als alle, die ich bisher gesehen hatte.

»Bitte, Robert, kehre bald nach Glen Avich zurück«, murmelte sie beim Schreiben. »Du weißt, dass ich die Tage zähle und bis zu deiner Rückkehr keinen Frieden finden werde. Ich schicke dir all meine Liebe. Für immer die deine, Mary.« Sie holte tief Luft, während ich den Atem anhielt, damit ich auch ja kein Wort von ihr verpasste. Ich war gleichermaßen von Angst und Erstaunen erfüllt und konnte mich nicht bewegen.

Die junge Frau legte ihre Hände um den Brief und hob den Kopf, um den grauen Himmel draußen zu betrachten. Mucksmäuschenstill ließ ich mich auf den Teppich gleiten und musterte ihr wunderschönes Gesicht im Profil, die nackten Füße unter dem Stuhl sowie ihre Hände, die nun den Brief anmutig in einen Umschlag schoben. Mit nassem Haar, das mir auf die Schultern tropfte, saß ich auf dem kalten Holzfußboden und beobachtete ehrfürchtig die junge Frau, die gekommen war und sich mir in der schlimmsten Nacht meines Lebens gezeigt hatte. Zwar war ich vor Enttäuschung wie zerrissen, aber dennoch hatte ihre Gegenwart etwas Tröstliches – eine kleine Atempause inmitten meiner Einsamkeit.

Plötzlich durchbrach ein Klopfen an der Tür unsere stillschweigende Vertrautheit.

»Inary, alles in Ordnung bei dir?«

Lesley. Ganz kurz ließ ich den Blick zur Tür schweifen, doch als ich wieder zur Frisierkommode zurückblickte, war Mary verschwunden.

Eine halbe Stunde später war mein Haar trocken, und ich lag wieder im Bett. Ich war so enttäuscht davon, Emily nicht gesehen zu haben, dass es sich anfühlte, als sei mein Herz lädiert; es schmerzte bei jedem Schlag. Gleichzeitig war ich voller Erstaunen über Marys Besuch.

Mary mit ihrer Glückseligkeit, während ich zu Tode betrübt war. Sie schrieb einen Liebesbrief voller Sehnsucht.

Plötzlich, mitten aus dem Nichts heraus, überkam mich das Bedürfnis danach, mit Alex zu reden. Aber wie konnte ich auf ihn zählen, nach allem, was passiert war, nachdem ich einfach gegangen war? Er war nicht zur Beerdigung gekommen. Das musste etwas zu bedeuten haben.

Ich warf einen Blick auf meinen Wecker – 4:34 Uhr in der Früh. Dies war eine vollkommen unzivilisierte Zeit, um jemanden anzurufen, zudem konnte ich ja auch gar nicht sprechen – ich hätte also nur wie ein Stalker laut ins Telefon geatmet, ohne irgendwas zu sagen. Meine Finger blätterten bis zu Alex' Nummer weiter, und bevor mich mein Verstand davon abhalten konnte, drückte ich auf den »Anruf«-Button. Schon tastete ich auf dem Handy herum, um den Anruf abzubrechen, doch das Handy fiel zu Boden, und damit war es zu spät. Ich schnappte es mir so schnell wie möglich – ich rechnete mit der Mailbox-Nachricht, die ich schon auswendig kannte – *Hi, hier ist Alex, ich bin gerade nicht da, aber erzähl mir ruhig alles, dann rufe ich dich zurück* –, doch zu meinem Entsetzen merkte ich, dass es tatsächlich klingelte. Das Display leuchtete hell im Dunkeln. Endlich schaffte ich es, den Anruf zu beenden. Mein Herz raste wie verrückt. Was hatte ich mir dabei bloß gedacht?

Im Augenblick kannte ich mich nicht einmal mehr selbst. Ich musste mich nur vergewissern, dass er da war. Dass er noch *lebte*.

Plötzlich gab mein Handy ein DONG von sich, das in der Stille des Hauses unglaublich laut wirkte, sodass ich regelrecht zusammenfuhr. Das wird dann wohl das zweite Mal sein, dass ich Lesley aufgeweckt habe, dachte ich zerknirscht. Es war eine Nachricht von Alex.

Willst du reden? Soll ich dich anrufen?

Ja. *Ja!*

Angesichts meiner großen Sehnsucht, seine Stimme zu hören, die Stimme, die mir so vertraut war, verkrampfte sich mein Magen. Ich wollte ihm alles erzählen, von Emily, sogar von Mary, obwohl es schwer zu erklären und noch schwerer zu verstehen war. Aber ich konnte nicht sprechen, fiel mir siedend heiß wieder ein, und ich berührte meinen Hals.

Tut mir sehr leid, dass ich dich geweckt habe. Ich habe keine Stimme mehr. Ich kann nicht sprechen. Und das ist wirklich keine Ausrede, ehrlich.

Die Antwort folgte sofort; das Display meines Handys leuchtete im Dunkeln hell auf.

Ich mache mir Sorgen um dich. Schreibe dir jetzt eine E-Mail.

Ich stand auf und fuhr den Laptop hoch. Als ich die leere Stelle sah, wo sich die Verknüpfung zu meinem Geschichtenordner befunden hatte, verspürte ich ein großes Bedauern. All meine Geschichten waren fort. Ich hielt den Atem an, als ich sah, dass sich die Mail, die Alex mir versprochen hatte, bereits in meinem Posteingang befand – wir gehörten wohl zu den wenigen Menschen, die sich mit Facebook einfach nicht anfreunden konnten. Wir beide verabscheuten die fehlende Privatsphäre und die Zudringlichkeit der Tausenden, ja Millionen von Nutzern, die versuchten, im Leben anderer Leute mitzumischen.

Von: Alex.McIlvenny@hotmail.co.uk
An: Inary@gmail.com

Was ist mit deiner Stimme los? Es tut mir unendlich leid, dass ich nicht bei der Beerdigung war. Ich war mir nicht sicher, ob du mich dabeihaben wolltest. Ich hoffe, du verstehst das. Geht es dir gut?

Nein, eigentlich nicht. Mir wollte partout nichts einfallen, was in meinem Leben gerade gut ging.

Von: Inary@gmail.com
An: Alex.McIlvenny@hotmail.co.uk

Lieber Alex,
tut mir leid, dass ich mich so lange nicht mehr bei dir gemeldet habe. Ich habe keine Stimme mehr. Wir erzählen zwar allen, dass es nur eine Halsentzündung ist, aber ich denke, es ist etwas anderes. Seit der Nacht, in der Emily gestorben ist, kann ich nicht mehr sprechen. Alles fühlt sich seltsam und so falsch an, seitdem Emily tot ist.
Inary

Die Antwort kam nach ein paar Minuten.

Von: Alex.McIlvenny@hotmail.co.uk
An: Inary@gmail.com

Liebe Inary,
ich bin sicher, dass du nur in einem Schockzustand bist und deine Stimme bald wieder zurückkehren wird. Es tut mir unendlich leid, was mit deiner Schwester passiert ist, und ich fühle mit dir und Logan. Ich wünschte, ich könnte euch beiden eine größere Hilfe sein.

Mit einem Mal merkte ich, wie mir die Augen immer wieder zufielen. Alles, was an diesem Tag – und in dieser Nacht – geschehen war, legte sich mir wie eine Last auf die Schultern, sodass ich von diesem Gewicht erdrückt wurde.

Mein Körper wollte einschlafen.

Von: Inary@gmail.com
An: Alex.McIlvenny@hotmail.co.uk

Mit dir zu reden, das hilft mir schon...
Ich habe dir so viel zu sagen. Ich befürchte aber, jede Sekunde einzuschlafen - es war eine ziemlich lange Nacht -, aber ich werde dir so schnell wie möglich schreiben.
Inary
PS: Es tut mir leid.

Ich ließ mich aufs Bett fallen und rollte mich unter der Decke zusammen. Eigentlich sollte ich den Kontakt zu ihm vermeiden, und dennoch näherte ich mich ihm wieder.

Mir war klar, dass es mein Fehler war. Ich hätte es nicht so weit kommen lassen dürfen – in jener Nacht, diese Nacht, die so wunderbar gewesen war, so zärtlich; es schmerzte zu sehr, sich daran zu erinnern. Als ich ihm gesagt hatte, dass es ein Fehler gewesen sei, weiß ich nicht, wer von uns beiden mehr am Boden zerstört gewesen war. Doch ich konnte weder ihm noch irgendeinem anderen erlauben, mir näherzukommen. Nie wieder würde noch einmal jemand eine solche Macht über mich haben. Und die Art und Weise, wie Alex in jener Nacht mein Herz in seinen Händen gehalten hatte ...

Nie wieder. Nie, nie wieder.

Und dennoch konnte ich nicht aufhören, an ihn zu denken.

Ich war viel zu müde, um mich über mich selbst zu ärgern. Mit einem Mal fing mein Bewusstsein an, sich nach und nach zu verabschieden, als hätte ich Mary noch einmal flüstern hören; ich versuchte zuzuhören, doch ich konnte es nicht verhindern, in die Dunkelheit zu stürzen. Ihre Stimme im Ohr wie ein gemurmeltes Schlaflied, schlummerte ich ein.

14 Ein Gedanke von mir zu dir

Alex

Ich hatte ziemlich unruhig geschlafen, als ich mit einem Ruck wach wurde – irgendwo war ein Geräusch gewesen. Mein Telefon; es klingelte. Ich warf einen Blick auf den Wecker auf dem Nachttisch, es war halb fünf in der Früh.

Ich schnappte mir das Telefon – voller Angst, eine schlechte Nachricht zu bekommen, wie jedes Mal, wenn man mitten in der Nacht angerufen wurde, und sah kurz Inarys Namen auf dem Display aufleuchten. Inary schickte mir einen Triller. Ich blinzelte und versuchte, wach zu werden.

Ja. Ein entgangener Anruf von Inary. Ich hatte das also nicht bloß geträumt.

Ohne darüber nachzudenken, schickte ich ihr eine SMS. Wenn sie mir einen Triller schickte, so bedeutete dies, dass sie im Moment nicht reden konnte, darum hatte es auch keinen Sinn, sie jetzt anzurufen. Ich war immer noch stinkwütend nach allem, was passiert war, aber sie zu ignorieren, das war unmöglich. Ich musste sichergehen, dass es ihr gut ging.

Ihre Antwort kam schon nach wenigen Sekunden. Sie hatte keine Stimme mehr? Vielleicht hatte sie irgendwelche Bazillen eingefangen? Aber gut klang das nicht. Und es klang auch nicht nach Bazillen. Mein Bauchgefühl sagte mir, dass es sich dabei um etwas viel Schlimmeres handelte. Darum stand ich auf und fuhr den Laptop hoch, um ihr zu schreiben – nichts zu Ernsthaftes oder Gefühlvolles, einfach nur ein paar Zeilen, um ihren Gemütszustand beurteilen zu können. Doch ihre Antworten blieben zu vage, als dass ich aus ihren Worten etwas hätte herauslesen können. *Es tut mir leid*, schrieb sie.

Mir drehte sich der Magen um.

Ich war immer noch wütend. Jedes Mal, wenn ich daran dachte, was sie am Morgen danach gesagt hatte – o ja, jedes Mal, wenn mir ihre Worte wieder einfielen, bekam ich aufs Neue ein beklemmendes Gefühl in der Brust. Sie war so unfair gewesen. Und trotzdem.

Sie war Inary. Ihre Schwester war tot, und sie hatte ihre Stimme verloren.

Ich musste mich schützen – doch Inary war mein schwacher Punkt, ich kam nicht von ihr los. Alles zu Ende zu bringen wäre deutlich schmerzhafter gewesen, als einzulenken. Mir war jetzt schon klar, dass, falls sie Kontakt zu mir aufnehmen würde, ich immer antworten würde.

15 Stimmen aus längst vergangenen Zeiten

Inary

Am Sonntagmorgen stand Tante Mhairi plötzlich bei uns vor der Tür, herausgeputzt in ihren besten Sonntagskleidern. Ich wusste sogleich, was das zu bedeuten hatte.

»Ich gehe zur Messe. Kommt ihr mit?«

»Ohne mich!«, rief Logan aus der Küche. Er bereitete sich gerade auf eine Bergwanderung vor.

Ich zögerte. Wann hatte ich das letzte Mal an einer Messe teilgenommen. Ganz plötzlich verspürte ich eine Sehnsucht nach der kleinen Steinkirche und den vielen Malen, die ich dort als Kind mit meiner Mutter und meiner Großmutter gewesen war. Allem Anschein nach war ich im Alter von drei Jahren überzeugt gewesen, dass die Kirche *der* Ort zum Singen war, und hatte mitten während der Messfeier immer wieder lautstark diverse Lieder angestimmt. Father McCroury hatte dies sehr lustig gefunden (glücklicherweise, aus Sicht meiner Mutter) und jedes Mal »der kleinen Inary Monteith für ihren entzückenden Gesang« gedankt. Heute schauderte ich, wenn ich nur daran dachte.

Ja, ich wollte mitkommen. Ich nickte, und in Tante Mhairis Gesicht erstrahlte ein Lächeln. Sie war hocherfreut, dass ihre abtrünnige Nichte doch noch die Chance auf Erlösung wahrnahm.

Durch einen feinen Nieselregen gingen wir gemeinsam zur Kirche, zu St.-Colman's, hinauf. Alle zehn Schritte trafen wir jemanden, den wir kannten – genau wie damals, als ich noch ein kleines Mädchen gewesen war und sich all meine Sonntage um die Kirche gedreht hatten und darum, dort auf Freunde und Familie zu treffen.

Nur, dass damals Emily immer bei uns gewesen war.

Jetzt nicht mehr.

Es war eine bittersüße Angelegenheit, mit Tante Mhairi zu Fuß zu gehen und bei jedem Schritt und jedem Wort Emilys Anwesenheit so stark zu spüren, so unfassbar real.

Die Kapelle war viel kleiner als die presbyterianische Kirche, dafür jedoch wunderschön mit den Steinmauern und einem schlichten Kreuz auf dem Dach. Wir wollten gerade hineingehen, als Maggie, eine von Tante Mhairis Freundinnen, die uns nach der Beerdigung geholfen hatten, an unserer Seite auftauchte.

»Oh, Inary! Schön, dich hier zu sehen, Liebes. Wie geht es dir?«, fragte sie. Die Sorge stand ihr ins Gesicht geschrieben – ich nehme an, dass es mich unter anderen Umständen geärgert hätte, aber ich merkte deutlich, dass ihre Sorge um mich und ihre Trauer um Emily echt waren.

Ich nickte – mehr war einfach nicht drin. »Sie kann immer noch nicht sprechen«, erklärte Tante Mhairi. Und dann passierte es.

Maggie begann zu erzählen – ich sah, wie sich ihr Mund bewegte, und ich beobachtete auch, wie Tante Mhairi nickte –, aber ich verstand kein Wort von dem, was sie sagten. Urplötzlich kribbelten alle meine Glieder, ein sanftes, leises Summen übertönte alle anderen Geräusche. Das Herz klopfte mir bis zum Hals – es fühlte sich an, als sei ich irgendwo tief unter Wasser, weit entfernt von allem anderen um mich herum. Kurz schloss ich die Augen, so überwältigt war ich von meiner Angst und diesem seltsam unwirklichen Gefühl. Als ich sie wieder öffnete, befand ich mich ganz woanders.

Die Kirche war zwar immer noch hinter mir, und auch Glen Avich, zu Füßen eines sanften Hügels gelegen, war immer noch da. Doch Tante Mhairi und Maggie waren verschwunden; auch alle Leute um mich herum waren fort.

Ich spürte, wie ein feiner Nieselregen auf meine Arme und Schultern fiel; ich spürte den Wind in meinem Haar und hatte den Geruch von nasser Erde in der Nase. Plötzlich strömte eine ganze Reihe von Leuten aus der Kirche. Ihre Kleidung sah seltsam aus – die Frauen trugen lange Kleider und steife Filzhüte, die Männer Wollhosen und Hemden, alle in gedeckten Farben. Ich bekam Angst. Noch nie war mir etwas Ähnliches passiert. Ich hatte die Seelen Verstorbener in *meiner* Welt gesehen – aber noch nie die Welt erlebt, aus der *sie* kamen. Ich war noch nie an einen anderen Ort versetzt worden – in eine andere Zeit …

Ich schrak zusammen. Neben mir war jemand aufgetaucht – ein Pfarrer, der sich hinstellte, um seine Gemeindemitglieder nach der Messe zu begrüßen. Ich beobachtete ihn und wartete ab, ob er mich sah, ob er meine Gegenwart spürte – doch er nahm keinerlei Notiz von mir. Ich war da und zugleich auch irgendwie wieder nicht.

Darum blieb ich stehen und musterte einen nach dem anderen: Männer, Frauen und Kinder, die durch die Kirchentüren nach draußen kamen und ein paar Worte mit dem Pfarrer wechselten – Father Hall, wie sie ihn nannten.

Endlich entdeckte ich ein Gesicht, das ich kannte. Mary kam mir entgegen, an der Seite einer älteren Frau. Ich musste zweimal hingucken, und ich wurde von einer plötzlichen Sehnsucht gepackt: Die Frau sah genau wie meine Mutter aus. Daneben lief ein kleines Mädchen mit langen, schwarzen, geflochtenen Zöpfen.

»Mum, ich warte noch auf Leah«, verkündete Mary. »Oh, da ist sie ja schon …«

Ich zwang mich, mich vom Gesicht der älteren Frau abzuwenden, folgte Marys Blick und sah ein hochgewachsenes, vollschlankes Mädchen mit blondem Haar und rosigen Wangen, das kicherte und einen jungen Mann in einem Tweedjackett anlächelte. Der Mann ging zu einer kleinen Gruppe von Frauen hinüber, die ein paar Meter entfernt von der Kirche auf dem Rasen standen.

»Ich komme gleich«, flüsterte Leah und lief los, um den jungen Mann einzuholen, mit dem sie sich dann unterhielt. Mit einem Lächeln, das ihre Lippen umspielte, beobachtete Mary die beiden.

Mein Blick richtete sich wieder auf Mary, die mit einem Mal weit, weit entfernt von der Gruppe zu sein schien, weit weg von allen anderen, ganz in ihrer eigenen Welt. Mucksmäuschenstill stand sie da und sah zu jemandem hinüber – zu einem Mann, der sie ebenso beobachtete. Ihre Blicke trafen sich. Das musste wohl Robert sein. Er lächelte, wirkte gleichzeitig aber auch unsicher. Als hätte er nicht mit dem gerechnet, was gerade passiert war.

Mir wurde ein wenig schwindelig, als Marys Gefühle über mich hinwegfegten; sie waren so intensiv, dass ich sie fast körperlich spürte, beinahe schmerzhaft. Ich fasste mir an die Brust, als Marys Bewusstsein in meines hineinexplodierte.

Dann trat eine Frau, die in einen eleganten Wollmantel gehüllt war und einen Samthut trug, neben Robert. Sie hatte ein wunderschönes Gesicht, sah sich jedoch nervös um und ließ ihre Hand auf seinem Arm ruhen. Diese Geste hatte zu bedeuten, *er ist mein* – womit das stille Band zwischen Mary und Robert im Nu zerrissen war.

Plötzlich verwischten die Konturen dieser Szene, und es sah aus, als würde ich im strömenden Regen durch ein Fenster schauen – alles verschwamm und verlief vor meinen Augen, bis ich nur noch Schwarz sah. Nichts. Als ich dann die Augen wieder aufriss, sprach gerade Maggie.

»Also habe ich Father McCroury gesagt, dass ich, falls wir bis zum Frühjahr keinen anderen Katecheten finden sollten, diese Aufgabe übernehmen würde.«

»Unbedingt. Es sei denn, sie sagt uns fest zu, dass sie zurückkehren wird …«

Um mich herum drehte sich alles, und der Himmel und der Boden schienen ihre angestammten Plätze zu tauschen. Schnell berührte ich Tante Mhairi sanft an der Schulter und deutete auf die Kirchentüren. »Klar, geh nur, Liebes«, erwiderte sie, nicht ahnend, was gerade mit mir geschehen war. Ich betrat die Kirche, ließ mich auf eine Sitzbank fallen und atmete tief durch, um mein Herz zu beruhigen. Ich war mir sicher, gerade Zeuge von Marys und Roberts erster Begegnung gewesen zu sein – und ich konnte es kaum abwarten, was als Nächstes passieren würde.

16 Die Tage zwischen Winter und Frühling

Inary

Lesley reiste am folgenden Tag ab. So kurzfristig hatte sie leider nicht länger Urlaub nehmen können. Als ich beobachtete, wie ihr Auto in der Ferne verschwand, wurde ich das Gefühl nicht los, dass mein altes Leben damit beendet war und ein neues gerade begann. Ein Leben ohne Emily und auch ohne Lesley an meiner Seite, wie ich es bisher gewohnt gewesen war. Das war nur schwer zu ertragen – und dennoch wusste ich tief in meinem Inneren, dass ich mich dieser Tatsache stellen musste. Ich musste meine Tage und Nächte überstehen und für jeden einzelnen Tag dankbar sein, so schwierig das auch werden würde.

Es wird besser, selbst wenn es dir jetzt noch vollkommen unmöglich erscheinen mag, hatte Eilidh gesagt. Ich musste ihr wohl oder übel vertrauen.

Tante Mhairi bot uns ihre Hilfe an, für uns Emilys Sachen auszusortieren. Sie wollte schauen, was dem Wohltätigkeitsverein gegeben werden konnte, was verschenkt und was weggeworfen werden musste, hatte sie gesagt. Doch ihre Stimme war mit einem Mal verstummt, als sie Logans und meinen entsetzten Gesichtsausdruck gesehen hatte. Sie meinte es nicht böse, das war uns beiden klar, und wir wussten auch, dass wir Emilys Sachen durchsehen mussten, aber etwas von ihren Sachen wegzuwerfen, etwas von ihr, irgendwas – ja selbst uralte Zeitschriften, eine halb leere Flasche Nagellackentferner, alte, abgestempelte Bustickets in ihrer Tasche, alles Bruchstücke ihres Lebens –, kam uns einfach zu entsetzlich vor.

Und da saßen wir nun in Emilys Zimmer, ich auf ihrem frisch gemachten Bett – ich hätte es anders nicht ertragen –, und Logan auf dem Teppich, mit dem Rücken an die Wand gelehnt. Keiner von uns beiden machte irgendwelche Anstalten, sich zu bewegen. Für einen Moment wurde ich wieder von Trauer übermannt, und mir kamen die Tränen. Plötzlich entpuppten sich alle Eigenheiten des Zimmers – die sauber gefalteten Kleiderstapel auf Emilys Bett, ihre Bücher, die Parfümflakons, die Fotografien, die Logan liebevoll aufgenommen, entwickelt und gerahmt hatte – als ein wirklich unerträglicher Anblick. Alles zeugte von ihrer Abwesenheit. Das pflaumenfarbene Shirt, an dem sie gearbeitet hatte, befand sich immer noch in der Nähmaschine. Ich brachte es nicht übers Herz, es wegzunehmen. Es wirkte, als würde sie jeden Moment hereinkommen und sich hinsetzen, um daran weiterzuarbeiten …

Mit einem Mal konnte ich die Stille nicht mehr ertragen. Mir gingen so viele Gedanken im Kopf herum, so viele Gefühle überschwemmten mein Herz und fanden keinen Weg hinaus, erfuhren keine Linderung durch das gesprochene Wort. Erholung fand ich nicht einmal in der simpelsten Unterhaltung. Die Stille fraß mich auf. Unter Logans erstaunten Blicken rannte ich in mein Zimmer, öffnete eine Schublade in meinem Schreibtisch, dann eine weitere, bis ich endlich Stift und Papier gefunden hatte.

Willst du, dass ich wieder gehe?, schrieb ich, an meinen Schreibtisch gelehnt. Dann kehrte ich in Emilys Zimmer zurück, setzte mich neben Logan auf den Boden und hielt ihm mit zitternden Händen meine Nachricht hin.

»*Willst du* … Jetzt sei nicht albern!« Er sah mich an, mit seinem typischen Logan-Blick, stand dann auf und lehnte sich ans Fenster. »Aber du wirst ja ohnehin wieder gehen.«

Jetzt erhob auch ich mich, packte ihn am Arm, zwang ihn, mich anzusehen, und schüttelte den Kopf.

Ich will nicht zurück, schrieb ich. Ich war wütend auf mich selbst, da ich merkte, dass mir Tränen in den Augen brannten, und ich nicht vor ihm weinen wollte. Ich zeigte ihm den Notizblock. Das Schreiben tat gut. Es war zwar nicht so unmittelbar, wie zu sprechen, aber zumindest konnte ich so mit anderen kommunizieren.

»Du willst nicht zurückgehen? Warum? Was stimmt denn plötzlich mit London nicht?«, höhnte er.

Was sollte ich sagen? Dass ich nicht gehen will, weil du mich brauchst? Weil wir uns gegenseitig brauchen? Ich konnte mir nur allzu gut vorstellen, was er darauf antworten würde. Dass es dafür zu spät war. Dass der Schaden längst angerichtet war. Wie sollte ich erklären, wie sehr mich all das innerlich vergiftet hatte, sodass sich mein Leben nicht mehr richtig anfühlte? Sich niemals richtig angefühlt hatte, seitdem ich von Glen Avich fortgegangen war, fort von meinem Bruder und meiner Schwester?

Es gab nur eines, was ich sagen konnte.

Es tut mir leid, dass ich fortgegangen bin, schrieb ich und reichte ihm den Notizblock. Meine Hände zitterten wie Espenlaub. Sein Blick huschte über die Seite, dann gab er mir den Block zurück, ohne mich eines Blickes zu würdigen. Mit einem Finger wischte ich mir die Tränen ab und holte tief Luft.

»Es war verdammt hart, Inary«, erklärte Logan. Seine Miene war finster.

Einen Moment befürchtete ich, dass es für uns keine Hoffnung mehr gab, dass die Mauer zwischen uns niemals mehr eingerissen werden könnte. Dann drehte er sich jedoch plötzlich zu mir um.

»Hast du immer noch ein Paar Gummistiefel hier?«

Bitte?, fragte ich lautlos nach.

»Gummistiefel. Um diese Jahreszeit ist es in den Bergen ziemlich nass.«

Verblüfft nickte ich.

»Gut. Sonst wäre ich in den Laden gelaufen und hätte dir ein Paar geholt. Lass uns losgehen.«

Wohin gehen wir?

»Ich brauche ein wenig frische Luft und will – mit meiner Kamera – einen Ausflug in die Berge machen. Kommst du mit?«

Willst du denn, dass ich mitkomme?

»Ach. Klar! Schließlich wirst du mir ja nicht mit endlosem Geschnatter auf die Nerven gehen«, erwiderte er todernst. Sein Witz war unter diesen Bedingungen so surreal, dass ich nicht anders konnte, als zu lachen. Ich war von so viel Trauer umgeben, und dennoch erleuchtete eine kleine Flamme die Dunkelheit. Selbst inmitten unserer Tränen würde es immer auch eine Zeit für Lachen geben. Während ich in meine Gummistiefel schlüpfte, blühten hoffnungsvolle Gedanken in meinem Kopf auf und überraschten mich.

Schweigend liefen wir nebeneinanderher; unser Atem war das einzige Geräusch, das zu hören war. Im Winterwald fühlte sich die Stille friedlich und vollkommen richtig an. Der Himmel über uns war stahlgrau, und ein leichter Nieselregen hatte eingesetzt. Wir trugen warme, wasserdichte Jacken aus Logans Laden, weshalb mir der Regen nichts ausmachte. Denn hier war in meinen Augen alles viel zu schön, um mich über das Wetter aufzuregen.

Der Winter war mild gewesen, sodass rote Blätter, die im Herbst nicht abgefallen waren, die Bäume bedeckten. Für Frühlingsblüten war es noch zu früh, und es war auch noch nicht die Zeit, um schon Sprösslinge entdecken zu können, die durch die Erde ans Licht brachen. Obwohl ich keine sehen konnte, konnte ich sie spüren. Die Triebe waren noch in den Ästen und unter der Erde verborgen wie Babys im Bauch der Mutter, um auf den geeigneten Moment zu warten. Die Leere des Winters stand kurz vor ihrem Ende, und in der Luft hingen schon die

Düfte dessen, was kommen würde. Alles flüsterte und bebte und träumte vom Leben.

Immer wieder blieb Logan stehen und korrigierte eine Einstellung, betrachtete schweigend den Lichteinfall und das Motiv, das ihn zufriedenstellen würde. Ich stand neben ihm, genoss die friedliche Umgebung, ließ mich davon einhüllen und alle Knoten in meiner Seele lockern. Je länger ich mich im Wald aufhielt, desto ruhiger fühlte ich mich.

Eingepackt in unsere Hightechjacken, ließen wir uns nach ein paar Stunden auf Logans wasserdichter Decke nieder und tauchten Kekse in leuchtend bunte Melaminbecher. Logan liebte seine Ausrüstung. Am liebsten würde er seinen Kompass auspacken, wenn er nur zum Tesco-Supermarkt fuhr, aus reinem Spaß an der Sache. Ganz gleich, wo er hinging: Er hatte alles dabei, um ein Feuer entzünden zu können – selbst im Kino, falls er auf dem Weg zwischen dem Kinosaal und zu Hause irgendwo einmal festsitzen sollte. Früher oder später würde man ihn bestimmt für einen Brandstifter halten.

»Ich hab gesehen, dass du dich bei Emilys Beerdigung mit meinem Kumpel Taylor unterhalten hast.«

Die Worte *Emilys Beerdigung* fühlten sich wie Brennnesseln an, die über meine Haut strichen. Ich nickte. »Er kommt aus San Francisco«, fuhr Logan fort. »Er ist extra für die Ausgrabungen am Loch Avich hergekommen.«

San Francisco? Nicht New York? Was Akzente betraf, war ich wirklich nicht zu gebrauchen. Ich verzog das Gesicht, als wollte ich sagen: *Welche Ausgrabungen?*

»Im See wird ein Crannog ausgegraben. Du weißt schon, das sind so Behausungen auf Pfählen, die direkt ins Wasser gebaut wurden. Er ist von Beruf Archäologe ... Gib mir doch bitte mal die Schokokekse. Danke. Eigentlich arbeitet er in Edinburgh, aber jetzt ist er für ein paar Monate hier. Ab und an gehen wir ein Bier miteinander trinken.«

Okay. Warum erzählte er mir so viel über Taylor? Wollte

er mich etwa mit diesem Kerl verkuppeln? Unmöglich. Mein Bruder ein Kuppler? Vollkommen undenkbar.

»Also, na ja, er hat erzählt, dass er gern mit dir zur Ausgrabungsstätte gehen würde. Ich war mir nicht sicher, ob das so gut ist, weil du ja den See nicht sonderlich magst … Aber dann dachte ich wieder, dass ich das einfach dir überlasse. Ich habe mir das Crannog angesehen. Es ist wirklich fantastisch, ich habe ganz viele Fotos geschossen.«

Ich war unschlüssig, ob ich noch einmal zum Loch Avich gehen wollte – ich hatte in den letzten dreizehn Jahren einen großen Bogen darum gemacht, insbesondere an nebligen Tagen. Ich wischte ein paar Kekskrümel von meiner Jacke und holte ein zerknittertes Stück Papier sowie einen Stift aus der Tasche, die ich mitgenommen hatte. Währenddessen musterte ich Logan, und wie ich schon vermutet hatte, schien er vollkommen entspannt und gleichgültig zu sein, als sei unser Gespräch über Taylor keine große Angelegenheit. Hinsichtlich der Kekse war er deutlich besorgter. Erleichtert atmete ich auf. Zwischen meinem Bruder und dem amerikanischen Archäologen (AA, wie ich ihn ab jetzt nennen würde) hatte es also keine gemeinsame Sache gegeben, um mich aufzuheitern oder abzulenken. Oder mir gar einen Freund zu besorgen.

Hast du dich eigentlich in letzter Zeit mal mit Frauen getroffen?, schrieb ich spontan und war mir bewusst, damit ein heikles Thema anzuschneiden. Logan schien nicht sonderlich erfolgreich zu sein, was Beziehungen anbelangte. Da waren wir schon zwei, dachte ich.

»Ach, ab und zu mal, du weißt schon. Nichts Ernstes.« Er zuckte mit den Schultern.

Offensichtlich war Logan nur an lockeren, zwanglosen Beziehungen interessiert. Dabei fiel es ihm nicht schwer, neue Leute kennenzulernen; er war ein attraktiver Mann mit kantigen Gesichtszügen und einem durchdringenden Blick – jenem »Ich trage Verantwortung«-Blick, den Frauen zu lieben schienen. Dennoch war er all die Jahre bei Emily geblieben und hatte sich um sie gekümmert; offenbar hatte er nie eine romantische Beziehung angestrebt. Ich war immer der Auffassung gewesen, dass er das so gewollt hatte: gelegentliche Kurzzeitbeziehungen – eben nichts, was irgendwie tiefer ging. Doch in den letzten Jahren hatte ich mich immer wieder gefragt, ob ihm das wohl reichte.

»Es wird Zeit, nach Hause zurückzukehren«, erklärte er und sammelte die Überreste unseres Picknicks ein. Ich verstand die Botschaft – kein Wort mehr über sein Liebesleben. Eine Frage jedoch brannte mir noch unter den Nägeln.

Du hast mir immer noch nicht gesagt, ob du nun willst, dass ich fortgehe, schrieb ich.

»Willst du ernsthaft hierbleiben?«, fragte er und machte sich an unseren Trinkflaschen zu schaffen.

Ich nickte.

»Dann bleib.« Er gab sich alle Mühe, gleichgültig zu klingen, doch ich kannte ihn gut genug, um an seiner Stimme zu hören, wie aufgewühlt er war. Ich holte tief Luft. Mehr Aussöhnung als das war zu diesem Zeitpunkt nicht möglich. Es musste reichen. Vielleicht war dies der geeignete Moment, um ihm von Mary zu erzählen. Er wusste alles über unsere Großmutter und mich, dass wir beide das zweite Gesicht besaßen und wie ich vor Jahren diese Gabe verloren hatte. Meine Eltern hatten es damals für besser gehalten, dass Logan und Emily Bescheid wussten, insbesondere, falls eines ihrer Kinder einmal die Gabe besitzen sollte.

Meine Gabe ist wieder zurück, schrieb ich.

»Deine Gabe ist wieder … oh … und wie fühlt sich das an? Ich meine …« Er stotterte. Sein Blick war voller Sorge, und ich ahnte auch schon, warum. Ich habe nie jemandem erzählt, was an jenem Tag am Loch Avich passiert war, doch meiner Familie war es nicht schwergefallen zu erraten, dass etwas wirklich Beängstigendes vorgefallen sein musste. Meine Mutter und meine

Großmutter hatten versucht, etwas herauszufinden – sie hatten mich sanft, aber beharrlich ausgefragt und meinen Vater, der mich an jenem Tag begleitet hatte, in die Mangel genommen. Doch ich hatte es nie erzählt, und mein Vater hatte natürlich nichts gesehen. Das Erlebte in Worte zu fassen wäre viel zu real, zu beängstigend gewesen.

Bin mir noch nicht sicher, wie ich das finde, schrieb ich.

»Wen … wen hast du gesehen?«, fragte er und starrte auf seine Hände hinunter.

Eine junge Frau namens Mary. In meinem Zimmer, notierte ich und nickte bei jedem Wort nachdrücklich. Neuerdings nickte ich so viel, dass ich mir allmählich Sorgen machte, mir eine Halsverletzung zuzuziehen.

»Wer war sie?«

Bin mir nicht sicher, schrieb ich wahrheitsgemäß. *Ehrlich gesagt hat mir die junge Frau Gesellschaft geleistet. Es tat gut, sie zu sehen. Ich weiß schon, das klingt seltsam …*

Logan seufzte. »Ich habe keine Ahnung, ob das seltsam ist. Soll heißen, ich weiß nicht, wie ich es fände, wenn ich das sehen würde, was du siehst. Manchmal wünschte ich mir, ich könnte es auch, damit ich vielleicht unsere Eltern noch einmal sehen könnte. Und Emily …«

Ich keuchte. Es sah Logan gar nicht ähnlich, so viel über seine Gefühle zu sprechen, und es wäre mir im Traum nicht eingefallen, dass er sich wünschen könnte, ebenfalls diese Gabe zu besitzen.

»Aber wer weiß, wie es wäre, sie tatsächlich einmal zu sehen … so tot.«

Ich nickte. Ich hatte das zweite Gesicht verloren, bevor meine Großmutter und meine Eltern gestorben waren, deswegen hatte ich keine Vorstellung davon, wie es sich anfühlen würde, sie als geisterhafte Seelen zu sehen. Ich wusste jedoch, dass ich alles dafür geben würde, Emily zu sehen.

»Inary …«, flüsterte mein Bruder und lehnte sich noch einmal an den Baum. Mir war sofort klar, was er fragen wollte. Dazu benötigte ich keine seherischen Kräfte – nur Menschenkenntnis. »Ich frage mich, ob du *sie* wohl sehen wirst.« Es war nicht nötig nachzufragen, wen er meinte.

Ich hoffe es, kritzelte ich.

Kurze Pause. Und dann rutschte Logan fast unmerklich ein wenig näher an mich heran.

Wir wanderten zurück; die feuchte Erde fühlte sich weich unter unseren Füßen an und gab wie ein moosiger Teppich bei jedem Schritt nach – der Geruch der nassen Erde und der weite, endlose Himmel umgaben uns. Viele Generationen unserer Familie waren durch diese Wälder gegangen. Ich spürte, wie mir Glen Avich durch die Adern pulsierte, und fragte mich erneut, wie ich es jemals ausgehalten hatte fortzugehen.

17 Ein kleines Feuer

Logan

Meine Schwester hatte schon immer in ihrer ganz eigenen Welt gelebt. Einmal hatte sie in der Grundschule nach der Pausenglocke tatsächlich vergessen, wieder ins Schulgebäude zurückzukehren. Einfach so – sie hatte es vergessen. Nach zwanzig Minuten war der Lehrerin ihre Abwesenheit aufgefallen, und sie hatte Panik bekommen. Inary wurde schließlich gefunden, wie sie in einer Ecke des Spielplatzes hockte und Stare fütterte. Ihr war nicht einmal aufgefallen, dass alle anderen Kinder in die Klassen zurückgegangen waren und sie allein auf dem Pausenhof zurückgeblieben war. Ein anderes Mal war sie in ihren Pantoffeln zur Schule gegangen. Das habe ich mir wirklich nicht ausgedacht.

Sie hat schon immer in ihrer eigenen Inary-Welt gelebt, was ein zweifelhafter Segen war. Nichts schien sie wirklich durcheinanderzubringen. Sie war immer fröhlich und entweder in ihre eigenen Gedanken vertieft oder in ein Buch. Ich war derjenige, der die Realität für uns beide ertragen musste.

Der Tod unserer Eltern hatte sie verändert. Es war, als wäre sie mit einem Mal plötzlich entzaubert. Sie lebte nicht mehr in einer verwunschenen Märchenwelt – stattdessen schaute sie dem Leben knallhart ins Gesicht, wie ich es immer schon getan hatte, und was sie sah, machte ihr Angst.

Als Lewis in ihr Leben trat, schien eine Weile die alte Inary wieder zurückgekehrt zu sein. Es war eine große Erleichterung, sie wieder lächeln zu sehen. Ich mochte den Kerl. Er war anständig und meinte es wirklich ernst mit ihr, zumindest dachte ich das. Ich dagegen konnte offenbar keine Beziehung länger als sechs Wochen führen, aber, hey, das war schließlich meine eigene Schuld.

Und dann machte Lewis Schluss mit ihr, und Inary war am Boden zerstört. Anders kann man es nicht beschreiben. Nicht jedem fiel dies gleich auf – tatsächlich fanden die meisten Leute sogar, dass sie die Sache ziemlich gut wegsteckte –, mir entging es jedoch nicht. Kleine Teile, einzelne Charakterzüge von Inary erkannte ich wieder, doch die Inary, die ich kannte, war wieder verschwunden.

Sie weiß nicht, dass ich zu Lewis gegangen bin und dass es mich eine Menge Selbstbeherrschung gekostet hat, ihn nicht grün und blau zu schlagen. Nachdem ich mit ihm fertig gewesen war, hatte er Angst genug gehabt, auch wenn ich ihm nicht einen einzigen Finger gekrümmt hatte.

Ja, Inary war am Boden zerstört, sie konnte nicht bleiben, da sie weder seinen Anblick noch den seiner schrecklichen Mutter ertrug, und so weiter und so fort. Also packte sie ihre Sachen und ging nach London. Das konnte ich jedoch nicht akzeptieren. Weder, dass sie so weit fortzog, noch, dass sie dies zu einem Zeitpunkt tat, als Emily uns beide so dringend gebraucht hätte.

Und als *ich* sie gebraucht hätte, Herrgott noch mal. Bin ich egoistisch? Vielleicht. Aber Sie können es gern auch mal versuchen, allein für ein krankes Mädchen verantwortlich zu sein. Denn Emily war jahrelang krank und dem Tod nahe – Inary war die Einzige, die fest geglaubt hatte, dass alles noch einmal in Ordnung kommen würde. Vielleicht hätte ich sie mit der Nase auf die Wahrheit stoßen und deutlicher werden sollen.

Aber das konnte ich nicht.

Ich war wütend auf Inary. Drei Jahre lang. Allerdings habe ich ihr nie gesagt, wie sehr ich sie vermisste. Aber das war so. Zum ersten Mal seit einer Ewigkeit hatte ich heute das Gefühl, dass ich zu ihr vordringen konnte, und sie zu mir.

Der Weg, den wir aufeinander zugehen müssen, ist noch sehr lang, aber wir werden es schaffen.

Das müssen wir. Denn wir beide sind die Einzigen, die von unserer Familie noch übrig sind.

Lange, einsame Spaziergänge haben mir immer dabei geholfen, mit allem klarzukommen, was zu Hause geschah. Während Emilys letzter Lebenstage habe ich den Wald verzweifelt gebraucht. Ich musste einfach raus, um den Wind im Gesicht zu fühlen und den weiten Himmel über mir zu spüren. Aber ich konnte Emily nicht allein lassen, nicht einmal für eine halbe Stunde.

An einem Tag vor ein paar Jahren, an dem ich ziemlich einsam gewesen war und einen ausgesprochenen Tiefpunkt erreicht hatte, war ich nach Aberdeen gefahren und hatte mir spontan eine supermoderne Kamera gekauft. Ich schwöre: Sie hat mein Leben verändert. Und ich habe mich sogar bei Fotokursen angemeldet – das war das Erste, was ich seit Jahren für mich allein gemacht habe. Als ich dann draußen in den Wäldern, am Ufer des Loch und in den Mooren unterwegs war, auf der Suche nach schönen Motiven, habe ich mich einem inneren Frieden noch nie so nahe gefühlt. Obendrein kehrte ich mit wunderbaren Fotos heim, die diesen Moment für immer festhielten. Eine Galerie der Schönheit, die ich habe entwickeln und rahmen lassen, die mein Haus und meinen Laden mit der Natur füllten und diese von draußen nach drinnen brachten.

Man muss der Wahrheit ins Auge sehen: Ich bin ein einsamer Wolf. Ich bin mir selbst genug, bin zufrieden, wenn ich mit niemandem reden muss. Aber auch das kann wie bei Inary, die in ihrer eigenen Welt lebt, ein durchaus zweifelhafter Segen sein. Bis zu einem gewissen Maß ist es okay, aber dann wird einem ziemlich kalt, und schnell friert man bitterlich. Ich denke, dass Emily das gespürt hat. Sie hat sich wegen meiner Einsamkeit große Sorgen gemacht.

Eines Morgens kam ich heim, nachdem ich eine Nacht draußen gezeltet hatte, und fand eine kleine Zeichnung vor, die mit einem Magneten in Schafsform am Kühlschrank befestigt war: Ein Wolf wedelte mit seiner Pfote, daneben ein winziges Zelt mit der Unterschrift: »Ich bin Logan!« Ich musste lachen, doch mir war zugleich klar, dass auch ein Körnchen Wahrheit in Emilys Zeichnung steckte.

So sah also mein Leben aus. Immer noch Bilder von einem Hirsch, dessen Geweih sich schwarz vor dem Himmel abzeichnete; das dunkle, fast schwarze Wasser des Loch Avich bei Einbruch der Nacht; ein Blitz am Gewitterhimmel; ein einsames Boot, vertäut zwischen Felsblöcken; Gesichter in der Rinde eines uralten Baumes. Geschichten, die ich erzählen möchte. Kleine Ausschnitte der großen weiten Welt, von der Glen Avich ein winziger, absolut wunderschöner Flecken ist.

Doch all das, was ich liebte und kannte, war von Emily zusammengehalten worden. Jetzt, da sie gestorben ist, hat für mich das alles den Sinn verloren.

In der Nacht von Emilys Tod hatte Inary alle Fenster weit geöffnet, um die Seele unserer Schwester ziehen zu lassen. Mir war dabei aufgefallen, dass über den Hügeln und Bergen der Himmel mit Sternen übersät gewesen war. Die Seefahrer der Vorzeit besaßen weder Radarsysteme noch Satelliten noch sonstige technisch hoch entwickelte Geräte; sie konnten sich allein auf die Sternkonstellationen verlassen, um den Weg gewiesen zu bekommen. Ich hatte mein bisheriges Leben damit zugebracht, einem einzigen Stern zu folgen, und mich dabei niemals beeinflussen oder vom Weg abbringen lassen. Ich war dem gefolgt, was für mich der wahre, echte Norden war. Und nun war meine Orientierung fort, mein einziger Wegweiser, und ich hatte keine Ahnung mehr, wo ich war oder wo ich als Nächstes hingehen sollte. Ohne Emily war ich verloren.

Ich will Inary nicht erzählen, wie schwarz und leer ich mich in meinem Inneren fühle. Sie hat ihren eigenen Kampf zu führen. Ich will ihr nicht verraten, dass ich mich innerlich genauso tot fühle wie Emily.

18 Szenen aus einem schottischen Dorf

Alex

Ich drehte den Schlüssel im Schloss um, kletterte über einen kleinen Berg aus Briefumschlägen und Werbeprospekten, die der Postbote eingeworfen hatte, während ich fort war, und betrat mein Haus. Es war bitterkalt. Eine Kältewelle hatte England im Griff, und ich hatte vergessen, die Heizung einzuschalten. Seit dem Vorfall mit Inary, seit ihrem Fortgang, vergesse ich ständig etwas, sowohl größere als auch kleinere Dinge. Dinge, die plötzlich keine Bedeutung mehr für mich hatten – meine Arbeit, die Menschen um mich herum –, die jedoch die Puzzlestücke meines Lebens darstellten. Ich fühlte mich, als würde es die Welt um mich herum nicht mehr in der gewohnten Form geben, als würde sie nur noch so tun, als ob es sie gäbe – wie eine Art von Traum.

Ich hatte einen tollen Beruf, der für mich nicht nur irgendein Job war, sondern meine Leidenschaft; ich arbeitete mit tollen Menschen zusammen, die von mir abhängig waren; ich hatte Freunde und eine Familie, die zwar in weiter Ferne lebte, aber sehr herzlich war. Doch mit einem Mal kam mir mein ganzes Leben wie eine Illusion vor, die es nicht wert war, sie wie bisher fortzusetzen.

Vermutlich lautete die grundlegende Frage, ob dieses unwirkliche Gefühl mit der Zeit von selbst nachlassen würde? Würde es besser werden? Also so, als sei Inary irgendeine Krankheit, die ich mir eingefangen hatte und nur schwer wieder loswerden konnte?

Ich öffnete die Kühlschranktür, mehr aus Gewohnheit, denn

ich war nicht hungrig, außerdem war er ohnehin nahezu leer; am Abend zuvor war ich nach zwei Tagen in Krakau wieder heimgekehrt. Und ja: Ich habe dort eine Eule für Inary gefunden. Ich konnte nicht anders.

Ich weiß, ich weiß. Was soll ich sagen? Alte Gewohnheiten lassen sich eben nur schwer überwinden. Und egal, wie viel Mühe ich mir gegeben habe, sie zu vergessen – ich konnte an nichts anderes denken als an sie.

So schnell ich konnte, entfachte ich ein Feuer und ließ mich dann auf dem Teppich vor dem Kamin nieder, während ich darauf wartete, dass die Flammen in die Höhe stiegen. Spontan fuhr ich meinen Laptop hoch und gab »Stimmverlust nach Trauma« in die Suchmaschine ein.

Eine ganze Liste von Websites und Links baute sich vor mir auf: »Stimmverlust«, »Posttraumatische Stressreaktion«, »Finden Sie Ihre Stimme mit Dr. Soundso wieder«, sowie eine lang Liste mit unnützem Quatsch, in dem allenfalls ein Körnchen Wahrheit stecken dürfte. Nach einer Weile hatte ich herausgefunden, dass Inary unter einer sogenannten »psychisch bedingten Dysphonie« litt, einem Stimmverlust durch das erlebte Trauma – ja, so viel war mir auch klar, wenn man einmal von dem hochtrabenden Namen absah. Was ich wirklich wissen wollte, war, ob es eine Heilung dafür gab.

Offenbar gab es jedoch keine. Jedenfalls nicht im herkömmlichen Sinn. Keine magische Pille, die einen wieder sprechen ließ. Wie die meisten seelischen Krankheiten würde der Weg, um alles wieder in Ordnung zu bringen, lang und beschwerlich sein. Nötig war eine Psychotherapie, und, wenn man diese Methode grundsätzlich akzeptierte, eine Menge anderer Therapien, die von plausibel bis absurd reichten: Hat irgendjemand Interesse daran, mit Delfinen zu schwimmen? Traumtherapie? Tanztherapie?

Inary war todunglücklich. Das war's. Sie hatte ihre Stimme verloren, weil sie so von Schmerz erfüllt war, dass sie nicht mehr wusste, wie sie damit umgehen sollte, und hatte deshalb abgeschaltet. Sie brauchte nun jemanden, der ihr über dieses Trauma hinweghalf, jemanden, der sie betreuen und lotsen konnte. Ich war sicher, dass sie einen guten Psychotherapeuten irgendwo in ihrer Nähe finden würde … vielleicht in Aberdeen.

Aber das würde bedeuten, dass Inary offen über all das reden musste, was sie durchgemacht hatte – der Verlust ihrer Eltern, das Beziehungsende mit Lewis und nun auch noch Emilys Tod –, und das alles mit einem völlig Fremden. Und *das* konnte ich mir beileibe nicht vorstellen.

Spontan tippte ich »Glen Avich Fotos« ein, und eine ganze Seite voller Rechtecke baute sich vor mir auf dem Bildschirm auf. Dort war sie also. Das war Glen Avich.

Die meisten der Bilder waren atemberaubend schön – der fjordartige Meeresarm, grau und still unter einem stahlblauen Himmel, die Hügel und Berge, von Heidepflanzen in unzähligen Lilafarbtönen bewachsen. Einige Bilder waren lustig und süß, Ausschnitte des Dorflebens. Irgendjemand hatte einen Strickwettbewerb gewonnen (eine Mrs Edna Boyle, 84 Jahre alt), dort war der erste Coffeeshop, der in Glen Avich eröffnet hatte (die stolzen Besitzer standen grinsend vor einer silberblauen Tür), ein Mädchen, das eindeutig der Mods-Bewegung angehörte, in einem Kleid mit Paisleymuster (das Haar frisch geschnitten, die Gesichtszüge irgendwo zwischen Frau und Kind).

Ich suchte weiter, blätterte durch Straßenbilder von Glen Avich – der Fluss mit seiner Steinbrücke, die Hauptstraße mit ihren kleinen Läden. Offenbar gab es eine heilige Quelle auf einem Hügel, der das Dorf überragte: die St.-Colman's-Quelle. Ihr wurde nachgesagt, die Fruchtbarkeit zu steigern. Hatte Inary den Namen irgendwann einmal erwähnt? Er klang nämlich irgendwie vertraut. O ja, klar; sie hatte erzählt, dass sie früher nach der Schule dorthin gegangen war, um mit ihren Freunden und Emily zu spielen …

Bild für Bild schien Inarys Leben im Dorf vor meinen Augen lebendig zu werden. Ich konnte mir nun vorstellen, wo sie war, wo ihre Familie lebte. Dies tröstete mich ein wenig. Das waren die Zeichen und Wunder, die Google vollbrachte …

Liebe Inary,
ich habe ein wenig im Internet gesurft, und offenbar leidest du unter einer sogenannten »psychischen Dysphonie« oder einem Stimmverlust, verursacht durch ein Trauma. Hier sind ein paar Links dazu. Die meisten Leute haben den Stimmverlust schon nach kurzer Zeit überwunden. Einige scheinen Medikamente einzunehmen und eine Therapie zu machen. Ich sehe dich zwar nicht unbedingt in einer Therapiesitzung, aber vielleicht solltest du zumindest mal drüber nachdenken.
Ich habe mir Bilder von Glen Avich angesehen. Es ist wirklich wunderschön dort, wie Lesley immer gesagt hat.
Bitte richte Mrs Edna Boyle meine herzlichen Glückwünsche zu ihrem Strickpokal aus.
Kuss, Alex

PS: Ich habe etwas für dich zur Post gebracht.

19 Die Chemie der Trauer

Inary

»Inary … es tut mir so leid, was mit Emily passiert ist.«

Ich schaute in Dr Nicholsons freundliche Miene. Sie kannte uns drei, seit wir klein waren, und ich hatte volles Vertrauen in sie. Dennoch war ich überzeugt, dass mein Besuch bei ihr reine Zeitverschwendung war. Denn ganz sicher konnte mir kein Doktor dabei helfen, meine Stimme zurückzubekommen. Alex' E-Mail hatte mir eine klarere Vorstellung dessen gegeben, was mit mir nicht stimmte, und ich war nun weniger besorgt wegen dem, was Dr Nicholson möglicherweise sagen könnte.

Vielen Dank, formte ich mit den Lippen.

Sie holte tief Luft. »Inary. Ich denke, wir beide wissen, dass es sich hierbei nicht um eine Halsentzündung oder irgendetwas Ähnliches handelt. Aber um ganz sicher zu sein, würde ich dich gern noch einmal untersuchen.«

Ich nickte. Sie leuchtete mir mit einer kleinen Lampe in den Hals, in die Ohren und die Augen; sie kontrollierte meinen Herzschlag und die Atmung; sie klopfte sogar mit einem kleinen Hämmerchen gegen mein Knie, was ich bisher immer nur in Filmen gesehen hatte.

»Dein Gesundheitszustand ist perfekt, aber ich denke, das weißt du selbst.«

Ich nickte und knöpfte meine Bluse zu.

»Seit vielen Jahren arbeite ich schon als Ärztin. Und dabei habe ich immer wieder erlebt, welch seltsame Dinge die Trauer mit den Menschen anstellen kann«, erklärte sie und gab damit im Grunde Eilidhs Worte wieder. »Ich muss aber wissen, Inary, wie du dich selbst fühlst.«

Ja, was glauben Sie denn, wie ich mich wohl fühle?, hätte ich am liebsten erwidert. *Meine kleine Schwester ist gerade gestorben. Ich habe das Gefühl, dass ich auch sterben sollte. Ich fühle mich, als sollte mein Herzschlag jeden Moment aufhören.*

Ich zuckte mit den Schultern. *Ich bin total durch den Wind*, schrieb ich. Eloquenter ließ es sich nicht ausdrücken.

»Ich weiß, meine Liebe«, erwiderte sie und legte mütterlich eine Hand auf meine Schulter. »Ihr habt alle eine harte Zeit hinter euch. Ich erinnere mich noch gut an eure Mum und euren Dad und all die Sorgen, die sie hatten.«

Es kostete mich eine große körperliche Anstrengung, nicht zu weinen. Ich runzelte die Stirn und schaute zu Boden. Ich *durfte* einfach nicht weinen. Denn wenn ich einmal damit loslegte, gab es kein Halten mehr.

»Kannst du schlafen, Inary?«

Ich nickte. Was der Wahrheit entsprach. Ich schlief, wenngleich nicht gut und auch nicht sehr lang.

»Schön. Isst du auch genug?«

Wieder nickte ich.

»Inary, du musst mir etwas versprechen. Wenn du das Gefühl bekommen solltest, dass alles zu viel wird, dass die Traurigkeit unerträglich wird … wenn du nicht mehr essen oder schlafen kannst und du nur noch weinst … dann musst du sofort einen Termin bei mir machen und zu mir kommen.«

Was wollen Sie denn dann machen? Nichts und niemand kann Emily zurückbringen, schrieb ich. Ich wollte Dr. Nicholson gegenüber nicht unhöflich sein, aber ich hatte wirklich das Gefühl, dass sie mir nicht helfen konnte. Irgendeine unerklärliche Chemie der Trauer hatte mir meine Stimme geraubt, und es gab keine Möglichkeit, sicher zu wissen, ob und wann meine Stimme wiederkehren würde.

Sie ließ sich von meiner Reaktion nicht beeindrucken. »Wir

können dann verschiedene Möglichkeiten besprechen. Vielleicht Medikamente in Betracht ziehen.«

Mit weit aufgerissenen Augen sah ich sie an. Wollte sie mir etwa Antidepressiva verschreiben? Ein chemisches Präparat, das die Trauer künstlich beseitigen würde, so als würde Emily es nicht verdienen, betrauert zu werden? Als wäre es nicht richtig, dass mein Herz gebrochen ist …

Ich schüttelte den Kopf.

»Nun, wenn du das vorerst lieber nicht in Erwägung ziehen möchtest, dann sollten wir es jetzt erst einmal dabei belassen. Aber wenn es dir schlechter gehen sollte, dann komm bitte noch einmal zu mir.«

Ich nickte. Würde ich nicht tun.

»Versprochen?«, hakte Dr. Nicholson nach.

Wieder nickte ich und log erneut.

Den Kopf leicht zur Seite geneigt, musterte sie mich, als würde sie mich analysieren. Als Ärztin, die dreißig Jahre Erfahrung mit Patienten hatte, als Mutter von vier Kindern und Großmutter von sechs Enkeln *wusste* sie, dass ich log. Sie wusste genau, dass ich nicht noch einmal herkommen würde.

»Na gut. Und wie geht es Logan?«

Mein Herz setzte einen Schlag lang aus. Das war ein Thema, das wir dringend besprechen mussten. Vielleicht konnte sie zumindest für ihn etwas tun, wenn sie mir schon nicht helfen konnte. *Nicht gut*, schrieb ich. *Ich mache mir große Sorgen um ihn. Er ist so …*

Ich schüttelte den Kopf. Ich konnte es nicht in Worte fassen. Es ließ sich einfach nicht beschreiben, wie … deprimiert und traurig er war. So einfach war das.

»Verstehe. Kannst du ihn bitten, bei mir vorbeizuschauen? Ich denke, das wäre besser für ihn.«

Ich werd's versuchen, aber es wird schwer werden, ihn zu überzeugen.

»Wir werden sehen, was du bei ihm erreichst. Er kann sich glücklich schätzen, dass du da bist und auf ihn achtest.«

Ernsthaft? Ich fühlte mich so kraftlos. Wieder nickte ich und machte mich auf den Weg zur Tür. Tante Mhairi sprang auf, als sie uns aus dem Behandlungszimmer kommen sah.

»Was ist es, Shona?«, fragte sie Dr Nicholson flüsternd. Die Praxis war leer bis auf die Arzthelferin, die taktvoll die Tür schloss, und Mrs Boyle – eine der Boyle-Schwestern, die bekannten Strickerinnen von Babykleidung –, die aber stocktaub war.

»Ich denke, es liegt am Schock – nach allem, was passiert ist. Aber Inary macht noch einmal einen Termin bei mir, und dann sehen wir weiter. Nicht wahr?«

Erneut ein halbherziges Nicken meinerseits.

»Mhairi, ich finde, Logan müsste dringend einen Termin machen und zu mir in die Sprechstunde kommen«, fuhr die Ärztin fort. »Inary sagt, dass es ihm nicht besonders gut geht …«

»Oh, er wird nicht kommen. Er würde lieber durchs Feuer gehen, als einen Arzt aufzusuchen! Sein Dad war genauso, mein Mann auch …«

»Ich weiß, ich weiß. Schaut einfach, was ihr machen könnt.«

»Wir werden uns Mühe geben. Aber all der Alkohol …« Tante Mhairi schüttelte den Kopf. Ich fühlte mich richtig krank. Zu wissen, dass es Logan schlecht ging, war schon schlimm genug; es laut ausgesprochen zu hören, das war einfach nur schrecklich. »Vielen Dank, Shona …«, fuhr meine Tante fort.

»Gern geschehen. Und vielen Dank für das Bild«, erwiderte Dr. Nicholson und deutete in Richtung ihres Büros. Von dort, wo ich stand, konnte ich ihren Schreibtisch sehen, auf dem das Bild von Emily in einem weißen Kartenrahmen stand, das wir unserer Familie und unseren Freunden geschickt hatten. Komisch, ich hatte es gar nicht bemerkt, als ich in dem Zimmer gewesen war. Das Bild hatten wir am Abend der Modenschau aufgenommen – Emily lachte, trug ein hellgrünes seidenes Etuikleid, das sie selbst entworfen hatte. Ihr Haar fiel ihr offen über die Schultern, und die Fingernägel waren leuchtend grün lackiert.

Emily.

Tante Mhairi und ich liefen schweigend nach Hause. Diese seltsame, plötzliche Freude, die ich am Vortag bei der Wanderung durch die Berge und Hügel verspürt hatte, war wie weggeblasen. Jetzt war nur noch Trauer übrig. Wieder. Damit hätte man rechnen können, nehme ich an. Gute Tage, schlechte Tage – soll Trauer nicht so verlaufen?

Wo war das grüne Seidenkleid hingekommen? Ich wollte es für alle Zeiten behalten. Ich wollte es anziehen und Emily bei mir tragen, als sei sie niemals von uns gegangen.

Ich war kaum zur Tür herein, als Lynne, unsere Nachbarin, anklopfte. »Ein Bote hat das hier für dich abgegeben«, verkündete sie und reichte mir ein kleines Paket.

Es stand nichts darauf, kein Absender, nur meine Adresse und ein paar ausländische Briefmarken – aber mir war sogleich klar, von wem das Paket stammte. Darin befand sich, wie diese russischen Puppen, ein weiteres kleines Paket, winzig und samtig. Ich hob den Deckel ab – und in dem Samt war eine kleine Porzellaneule eingeschlagen, darauf eine winzige Nachricht, die viermal gefaltet war.

Hier ist das erste Mitglied der Eulenfamilie aus Glen Avich. A.

An der kleinen Eulenstatue war mit Tesafilm eine winzige polnische Flagge befestigt, angeklebt an einen Zahnstocher und bemalt mit Filzstift.

Ein kleines, unsicheres Lächeln machte sich auf den Weg von meinem Herzen zu meinen Lippen.

Von: Inary@gmail.com
An: Alex.McIlvenny@hotmail.co.uk

Lieber Alex,
ich habe gerade deine Eule bekommen! Vielen Dank! Sie sitzt nun auf meinem Schreibtisch in meinem alten Zimmer. Dank dir auch für die Mail mit den Links darüber, was mit mir nicht in Ordnung sein könnte. Es klingt beängstigend, es als psychisch bedingte Dysphonie zu bezeichnen. Ich war bei der Ärztin, aber sie sagte nur, dass ich nichts dagegen tun könne. Lediglich abwarten.
Ich bleibe eine Weile hier. Rowan schickt mir Arbeit.
Im Augenblick fühlt sich alles seltsam an... Ich habe alle meine Geschichten gelöscht, dabei weiß ich nicht einmal, warum. Es kommt mir vor, als säße ich in einer Seifenblase.
Ich vermisse Lesley, und ich...

... ich vermisse dich, wollte ich schreiben. Aber dann entschied ich mich doch dagegen. Das wäre ihm gegenüber nicht fair.

Eigentlich sollte ich ihm gar nicht mehr schreiben – ich hatte mir geschworen, ihm das nicht weiterhin anzutun, um nicht mit seinen Gefühlen zu spielen.

...habe ziemlich seltsame Träume.

Konnte ich Alex von meiner seherischen Gabe erzählen? Würde er mich verstehen?

...Also, ich sehe Dinge aus der Vergangenheit. Ich sehe die Vergangenheit. So wie in: »Ich sehe Tote«.

Niemand außer meiner Familie wusste von dem wahren Ausmaß meiner Gabe. Das heißt, niemand außer meiner Familie und Lewis. Der deswegen vollkommen ausgeflippt war. Er sagte, dass es ihm Angst mache und dass er sich ernsthaft frage, was wohl in meinem Kopf vor sich gehe. Was so viel hieß wie, »ob ich verrückt sei«. Ich nehme an, es bleibt nicht ohne Wirkung, wenn man – wie er – von zwei Frömmlern aufgezogen wird. Anabel hätte wahrscheinlich angenommen, ich sei vom Teufel besessen.

Ich glaubte nicht, dass Alex so reagieren würde, aber ich war immer noch argwöhnisch und löschte den kompletten Satz.

...Ich vermisse Lesley, und ich versuche, Logan über alles hinwegzuhelfen. Ich hoffe, es geht dir gut, und ich danke dir noch mal für die vielen Infos über den Stimmverlust. Seltsam. Das ist so etwas, was eigentlich immer nur anderen passiert, bis es einen selbst trifft...

LG Inary

Meine Finger schwebten über der Tastatur. Ich war dabei, die Kommunikation zwischen ihm und mir wiederzubeleben, und so, wie sich immer alles zwischen Alex und mir entwickelte, würden wir uns bald wieder täglich mailen und wären somit schnell wieder in der gleichen Zwickmühle wie zuvor.

Ich wollte auf »Löschen« klicken.

Stattdessen klickte ich auf »Senden«. Natürlich.

Ich war wütend auf mich und dennoch gleichzeitig auch unglaublich erleichtert, weiterhin mit ihm sprechen zu können ... was der gewohnt chaotischen Gefühlslage Alex gegenüber entsprach. Ich stand auf und lief im Zimmer auf und ab, bis mein Laptop piepte.

Von: Alex.McIlvenny@hotmail.co.uk
An: Inary@gmail.com

Inary,
du hast ernsthaft deine ganzen Geschichten gelöscht? Das ist ziemlich radikal... aber andererseits hat sich dein gesamtes Leben verändert, und schließlich sieht es dir nicht ähnlich, einfach stillzuhalten. Du hast Platz für Neues geschaffen. In dir steckt noch so vieles, das nur darauf wartet, herauszukommen - und das wird es auch.
Pass auf dich auf!
Alex

Er fand immer die richtigen Worte.

Komisch. Ich hatte mir solche Mühe gegeben, mein Herz zu verschließen, und war dabei so erfolgreich gewesen, dass ich nun den Schlüssel nicht mehr finden konnte. Und ein verschlossenes Herz kann sich ziemlich bleiern anfühlen.

Ich ging in Emilys Zimmer und öffnete ihren Kleiderschrank. Ein dumpfer Schmerz stieg in mir auf, als ich von ihrem Duft eingehüllt wurde – irgendetwas zwischen Miss Dior, ihrem Lieblingsparfum, und ihrem ganz eigenen Emily-Duft. Mit einem Ruck schloss ich den Kleiderschrank – wenn ich ihn öffnete, würde sich Emilys Duft in der Luft verlieren, sodass ich ihn nie wieder riechen könnte. Er würde einfach verschwinden. Wäre ich fähig, mich an ihn zu erinnern? Nächste Woche, nächsten Monat, ja – aber was ist mit dem nächsten Jahr? Oder in zehn Jahren? Würde ich mich dann noch an den Duft der Haut meiner Schwester erinnern können? Oder an ihren Atem?

Ich schluchzte. Es war unumgänglich. Es würde passieren. Selbst wenn ich ihren Kleiderschrank für immer geschlossen lassen würde, wäre ihr Duft irgendwann verflogen, und die Erinnerungen würden verblassen, bis auch ich eines Tages nicht mehr leben würde, ebenso wie Logan. Und wie jeder in diesem Dorf, diese gesamte Generation.

Aber bevor das passierte, war ich hier; ich war lebendig und erinnerte mich an meine Schwester. Langsam öffnete ich wieder die Schranktür, strich mit der Hand über die Reihen von Kleidern, T-Shirts und Jacken, bis irgendwo etwas Hellgrünes aufblitzte. Da war es: das Kleid, das sie beim Hochschulabschluss getragen hatte.

Ich holte das Kleid aus dem Schrank und vergrub, die Augen geschlossen, mein Gesicht darin.

Ich würde Emilys Kleid tragen. In mir war Emily lebendig.

In jener Nacht kribbelte meine Haut wieder, und ein leises, sanftes Summen ertönte in meinem Ohr. Ich war alles andere als überrascht, als mitten in der Nacht, in der dunkelsten Stunde, eine Art Murmeln tief in meinem Inneren mich aufwachen ließ und Mary in meinem Zimmer am Fenster stand. Ich blieb still liegen, die Augen weit aufgerissen, schlagartig hellwach, und hielt sogar den Atem an, falls sie beim Einatmen verschwinden würde. Es war, als würde ein Licht auf sie scheinen oder aus ihrem Inneren heraus leuchten, da ich sie klar und deutlich erkennen konnte. Ihre dunklen, seidigen Locken fielen ihr offen auf die Schultern, und sie sah unglaublich jung, frisch und strahlend aus. Man konnte ihr ansehen, wie glücklich sie war. Ihre Lippen bewegten sich: Sie sprach, aber ich konnte sie nicht hören … doch nach einer Weile gelang es mir, ihre Worte zu vernehmen. Sie sprach mit jemandem, mit einem schwarzen, gestaltlosen Schatten, den ich nicht ganz erkennen konnte.

»Ich hätte es niemals für möglich gehalten, jemals so für jemanden zu empfinden«, sagte sie gerade. »Mir kommt es vor, als müsse ich immerdar darauf warten, dass er zu mir zurückkommt. Ich weiß, dass er erst mit ihr reden muss, um alles zu klären, aber ich kann nicht mehr warten. Ich wünsche mir nichts sehnlicher, als dass er hier bei mir ist.« Es folgte eine Pause, in der der andere Schatten sprach – ein leises, unverständliches Murmeln.

»Ja, ich glaube, Mum weiß Bescheid. Ich habe ihr natürlich nichts gesagt, sie würde es niemals gutheißen, aber du weißt ja, wie es sich hier verhält. Man kann einfach keine Geheimnisse haben. Ich werde ihr selbst davon berichten, sobald er die Verlobung gelöst hat. Dann wird sie nichts gegen ihn einwenden können. Außerdem wird Robert sie schnell für sich gewinnen.«

Ich war vollkommen fasziniert. Stück für Stück enthüllte sich mir Marys Leben, und ich konnte gar nicht abwarten, was als Nächstes passierte. Doch zu meiner großen Enttäuschung bemerkte ich, dass Mary langsam anfing zu verblassen. Zwar redete sie noch, aber ihre Stimme wurde immer leiser. Ich hätte sie gern noch ein wenig hiergehabt, doch ich konnte sie nicht aufhalten.

Wenige Minuten nachdem sie vollends verschwunden war, schlief ich wieder ein, während mir ein Gedanke wieder und wieder durch den Kopf ging: Würde Robert sein Versprechen halten und zu Mary zurückkehren? Doch im Herzen war ich auch bei der anderen Frau in dieser ganzen Geschichte, seiner Verlobten. Ich war sicher, dass es sich bei ihr um die wunderschöne Frau handelte, die ich bei meiner Vision von Roberts und Marys erster Begegnung an seiner Seite gesehen hatte.

Denn ich wusste nur allzu gut, wie sie sich fühlen würde, wenn er sie über alles in Kenntnis setzte.

20 Heilmittel

Inary

Tante Mhairis Karamellkonfekt schmeckte himmlisch, so wie alles andere, was sie machte. Gerade nahm ich ein zweites Stück in Angriff und nippte an einer Tasse Tee. Wir saßen an ihrem Küchentisch; neben meiner Tasse lag ein Notizbuch parat, das bereits mit Gesprächen gefüllt war, die ich notiert hatte.

Ich hatte gehofft, dass Tante Mhairi vielleicht wissen könnte, wer Mary war. Ihre Kleidung und die Frisur ließen darauf schließen, dass sie im späten neunzehnten Jahrhundert in Glen Avich gelebt hatte – also in der Generation von Mhairis Großmutter, meiner Urgroßmutter. Vielleicht kannte ja Mhairi Geschichten aus Glen Avich aus der Zeit, als ihre Großmutter noch ein kleines Kind gewesen war. Vielleicht sogar Geschichten über Mary selbst? Ich wollte etwas über sie herausfinden, ohne dabei erklären zu müssen, warum ich all das wissen wollte. Tante Mhairi wusste nichts von meinem zweiten Gesicht – da sie die Schwester meines Vaters war, kam die Gabe in ihrer Familie nicht vor.

Ich brachte das Gespräch auf das Haus meiner Eltern. Am Dach musste einiges gemacht werden … das Haus war schon alt … seit Generationen in Familienbesitz. Dieses Thema war meine Chance.

Hat hier jemals eine Mary gelebt?

»Mary? Lass mich mal nachdenken. Nun, das Haus ist alt, und Mary war ein weit verbreiteter Vorname … Warum fragst du?«

Ich brachte die Erklärung an, die ich mir zurechtgelegt hatte. *Ich recherchiere für ein Buch.*

»Oh, ein Buch, wie schön!« Sie rückte sich die Brille auf der Nasenspitze zurecht und rührte mit dem Löffel in ihrer Teetasse.

Schnell kritzelte ich etwas auf meinen Block. *Kennst du irgendwelche Geschichten über eine Mary, die hier in Glen Avich gelebt hat, als deine Großmutter noch klein war?*

»Nun, ich weiß nicht, meine Liebe, ob ich dir eine große Hilfe sein kann. Meine Großmutter ist gestorben, als ich noch ein ganz kleines Kind war, und dein Großvater hat nie viel über seine Kindheit erzählt. Warum fährst du nicht nach Kinnear und besuchst die Heritage Collection? Sheila Ramsay schwört auf diese Einrichtung, und du weißt ja, wie sehr sie sich für Familienstammbäume und all so etwas interessiert.« Ich nickte – das war eine hervorragende Idee. »Inary, hör mal, Liebes. Versteh mich bitte nicht falsch, aber deine Stimme …«

Ich seufzte. Schon wieder ein neues Heilmittel? Denn beinahe jeder schien eines zu kennen, und ich hatte sie allesamt ausprobiert. Heiße Milch mit Honig, Pfefferminztee, eiskaltes Wasser, kochend heißes Wasser, warme Brustwickel, ein Eisbeutel auf meinem Hals, gesalzene Sardellen. Anscheinend vollbringen diese wahre Wunder und sorgen dafür, dass die Stimmen von Sängern stark und klar bleiben. Vielleicht würde also meine Stimme zurückkehren und ich dann eine Karriere als Sängerin beginnen können … Aber alles, was diese Sardellen vollbracht hatten, war, im Kühlschrank herumzustinken und mich dazu zu bringen, literweise Wasser zu trinken.

Ich setzte ein Lächeln auf und wartete auf Tante Mhairis Rat. Die Einnahme von gedörrtem, gemahlenem Molch bei Vollmond vielleicht?

»Na ja, du kennst doch meine Freundinnen, Maggie und Liz …«

O ja, die Beerdigungsexpertinnen.

»Sie hatten überlegt, ob vielleicht die Quelle … also die

St.-Colman's-Quelle. Ihr wird ja nachgesagt, dass sie Wunder vollbringen kann …«

Ich musste lachen. *Sie soll Frauen dabei helfen, Babys zu bekommen!*

»Ja, ich weiß, aber dies sind nun einmal außergewöhnliche Umstände. St.-Colman wird schon wissen, was du brauchst. Ich an deiner Stelle würde Father McCroury fragen, wie er darüber denkt, aber du weißt selbst, dass er nicht sonderlich angetan ist von diesen Dingen, von der Quelle, von den Leuten, die herkommen, um das Quellwasser zu trinken …«

Bei meinem Glück wäre ich dann vermutlich *immer noch* stumm, dafür aber schwanger, wenn ich das Wasser trank.

Danke. Richte Maggie und Liz bitte aus, dass ich es mir durch den Kopf gehen lasse, schrieb ich und erhob mich.

»Du willst schon gehen? Warte, ich packe schnell noch etwas Karamellkonfekt für Logan ein …«

Gehorsam nahm ich das in Alufolie eingewickelte Konfekt entgegen und umarmte Tante Mhairi. Die einzige Person, die mir geblieben und wie ein Elternteil war. Auf ihre eigene unbeholfene Art und Weise versuchte sie, auf uns aufzupassen, und dafür war ich ihr dankbar. Sie erwiderte die Umarmung, murmelte: *meine liebe, liebe Inary* – und mir war klar, dass sie daran dachte, was wir verloren hatten. *Danke*, formte ich mit den Lippen.

»Gern geschehen, Liebes … und denk darüber nach, das Quellwasser zu trinken. Man kann nie wissen …«

Ich unterdrückte ein Grinsen und nickte. Besser als salzige Sardellen wäre es auf jeden Fall.

Ich verließ das Cottage und trat in das blasslilafarbene Dämmerlicht hinaus, und sofort umhüllte mich der Geruch von Wasser. Feine Nebelschwaden sammelten sich über Loch Avich, und ich wollte schnell nach Hause. Nicht mal zur besten Tageszeit wollte ich dem Loch allzu nahe sein, und schon gar nicht, wenn der Nebel aufstieg.

Ich entfernte mich vom Cottage und ließ den nur noch schemenhaft zu erkennenden See erleichtert zurück. Während ich weiterlief, eine kühle Brise in meinem Haar spielte und um mich herum die Nacht blitzschnell hereinbrach, dachte ich unaufhörlich an Mary. Ich hoffte von ganzem Herzen, dass sie bald zurückkehren und mir ihre Geschichte erzählen würde.

Emily konnte ich jedoch nicht sehen, auch wenn ich sie immer wieder rief; aus irgendeinem Grund war stattdessen Mary gekommen. Mir blieb nichts anderes übrig, als die Dinge so zu akzeptieren, wie sie waren, mit der anhaltenden Sehnsucht nach meiner Schwester zu leben und Marys Geheimnisse zu enträtseln. Aus irgendeinem Grund war sie schließlich zu mir gekommen, dachte ich, als ich auf die schmale Steinbrücke über den Fluss Avich trat. Sie war nicht nur eine flüchtige Erscheinung, die wie ein Spiegelbild im Wasser durch die Zeit schimmerte. Ich beugte mich über die Brüstung und beobachtete, wie das Wasser unter der Brücke hindurchfloss. So viele kostbare Dinge waren mir genommen worden – meine Eltern, meine Schwester, meine Stimme –, doch Mary war etwas, an dem ich mich festhalten konnte.

Als ich mich unserem Haus näherte, sah ich, dass jemand vor der Haustür stand – ein Mann. Hochgewachsen, fast ein wenig schmächtig gebaut, karamellbraune Haare … Der Mann drehte sich um, sodass ich sein Gesicht erkennen konnte. Taylor.

Mitten in der Bewegung hielt ich inne und zog kurz in Betracht, einfach umzukehren, doch da hatte er mich schon gesehen.

»Inary!«, rief er mit einem breiten Lächeln. Ich konnte nicht anders und musste ebenfalls lächeln. Er sah unglaublich … unbekümmert aus. Seine Miene war so fröhlich und offen wie ein blauer Himmel.

»Hallo, ich war gerade in der Nähe …«

Hallo, formte ich mit den Lippen, und öffnete ihm die Tür.

»Hi … oh, hi, Taylor!«, begrüßte uns Logan. »Eine Tasse Kaffee? Ich muss dich allerdings warnen. Inary hat eine Torte gebacken. Bedien dich ruhig … was dich nicht umbringt, macht dich stärker, nicht wahr?«, fuhr Logan fort und holte die Tiramisutorte aus dem Kühlschrank.

Sehr witzig. Okay, es war relativ weich geworden, schmeckte aber dennoch sehr gut. Man musste nur einen Löffel benutzen, das war alles. Ich hatte online ein Kochbuch von Nigella Lawson gekauft und arbeitete mich hindurch, ein Rezept nach dem anderen. Oder, wie Logan es so schön formulierte, ich *verpfuschte* ein Rezept nach dem anderen.

»Gern den Kuchen, aber bitte keinen Kaffee. Koffeinhaltiges trinke ich nicht.«

Wie schaffst du es denn dann, wach zu bleiben?, schrieb ich schnell. Ich war süchtig nach Kaffee. Weniger als drei Tassen Kaffee am Morgen, und ich litt schon unter Entzugserscheinungen.

»Mein Energielevel ist deutlich höher als dann, wenn ich Kaffee trinke«, erklärte er nachdrücklich, als würde er ein Wunder verkünden. Ich grinste in mich hinein.

»Dann schenke ich dir einen Drink ein«, erklärte Logan und holte zwei Schnapsgläser aus dem Küchenschrank. Mir wurde es schwer ums Herz.

»Nein danke, für mich bitte nicht. Nicht am Montagabend.« Taylor lachte und hob abwehrend die Hände. Logan zögerte kurz, goss sich dann jedoch selbst einen Drink ein.

»Dann muss ich wohl allein einen trinken.« Er zuckte mit den Schultern.

Taylor machte sich über meine Torte her. »Mmmm. Inary, der ist …«

»Grässlich«, unterbrach Logan ihn.

»Natürlich nicht! Er schmeckt gut. Nur die Konsistenz …

vielleicht ein wenig zu …« Er brachte seinen Satz nicht zu Ende. Ich ging zum Küchenschrank und reichte ihm eine Packung Kekse.

Wir unterhielten uns eine ganze Weile, hauptsächlich über Freiluftaktivitäten, doch bald schon hatte ich den roten Faden der Unterhaltung verloren. Mit meinen Gedanken war ich ganz woanders. Ich musste unaufhörlich an die vergangene Nacht denken. An Mary. An Emily.

»Also, was meinst du?«

Ich merkte plötzlich, dass Taylor mir etwas gesagt hatte, doch ich hatte nicht den blassesten Schimmer, was.

Ich runzelte die Stirn und schüttelte den Kopf, während ich mit den Lippen ein »Entschuldigung« formte. Ich spürte richtig, wie ich errötete.

»Ich hab mich gefragt, ob du wohl Lust hättest, dir morgen die Ausgrabungsstelle anzuschauen. Die Ausgrabung des Crannogs. Mein Büro, mit anderen Worten.« Er grinste.

Mal im Ernst: Hatte ich denn eine andere Wahl, außer »Ja« zu sagen? Jedenfalls nicht, solang ich nicht erklären wollte, warum ich Angst vor dem See hatte. Natürlich konnte ich ihm den wahren Grund für meine Angst nicht verraten. Ich würde mir also eine Ausrede einfallen lassen müssen, etwa, dass ich nicht schwimmen konnte oder unter einer Wasserphobie litt, obwohl ich eigentlich eine gute Schwimmerin war und keinerlei Ängste hinsichtlich des Wassers hatte (wenn man von Krokodilen absah, nachdem ich als kleines Kind einmal eine Dokumentation im Fernsehen gesehen hatte, aber davon sollte es wohl nicht allzu viele in Schottland geben). Für jemanden, der ein paar Hundert Meter vom Ufer des Sees entfernt groß geworden war, wäre es unglaublich beschämend zuzugeben, dass man nicht schwimmen konnte.

Vielleicht war es an der Zeit, meine Angst zu überwinden. Schließlich war alles vor dreizehn Jahren passiert.

Ich nickte.

»Toll!« Er fuhr sich mit der Hand durch das dicke, wellige Haar – eine Geste, aus der ich etwas herauslas. Ein winziger, fast nicht sichtbarer Anflug von Schüchternheit, von der ich nicht gedacht hätte, dass sie neben seiner extrovertierten Art existieren konnte.

»Ihr seid sicher, dass ihr keinen Drink wollt?«, erkundigte sich Logan noch einmal.

Ich schüttelte den Kopf, fasste mir mit der Hand an die Stirn und tat, als hätte ich Kopfweh – ich sollte das Schreiben vergessen, diese pantomimischen Meisterleistungen würden mir früher oder später noch einen Schauspieljob einbringen.

»Alles in Ordnung?«, erkundigte sich Logan.

Ich hab nur Kopfschmerzen, das ist alles, schrieb ich. Ich winkte Taylor zum Abschied kurz zu und lief dann die Treppe zu meinem Zimmer hinauf.

So wie es aussah, würde ich also mit Taylor zum Loch Avich gehen. Mittlerweile bereute ich es schon, zugesagt zu haben, doch dafür war es nun zu spät. Außerdem – heute wollte ich mir den Kopf nicht mehr über Amerikaner oder Geister aus der Vergangenheit zerbrechen; ich setzte meine Brille auf und ließ mich vor dem Computer nieder. Den ganzen Tag hatte ich mich bereits innerlich darauf vorbereitet: Ich würde wieder mit dem Schreiben anfangen. Zwar hatte ich noch keine Ahnung, *was* ich schreiben sollte, da ich Cassandra ja in die Wüste geschickt hatte (sowohl zu meiner Erleichterung als auch zu meinem großen Bedauern). Aber ich musste es versuchen. Es war zwar nicht viel Zeit vergangen, in der ich nicht geschrieben hatte, doch ich vermisste das Schreiben bereits sehr.

Ich schrieb, seit ich mich erinnern konnte, in Übungshefte in der Schule, auf Blöcken, auf dem Computer meines Vaters und irgendwann dann auch auf meinem eigenen PC. Wenn ich nicht schrieb, las ich alles, was ich in die Finger bekam. Ich *fraß* die Worte geradezu in mich hinein. Dennoch fand ich immer noch Zeit, auszugehen und Spaß zu haben – Logan war der

Einsiedler in unserer Familie, ich jedoch kehrte immer zu meinen Büchern zurück. Bücher waren mein Zuhause.

Stapelweise hatte ich Geschichten und Gedichte geschrieben, die niemand außer Emily las. Als Lektorin wusste ich nur allzu gut, wie viele Leute schrieben, ihre Manuskripte zur Begutachtung einschickten und dann abgelehnt wurden. Nur ganz, ganz wenige waren erfolgreich; die meisten dagegen mussten sich mit einer Enttäuschung auseinandersetzen, und dennoch versuchten sie es immer und immer wieder. Ich bewunderte diese Leute, da sie im Gegensatz zu mir *Mut* besaßen. Meine Geschichten habe ich nicht ein einziges Mal jemandem aus meiner Branche vorgelegt; nicht einmal Rowan oder die anderen Lektoren bei Rosewood hatten jemals etwas von mir gelesen. Weil dein Geschreibsel nicht gut genug ist, redete mir eine Stimme in meinem Kopf ein, und ich schenkte dieser Stimme Glauben, obwohl es mich sehr verletzte. Ich war nie der Meinung, dass das, was ich schrieb, so ausgereift war, um es jemandem vorzeigen zu können. Das würde ich erst mit der nächsten Geschichte schaffen. Aber nicht mit dieser. Mit mir selbst war ich nie zufrieden.

Jetzt, da Emily tot war – wer sollte da meine Geschichten lesen? Schon komisch, wie facettenreich die Trauer ist: wie ein Prisma, das seinen aus Tränen geborenen Regenbogen über dein Leben wirft.

Da ich es nicht mehr aushalten konnte, fuhr ich den Laptop hoch und öffnete ein Word-Dokument.

Ein paar Minuten lang starrte ich das leere weiße Viereck an.

Dann stand ich auf, kämmte mir die Haare, setzte mich wieder hin und starrte erneut auf den Bildschirm.

Ich erhob mich und sortierte die Schublade mit meiner Unterwäsche. Ich schrieb ein paar Worte – einen möglichen Titel, einen möglichen Plot –, und löschte dann alles wieder.

Ich schaute mich um. Ich musste dringend meine Wäsche waschen. Und mein Bücherregal musste aufgeräumt werden.

Ich musste meine Beine rasieren, und sieh sich bloß mal einer all die Spinnweben an! Mit einem Schlag hatte ich ein völlig ungesundes und vollkommen untypisches Interesse an Hausarbeit entwickelt …

Ich seufzte. Kopfschmerzen meldeten sich. Der Bildschirm sah nach wie vor ziemlich weiß und ziemlich leer aus, und mein Kopf war wie leer gefegt. Ich warf einen Blick auf die Uhr. Vierzig Minuten saß ich bereits vor dem Computer, und zwei Wörter waren bisher geschrieben worden: *Kapitel Eins*. Das war's. Als Nächstes würde folgen: *Es war eine dunkle, stürmische Nacht*.

Ich schaltete den Laptop wieder aus, völlig erschöpft vom Nichtstun. Ich hoffte nur, dass Mary sich nicht zeigen würde. In dieser Nacht würde ich Begegnungen mit dem Jenseits nicht mehr verkraften; die Welt der Lebenden war wahrlich schon kompliziert genug.

21 Bring mich nach Hause

Inary

Am nächsten Tag war ich wieder an den Laptop zurückgekehrt, dieses Mal jedoch, um eine weitere Geschichte zu lektorieren, die jemand anderes geschrieben hatte – jemand, der genug Mut besessen hatte, sein Werk das Licht der Welt erblicken zu lassen. Jemand, der einen literarischen Roman geschrieben hatte, der so langweilig war, dass ich jeglichen Lebenswillen verlor: eine beinahe autobiografische Geschichte einer Frau, die Krähen wirklich sehr, *sehr* liebte. Ich kämpfte gerade mit einem Satz, in dem von Vögeln erzählt wurde – fliegenden Vögeln, pickenden Vögeln, Vögeln, die auf Ästen hockten –, als es an meiner Zimmertür klopfte. Ohne zu warten, trat Logan ein und wedelte mit seinem Handy.

»Taylor hat eine SMS geschrieben. Er will wissen, ob es okay ist, dich um zwei Uhr abzuholen.«

Wie bitte?, formte ich mit den Lippen.

»Um dir die Ausgrabungsstätte zu zeigen.«

Ach ja. Die Ausgrabung des Crannogs. Hatte ich da zugesagt? O Gott, ich hatte. Mit flehentlichem Blick schaute ich Logan an.

»Es liegt an dir. Du musst nicht gehen«, erwiderte er und zuckte mit den Schultern. »Sag einfach ab.« Er besaß die Gabe, sämtliche Feinheiten und Schattierungen der menschlichen Beziehungen zu erfassen.

Ich hab ihm gesagt, dass ich mitkomme, schrieb ich auf die Rückseite eines Din-A4-Papiers aus dem Druckerfach.

»Na ja, du kannst es dir ja immer noch anders überlegen.«

Kommst du mit?, versuchte ich mein Glück.

»Keine Zeit. Heute Nachmittag ist sonst niemand im Laden, ich muss hin.«

Ich dachte eine Sekunde lang nach.

Sag ihm: Ja.

»Sicher?«

Ich nickte.

»Na gut. Hier ist seine Nummer, ich schicke sie dir gerade … da hast du sie. Ich koche uns was zu Mittag, bevor du gehst. Etwas ganz Fades, Langweiliges, damit du auch wirklich gehst.«

Ich grinste. Er war eine solche Glucke. Zwar eine ungepflegte, grummelige, aber dennoch eine Glucke.

Ohne Bedauern klickte ich die Vogelfrau weg.

In Taylors Land Rover fuhren wir zum Loch Avich hinunter. Die Entfernung zum See betrug zwar nur zehn Minuten, und eigentlich bestand keine Notwendigkeit, mit dem Auto hinzufahren, doch ich nahm an, dass Taylor ein wenig angeben wollte. Was ja eigentlich auch ganz süß war.

Eine Schande nur, dass mir Alex nicht aus dem Kopf gehen wollte. Sosehr ich mir auch Mühe gab, es gelang mir einfach nicht, ihn zu vergessen …

Nein. In erster Linie konnte ich mich glücklich schätzen, dass Alex wieder mit mir sprach. Ich durfte es mir nicht erlauben, so weiterzumachen wie zuvor – nicht, nachdem ich so viele Probleme verursacht hatte. Ich zwang mich selbst zu diesem Versprechen.

Mit einem großen Kraftaufwand versetzte ich mich wieder in das Hier und Jetzt, zurück an den See. Es war ein kalter, klarer Tag, und ich war ziemlich erleichtert, dass kein Nebel über das Wasser zog. Taylors Boot, eine winzige, hübsche Nussschale aus Holz, war blau gestrichen, ähnelte von der Form her einer Erbsenschote und sah aus wie das Boot, das mein Vater einmal besessen hatte. Ich musste lächeln – ich hatte mit einer Hightechvariante gerechnet –, und Taylor schien meine Gedanken zu lesen.

»Das ist die Art von hoch entwickelter Technik, die wir uns für die Ausgrabung leisten können, Inary.« Er lachte. »Aber mal im Ernst. Wir konzentrieren die Ausgaben auf die Tauchausrüstung, außerdem ist dies meiner Meinung nach die beste Art und Weise, Loch Avich zu überqueren. Es macht nicht viel Lärm, es stört die Tierwelt nicht, und es ist obendrein schnell genug. Außerdem habe ich das Boot *Rover* getauft ...« Er deutete auf den Namen, der in marineblauen Buchstaben an der Seite des Bootes aufgemalt war: *Rover*. Komischer Name für ein Boot.

Der Name deiner Freundin?, schrieb ich auf den Notizblock, den ich mitgebracht hatte. Ich hoffte, er würde den Witz verstehen.

Wieder lachte Taylor. »Rover war unser Hund, den wir als Kinder hatten«, erklärte er. Er war charmant, auf die typisch amerikanische Art und Weise geradezu bezaubernd. Das musste ich ihm lassen.

Ich kletterte ins Boot. Dabei schaukelte es ziemlich heftig, doch es war weder diese Schaukelbewegung noch die Tatsache, dass das Boot so winzig war, was mich beunruhigte. Es war ein dünner Nebelschleier, der über Loch Avich aufstieg, zudem war das Wasser rabenschwarz. Stocksteif saß ich da und hielt mich an den beiden Seitenwänden fest. Taylor war meine ängstliche Miene offenbar nicht entgangen, da er mein Gesicht musterte und dann die Stirn runzelte.

»Alles okay mit dir? Wir müssen nicht los, wenn dir nicht wohl bei dem Gedanken ist ...«

Ich lächelte ihn strahlender an, als mir eigentlich zumute war, und schüttelte den Kopf. Ich war mir absolut sicher, dass die Zeit reif war, meine alten Ängste zu überwinden. Dreizehn Jahre waren genug, um einen Bogen um etwas zu machen, das mir Angst einjagte. Außerdem wollte ich ihn nicht enttäuschen – er schien erpicht darauf zu sein, mir die Ausgrabungsstätte zu zeigen, und war vollkommen begeistert von der ganzen Angelegenheit.

Aber mein Stolz spielte auch noch eine Rolle. Ich konnte jetzt nicht mehr kneifen und ihn tatsächlich glauben lassen, ich hätte zu viel Angst, um mit einem Boot zu fahren! Viel zu demütigend.

Taylor schob Rover ins Wasser, schnappte sich die Paddel, und langsam, fast ohne dass sich die Wasseroberfläche bewegte, verließen wir das Ufer. Die Stille war ungebrochen, das Wasser ein pechschwarzer Spiegel, der Himmel strahlend blau und diesig zugleich – so, wie ein Winterhimmel eben manchmal aussehen kann. Wir kamen an Ailsa vorbei, der kleinen felsigen Insel inmitten des Sees. Deren Durchmesser betrug nicht viel mehr als ein paar Hundert Meter; sie war mit dunklen, windgepeitschten Bäumen und widerstandsfähigen Büschen bewachsen und erinnerte mich an jenes Gemälde von Arnold Böcklin, »Die Toteninsel«.

Okay, der Moment war vielleicht nicht gerade günstig, um einen solchen Vergleich zu ziehen. Ich versuchte, meinen Gedanken wieder rückgängig zu machen.

»Keine Angst, das Boot ist sehr, sehr sicher.« Taylor bemühte sich, mich zu beruhigen. »Und wenn wir erst die Plattform erreicht haben, hast du ohnehin wieder Festland unter den Füßen, auf gewisse Art und Weise jedenfalls.«

Ich holte den Notizblock aus meiner Jackentasche hervor und schrieb: *Ich habe keine Angst vor dem Wasser* (Lüge!), *ich bin eine gute Schwimmerin* (Wahrheit).

»Das ist es also nicht, was dich so nervös macht? Bin ich es etwa?«

Ich lachte und schüttelte den Kopf. Es war unmöglich, in Taylors Nähe nervös zu werden.

Ich lehnte mich ein wenig zurück, um die atemberaubende

Schönheit der Natur und das sanfte Schaukeln des Bootes zu genießen. Vielleicht konnte ich es mir ja erlauben, mich mal zu entspannen, wenn auch nur für eine Stunde. Nur eine ganz kurze Zeit, bis ich wieder tief durchatmen konnte, ohne Angst vor der Trauer oder vor verpassten Gelegenheiten zu haben. Um einfach nur zu *sein*.

Das Wasser unter uns war rabenschwarz, doch ich konnte darin silbrige Fische sehen, die ab und an unter der Wasseroberfläche hin und her schossen. Dies war das erste Mal seit vielen Jahren, das ich mich auf Loch Avich hinaustraute, und es fühlte sich zugegebenermaßen gar nicht mal so schlecht an. Vielleicht war es einfach nur dumm von mir gewesen, den See so viele Jahre lang zu meiden. Denn das, was an jenem Tag vor dreizehn Jahren passiert war, kam mir mit einem Mal wie ein weit entfernter Traum vor. Wohl eher wie ein entfernter Albtraum.

»Schau mal! Du kannst die Ausgrabungsstätte von hier aus schon erkennen«, rief Taylor und deutete mit dem Kopf nach rechts, ohne eines der Paddel loszulassen.

Eine hölzerne Plattform befand sich über dem Wasser, knapp hundert Meter vom Ufer entfernt. Gegenüber, auf einer Lichtung hinter dem schmalen Kieselstrand, stand ein weiß-blauer Wohnwagen, vor dem ich die Überreste eines Lagerfeuers ausmachen konnte. Sogleich hatte ich eine kleine Marshmallow-Röstungssession nach Arbeitsschluss vor Augen.

»Das Wetter ist heute gut, ich denke, wir werden unter Wasser etwas sehen können«, erklärte Taylor, der wegen des anstrengenden Ruderns ein wenig keuchte. »Ich kann es kaum abwarten, dir zu zeigen, was sich da unten befindet. Es ist wirklich fantastisch. An einem klaren Tag, wenn das Wasser durchsichtig ist, kann man sogar die Pfosten erkennen, auf denen das Crannog erbaut wurde. Einige davon stehen immer noch. Es ist wirklich unglaublich, wenn man bedenkt, vor wie vielen Jahren das alles errichtet wurde, von Leuten wie du und ich. Das jagt mir jedes Mal aufs Neue einen Schauer über den Rücken«, fuhr er fort, und mit einem Mal schlug mein Herz schneller. Sein Gesicht strahlte auf eine Art, die man nur sieht, wenn jemand mit großer Leidenschaft arbeitet und von dieser Arbeit beseelt ist. Dagegen hatte ich mich in letzter Zeit unglaublich leidenschaftslos gefühlt – ich hätte am liebsten seine Begeisterung eingeatmet, ja, sie aufgesogen, um diese Lebenslust wieder zu verspüren.

Ich wollte nicht das Mädchen sein, das vor einem leeren Bildschirm saß, ohne jede Geschichte.

Als wir uns der Plattform näherten, richtete ich mich auf. Taylor band das Boot an einem der Pfähle fest und kletterte hinauf. Dann ging er in die Hocke und streckte mir seine Hand entgegen. »Komm schon«, forderte er mich auf und half mir, auf die Holzplanken zu treten. Nur ganz selten war ich in diesem Teil von Loch Avich gewesen, wo noch viel mehr Wildnis herrschte als in dem Teil, der dem Dorf zugewandt war. Es war atemberaubend schön hier, und alles strahlte einen Frieden aus, den man nur an wirklich sehr alten Orten findet und der seine Intensität durch das Gewicht der vergangenen Epochen bekam.

Einen Moment lang schloss ich die Augen und ließ mich treiben – das Geräusch des Wassers, das an die Plattform plätscherte, das Pochen, wenn das Boot an den Pfosten stieß, an dem es festgemacht war, der Geruch des Wassers, so frisch, feucht und nebelig. Nur allzu gut verstand ich, dass Logan so viel Zeit in der Natur verbrachte. Ich begriff, wie viel Seelenfrieden sie ihm verschaffte und wie sie ihm dabei half, all die Komplikationen seines Lebens zu bewältigen, ihm die Last von den Schultern zu nehmen, die er so viele Jahre lang getragen hatte.

Als ich die Augen wieder öffnete, raubte mir die Schönheit um mich herum den Atem, und ich hatte das Gefühl, als würde ich alles zum ersten Mal sehen: die Schluchten und Täler, die sich an den See schmiegten, die weite Wasseroberfläche, die sich sanft wellte und den weißen Himmel widerspiegelte; die weichen Wolken, endlos und ständig im Wandel.

Plötzlich merkte ich, dass Taylor mich gedankenverloren anschaute. Er hatte den Kopf leicht zur Seite geneigt, als betrachte er ein Kunstobjekt in einem Museum. Ich errötete.

»Komm mal mit …« Er nahm mich an die Hand, kniete sich an den Rand der Plattform und starrte in das Wasser des Loch. Ich blieb stehen. Ich wollte mich neben ihn knien, doch ich zögerte. Selbst wenn ich keinerlei der Anzeichen verspüren konnte, die eine Erscheinung ankündigten, war meine letzte Erinnerung, als ich mit dem Gesicht so nahe am Wasser gewesen war …

Ich wollte mich nicht daran erinnern. Mein Herz raste wieder, dieses Mal aber nicht, weil Taylor mit mir flirtete. Ich unterzog mich einer kurzen Selbstkontrolle: kein Kribbeln, kein Summen in den Ohren. Es würde also alles okay sein. Es *war* okay.

»Keine Angst, Inary.« Taylor lächelte. »Ich bin ein hervorragender Schwimmer und verspreche dir, dich nicht ertrinken zu lassen.«

Jetzt war ich doch ein wenig gekränkt: Er schien mir also nicht geglaubt zu haben, dass ich schwimmen kann. Na gut, dann würde ich ihn eben in diesem Glauben lassen. Ich konnte ihm ohnehin nicht die Wahrheit erzählen. Ich holte tief Luft. Es war an der Zeit, mich von meinen alten Ängsten zu verabschieden.

Also zwang ich mich dazu, mich neben Taylor hinzuknien, und starrte in das schwarze, reglose Wasser.

»Kannst du die Umrisse des Hauses erkennen, Inary?«, fragte Taylor. »Hier haben Menschen gelebt, Leute wie wir, Männer, Frauen und Kinder, die gejagt haben, das Land beackerten und gemeinsam in ihrem Haus über dem See schliefen. Sie haben hier mehrere Generationen lang gelebt. Du hältst mich bestimmt für verrückt, aber ich stelle sie mir oft vor … wie sie aussahen, wie sie hießen und wie ihr Leben ausgesehen haben mag. Archäologen sind wahrscheinlich einfach besessen von der Vergangenheit. Aber das müssen wir wohl auch sein …«

Seine Stimme klang hypnotisch, als er über die Ausgrabung sprach und berichtete, was ihn hierhergeführt hatte und was sie hier vorgefunden hatten. Es gab wohl niemanden, der seine Gefühle gegenüber Menschen aus der Vergangenheit besser verstehen konnte als ich.

Die leichten Wellen auf der schwarzen Wasseroberfläche, die absolute Stille, die nur durch den sanften Klang seiner Stimme durchbrochen wurde, und das leise Plätschern des Wassers – das alles verschmolz in mir, oder ich verschmolz darin. Mit einem Mal konnte ich Taylors Worte nicht mehr ganz entschlüsseln, da in meinen Ohren jenes Summen ertönte, das ich so gut kannte – und dennoch versuchte ich, es zu ignorieren. Formen wurden im Wasser sichtbar. Das sind nur die Wolken, die sich im Wasser spiegelten, redete ich mir ein. Es waren die Pfähle, auf denen das Crannog einst gebaut worden war. Ich hatte drei Stück gezählt, die noch aufrecht standen; zudem einen abgebrochenen Pfahl, dessen Stumpf wie ein abgebrochener Zahn aussah, sowie ein paar weitere Pfähle, zwischen den Steinen und Felsen verstreut.

Ich hörte mich selbst wimmern, als das Kribbeln in all meinen Gliedern begann und sich zu dem Summen im Ohr gesellte. Diese normalerweise vollkommen harmlosen Gefühlswahrnehmungen schmerzten auf fast unmerkliche Weise wie ein Messer, das in einer flachen, langsamen, unglaublich schmerzvollen Bewegung über meine Haut gezogen wurde. Ich versuchte, mich aufzurichten, doch vor Angst war ich wie gelähmt. Und mehr noch: Irgendetwas packte mich und hielt mich am Wasser fest. Irgendetwas nahm mich gefangen. Aus dem Wirbelsturm meiner Gedanken formte sich ein Gebet – *Bitte, lass es die Leute aus dem Crannog sein, lass es ihre Seelen sein, die sich mir zeigen … und nicht dieses* andere Ding *im Loch Avich.*

Aber ich wusste, dass es nicht so war. Nie zuvor hatte ich mich so gefühlt, mit Ausnahme dieses einen Mals. Keine andere Erscheinung konnte mir einen so großen Schrecken einjagen.

Mein Gesicht und meine Brust fühlten sich plötzlich an, als sei ich in Eis getaucht worden, und mir war klar, dass das, was immer es auch war, sehr nahe war. Eine silbrige, verschwommene Gestalt tauchte vor mir auf und wirbelte in einem verwirrenden Muster vor mir herum. Ein erdrückendes Gefühl der Einsamkeit, des Verlassenseins erfüllte meine Seele und löste einen wahren Tränenstrom aus.

Sie haben mich zurückgelassen.

Sie haben mich hier alleingelassen.

Bring mich nach Hause.

Ich wusste, dass dies weder meine Gedanken noch meine Erinnerungen waren – es musste also etwas anderes sein, *jemand* anderes, der sich in meine Gedanken geschlichen hatte. Ich unternahm einen weiteren hilflosen Versuch, mich loszureißen, doch ich konnte nicht – als seien die Gedanken, die meine übertönten, Hände, grausame Hände, die mich an Ort und Stelle hielten: Ich kniete auf den Holzplanken, das Gesicht dem Wasser zugewandt, während mir das Haar an beiden Seiten herabfiel und ich mich mit den Händen so fest an den Holzrand der Plattform klammerte, dass es wehtat. Ich musste laut gekeucht haben, denn Taylor schlang mit einem Mal seine Arme um mich. Ich hörte ihn reden, verstand aber kein Wort von dem, was er sagte. Seine Stimme drang wie vom anderen Ende eines Tunnels zu mir.

Meine Augen folgten der schwimmenden Gestalt, die sich so schnell wie ein Lachs fortbewegte, aber viel zu groß war, um wirklich einer zu sein; die Gestalt war so weiß wie das Spiegelbild einer Wolke, aber zu fest und massiv.

Sie haben mich hier alleingelassen.

Mir ist kalt.

Ich will nach Hause.

Bring mich nach Hause …

Die fremden Gedanken schrien laut in meinem Kopf, schienen mich zu packen. Über diese Worte hinweg, durch den

Schmerz hindurch, der sich in meinem ganzen Körper ausgebreitet hatte, wurde mir plötzlich bewusst, dass mein Brustkorb sich so schnell hob und senkte, dass ich vermutlich gleich in Ohnmacht fallen würde – in den Augenwinkeln konnte ich schon Sterne aufblitzen sehen.

Ich klammerte mich noch fester an den Rand der Plattform und betete inständig, nicht ins Wasser zu fallen, in dem sich dieses *Ding* befand. Ich betete, dass es mich nicht hineinziehen würde.

Die weiße Gestalt schwamm fieberhaft um die Plattform herum, schlängelte und wand sich wie Seegras, das von der Strömung mitgerissen wurde. Mir war klar, dass sie gekommen war, um mich zu holen.

Ich hörte Taylor meinen Namen rufen und versuchte, um Hilfe zu betteln, ihn anzuflehen, mich von dieser Seele wegzureißen, weg vom See, doch ich konnte es nicht. Mein Mund war zu einem stillen Schrei geöffnet. Dieses Ding würde mich nicht gehen lassen. *Sie* würde mich nicht gehen lassen.

Die Gestalt hielt inne und trieb direkt vor mir, knapp unter der Wasseroberfläche. Ich dachte, ich würde vor Angst sterben. Doch stattdessen, glücklicherweise, schien mich jedes Gefühl zu verlassen, sodass ich völlig leer war, hohl, fern von Furcht und Schrecken.

Ich beobachtete, wie die Seele vollkommen geräuschlos emportauchte, ohne dabei Wellen zu erzeugen, als bestünde sie selbst aus Wasser.

22 Schwarzes Wasser

Inary

Sie sah noch genauso aus, wie ich sie in Erinnerung hatte – die kalkweiße Haut und das vom Wasser aufgedunsene Fleisch, die Augen schwarz und leer, das lange, zerzauste Haar, in das sich Seetang gewickelt hatte. Sie war ein Mädchen. Ein verirrtes, kleines Mädchen.

Das erste Mal, als ich sie gesehen hatte – das war der Tag, an dem ich meine Gabe verloren hatte –, war ich selbst noch ein Kind gewesen.

Bring mich nach Hause, flüsterte sie wieder. Ihre Stimme erklang laut in meinem Kopf und schien überall um mich herum widerzuhallen, in meinem Herzen und selbst in meinen Knochen. Sie schwebte vor mir; ihr Gesicht befand sich so nahe an meinem, dass es sich fast an mich presste und ihre schmalen Hände mit den blau verfärbten Nägeln meine Wangen berührten. Sie waren nass und sehr kalt. Ich sah ihr in die Augen und fiel, fiel ins absolute Nichts.

Hör mir zu, flehte sie mich an. Urplötzlich machte sie einen Salto rückwärts und verschmolz wieder mit dem See; das Haar löste sich im schwarzen Wasser auf, ihr Gesicht verlor seine Form, und ihr Körper verflüssigte sich ebenfalls wieder. Sie war nun erneut ein weißer Schatten, der im Wasser trieb, bevor sie vollends verschwand.

Auch ich fiel nach hinten wie eine Marionette, deren Fäden mit einem Ruck durchtrennt worden waren. Einen Augenblick lang wurde um mich herum alles schwarz, doch unmittelbar darauf kam ich wieder zu mir. Taylor hatte seine Arme um mich geschlungen, doch mir war schwindelig, und ich war vollkommen orientierungslos. In meiner Verwirrung muss ich wohl zunächst geglaubt haben, dass die Seele mich gepackt hatte, wie damals, als sie mich aus dem Boot meines Vaters heraus und ins Wasser gezogen hatte. Ich bekam Panik und riss mich mit einer solchen Kraft von Taylor los, dass genau das passierte, wovor ich mich am meisten gefürchtet hatte – ich fiel über den Rand der Plattform ins Wasser.

Die Wasseroberfläche schloss sich über mir, und ich bekam keine Luft mehr – ich hatte zu viel Angst, meine Augen zu öffnen, falls ich das kleine Mädchen wiedersehen sollte. Mein Körper schaltete auf Panikmodus – ich konnte an nichts anderes denken als an Luft, Sauerstoff, die Notwendigkeit, atmen zu müssen. Aus nackter Angst schlug ich mit den Armen und Beinen um mich, und meine Haut brannte in dem eiskalten Wasser. Instinktiv öffnete ich den Mund, sodass mir ein Schwall Wasser in den Hals drang, in die Lungen floss. Als bei dieser Kampf-oder-Fluchtreaktion die nächste Panikstufe eintrat, öffnete ich die Augen, und da war sie: Sie glitt im trüben Wasser dahin, die Arme in meine Richtung ausgestreckt. Unsere Blicke trafen sich, und in jenem Moment dachte ich wirklich, ich sei schon tot.

Die Panik und Angst dauerten nur wenige Sekunden, doch es fühlte sich wie eine Ewigkeit an, bis ich Taylors Arme wieder um mich spürte, die mich hielten.

Das Nächste, woran ich mich erinnern konnte, war, dass ich mich am Strand befand, Wasser spuckte und so heftig husten musste, dass ich schon befürchtete, meine Lunge würde zerreißen. Eine Erinnerung wurde wach: *Zu ertrinken tut unglaublich weh.* Ich wusste, woher dieser Gedanke stammte, und es war ganz sicher nicht mein Bewusstsein, das da sprach. Es war das Mädchen, dessen Gedanken immer noch in meinem Kopf nachhallten. Ich schlug die Hände vors Gesicht und ließ zu, dass Taylor mich festhielt, in der Hoffnung, dass die Verbindung zwischen mir und dieser Seele nun vollends getrennt würde – sie war so verängstigt und verloren, dass ich es kaum ertragen konnte.

Ich hätte es besser wissen müssen. Es war also nicht übertrieben gewesen, Loch Avich so lange Zeit zu meiden. Sie war gekommen und hatte mich gesucht – eine arme Seele, die keinen Frieden finden konnte –, genau wie vor dreizehn Jahren. Nach all den Jahren wurde mir dies nun klar. Sie versuchte, meine Aufmerksamkeit zu erregen und mit mir in Kontakt zu treten. Und genau wie damals hatte sie mich angefleht, sie nach Hause zu bringen – aber ich hatte keine Möglichkeit, ihr zu helfen oder ihrer Bitte nachzukommen.

Zitternd saß ich vor dem Gasofen. Meine Zähne schlugen noch immer aufeinander, und ich trug nichts außer einem viel zu großen Strickpullover, den jemand aus Taylors Team im Wohnwagen zurückgelassen hatte, sowie ein paar wollene Kniestrümpfe. Ich war völlig durchgefroren, doch der Gasofen strahlte viel Wärme aus, sodass mir nach und nach wärmer wurde und auch mein nasses Haar trocknete. Taylor, der sich ein schwarzes T-Shirt und eine Stoffhose angezogen hatte, reichte mir einen Becher, auf dem sich eine Zeichnung von Nessie befand, mit Kaffee. Natürlich erkannte ich die Becher wieder, die Peggy in ihrem Laden verkaufte; auch wir hatten ein paar davon. Schon komisch, was einem so auffällt, wenn man total durcheinander ist.

Ich holte tief Luft. Es tat gut, die Finger um den heißen Becher zu legen, weg vom Wasser zu sein.

»Besser?«, fragte er. Ich nickte und schaute ihn an. Er sah jünger aus, als er tatsächlich war, und … so ernst. Ja, er wirkte ziemlich ernst. Unkompliziert. Ich war unglaublich dankbar, dass er bei mir gewesen war. Wäre ich allein gewesen – wer weiß, was dann passiert wäre. Wieder begann ich zu zittern, was ihm auffiel.

»Dir wird gleich wärmer. Das Feuer ist so stark, dass man einen ganzen Eber darauf braten könnte!« Er lachte. Ich trank einen Schluck Kaffee. Er schmeckte abscheulich.

»Das ist Zichorie. Eine tolle Alternative zu Kaffee, völlig ohne Coffein und dergleichen!«

Ich brachte ein Lächeln zustande und zwang mich, einen weiteren Schluck zu trinken – um nicht unhöflich zu wirken.

Taylors Blick wurde ernst. »Was ist eben da draußen passiert, Inary? Du hattest Angst, das habe ich gesehen. Ich habe versucht, dich zu bewegen, aber du warst wie erstarrt. Und dann, als du ins Wasser gefallen bist, wollte ich dich festhalten, dir helfen … aber du hast mich weggestoßen.« Geistesabwesend wanderte seine Hand zum Gesicht. Erst da fiel mir ein lilafarbener Bluterguss auf, der sich direkt unter seinem linken Auge gebildet hatte. Der sah schlimm aus. Das musste passiert sein, als …

O mein Gott.

Ich war das gewesen!

Ich schlug mir die Hand vor den Mund und starrte entsetzt das Veilchen an.

»Ach, das? Keine Sorge, alles ist gut. Tut nicht weh. Wenn ich das Auge geschlossen halte.«

Sorry, sorry, sorry!, sagte ich immer wieder tonlos und fuhr sanft mit dem Finger die Konturen des Blutergusses nach. *Sorry*!

»Ich schwöre auf das Leben von … Rover, dass es überhaupt nicht wehtut.«

Ich zog die Augenbrauen hoch. War das der Hund, den er als kleiner Junge gehabt hatte? Der war doch tot! Welchen Sinn hatte es da, auf sein Leben zu schwören?

»Ehrlich. Es ist nicht deine Schuld. Du warst völlig durcheinander. Da konnte man tatsächlich Angst bekommen, das sag ich dir. Als du ins Wasser gefallen bist, konnte ich dich einen

Augenblick lang nicht sehen. Als wäre da irgendetwas über dir gewesen … als hätte dich etwas verdeckt.«

Ich starrte in meinen Becher.

»Sag mir, was passiert ist, Inary«, forderte er mich sanft auf.

Ich zuckte mit den Schultern und hob die Hände, als wolle ich sagen: *Ich kann nicht.* Mein Notizbuch befand sich in meiner Jackentasche – entweder in Fetzen oder pitschnass wie alles andere. Es hatte keinen Sinn nachzusehen. Wie auch immer – das war eine gute Entschuldigung.

»Tut mir leid, ich habe ganz vergessen, dass du …« Beschämt fasste er sich an den Hals. Ich lächelte und schüttelte den Kopf – es machte mir nichts aus. Er hatte sich toll verhalten, und ich war sicher, dass er mir das Leben gerettet hatte. Und als Dankeschön hatte ich ihm ein blaues Auge verpasst.

Ich schaute in Taylors ehrliche, blaue Augen und fragte mich, ob ich ihm erklären konnte, was tatsächlich passiert war, wie ich manche Dinge sehe … von dem Mädchen im See.

Konnte ich das tun? Nein. Das war keine Option.

Viele Leute in Glen Avich wussten, dass die Gabe des zweiten Gesichts bei den McCrimmons sowie in ein paar verwandten Familien vererbt wurde. Doch nur sechs Leute auf der ganzen Welt wussten über das wahre Ausmaß meiner Gabe Bescheid, und vier von ihnen waren tot: meine Eltern, meine Großmutter und Emily und dann noch Logan und Lewis. Niemand sonst. Niemand hätte sich vorstellen können, dass diese Gabe für die Frauen in der Familie mütterlicherseits weitaus mehr bedeutete als ein gelegentlicher Traum, der die Zukunft voraussagte, oder ab und an das Gefühl, dass noch etwas oder jemand anwesend war. In Wahrheit war es so viel mehr als das – es war weitaus stärker, viel lebhafter. Realer. Dazu kam, so hatte meine Großmutter gesagt, dass niemand in den letzten Generationen eine so starke Gabe gehabt hatte wie ich. Darum war sie auch so erstaunt gewesen, als es plötzlich aufgehört hatte. Ich habe weder ihr noch sonst irgendjemandem etwas von dem Mädchen im Loch Avich gesagt.

Es tat mir sehr leid, Lewis davon erzählt zu haben. Ich hatte es sofort bereut, als ich seine Miene gesehen hatte, als ihm klar wurde, dass ich keine Witze machte. Ich hatte ihm in einem Moment der Schwäche davon erzählt, in einem Moment größter Vertrautheit, als ich das Gefühl hatte, dass er alles über mich wissen sollte. Zuerst hatte er gedacht, ich wollte ihn auf den Arm nehmen. Als ihm dämmerte, dass ich es absolut ernst meinte, war er entsetzt gewesen. Und er verbot mir, jemals seinen Eltern davon zu erzählen – als hätte ich das vorgehabt! –, da sie mich dann nie wieder in ihrem Haus würden sehen wollen. Als sei meine Gabe etwas Dämonisches, gleichzusetzen mit Hexerei – etwas von seinem Wesen her abgrundtief Böses, obwohl es im Grunde nur wie eine Art sechster Sinn war, also weder gut noch böse. Ich besaß einfach das Gleiche, was viele Frauen unserer Familie besessen hatten.

»Inary?« Taylor riss mich sanft aus meinen Gedanken. »Warte. Ich bin sicher, wir haben hier noch irgendwo …« Er kramte herum und grub schließlich einen Stapel Ausdrucke aus, die wie Tabellenkalkulationen aussahen, und einen blauen Kugelschreiber ohne Verschlusskappe. »Hier«, sagte er und reichte mir eines der Blätter sowie den Kuli, »darauf kannst du was aufschreiben.«

Oh.

Welche Begründung sollte ich für das finden, was heute passiert war?

»Noch ein wenig Zichorie?«

Guter Gott, nein, bloß nicht noch mehr von dieser braunen Brühe! Ich schüttelte so heftig den Kopf, dass mir einen Augenblick lang schwindelig wurde.

Ich hielt inne, ließ die Spitze des Kulis auf dem Papier ruhen und biss mir auf die Lippe. Wie wäre es mit *Ich sehe Tote*? Leicht hysterisch kicherte ich in mich hinein.

»Was ist so lustig?«, flüsterte Taylor, in dessen Blick Belustigung die Sorge verdrängte. Er saß sehr nahe neben mir; sein Arm streifte mein nacktes Bein. Draußen wurde es allmählich dunkel, und das Licht im Wohnwagen war grau und trüb – ein Vorbote der Dunkelheit. Das Feuer spiegelte sich warm und orangefarben in Taylors Gesicht wider wie bei einem Fenster in einem abgedunkelten Haus.

»Es tut mir leid, dass ich dich aufs Wasser hinausgebracht habe. Ich habe bemerkt, dass du Angst hattest, und hätte darauf hören sollen. Es tut mir wirklich leid, dass du dich verpflichtet gefühlt hast, herzukommen und dir die Ausgrabungen anzusehen …«

Wieder schüttelte ich den Kopf, dieses Mal deutlich entschlossener, und legte meine Hand auf seinen Arm. Ich konnte es nicht ertragen, dass er sich schuldig fühlte wegen etwas, für das er keine Verantwortung trug. Ich hätte einfach Nein sagen sollen.

Viel war passiert; mir war kalt, ich war erschüttert, und mir gingen Tausende Dinge durch den Kopf. Ich sprang auf. Ich wollte einfach nur nach Hause.

Benommen betrat ich das Haus. Gedanken an das gespenstische Mädchen schwirrten mir durch den Kopf, und ich schien keinen roten Faden finden zu können.

Der leere Blick ihrer schwarzen Augen.

Ihre flehentlichen Worte.

Im schwarzen Gewässer ertrunken.

Bring mich nach Hause.

Dann wurde ich abrupt aus meinen Gedanken gerissen, als mir etwas auf dem Küchentisch ins Auge fiel – ein kleines Paket, mit einer Kordel umwickelt, daneben eine Nachricht in Logans Handschrift: *Das ist für dich hier angekommen.* Ich musste das Paket gar nicht erst öffnen, um zu wissen, wer es geschickt hatte.

In dem Päckchen befand sich etwas, das in mehrere Schichten Luftpolsterfolie eingewickelt war, sowie ein kleines, flaches Geschenk, umhüllt von lilafarbenem Seidenpapier, zusammengehalten von einem Bastband. Ich riss die Luftpolsterfolie auf – darin befand sich eine wunderschöne, weiß-blaue Eule, an der eine winzige dänische Flagge klebte. Danach löste ich das Bastband, faltete vorsichtig das Seidenpapier auseinander und sah ein Notizbuch mit lilafarbenem Ledereinband, der sich butterweich anfühlte.

Eule Nummer zwei und etwas, das du benutzen kannst,
bis deine Stimme wieder da ist. A.
PS: Wie du vielleicht ahnst, bin ich in Kopenhagen.

Nun besaß ich zwei Eulen, die Seite an Seite auf meinem Schreibtisch saßen. Ich war froh, dass die polnische Eule nun eine kleine Eule zur Gesellschaft hatte.

Der Tag war lang und sehr ereignisreich gewesen. Es war definitiv Zeit für eine Unterhaltung mit Lesley. Sie hatte bislang noch keine Ahnung, was zwischen Alex und mir passiert war, und ich musste dringend herausfinden, ob er ihr gegenüber irgendwas erwähnt hatte. Vielleicht würde mir das einen Einblick in seine Gedanken gewähren, denn momentan war in unserer Beziehung alles so durcheinander, dass ich mir auf nichts mehr einen Reim machen konnte.

Von: Inary@gmail.com
An: LesleyGayle@aldebaran.co.uk

Hi, Lesley,
ich wünschte, ich könnte dich anrufen und richtig mit dir reden. Hier ist alles so weit okay. Also unter den gegebenen Umständen. Zwischen Logan und mir läuft es ein wenig besser, wie es scheint. Er hat aufgehört, mich regelmäßig fertigzumachen, das hilft schon mal ungemein. Sorge berei-

tet mir allerdings, dass es ihm nicht so gut geht. Ich versuche, ein Auge auf ihn zu haben, und verstecke die Alkoholflaschen, doch das funktioniert nicht sonderlich gut. Er sitzt einfach nur da und trinkt. Ich wünschte, ich könnte Emily um Rat fragen. Sie wusste immer am besten, wie mit ihm umzugehen ist, weißt du? Wie man ihn aus seiner schlechten Verfassung herausreißt. Ich mag mir gar nicht vorstellen, was passieren würde, wenn ich nicht hier wäre, Lesley.
Kannst du zu uns raufkommen? Also, wenn es dir möglich ist? Ich weiß, dass du extra zur Beerdigung hergekommen bist, und der Weg ist ja ziemlich weit, aber da meine Stimme noch nicht wiedergekehrt ist, habe ich immer noch Angst, Glen Avich zu verlassen. Seitdem bin ich noch nirgendwo gewesen. Außerdem will ich Logan nicht alleinlassen. Falls du nicht kannst, hätte ich auch Verständnis. Ich weiß, dass ich gerade ziemlich viel von dir verlange.
Alex hat mir ein lilafarbenes Notizbuch geschickt.
Ich schreibe jetzt, anstatt zu reden, das hilft mir. Zumindest ist das eine Möglichkeit, mit anderen zu kommunizieren.
So… Alex und ich hatten vor meiner Abreise etwas miteinander. Das hätte nicht passieren dürfen, und ich bin mir unsicher, wie ich nun damit umgehen soll. Es ist einfach alles zu viel. Ich habe ihm gesagt, dass es ein Fehler war, und ihn damit sehr verletzt. Hat er dir gegenüber etwas erwähnt? Ich dachte zunächst, es sei vielleicht besser, erst einmal eine Weile nicht mehr mit ihm zu reden, doch hier war alles so schmerzhaft und schrecklich, dass ich ihm eine SMS schickte und wir nun wieder Kontakt miteinander haben.
Bitte komm mich besuchen, wenn du kannst. Ich kann es kaum abwarten, deine Stimme zu hören und dich zu sehen.
LG Inary

Von: LesleyGayle@aldebaran.co.uk
An: Inary@gmail.com

Oh, Inary! Ihr beiden… also wirklich! Er hat nichts gesagt, nein, aber ich hatte schon bemerkt, dass er sich irgendwie seltsam verhielt. Ich hatte aber angenommen, es sei deshalb, weil du fort bist.
Ich würde gern zu dir kommen. Lass mich bei der Arbeit noch ein paar Dinge klären, dann melde ich mich und sag dir, wann ich frühestens kommen kann.
Pass auf dich auf!
Lesley

23 Sie ist nicht du

Alex

Ich befand mich gerade an einem meiner absoluten Lieblingsorte auf der ganzen Welt, in Kopenhagen nämlich, trank einen Kaffee im Café Kys und nahm ein paar neue Farben in meine Chromatica auf, als ich eine E-Mail von Inary bekam.

Hi, Alex,
ich habe gerade deine dänische Eule bekommen, vielen Dank!

Wow, der Kurierdienst war ja schneller als die Lichtgeschwindigkeit gewesen; ich hatte das Päckchen erst am Tag zuvor abgeschickt…

Wie läuft es denn mit deiner Chromatica? Hast du noch weitere Lilatöne gefunden?
Ich glaube nicht, dass ich so schnell zurückkomme. Wahrscheinlich bleibe ich noch monatelang hier.
Einmal abgesehen von der Tatsache, dass ich nicht sprechen kann, was an sich schon schlimm genug ist, ist es um Logan wirklich nicht gut bestellt. Gestern hat er drei Stunden lang Holz gehackt - ohne Pause. Danach waren seine Hände mit Blasen übersät. Nach außen hin verhält er sich normal, aber ich merke, dass es innerlich bei ihm ganz anders aussieht. Ich werde dich also eine ganze Weile nicht mehr sehen. Es tut mir wirklich leid.

Bestürzung stieg in mir auf wie die Flut. Plötzlich schmeckte mein Kaffee wie Brackwasser.

Ich denke, ich schulde dir eine Erklärung für das, was zwischen uns passiert ist, genauso wie für die Art und Weise, wie ich mich anschließend verhalten habe.
Du weißt schon … dass ich gesagt habe, es sei ein Fehler gewesen. Nach Lewis hatte ich vorgehabt, nie wieder eine Beziehung einzugehen. Aber mit dir … keine Ahnung, mit dir scheinen sich die Dinge einfach so zu ergeben.
Das Problem dabei ist nur, dass mein Leben im Augenblick ein ziemliches Chaos ist. Ich kann an nichts anderes denken als an Emily, ich kann nicht mehr sprechen, und meinem Bruder Logan geht es auch nicht gut. Mit weiteren Komplikationen kann ich nicht mehr klarkommen. Es ist viel besser, wenn wir nur Freunde sind. Ich hoffe, du verstehst das - sei bitte nicht verletzt. Es liegt an mir, weil bei mir gerade alles schiefläuft.
LG Inary

Ohne zu antworten, schloss ich die E-Mail.

Sobald ich wieder zu Hause war, rief ich Kamau an, um mit ihm rauszugehen. Wir sind einfach losgezogen, keine Ahnung, wo wir genau waren. Was jene Nacht betrifft, kann ich mich nicht mehr an alles erinnern – nur an ein paar diffuse Szenen und das Gefühl, dass nichts wirklich richtig war. Ich erinnere mich noch daran, in irgendeinem Club eine laute Diskussion geführt zu haben, bei der ich versucht habe, den Lärm zu übertönen, und leuchtend bunte, unbekannte Cocktails runtergekippt habe.

»Das ist also passiert. Und nun ist sie fort …«

»Das ist hart.«

»Das ist *richtig* hart, Alter.« In diesem Stadium fiel es mir schwer, Worte zu finden. »Sie wird monatelang fort sein. Wenn sie überhaupt je …«

»Kannst du nicht zu ihr fahren?«

»Keine Ahnung. Kann ich das? Will sie das denn?«

Kamau zuckte mit den Schultern. »Einen Versuch ist's wert.«

»Nee. Nicht nach allem, was sie zu mir gesagt hat.«

»Und was hat sie zu dir gesagt?«

»Dass sie mit weiteren Komplikationen nicht klarkommt und es besser ist, wenn wir nur Freunde sind. Und das war ein Zitat. Denn ich kenne ihre E-Mail mittlerweile auswendig.«

»Mann, das sieht übel aus«, schloss Kamau.

Ich kippte einen weiteren leuchtend blauen Drink herunter – danach wurde mir schwarz vor Augen.

Kamau musste mich in den frühen Morgenstunden irgendwie nach Hause geschleppt haben. Er hatte mir die Schuhe ausgezogen und mich aufs Bett gelegt. Ich wachte nämlich in meinen Klamotten auf und hasste nicht nur mich selbst, sondern auch Gott und die Welt.

Als ich aufstand, alles um mich herum sich drehte und eine nicht näher zu identifizierende Brühe in meinen Magen umherschwappte, dachte ich: Inary und ich würden nie mehr als nur Freunde sein – für den Fall, dass ich es vorher noch nicht kapiert haben sollte. Aber warum hielt sie dann weiterhin Kontakt mit mir, wendete sich jedes Mal, wenn sie jemanden brauchte, an mich – wie eine Art Tortur, die sie sich für mich ausgedacht hatte? Warum?

Ich schleppte mich in die Küche. Kamau war immer noch da, er war sogar schon wach und saß elegant gekleidet und grinsend am Tisch.

»Ah, gut geschlafen? Wie geht's dir?«

»Bescheiden geschlafen, trifft's wohl eher«, stöhnte ich. »Wie kommt es, dass du Wechselklamotten dabeihast?«

»Ich hatte so eine Ahnung, wie die Nacht verlaufen würde.«

Er grinste. Er war völlig nüchtern, kein bisschen verkatert. Und er gab sich verdammt selbstgefällig. Wäre ich ihm nicht so dankbar, hätte ich auch ihn – wie den Rest des gesamten Planeten – gehasst.

»Hier, trink das. Und nimm … die hier.« Er reichte mir eine Tasse schwarzen Kaffee und drückte zwei Schmerztabletten aus dem Blister.

»Der Kaffee *steht* quasi von allein …«

»Das ist genau das, was du jetzt brauchst. Ach, und nebenbei: Es ist schon nach halb acht, du solltest dich also mit dem Kaffee beeilen und innerhalb der nächsten zehn Minuten angezogen sein. Ich fahre dich zur Arbeit.«

Ich nickte, was so schmerzhaft war, dass ich mir inständig wünschte, mir würde jemand den Kopf abhacken. »Autsch …«

»Na ja, dafür bist du ganz allein verantwortlich, wie meine Mutter früher immer gesagt hat!« Kamau lachte. »Komm schon, hau rein.«

Wenige qualvolle Minuten später verließen wir das Haus. Die frische Luft linderte meinen Kater ein wenig, doch als wir vor meinem Büro standen, hätte ich mich am liebsten zum Sterben hingelegt.

»Danke, Kumpel«, sagte ich, als ich die Autotür öffnete.

»Jederzeit gern. Oh, und Alex?«

»Hm?«

»Weißt du, was meine Mum außerdem immer noch gesagt hat?«

»Was denn?«

»Was für dich vorgesehen ist, entgeht dir nicht.«

»Aha.«

»Soll heißen: Wenn sie die Richtige für dich ist, wird sie zurückkommen. Oder du wirst zu ihr gehen. Das klappt schon.«

Da war ich mir nicht so sicher.

Ich betrat das Büro, wobei sich jeder Schritt wie ein Messerstich zwischen meinen Augen anfühlte. Nur Sharon und ich waren heute da.

»Hi, Sharon«, rief ich.

»Hi! Gut geschlafen?«

»Eher nicht«, erwiderte ich und hängte meine Jacke auf. Im Büro war es für diese Uhrzeit am Morgen ungewöhnlich still. »Wo sind denn alle?«

»Gary hat Urlaub, Molly und Clark sind in Manchester, und Alena hat die Grippe. Sie hat eben angerufen. So, wie es aussieht, sind wir zwei heute unter uns. Du siehst furchtbar aus. Kaffee?«

»Nein danke, bloß nicht.«

Ich setzte mich an meinen Schreibtisch, und einen Moment dachte ich, ich würde unter alkoholbedingten Halluzinationen leiden. Vor meinem Computer saß eine Spielzeugeule. Aus Plüsch, babyblau, mit großen runden Augen und aus einer patchworkartigen Stoffmischung. Wo war dieses Ding bloß hergekommen?

Einen völlig verrückten Augenblick lang hoffte ich … natürlich, das musste Inary gewesen sein! Hektisch blickte ich mich um, als würde sie jede Sekunde aus einem der Aktenschränke springen. Ich hob die Eule hoch; darunter tauchte ein schmaler Briefumschlag auf – genauso blau wie die Eule.

Ich öffnete die Nachricht.

Für deine Sammlung, stand da.

Wie bitte?

Über meinen Computer hinweg trafen sich Sharons und meine Blicke. Sie lächelte. Ihre Lippen leuchteten sehr rot, und ihr Haar war zu sanften, seidigen Wellen frisiert. Sharon war nicht nur hübsch – sie war mit ihrer zimtfarbenen Haut und den dunklen Augen wunderschön.

Langsam fiel der Groschen.

»Die ist von mir für dich«, stellte sie schließlich fest.

»Oh. O danke.« Ich wusste nicht, was ich sagen sollte. Warum eine Eule? Woher wusste sie …?

»Gary hat mir erzählt, dass du immer auf der Jagd nach Eulen bist. Also, nicht wortwörtlich!« Sie lachte. »Er sagte, du hättest eine hübsche Eule in Kopenhagen gesucht. Dass du sie sammelst. Darum dachte ich …« Ihre Wangen färbten sich rot.

Das konnte doch nicht wahr sein! Obendrein brachte mein Kopf mich schier um den Verstand. O Gott, bitte mach, dass das Wummern in meinem Kopf aufhört, betete ich.

»Na ja, die waren für einen Freund … aber vielen Dank.«

Ihre Miene verfinsterte sich kurz. »Ach so.«

Oh, aber so was von. Ich denke mal, wenn ein Mann sagt, dass er Eulenfigürchen kauft und diese dann für einen Freund sein sollen, dann ist es ziemlich wahrscheinlich, dass dieser Freund eine Frau ist.

»Du kannst sie gern deinem Freund geben.« Sie lachte spröde. Ich fühlte mich ihr gegenüber schrecklich. Was für ein Chaos!

Aber wir sind erwachsen. Professionell. Wir können damit umgehen.

Wir sind professionell und hinterlassen Plüschtiere auf dem Schreibtisch anderer Leute. Ich massierte mir die Schläfen. O Gott, bitte lass mich sterben! Ich werde nie wieder einen Tropfen Wodka anrühren, solang ich lebe.

»Alles in Ordnung bei dir?«, erkundigte sich Sharon. »Hör mal, es tut mir leid. Das war keine gute Idee. Ich weiß nicht, was ich mir dabei gedacht habe. Ganz ehrlich: Gibt die Eule deinem Freund, und dann vergessen wir die Sache. Ich lauf schnell rüber und hole mir einen Kaffee …«

»Nein, ich werde sie selbst behalten.«

»Das musst du nicht …«

Gott, sie tat mir echt leid. Sie hatte sich wirklich Mühe gemacht. Als sei ich ihr wichtig und als habe sie tatsächlich etwas riskiert, um mir näherzukommen.

Als würde ich ihr etwas bedeuten.

»Hör mal, Sharon ...« Ich holte tief Luft.

»In bin in zehn Minuten zurück, okay?«

»Sharon, bitte bleib.«

Mitten in der Bewegung hielt sie inne.

Jetzt gab es kein Zurück mehr.

»Ja?«

Ich musste noch einmal versuchen, mich von Inary zu befreien.

»Alex?«

Das war ich mir selbst schuldig. Drei lange Jahre lagen hinter mir, verflixt noch mal! Und Inary war immer noch *verwirrt*.

Mir reichte es.

»Ich habe schon seit einer halben Ewigkeit Lust auf Thailändisch. Ich nehme mal nicht an, du hättest ...?«, platzte es aus mir heraus.

»Oh, ich liebe thailändisches Essen«, erwiderte sie, ein zögerliches Lächeln auf den Lippen.

»Prima. Dann werde ich uns irgendwo einen Tisch reservieren. Soll ich dich um acht Uhr abholen?«

»Klar.« Jetzt lächelte sie strahlend. »Gern.«

Es war ein netter Abend. Uns gingen die Gesprächsthemen nie aus, wir brachten einander zum Lachen, und jedes Mal, wenn ihre Finger meine Hand streiften – nicht absichtlich, natürlich, sondern total zufällig –, fühlte sich ihre Haut seidig weich an. Auf dem Tisch stand eine Kerze, deren Licht Sharons Augen wie dunkler Honig glänzen ließ.

Später habe ich sie dann zu mir nach Hause ins Wohnzimmer eingeladen. Exakt an dem gleichen Platz auf dem Sofa, an dem ich Inary im Arm gehalten hatte, schlang Sharon ihre Arme um mich. Sie duftete nach einem schweren, dunklen, sehr weiblichen Parfum wie eine nachtblühende Blume. Ein paar Sekunden lang hielt ich inne, dann legte ich meine Hände um ihr Gesicht und küsste sie.

Ich wachte auf und war zugleich gesättigt und hungrig. Sharon lag noch in einem friedlichen, ungestörten Schlaf neben mir, ihr dunkles Haar über mein Kissen verteilt. Sie sah so unglaublich jung aus, obwohl sie genauso alt war wie ich, einunddreißig. Sie sah verletzlich aus. Die Nacht mit ihr verbracht zu haben war … gut. Und dennoch war es mir irgendwie nicht genug gewesen.

Ich strich ihr übers Haar und wünschte mir von ganzem Herzen, mich in sie verlieben zu können. Und das würde mir auch gelingen – wenn ich Inary ein für alle Mal aus meinem System verbannt hatte.

24 In unserem Blut

Inary

Taylor war oft da. Er war ein Energiebündel, sprühte vor Lebenslust, war voller Tatendrang. Er erzählte mir Geschichten über seine Arbeit, die ihn rund um die Welt geführt hatte, bevor er den Job bei der Underwater Archaeology Association an Land gezogen hatte. Er war von den Stränden der Türkei und Japans aus ins Wasser gesprungen, durch die Ruinen längst untergegangener Städte in Griechenland geschwommen und hatte in zugefrorenen Seen Schmuckstücke der Wikinger entdeckt.

Alles, was er berichtete, führte mich eine Million Kilometer weit fort von all dem, was mir in jenen Tagen auf der Seele lastete. Ihn schien mein Unvermögen, zu sprechen, keineswegs zu stören – er redete einfach weiter. Das lilafarbene Notizbuch blieb weitgehend unberührt.

Eines Nachmittags war er auf einen Kaffee (ich) und einen Kräutertee (er) zu uns gekommen. Ich hatte am Küchentisch gesessen und mir ein paar Notizen darüber gemacht, was ich über Mary wusste – alles, was durch meine Visionen ans Licht gekommen war. Sie war so ganz anders als jede andere Seele, die ich je gesehen hatte. Zudem beschäftigte sie mich auf eine Art und Weise, wie es zuvor noch keine andere Seele vermocht hatte – als sei ich dazu bestimmt, ihr näherzukommen. So, als *müsse* ich ihr näherkommen.

»Arbeitest du an einem Projekt?«, fragte mich Taylor mit Blick auf einen kleinen Stapel vollgeschriebener Seiten.

O ja, es geht dabei nur um diesen Geist, den ich immer sehe, hätte ich antworten können. Was ich natürlich nicht tat. Schnell dachte ich nach. *Das ist für ein Buch. Über ein Mädchen, das hier einmal gelebt hat*, schrieb ich in mein lilafarbenes Notizbuch.

»Cool. Logan hat erzählt, dass du schreibst. Kann ich es mal lesen?«

Ich lächelte. *Niemand liest meine Bücher.*

»Na gut. Aber wozu schreibst du sie dann?«

Eins zu null für ihn. Ich zuckte mit den Schultern. *Ich warte noch auf den geeigneten Zeitpunkt.*

»Oh, okay. Na gut, während du wartest, lass es mich bitte wissen, wenn ich dir dabei irgendwie helfen kann.«

Plötzlich hatte ich eine Idee. Ich wollte mehr über Mary herausfinden, und Tante Mhairis Vorschlag, der Heritage Collection in Kinnear einen Besuch abzustatten, klang vielversprechend. Ich war früher schon mal dort gewesen, als ich für ein Projekt in der Highschool etwas hatte recherchieren müssen, und erinnerte mich nun daran, dass die Bibliothek über alte Gemeindearchive aus Glen Avich und von den umliegenden Dörfern verfügte. Vielleicht ließ sich dort etwas herausfinden. Das Problem dabei war nur, ich konnte Glen Avich nicht verlassen, bevor ich nicht wieder in der Lage war zu sprechen. Ich fühlte mich einfach nicht bereit dazu. In Glen Avich kannte mich jedermann, aber in Kinnear wäre alles viel problematischer. Es fiel mir schwer, mir vorzustellen, dort allein hinzufahren. Nahezu unmöglich. Aber vielleicht mit Taylor …

Ich richtete mich auf und kritzelte schnell etwas in mein Notizbuch.

Da wäre tatsächlich etwas …

»Schieß los«, ermunterte er mich und trank einen Schluck Tee.

Würdest du mich zur Bibliothek nach Kinnear begleiten? Ich muss für mein Buch recherchieren. Aber ohne sprechen zu können, ist mir nicht danach, allein hinzufahren …

Ich schaute zu Boden. Ich glaube, mir war die Sache unangenehm. Nie im Leben hätte ich gedacht, mal jemanden bitten zu müssen, mich in eine verdammte Bibliothek zu begleiten. Aber allein schon die Vorstellung, vor vollkommen Fremden zu stehen alles aufschreiben und pantomimisch darzustellen zu müssen … dazu war ich einfach noch nicht bereit.

»Klar. Wäre jetzt ein guter Zeitpunkt?«

Ich lächelte. *Bist du sicher, dass du nichts anderes zu tun hast?*

»Nein, heute nicht, sonst wäre ich nicht hier. Aber nächste Woche habe ich alle Hände voll zu tun, das Timing heute wäre also perfekt. Lass uns losfahren.«

Ich schnappte mir meine Notizbücher und Stifte, schlüpfte in meine Jacke und folgte Taylor nach draußen. Seit Wochen hatte ich Glen Avich nicht mehr verlassen. Es war irgendwie seltsam. Mir war ein wenig schwindelig, als hätte ich mich die ganze Zeit geschützt im Schatten aufgehalten und müsste nun ins grelle Sonnenlicht.

Als ich in Taylors Auto einstieg, wurde ich nervös. Würde ich wohl den Anschein wahren können, für ein Buch zu recherchieren? Würde er denken, dass irgendetwas Seltsames vor sich ging? Denn immerhin kannte ich Taylor ja kaum. Und plötzlich half er mir bei etwas, das sehr wichtig und wertvoll für mich war.

Die Landschaft Aberdeenshires flog an uns vorbei, als wir über die Landwege zwischen Glen Avich und Kilronan fuhren und dann schließlich auf die Straße nach Kinnear abbogen. Glen Avich und Kinnear waren nur eine halbe Stunde voneinander entfernt, doch sie waren wie zwei verschiedene Welten. Oftmals dachte ich, dass Glen Avich irgendwie in der Zeit erstarrt war, trotz des China-Imbisses und des neuen schicken Coffeeshops. Es fühlte sich immer noch so abgeschieden vom Rest der Welt an wie früher, als ich noch klein war. Kinnear gehörte mit seinen grauen Sandsteingebäuden und den kleinen Vororten zum modernen Schottland.

Innerhalb kürzester Zeit waren wir am Ziel angekommen. »Soll ich für dich sprechen?«, fragte Taylor. »Oh, na klar. Tut mir leid.« Er lachte kurz auf.

Ich konnte nicht anders und musste auch lachen. Ich deutete ihm an zu warten und schrieb schnell eine Zusammenfassung dessen auf, was ich herauszufinden versuchte.

Mary.

Hat wahrscheinlich auf dem St.-Colman's-Way in Glen Avich gelebt.

Vermutlich zur Jahrhundertwende.

»Mary … wahrscheinlich … alles klar. Wie hast du all das herausgefunden?«

Google sei Dank, log ich.

»Okay … in dieser Bibliothek … haben die dort Archive, oder wie funktioniert das?«

Man verfügt dort über alte Gemeindearchive aus der Gegend hier. Diese Sammlung läuft unter dem Namen »Heritage Collection«.

»Cool. Dann wollen wir mal sehen, was sie sagen. Bereit?«

Ich nickte. Wir stiegen aus dem Auto und liefen einen kleinen Hügel hinauf und auf die Gemeindebibliothek zu. Ich war ein wenig aufgeregt, gleichzeitig auch frustriert, dass ich all das nicht allein erledigen konnte, dass mein Selbstvertrauen einen erheblichen Dämpfer erlitten hatte und ich jemanden benötigte, um für mich zu sprechen.

Hinter der Empfangstheke stand eine junge Frau, die ihr Haar auf dem Kopf hochgebunden hatte und einen leuchtend roten Lippenstift trug. Sie schaute auf einen Computerbildschirm und war etwa in Emilys Alter, wie ich annahm.

»Hallo«, grüßte Taylor und lächelte breit. Die Bibliothekarin blickte hoch und strahlte, als sie ihn sah. »Vielleicht können Sie uns helfen. Wir recherchieren für einen neuen Roman …«

»Oh, wie aufregend! Sind Sie Schriftsteller?«, quietschte sie.

»Nein, ich nicht, aber *sie* …«

Ich lächelte zögerlich und spürte, dass ich errötete.

»Oh, wow! Worum geht es denn in diesem Buch? Wie kann ich Ihnen helfen?« Sie schien wirklich nett zu sein. Ich gestattete mir, mich ein wenig zu entspannen.

»Wir suchen nach Informationen aus der Heritage Collection. Über eine Frau namens Mary …«

»Die Hälfte aller Frauen in der Heritage Collection heißt Mary«, erwiderte sie fröhlich. »Aber keine Sorge, ich bin sicher, wir werden sie ausfindig machen. Folgen Sie mir bitte …«

Wir gingen ihr nach, hinter der Theke vorbei und durch eine Tür. Dahinter befand sich ein hoher Raum, dessen Wände von Bücherregalen bedeckt waren, und in jeder freien Ecke befanden sich Aktenschränke. Es würde tagelang dauern, all das durchzugehen – nein, wohl eher wochenlang.

»Wir haben Platzprobleme, aber die Unterlagen sind alle sortiert. Nun zu dieser Mary. Wo hat sie gelebt?«

»In Glen …«, fing Taylor an, doch ich legte ihm eine Hand auf den Arm. Ich wollte *reden*. Das war *meine* Angelegenheit.

Ich sah Taylor an und deutete auf meinen Hals, dann auf die Bibliothekarin. Taylor verstand meine Andeutung.

»Sie kann nicht sprechen. Sie schreibt stattdessen«, erklärte er.

Die Bibliothekarin starrte mich einen Moment lang verwundert an, dann hatte sie sich wieder gefangen.

»Oh, okay. Kein Problem. Wie praktisch, dass Sie Schriftstellerin sind, nicht wahr?«, erwiderte sie freundlich.

Ich grinste. Ich würde das schaffen. Stimme oder nicht, ich würde das schaffen. Aus dem Augenwinkeln sah ich, wie Taylor mich mit einem gewissen Stolz ansah. In meinem Notizbuch schlug ich die Seite auf, auf der ich alles notiert hatte, was ich über Mary wusste, und zeigte sie dem jungen Mädchen.

»Verstehe. Glen Avich … das ist diese Abteilung hier. Gut. Die Adresse bringt uns leider nicht weiter, da die Gemeindearchive nach Geburts- und Todesdaten sortiert sind. Haben Sie eine ungefähre Vorstellung, zu welcher Zeit … ah, ich sehe schon. Jahrhundertwende …«

Ich rechnete schnell nach. In meinen Visionen sah Mary etwa wie zwanzig aus. Sanft nahm ich der Bibliothekarin mein Notizbuch aus der Hand und schrieb: *Wahrscheinlich um 1880 oder 1890 oder so.*

»Toll. Gut, die Informationen befinden sich alle hier.« Sie deutete auf eine kleine Reihe Computer, die an der gegenüberliegenden Seite auf Schreibtischen standen. »Alles ist eingescannt und katalogisiert worden. Die Informationen befinden sich auf Mikrofilm und in PDF-Dateien. Wobei die PDF-Dateien praktischer sind.«

Meine Vorstellung, brüchige, vergilbte Papiere durchzusehen, löste sich in Luft auf. Es schien doch alles ein wenig einfacher zu sein, als ich angenommen hatte.

»Vielen Dank …«, fing Taylor an.

»Lucy«, stellte sich die Bibliothekarin vor. Bildete ich mir das nur ein, oder errötete sie?

»Vielen Dank, Lucy.«

Sie ließ den Blick kurz durch den Raum schweifen, bevor sie uns wieder ansah. »Dann lasse ich Sie jetzt mal allein. In diesem Raum sind weder Kaffee noch Tee erlaubt, aber wenn Ihnen der Sinn nach einer Pause steht, dann kommen Sie einfach nach vorn durch. Meine Mum hat gestern Cupcakes gebacken«, fuhr sie fort, sah Taylor in die Augen und zog sich dann zurück.

»Okay, dann wollen wir wohl mal, was?«, sagte Taylor begeistert und ließ sich an einem Schreibtisch nieder, die Beine unter der Tischplatte übereinandergeschlagen.

Danke, formte ich mit den Lippen und nahm neben ihm Platz.

»Na ja, falls ich mal was Ultralangweiliges an der Ausgrabungsstätte zu tun haben sollte, weiß ich, wen ich um Hilfe bitten werde. Irgendwann einmal habe ich siebenhundertzweiundzwanzig Kieselsteine registriert und klassifiziert. Sechs Wochen habe ich dafür gebraucht.«

Ich lachte. Ich spürte, wie eine enorme Last von mir abgefallen war. Ich hatte Glen Avich verlassen und mich bei der Bibliothekarin verständlich gemacht. Ja, ich war von Taylor unterstützt worden, doch meinen Teil hatte ich dazu beigetragen.

Ich war immer noch ich. Immer noch Inary. Zwar ohne Stimme, aber ich war immer noch die Alte.

Einen Eintrag nach dem anderen nahm ich unter die Lupe. Es war kein Witz der Bibliothekarin gewesen, als sie erklärte, etwa die Hälfte der Frauen habe damals Mary geheißen. Es gab auch viele Frauen mit Namen Anne, Catherine, Elizabeth, Margaret und Flora. Ihre Leben, die sonst vielleicht in Vergessenheit geraten wären, befanden sich vor mir auf dem Bildschirm. Und selbst wenn man nicht mehr jede in Erinnerung hatte, so floss ihr Blut in den Adern von Glen Avich. Viele der Namen erkannte ich wieder – Monteith, mein eigener Nachname, sowie Watson, Buchanan, Walker und Duff. Mit den Nachfahren dieser Frauen war ich zur Schule gegangen – diese Frauen waren wir, wir alle. Und es gab unendlich viele McCrimmons …

Anne McCrimmon, mit dreiundzwanzig Jahren an Tuberkulose gestorben.

… in Emilys Alter.

Morag McCrimmon, gestorben im Alter von neunundachtzig Jahren. Sie war Mutter von neun Kindern, von denen fünf gestorben waren, bevor sie das dritte Lebensjahr erreicht hatten.

Elizabeth McCrimmon, geboren in Glen Avich und, wie eine knappe Notiz neben ihrem Namen vermerkte, im Alter von achtunddreißig Jahren in Neuschottland, Kanada, verstorben.

Ob eine von ihnen wohl auch das zweite Gesicht gehabt hatte? Ich spürte sie um mich herum. Ich konnte sie flüstern hören …

Allmählich fühlte ich mich ziemlich seltsam – mir wurde schwindelig, und im Nacken standen mir die Haare zu Berge. Auch meine Hände kribbelten. Immer wieder sah ich mich um, doch nirgendwo konnte ich irgendwelche Seelen entdecken.

Wahrscheinlich lag es an ihren Lebensgeschichten, die eine solch intensive Wirkung auf mich hatten. Nach einiger Zeit konnte ich mich nicht mehr konzentrieren und fühlte mich erschöpft und ausgelaugt von der Last dieser seltsamen Gefühle.

»Du siehst ein wenig blass aus. Ist dir kalt?« Taylor legte seine Hand auf die meine. »Du frierst ja! Vielleicht sollten wir ein anderes Mal weitermachen …«

Willst du gehen?, schrieb ich.

»Von mir aus können wir gern noch hierbleiben. Aber du siehst nicht sonderlich gut aus …«

Lass uns noch ein bisschen bleiben. Es waren nicht mehr viele Geburtsurkunden übrig, die ich noch durchsehen musste. Ich war sicher, Mary bald zu finden.

Und das gelang mir auch. Endlich. Das sanfte Summen in meinen Ohren kündigte den Fund an – und da war sie schon.

Mary Gibson, geboren in Glen Avich, St.-Colman's-Way, 1. Oktober 1895.

Als ich ihren Namen erblickte, schlug mein Herz mit einem Mal schneller, und einen Augenblick lang hatte ich das Gefühl zu schweben. Es kam mir wie ein Wechsel der Atmosphäre vor, ein Echo von Stimmen und Geräuschen, das physische Form annahm und mir durch Mark und Bein ging …

»Inary?« Taylor drehte sich zu mir um. Ich deutete auf meinen Bildschirm. »Mary Gibson … ist sie das?«

Ich bin absolut sicher, kritzelte ich schnell mit zitternder Hand in mein Notizbuch.

»Warum bist du dir so sicher?«

Weil ich es bis ins Mark spüre, hätte ich antworten können, doch das tat ich nicht. *Es passt alles*, schrieb ich stattdessen.

Und dann hörte ich sie, die geflüsterten Worte – ein warmer Atem an meiner Wange, als befände sich ein Gesicht direkt neben meinem, ein Frauenmund an meinem Ohr.

Finde sie.

Ich keuchte und fuhr so schnell hoch, dass mein Stuhl

nach hinten umkippte. Taylor schlang einen Arm um meine Taille und hielt mich fest. In seiner Miene spiegelte sich große Besorgnis wider.

»Inary? Was ist los?«

Ich schüttelte den Kopf. Ich konnte es nicht sagen.

»Tut mir leid, Leute, aber wir schließen jetzt. Alles in Ordnung?« Die Bibliothekarin kam herein, ihre Jacke und Tasche in der Hand.

»Klar, alles bestens«, erwiderte Taylor, ich nickte matt.

Ich nahm mein Notizbuch und den Stift und lehnte mich an den Schreibtisch. *Ich habe gefunden, wonach ich gesucht habe. Vielen Dank.* Ich versuchte, ein Lächeln zustande zu bringen.

»Sicher, dass alles in Ordnung ist? Möchten Sie vielleicht ein Glas Wasser?«

Ich schüttelte den Kopf.

»Wir gehen jetzt ohnehin. Vielen Dank …«, sagte Taylor.

»Ich bin jeden Tag hier. Sie können gern zurückkommen, wann immer Sie mögen«, fuhr die Bibliothekarin fort und lächelte Taylor, ihre Lippen leuchtend rot, an.

»Ja, das werden wir …«

Als wir wieder im Auto saßen, rieb ich mir übers Gesicht und versuchte, den Schwindel loszuwerden. *Finde sie.* Das war Marys Stimme gewesen, da war ich mir hundertprozentig sicher – aber wen hatte sie gemeint?

»Du hast also deine Mary gefunden. Mary Gibson. Wird sie denn nun in deinem Buch auftauchen?«, erkundigte sich Taylor und ließ den Motor an.

Ich nickte. In gemeinschaftlichem Schweigen fuhren wir heim, bis er vor meinem Zuhause anhielt.

»Wann sollen wir das nächste Mal hinfahren? Ich habe leider erst nächste Woche wieder Zeit …«

Ich kann auch selbst hinfahren. Ich fühle mich jetzt gut genug dafür.

»Oh.« Die Antwort schien ihn zu ernüchtern.

Ich will dir nicht zur Last fallen, schrieb ich schnell. Und das stimmte auch. Ich freute mich über Gesellschaft, aber er hatte bestimmt Besseres zu tun, als mich zur Bibliothek zu begleiten, um etwas über einen Geist herauszufinden. Ich meine – wer nicht?

»Ich habe den heutigen Tag sehr genossen, Inary. Ich würde gern noch einmal hinfahren. Vielleicht kann ich so was wie dein Schreibpartner-Praktikanten-Gehilfe werden.« Er lachte. »Aber mal im Ernst, das war ziemlich cool. Wie wäre es mit nächstem Donnerstag?«

Ich musste einlenken. Lächelnd nickte ich.

»Und in der Zwischenzeit ... da könnten wir ja vielleicht mal was trinken gehen, nur du und ich?«

Oh, oh. Genau das hatte mir noch gefehlt. Noch mehr Komplikationen.

Mein Stift schwebte schon über meinem Notizbuch, um etwas zu schreiben – irgendwas in der Art, dass ich diese Woche zu viel zu tun hätte, doch dann seufzte ich und legte den Stift beiseite. Ich starrte ihn an.

Sein attraktives Gesicht verzog sich zu einem Lächeln. »Okay. Gut. Ich denke, das ist ein Nein ...«

Ich habe momentan ziemlich viel um die Ohren, Taylor, schrieb ich, während er mir über die Schulter schaute und zusah. *Ich kann mich da jetzt nicht in so etwas hineinstürzen. Es tut mir leid, wenn ich dir gegenüber diesen Eindruck erweckt haben sollte, das wollte ich nicht ...*

Er legte die flache Hand auf mein Notizbuch und unterbrach mein Geschreibsel. Erschrocken schaute ich hoch – doch er lächelte.

»Hey, schon okay. Ehrlich. Sieh mal, ich mag dich, das kann ich nicht leugnen. Aber ich verstehe auch, dass der Zeitpunkt nicht gerade günstig ist. Vielleicht gibt es da auch noch einen anderen Mann ...?«, fragte er freundlich.

Ich wollte schon verneinen, doch das konnte ich nicht. Ich nickte.

»In London?«

Ich holte tief Luft und nickte wieder.

»Das ist schrecklich weit weg …«

Ich schaute zu Boden.

»Na ja, der Glückspilz«, erwiderte Taylor mit einem Seufzer.

Ich musterte sein Gesicht. Er sah ein wenig ernüchtert aus, schien aber nicht am Boden zerstört zu sein.

Bist du sicher, dass du noch einmal mit mir zur Bibliothek fahren willst? Das musst du nämlich nicht. Also, ich würde es jedenfalls verstehen, wenn du …

»Natürlich will ich!« Wieder lächelte er und sah mir in die Augen. Er meinte es wirklich ernst. Gott sei Dank. Ich holte tief Luft. Noch mehr heikle Situationen hätten mich überfordert. Und ich genoss diese Freundschaft; ich wollte nicht, dass sie schon wieder zu Ende war.

»Soso … du und Taylor, ihr trefft euch also?«, fragte mein Bruder während des Abendessens und tat dann so, als studiere er eingehend das Etikett auf der Rückseite einer Würzsoße.

Mit weit aufgerissenen Augen schüttelte ich den Kopf.

»Okay. Gut.«

Ich schnappte mir mein Notizbuch. *Was meinst du mit »gut«?*

»Nichts.« Logan zuckte mit den Schultern. »Er hat mir gesagt, dass er dich mag, aber irgendwie scheint er wohl nicht dein Typ zu sein.«

Woher willst du wissen, was mein Typ ist? Mein Bruder, *der* Experte für Beziehungen.

»Ruhig Blut! Ich meine ja nur.«

Ich verdrehte die Augen.

»Tut mir leid, dass ich überhaupt was gesagt habe.«

Logan sah überhaupt nicht gut aus. Mit der Gabel schob er sein Essen auf dem Teller umher, und ich war ziemlich sicher, dass er Gewicht verloren hatte. Mehrfach hatte ich ihm bereits vorgeschlagen, einen Termin bei Dr. Nicholson zu machen, doch er hatte jedes Mal gereizt abgelehnt.

Eine andere Lösung musste also her. Ich musste ihn irgendwie dazu bringen hinzugehen, ohne dass es ihm auffiel, dass er der Patient war.

Ich mache mir Sorgen um meine Stimme, schrieb ich. Das stimmte natürlich auch.

»Ich auch, Inary«, erwiderte er und starrte mich an. Die Sorge war seiner Miene deutlich anzusehen. Na, Bingo, dachte ich. Ich musste nur den »Kümmer-Button« drücken, dann erzielte man bei Logan die erwünschten Ergebnisse.

Ich würde gern noch einmal zu Dr. Nicholson gehen und hören, was sie dazu sagt …

»Das solltest du besser tun.«

Nein, vielleicht besser nicht.

»Warum? Du solltest wirklich hingehen.«

Keine Ahnung, ist mir zu stressig.

»Sie könnte vielleicht ein paar Ratschläge und Empfehlungen für dich haben …«

Ich werde Tante Mhairi bitten, sie für mich zu fragen.

»Tante Mhairi? Bist du wahnsinnig? Du weißt doch, wie sie ist!«

Stimmt. Dann lass uns das Ganze einfach vergessen, schrieb ich.

Logan antwortete nicht, doch ich sah seiner Miene an, dass mein Plan gute Aussichten auf Erfolg hatte.

25 Morgen
Logan

Den Laden hatte ich nur für ein paar Tage geschlossen, nämlich, als Emily im Sterben lag sowie während der Beerdigung und den Tagen unmittelbar danach. Für mich war es besser, beschäftigt zu sein. Ich wusste, dass Inary von hier aus arbeiten würde, aber ich hatte gedacht, sie könnte vielleicht sowohl ein wenig Geld zusätzlich als auch ein bisschen Ablenkung brauchen, daher hatte ich sie um Hilfe gebeten.

Mir machte es auch nichts aus, sie um mich zu haben, musste ich zugeben.

Ich ließ Inary und den Angestellten im »Welly« zurück und machte mich auf den Weg zu Dr. Nicholson. Meiner Schwester verriet ich nicht, wohin ich ging; sie sollte nicht wissen, dass ich nach Ratschlägen – was sie betraf – suchte.

In der Praxis angekommen, setzte ich mich ins Wartezimmer und blätterte durch eine Medizinzeitschrift. Die Bilder darin waren grauenhaft anschaulich. Darum blätterte ich durch die ausliegenden Broschüren über Diabetes, Bluthochdruck, Grippe und deren Auswirkungen. Über Haarausfall, Depressionen, Asthma, Arthritis. Mit einem Schlag tat mir alles weh. Ich legte die Broschüren zurück.

Es kam mir sonderbar vor, ohne Emily bei einem Arzt zu sein. Ich konnte mich nicht mehr daran erinnern, wann das zum letzten Mal der Fall gewesen war – Arztbesuche sind nicht gerade mein Ding. Ärzte scheinen immer schlechte Nachrichten zu übermitteln, zumindest war das bei Emily so gewesen.

Aber ich musste hin – schließlich machte ich mir große Sorgen um Inary. Bei ihrer Stimme waren keinerlei Anzeichen der Besserung zu erkennen, und es brach mir das Herz, sie immer in dieses Notizbuch hineinschreiben zu sehen. Mir war klar, dass sie einen Weg suchte, mit all den Geschehnissen der letzten Zeit klarzukommen, aber der Stimmverlust dauerte jetzt schon relativ lang an. Seit *Wochen* hatte sie keinen Ton mehr gesagt. Nicht einen einzigen. Ich bemühte mich, meine Sorge vor ihr zu verbergen und für sie da zu sein, wie sie es gewohnt war, doch wahrscheinlich konnte sie meine Angst erahnen.

»Logan? Hallo, komm herein.« Dr. Nicholson winkte mich in ihr Büro und deutete auf einen Stuhl. »Setz dich. Wie kann ich dir helfen?«

Ich holte tief Luft. »Es geht um Inary. Sie spricht immer noch nicht. Sie kann nicht einmal mehr flüstern.«

Nachdenklich schaute mich Dr. Nicholson an. »Und wie fühlt sie sich?«

»Äußerlich scheint sie okay zu sein. Sie ist natürlich aufgebracht, aber das ist ja auch kein Wunder nach allem, was passiert ist. Aber sie ist tapfer. Sie arbeitet, hilft mir im Laden. Ich kümmere mich natürlich darum, dass sie isst …«

»Und wer kümmert sich darum, dass du etwas isst?«, fragte Dr. Nicholson ruhig.

Ich wurde stutzig; ich war hier, um über Inary zu reden, nicht über mich. Ich selbst ging nie zum Arzt. Einen Augenblick lang fühlte ich mich vollkommen entblößt und wäre am liebsten sofort wieder gegangen.

»Mir geht's gut.«

»Es ist so: Wenn jemand, den man liebt, krank ist, dann widmet man diesem Menschen all seine Energie. Es passiert ziemlich oft, dass Pflegende fast genauso viel Aufmerksamkeit von mir brauchen wie die Leute, die sie pflegen …«

»Wie kann ich denn nun Inary helfen?«, fragte ich scharf. Ich weigerte mich, in ein Gespräch über mich selbst verwickelt zu werden. Mich ärgerte Dr. Nicholsons sorgenvoller Blick, mit dem sie mich betrachtete. Eine meiner Schwestern war tot, die andere konnte nicht mehr reden – und da saßen wir und redeten über mich. Das hatte keinen Sinn.

»Du kannst nicht mehr tun, als du ohnehin schon tust. Die Trauer nimmt ihren normalen Verlauf. Aber wenn es nicht besser wird, müssen wir sie eventuell noch anders unterstützen …«

Sie noch anders unterstützen? Wie denn? »Was meinen Sie damit?«

»Damit meine ich psychologische Hilfe. Vielleicht auch Medikamente. Sie müsste auf jeden Fall an Experten überwiesen werden. Das, worunter sie leidet, bezeichnet man als Dysphonie, die durch stressige oder traumatische Erlebnisse ausgelöst wird. Normalerweise löst sie sich mit ein wenig Hilfe nach einiger Zeit von selbst auf, manchmal ist jedoch auch eine professionelle Beratung nötig. Das habe ich ihr aber alles schon erklärt, als sie selbst hier war. Ich kann allerdings nichts für Inary tun, wenn sie nicht noch einmal zu mir kommt. Sie selbst.«

»Das wird sie nicht.«

»Was glaubst du, warum das so ist?«

»Ich habe mich mit ihr unterhalten. Sie glaubt nicht, dass Sie ihr helfen können.«

»Vielleicht hat sie recht. Kann gut sein, dass sie selbst ihren Weg hinausfinden muss. Aber solltest du je das Gefühl haben, dass es alles zu viel für sie wird … wenn ihre Stimme nicht innerhalb einer akzeptablen Zeitspanne wiederkehrt … dann könnte es sein, dass sie dringend Hilfe benötigt.«

»So einfach ist das nicht. Ich könnte Inary niemals vorschreiben, was sie zu tun hat.«

»Hier gibt es einige Leute, die so sind«, erwiderte Dr. Nicholson lächelnd. Ich schaute weg.

»Dann vielen Dank«, entgegnete ich schnell und stürmte zur Tür hinaus.

»Logan …« Ihre Stimme erreichte mich, als ich schon an der Rezeption war.

»Ja?«

»Pass auf Inary und auch auf dich auf.«

Ja, ich würde auf Inary aufpassen. Wie ich zuvor auf Emily aufgepasst habe.

»Das werde ich.« Jetzt wollte ich nichts wie weg. Ich hatte schon viel zu viel Zeit hier verbracht. Außerdem gab es nichts, was ich Inary hätte berichten können, außer: »Du brauchst Hilfe.« Was hatte ich denn auch erwartet? Dass Dr. Nicholson eine Wunderheilung vorschlagen würde? Vielleicht kannte sie ja einen Weg, wie man damit aufhören konnte, so viel zu trinken, bis einem schlecht wurde?

Ich eilte ins Geschäft zurück und beschäftigte mich, in dem Versuch, nicht mehr nachdenken zu müssen.

26 Ein guter Zeitpunkt

Inary

Ich war den ganzen Morgen in Logans Laden gewesen – er hatte mich gebeten, dort ab und an auszuhelfen, und ich hatte es als gute Möglichkeit erachtet, ihn im Blick zu behalten. Mein Bruder war ohne Angabe von Gründen über eine Stunde im Dorf unterwegs gewesen, um irgendwelche geheimnisvollen Besorgungen zu erledigen, und sobald er wieder zurückgekehrt war, hatte er sich ohne jedes weitere Wort in den Lagerraum zurückgezogen.

Meine Sorge um ihn hatte nicht nachgelassen. Ganz im Gegenteil. Mittlerweile war ich fast rund um die Uhr um ihn besorgt. Aber was konnte ich schon tun, um seine Trauer zu lindern?

Einfach nur für ihn da sein. Das war alles, was ich tun konnte.

Ich seufzte und schaute hinaus. Es war ein sonniger, kalter, klarer Wintertag; vom Fenster aus konnte ich ein verlockendes Viereck blauen Himmels erkennen, und auch die Hügel und Berge schienen mich zu rufen. Ich wollte hinaus, hinaus in den eiskalten Sonnenschein …

Die Ladentür öffnete sich; das leise Klingeln der Türglocke ertönte.

»Haben Sie Gummistiefel?«, erklang plötzlich eine Frauenstimme.

Ich drehte mich um, um zu sehen, wer es für angemessen hielt, einen Laden zu betreten, ohne dabei zu grüßen. Eine Frau stand vor mir – sie hatte die Stirn gerunzelt und hielt einen leuchtend roten Gummistiefel in der Hand. Instinktiv wanderte mein Blick zu ihren Füßen; sie war barfuß und hatte die Zehennägel in einem leuchtenden Türkis lackiert. Ich muss sie wohl ziemlich angestarrt haben, da sie fortfuhr, ohne eine Miene zu verziehen: »Hab Fotos auf dem Loch gemacht, eine tolle Aufnahme, dann reingefallen. Meine Kamera schwimmt nun.«

Erst da fiel mir auf, dass ihr dunkel-schokoladenfarbenes Haar pitschnass war und die Frau zitterte. Das war also der Grund für ihre schlechte Laune.

»Tut mir leid. Kameras sind echt nicht billig«, rief Logan aus dem Warenlager.

»Das sind sie nicht. Jedenfalls habe ich zudem noch einen Gummistiefel verloren. Jetzt brauche ich ein neues Paar.« Sie schaute sich um. Ihr Akzent ließ darauf schließen, dass sie von der Westküste stammte. Vielleicht aus Glasgow.

»Nein, kein Pro…«, fing Logan an und drehte sich um. »… blem«, stotterte er. Er hatte sie gesehen. Ich konnte mir ein Grinsen nicht verkneifen, als Logan die Frau anstarrte. Er starrte sie an, da sie barfuß, nass bis auf die Haut und obendrein sehr hübsch war, als sie dort wie ein Robbenmädchen aus der schottischen Mythologie dastand, das gerade aus Loch Avich gekommen war.

Er hüstelte. Und hüstelte noch einmal. Dann fing er sich. »Möchten Sie sich vielleicht abtrocknen? Mein Haus befindet sich ein kleines Stück die Straße hinauf. Meine Schwester« – er deutete auf mich – »könnte Sie begleiten …«, murmelte er, damit sie nicht denken sollte, er sei ein gestörter Perverser, der sie in sein Haus locken wollte. Ich nickte nachdrücklich – besagte Schwester war definitiv gewillt, die nasse junge Frau in unser Haus zu begleiten.

Sie lächelte, und ihre Miene hellte sich ein wenig auf. Ihre gerunzelte Stirn glättete sich. »Das ist sehr nett, vielen Dank … aber ich komme schon klar. Ich wohne im Green Hat um die Ecke. Der Laden hier liegt genau auf dem Weg, deswegen dachte ich, ich springe kurz rein, damit ich was an den Füßen habe. Die sind nämlich wund. Und eiskalt.«

Logan starrte sie an. Er hatte gerade ihre Zehen gesehen. »Sind Sie den ganzen Weg vom Loch Avich bis hierher barfuß gegangen?«

»Na ja, zumindest mit nur einem Gummistiefel«, erwiderte sie und hob den roten Gummistiefel hoch. »So was von demütigend.« Sie verdrehte die Augen.

»Das hat bestimmt niemand mitbekommen«, erwiderte mein Bruder auf seine ernste Art. Nein, *er* hätte es nicht mitbekommen. Alle anderen schon.

»Na klar, ich bin sicher, dass niemandem die Touristin aufgefallen ist, die auf einem Gummistiefel durch die Straßen gehüpft ist. Pudelnass«, entgegnete sie, während sich ihre Mundwinkel zum Hauch eines Lächelns hoben. Genau das, was ich auch dachte.

»Welche Größe brauchen Sie denn?« Logan verschwand wieder im Lagerraum.

»Fünf!«, rief sie.

»Lassen Sie mich mal sehen … oh, hier. Rote Gummistiefel, genau wie die Ihren. Nehmen Sie diese.« Die junge Frau streckte die Hand aus, um ihm die Gummistiefel abzunehmen, doch Logan stellte sie auf die Ladentheke – zweifellos, um das Risiko erst gar nicht einzugehen, dass sich ihre Finger zufällig berühren könnten. Ich kannte doch meinen Bruder!

»Die sind perfekt, vielen Dank. Wie viel schulde ich Ihnen?«

»Machen Sie sich darüber keine Gedanken. Sie haben einen schlimmen Tag hinter sich. Nehmen Sie sie einfach.«

Sie schüttelte ihren nassen Kopf und fing an, in der Tasche, die sie über der Schulter trug, herumzukramen. »Das kann ich nicht annehmen …«

»Nun, ich werde kein Geld von Ihnen akzeptieren, deswegen müssen Sie es annehmen«, erwiderte Logan knapp.

»O … vielen Dank. Ich weiß gar nicht, was ich sagen soll.

Aber sehen Sie mal, ich habe noch den rechten Gummistiefel, ich brauche also nur den linken …« Sie hielt einen Augenblick inne, bevor sie dann in Gelächter ausbrach. »Nein, das wird nicht funktionieren.«

»Es sei denn, ein Pirat kommt herein. Sie wissen schon, einer mit Holzbein …« Logan versuchte, einen Witz zu machen, und studierte eine unsichtbare Kerbe in der Ladentheke. Er mag sie, dachte ich.

»Oh, man weiß ja nie!« Die junge Frau lachte. »Aber mal im Ernst: vielen Dank!«

»Sie haben Ihre Ausrüstung verloren. Wenn ich meine Kamera verlieren würde, wäre ich am Boden zerstört.«

Ich bot ihr den Stuhl an, auf dem ich saß, und sie nahm mit einem geflüsterten »Danke!« Platz.

»Warten Sie! Hier!«, rief Logan, fischte ein Paar neue, trockene Socken aus einem Korb und warf sie zu ihr hinüber. Jetzt aber mal im Ernst – Sachen zu werfen! Also bitte … schließlich ist sie nicht radioaktiv!

»Vielen Dank! Meine Strümpfe sind ebenfalls tropfnass«, erwiderte sie und holte aus ihrer Tasche das heraus, was einmal ein Paar gestreifte Socken gewesen sein musste, nun aber ein schmutziger, durchnässter Wollball war. Sie zog sich die Socken und die Gummistiefel an. Ich fand ihren Nagellack toll und nahm mir vor, mir den gleichen zu kaufen, sobald ich mir ein Herz gefasst hatte, um nach Kinnear shoppen zu fahren.

»Haben Sie die gemacht?«, fragte die junge Frau Logan und betrachtete die Reihen gerahmter Fotos an den Ladenwänden.

»Yep.«

»Sie sind Fotograf!«, rief sie begeistert, als sei sie gerade auf ein weiteres Mitglied einer Geheimorganisation gestoßen.

»Na ja, kein professioneller …«

»Wow, die sind toll!« Ihr war mein Lieblingsbild aufgefallen: Glen Avich an einem Tag, an dem es geschneit hatte und gleichzeitig so sonnig gewesen war, dass die Landschaft und der

Himmel wie das Innere einer Schneekugel glitzerten. »Das ist wunderschön!«

»Vielen Dank!«, erwiderte mein Bruder schüchtern. Seine Wangen färbten sich scharlachrot. »Aber wahrscheinlich sehen Sie jeden Tag Hunderte besserer Fotos …«

»Tun Sie das nicht.« Die Frau lächelte.

»Was denn?«

»Ihr Licht unter den Scheffel stellen.«

Verlegen erwiderte Logan ihr Lächeln. Die junge Frau besaß das Talent, ihn sofort zu durchschauen, dachte ich.

»Ich heiße übrigens Aisling.«

»Aisling«, wiederholte er, als würde er das Wort auskosten. »Ich bin Logan. Und das ist meine Schwester Inary. Sie kann nicht sprechen.«

Na, besten Dank, Logan. Deutlicher ging's nicht. Ich lächelte und streckte ihr meine Hand entgegen. Aisling schüttelte sie; ihr Händedruck war kräftig und warm.

Ich mochte sie.

»Schön, Sie kennenzulernen. Und vielen Dank für die hier!«, fuhr sie fort, wackelte mit dem Fuß und sah dann Logan direkt in die Augen, während ein Lächeln ihr Gesicht erstrahlen ließ.

»Kein Thema. Sind Sie … wegen der Arbeit hier?«

»Ja. Ich bin Fotojournalistin und machte Fotos von den Ausgrabungsarbeiten. Ich wohne in Aberdeen, komme aber ursprünglich aus Dublin.« Mein untrüglicher Instinkt für Akzente mal wieder … »Oh, übrigens, ich hätte gern eine Kopie dieses Bildes hier. Sind sie zu verkaufen?«

»Ja … ich stelle dieses hier aus, aber ich sollte eigentlich bald ein paar Abzüge fertig haben.«

»Ich werde Ihnen meine Handynummer geben; rufen Sie mich an, wenn die Abzüge fertig sind. Ich bin ohnehin noch eine Weile hier«, erklärte sie mit einem Lächeln, das Eis zum Schmelzen gebracht hätte, bevor sie dann zur Ladentheke hinüberging. Dort reichte ich ihr meinen Stift sowie ein Blatt Papier, auf dem sie ihre Telefonnummer notierte.

»Also, melden Sie sich«, forderte sie Logan auf und reichte ihm den Zettel.

»Klar«, antwortete er und drehte sich um, um die Nummer an die Pinnwand hinter der Theke zu heften.

Er würde sie nicht anrufen, dachte ich traurig, als ich ihr zusah, wie sie den Laden verließ und die Straße hinunterlief – ihre roten Gummistiefel ein roter Farbtupfer auf dem stahlgrauen Gehweg.

27 Die Liebe bleibt

Inary

Von Müdigkeit umnachtet, saß ich vor meinem Laptop und lektorierte ein weiteres, unglaublich langweiliges Buch – über Vögel. Schon wieder. Und das hier war noch furchtbarer als das andere. In *Flügel wie Seelen* ging es um einen Mann, der ein Jahr lang auf einer Insel gelebt hatte, um eine Kolonie von Küstenseeschwalben zu beobachten. Es handelte sich um die Aufzeichnung von elf Monaten Vogelstudien im strömenden Regen (meistens), Grübeleien über das menschliche Dasein (immer) und den langsamen Verfall seines Geisteszustandes (kein Wunder). Letzten Endes sprang er von einer Klippe. Nachvollziehbar. Die Romane, zu deren Herausgabe sich Rowan entschieden hatte, waren in letzter Zeit ziemlich düster gewesen – ich betete, mal eine Liebesgeschichte oder etwas mit Action zu bekommen. Irgendwas, das nichts mit Vögeln zu tun hatte.

Mary. Mary und Robert, kritzelte ich träge in mein Notizbuch.

Von Mary hatte ich nichts mehr gesehen oder gespürt, seitdem sie mir in der Bücherei etwas zugeflüstert hatte. Ich vermisste sie. Schon komisch, wie lieb ich sie gewonnen hatte und wie sehr ich mich auf ihre Gegenwart freute, obwohl sie anstelle meiner Schwester aufgetaucht war. Ich hatte keine Ahnung, was passiert sein könnte. Ich sehnte mich danach, sie wiederzusehen und mehr über ihre Geschichte herauszufinden.

Dennoch fühlte es sich in Anbetracht meiner riesengroßen Sehnsucht nach Emily immer noch seltsam und grausam an, dass nur Mary mich besuchte. Jede Nacht rief ich nach Emily und hoffte, dass sie mich früher oder später hören würde, dass sie früher oder später von dort, wo sie war, zurückkehren würde, selbst wenn es nur ein einziges Mal war, nur für einen kurzen Augenblick. Ich hatte beschlossen, nicht noch einmal loszuziehen und Emily zu suchen … zumindest eine Weile. Denn das war herzzerreißend, und mein Herz war bereits gebrochen. Würde ich noch mehr in die Mangel genommen, müsste ich künftig ohne Herz auskommen.

Vielleicht befand sich Emily schon an einem anderen Ort. Ich fragte mich oft, warum manche Seelen blieben – oder zumindest für eine Weile – und andere wiederum nicht. Vielleicht, weil sie noch etwas zu erledigen hatten oder weil noch etwas gesagt werden musste. Manchmal jedoch erdrückte mich beinahe die Vermutung, dass ich nicht die Seele als solche sah, sondern eine Art Erinnerung. Die Erinnerung an etwas, das geschehen war. Seelen und Erinnerungen unterschieden sich nur unwesentlich in der Art und Weise, wie sie sich mir präsentierten.

Was Emily betraf, so sah ich weder ihre Seele noch Erinnerungen an sie. Ihr Geist war verschwunden, und die Erinnerungen an sie lebten nur in meinem Herzen. Dennoch würde ich nach ihr suchen, bis ich letzte Gewissheit hatte.

Ich saß an meinem Schreibtisch und starrte aus dem Fenster. Der Himmel war klar und mit Sternen übersät; die Aussicht auf die von Kiefern bewachsenen Hügel und Berge war so schön, dass ich mich, das Kinn auf meine Hand gestützt, von dieser Pracht einhüllen ließ. Diesen weiten, endlosen Himmel hatte ich so unglaublich vermisst – warum war mir das bloß nie aufgefallen? Alex würde die Farben lieben, die durch diese Wolken brachen: Lila, Blau und ein Farbton zwischen Grau und Pink, für den es keine Bezeichnung gab. Ich dachte kurz darüber nach, ihm eine E-Mail zu schicken. Er hatte mir nicht geantwortet, dabei wollte ich ihm so viel erzählen. Aber vielleicht hatte er meine E-Mail ja auch gelesen und zog es vor zu schweigen.

Ich fuhr gerade meinen Computer herunter, als mir unten

auf der Straße eine Bewegung auffiel, die meinen Blick geradezu magisch anzog. Eine einsame Gestalt stand dort, direkt vor meiner Tür. Sie schien aus dem Nichts aufgetaucht zu sein, aus der Dunkelheit. Logan vielleicht? Er war in den Pub gegangen; möglicherweise war er aber auch schon längst zurückgekehrt.

Nein, es war eine Frau. Eine Frau, die uns – ich warf einen Blick auf meine Armbanduhr – nachts um halb zwölf besuchte?

Ich kniff die Augen zusammen. Eine Frau von schlanker Gestalt verharrte ein paar Sekunden lang vor unserer Haustür, dann … trat sie ein.

Sie war ins Haus gegangen.

Ich sprang auf, lief nach unten und wünschte mir inständig, »Wer ist da?« rufen zu können. Ich fragte mich, wer wohl einfach so hier hereinkam, ohne auf sich aufmerksam zu machen, ohne zumindest vorher anzuklopfen. In Glen Avich waren die Türen zwar meistens alle unverschlossen, aber dennoch spazierte man nicht einfach so bei anderen Leuten ins Haus hinein. Als ich die letzte Treppenstufe erreichte, zitterte meine Hand ein wenig, und dann begannen meine Gliedmaßen zu kribbeln, und ein leises sanftes Summen setzte ein. Natürlich. Jetzt erkannte ich sie – es war Mary.

Sie zog ihren Mantel aus und streifte die Handschuhe ab, die Miene vor Kummer schmerzverzerrt. Ich blieb bewegungslos stehen, als sie auf mich zugelaufen kam, *durch mich hindurchlief* und die Treppe hinaufeilte. Plötzlich stieg Übelkeit in mir auf, und ich musste würgen. Schwer zu erklären, wie es sich anfühlt, wenn jemand durch einen hindurchgeht. Schnell drehte ich mich um, um zu sehen, wie sie die Treppe hinauflief, und da passierte es schon wieder – jemand ging durch mich hindurch, und die Übelkeit kehrte zurück, wenngleich auch nicht so intensiv wie zuvor. Da war noch jemand. Emily?

Einen Augenblick lang lehnte ich mich ans Geländer und versuchte, mich zu sammeln. Zweimal ist jemand *durch mich hindurchgelaufen*. Zweimal. Uargh. Ich zitterte und stellte fest, dass ich fror. Ich schüttelte mich und folgte Mary sowie der zweiten Seele nach oben, wobei ich ganz langsam jede einzelne Stufe in Angriff nahm, da sich in meinem Kopf alles drehte. Ich erlaubte mir die Hoffnung: Bitte, bitte, bitte, lass die zweite Seele Emily sein …

Als ich auf den Treppenabsatz taumelte, sah ich, wie Mary in mein Zimmer abbog. Ich folgte ihr. Der Raum lag in völliger Dunkelheit vor mir, vom beleuchteten Computerbildschirm auf meinem Schreibtisch einmal abgesehen. Mary saß auf meinem Bett, und die zweite Seele – immer noch so verschwommen, dass ich keine Gesichtszüge erkennen konnte – hatte neben ihr Platz genommen.

»Wir werden sie nie mehr wiedersehen«, flüsterte Mary unter Tränen, während die zweite Seele allmählich Gestalt annahm und immer sichtbarer wurde. Ich konzentrierte mich jedoch auf Mary, suchte nach ihren Gedanken, bis ich endlich die Ränder ihres Bewusstseins erreichte. Ich spürte Verzweiflung, endlose, eisige Trauer, die so stark war, dass ich die Luft anhalten musste. In diesem Augenblick sah ich sie, aber nur eine Sekunde lang – es war Marys Mutter, die Frau, die meiner Mutter so ähnlich sah –, und dann schwanden sie beide dahin, während sie weinten. Ihre Gestalten verloren an Konsistenz, sodass ich meine Kissen und die Bettdecke durch sie hindurch sehen konnte.

Nun waren sie fast vollständig verschwunden. Das Kribbeln in meinen Armen und Beinen hatte nachgelassen, auch das leise Summen im Ohr. Mir war nicht mehr schwindelig, und ich stand wieder sicher auf beiden Beinen.

Die Trauer der beiden war sehr groß gewesen, und sie hatten geweint, als seien ihre Herzen gebrochen – und dann noch diese Worte: »Wir werden sie nie mehr wiedersehen.« Was meinten sie damit? Über wen hatten sie gesprochen?

In jener Nacht konnte ich nicht schlafen. Alles fühlte sich falsch an, als hätten meine Organe ihren Platz getauscht, als sei meine Haut ein weiteres Mal zu eng geworden. Emilys Abwesenheit zerriss mich.

Ich wartete und hoffte vergebens darauf, dass Mary noch einmal zurückkehren und mir Gesellschaft leisten würde, doch das tat sie nicht. Wo, zum Teufel, waren Geister, wenn man sie einmal brauchte?

Ich öffnete die Vorhänge, lag wach da und schaute durch das Fenster. Zwischen Mary und mir gab es einen himmelweiten Unterschied. Sie war unendlich in Robert verliebt, während ich dieser Art der Verletzbarkeit die Tür verschlossen hatte.

Und dann diese Nachricht, »Finde sie«. Wen hatte sie gemeint? Und warum hatten die beiden geweint? Wen würden sie nie mehr wiedersehen?

Die halbe Nacht wälzte ich mich hin und her, während mein Verstand arbeitete, unaufhörlich arbeitete. Wenn ich doch nur Alex alles erzählen könnte. Wenn ich ihm doch nur von meinem zweiten Gesicht berichten könnte, von Mary …

Ich fragte mich, was Alex wohl gerade tat. Von allen Gedanken, die mir durch den Kopf gingen, gab es einen einzigen, den ich wiederholt versuchte, zum Schweigen zu bringen, doch er kehrte immer wieder zurück: Ich hatte noch nie einen solchen inneren Frieden verspürt wie damals, als ich in Alex' Armen gelegen hatte. Bruchstücke unserer gemeinsamen Nacht blitzten vor meinen geschlossenen Augen auf – allesamt zärtlich, und jedes einzelne davon trieb das Messer tiefer in mein verwundetes Gewissen.

Er hatte mir das Haar aus dem Gesicht gestrichen und mir einen Kuss auf die Augen gegeben, auf meine Stirn, die Nase und dann, endlich, auf den Mund. Er hatte mir in die Augen gesehen und gesagt: *Du bist das Beste, was mir je passiert ist …* Es gab viele andere Erinnerungen, die ich niemals mit irgendjemandem teilen könnte, Erinnerungen, die so schön und süß waren, dass sie mich innerlich zerrissen. Ich versuchte, mir einzureden, dass diese Erinnerungen verblassen würden, doch eigentlich war mir klar, dass dies nicht geschehen würde.

Beim ersten Sonnenstrahl schließlich konnte ich es nicht mehr ertragen und stand auf. Der Tag würde sehr lang werden.

An: Alex.McIlvenny@hotmail.co.uk
Von: Inary@gmail.com

Lieber Alex,
wie geht es dir? Ich habe schon eine ganze Weile nichts mehr von dir gehört. Mir geht's gut. Irgendwie jedenfalls. Bevor sie krank wurde, hatte Emily ein Shirt genäht. Sie hatte richtig Talent, Kleidungsstücke zu entwerfen und zu nähen… Erinnerst du dich an mein weißes Kleid, das ich vor ein paar Monaten zu deiner Geburtstagsparty getragen habe? Sie hatte es mir genäht. Du meine Güte, ist das erst ein paar Monate her? Es kommt mir schon wie eine Ewigkeit vor – so viel ist in der Zwischenzeit passiert. Da ist also nun dieses Shirt, und es ist noch nicht fertig. Ich bringe es jedoch auch nicht übers Herz, es aus der Nähmaschine herauszuholen.
Das Haus kommt mir ohne sie so leer vor. Jedes Mal, wenn ich an ihrem Zimmer vorbeigehe, habe ich das Gefühl, ihre Stimme zu hören. Ihr Parfum hängt noch überall in der Luft. Ich arbeite ein wenig für Rosewood und helfe Logan ab und an im Laden, aber nichts kann länger mein Interesse wecken. Ich scheine auch nicht mehr schreiben zu können. Ich habe es versucht, aber nichts zustande gebracht. Ich glaube, ich bin einfach nur leer…

Aber Mary war zu mir gekommen. Und ich musste mehr über sie herausfinden; darum bin ich zur Bibliothek nach Kinnear gefahren und…

Ich wünschte, ich könnte ihm dies erzählen.

Aber ich hatte Angst.

Jedenfalls muss ich jetzt los. Bis bald?
Liebe Grüße
Inary

28 Ein flüchtiger Gedanke

Alex

»So, eine Kältewelle also?«

Brenda lachte. »Ja. Warum interessierst du dich plötzlich so brennend für die Wetterlage in Schottland?«

»Nur so. Ich betreibe einfach nur Konversation«, erwiderte ich.

»Aha. Dir geht's gut?«

»Ja, klar.«

»Du scheinst dir um irgendetwas Sorgen zu machen.« Sie kannte mich schlichtweg zu gut.

»Nein, alles in Ordnung. Eine Freundin von mir ist gerade oben in Aberdeen, da habe ich mich nur gefragt, ob …«

»Eine Freundin? Oder *deine* Freundin?«

»Brenda. Es reicht. Ich muss jetzt los.«

Sie lachte. »Na gut. Ich werde es ohnehin herausfinden. Das ist dir doch klar, oder?«

Natürlich würde sie das. Und dann würde sie wahrscheinlich Inary zur Vernunft bringen wollen.

Ich legte den Telefonhörer auf, stützte mein Kinn auf die Hand und starrte auf den Bildschirm des Laptops, auf dem eine geöffnete E-Mail zu sehen war. Inary klang so bedrückt, und es gab nichts, was ich tun konnte. Und dann war da auch noch Sharon. Meine *Freundin*. Es gab keine Rechtfertigung dafür, noch so intensiv mit Inary zu kommunizieren, wie ich es vor alldem hier getan hatte. Ich konnte es mir selbst gegenüber nicht mehr rechtfertigen. Und dennoch tat ich es.

An: Inary@gmail.com
Von: Alex.McIlvenny@hotmail.co.uk

Liebe Inary,
ich erinnere mich durchaus noch an das Kleid.
Es sah aus, als sei es aus Gischtschaum gemacht,
als seist du gerade aus dem Meer gekommen…

Ziemlich schwach. Ich löschte die Mail und fing noch einmal an.

Liebe Inary,
ich erinnere mich noch gut an das Kleid. Emily war unglaublich talentiert, genau wie du. Natürlich wirst du wieder schreiben können. Du musst nur dir selbst gegenüber nachsichtig sein und dir Zeit lassen.
Ich kann nur ansatzweise erahnen, wie du dich gerade fühlst… Ich wünschte, ich könnte dir deine Trauer abnehmen, ganz ehrlich. Ich wünschte, ich könnte eine größere Hilfe sein als derzeit. Tut mir leid, dass ich nicht da bin. Viel zu tun!
Alex

Ich quälte mich mit der Frage ab, ob ich noch ein »LG« hinzufügen sollte oder nicht. Ich tat es nicht. Ich klickte auf »Senden«.

Wenige Sekunden später klingelte mein Handy – Sharons Name leuchtete auf dem Display auf. Ich nahm das Handy und presste es ans Ohr, als eine E-Mail in meinem Postfach auftauchte: Von Inary.

»Hey…«

»Hey… wie geht's dir?«

»Gut, danke. Und dir?«

Lieber Alex,
keine Sorge. Manchmal ist es gut, wenn man viel zu tun hat. Du hilfst mir sehr. Bestimmt weißt du das auch. Deine E-Mails lassen mich immer lächeln; ich höre gern von der Chromatica und deinen Reisen...

Sharon seufzte. »Alex?«

»Ja. Tut mir leid. Was hast du gesagt?«

...Wo reist du als Nächstes hin? Dein Leben ist so glamourös. All die Orte und Städte, die du zu sehen bekommst... und dennoch will ich im Augenblick nur hier in Glen Avich sein, wo ich mich Emily nahe fühlen kann... Es gibt so vieles, was ich dir erzählen möchte, aber ich muss jetzt mit der Arbeit weitermachen. Noch mehr Vögel, Alex! Erinnerst du dich noch daran, was ich dir über Rowans literarische Romane erzählt habe? Ganz ehrlich: Dieser hier ist die reinste Qual.
Bis bald,
LG
Inary

»Alex? Ist es gerade ungünstig?«

»Nein, natürlich nicht. Tut mir leid. Du hast etwas von heute Abend gesagt ...«

»Nicht, wenn du zu viel um die Ohren hast.« Sie klang pikiert.

»Natürlich nicht. Bei mir oder bei dir?«

»Komm zu mir. Ich koche uns etwas. Wir sprechen uns später. Ich liebe dich ...«

»Ja. Wir sprechen uns später.«

Es folgte ein kurzes Schweigen, und mir wurde klar, was ich da gerade gesagt hatte. Beziehungsweise – was ich nicht gesagt hatte. »Ich liebe dich auch«, fügte ich schnell hinzu, bevor mir schlecht wurde.

29 Trennung

Inary

Ich seufzte, zwang mich, auf den Bildschirm zu schauen, und versuchte, die Kraft zum Arbeiten aufzubringen, als mein Handy piepte.

Ich stehe draußen vor dem Haus.

Es war Taylor – wir waren zu einem Spaziergang in den Wald verabredet. Ich stand auf und winkte ihm vom Fenster aus zu. Er lehnte an seinem Land Rover und wartete auf mich. Er winkte zurück und lächelte. Zu meiner großen Überraschung entdeckte ich auch Logan, der mit der Fotokamera um den Hals gerade die Straße überquerte und auf Taylor zulief.

Ich eilte die Treppe hinunter und trat hinaus, über mir der rosafarbene Himmel, so sanft wie eine Umarmung. Es hatte kurz zuvor aufgehört zu regnen, und ein paar Sonnenstrahlen durchbrachen die Wolkendecke, die die Regentropfen überall – auf den Bäumen, der Straße, der steinernen Brücke – glitzern ließen. Die Luft roch wie immer nach einem Regen; es war einer meiner absoluten Lieblingsdüfte.

»Ich will ein paar Bilder von Bäumen schießen«, erklärte Logan, als wir uns ins Auto setzten. »Ich habe etwas vor, ein Projekt mit Stoffen für die Kunstgalerie«, fuhr er fort. »Macht es euch etwas aus, wenn ich mitkomme?«

Lächelnd schüttelte ich den Kopf.

Taylor ließ den Motor an. »So, Leute, ich hatte vor, zum Ufer zu fahren, vorbei an der Ausgrabungsstätte.«

Ich bemerkte, dass mir jegliche Farbe aus dem Gesicht wich. Wir würden dem See sehr nahe kommen. Aber andererseits: Ich könnte ja einen großen Bogen ums Ufer machen.

In sicherer Entfernung zum Wasser hielten wir auf einer kleinen Lichtung an. Ich konnte das stille, dunkle Wasser des Loch in der Ferne erkennen, daneben die Silhouette von Ailsa, der Insel inmitten des Sees, doch ich war von allem weit genug entfernt, um keine Angst zu haben. Taylor und ich wanderten gemächlich los und genossen die frische Luft, während Logan immer wieder stehen blieb, um Aufnahmen von Blättern und Wurzelwerk zu machen. Wir passierten gerade einen schmalen Streifen Kieselstrand, als ich einen kurzen Blick auf das Ufer des Loch warf. Auf den Steinen befand sich eine Gestalt. Einen Augenblick lang packte mich die nackte Angst, doch wirklich nur einen Augenblick. Mir fiel sofort auf, dass es nicht das Mädchen aus dem Wasser sein konnte. Es war eine erwachsene Frau, deren schlanke Figur von welligem Haar gekrönt wurde. Handelte es sich um ein lebendiges Wesen oder eine Seele? Schnell warf ich einen Blick auf Taylor – nichts deutete darauf hin, dass er die Frau gesehen hatte, doch das musste nicht unbedingt heißen, dass sie ein Geist war. Vielleicht war sie ihm einfach nicht aufgefallen. Ich unterzog mich einer kurzen Selbstkontrolle – kein Kribbeln, kein sanftes Summen im Ohr. Aber das konnte auch daran liegen, dass ich noch zu weit von der Frau entfernt war.

Ich blieb stehen. Taylor drehte sich mit fragendem Blick zu mir um. Es war, als könne er spüren, dass gerade etwas Unheimliches geschah.

In diesem Moment erhielt ich meine Antwort: Nasse Kieselsteine schimmerten durch die Füße der Frau hindurch, und die stille, unbewegte Oberfläche des Loch war schwach durch ihren Körper hindurch zu erkennen.

Ich verließ Taylor – ich konnte nicht zulassen, dass er mich auf unserer Seite der Realität festhielt, ich musste unabhängig bleiben – und ging ein Stück auf die Frau zu. Sie trug ein blaues Kleid, und das schwarze Haar war zu einem langen Zopf geflochten, der ihr über den Rücken fiel; dazu die schlanke Figur. *Mary*, rief ich sie schweigend.

Ich konnte mich gerade noch zurückhalten, zu ihr zu laufen, um sie nicht zu erschrecken. Stattdessen pirschte ich mich vorsichtig so langsam und leise wie möglich an und ließ Logan und Taylor hinter mir zurück. Meine Gliedmaßen begannen zu kribbeln, und in meinen Ohren erklang das sanfte Summen, als sich die Wirklichkeit um mich herum beinahe unmerklich verschob. Je näher ich Mary kam, desto stärker wurden meine Sinneseindrücke.

Und dann prallte ich an eine Mauer der Trauer und wurde beinahe ohnmächtig. Die Trauer war fast physisch zu spüren. Ich legte mir die Hände auf die Brust, als ich nur noch wenige Meter von Mary entfernt war. Marys Gedanken waren düster und so voller Trauer, dass mir die Tränen kamen.

Ich hörte, wie mein Bruder und Taylor mich riefen, doch ich konnte mich nicht dazu zwingen, meinen tranceartigen Zustand zu beenden und umzukehren. Ich musste einfach wissen, was mit Mary geschah. Reglos stand ich da und starrte sie an. Mary war am Rand des Wassers auf einen flachen Stein getreten und hielt irgendetwas in der Hand.

Das Wasser befand sich nun in beängstigender Nähe, und die Vorstellung, ihm noch näher zu kommen, machte mir große Angst. Aber Mary war so traurig … Ich wollte sie berühren, sie in den Arm nehmen. Ihr sagen, dass ich da war. Ich brachte mich dazu, einen Schritt vorwärtszugehen, und noch einen, und dann noch einen weiteren. Der Sog, der von Mary ausging, war weitaus stärker als meine Angst vor dem Wasser.

Leise ging ich über das Gras in Richtung des schmalen Kieselstrandes – den Blick fest auf Mary gerichtet –, bis ich direkt hinter ihr stand. Ich streckte die Hand aus …

»Was macht sie da?«, hörte ich Taylor hinter mir rufen.

»Sie hat irgendwas gesehen. Einen Fischreiher vielleicht«, erwiderte Logan. Danke, Logan, ging es mir durch den Kopf.

Langsam, als würde es ihr große Schmerzen bereiten, hob Mary die Hand und ließ etwas los – ein Blatt Papier – einen Brief. Dann noch einen, und noch einen. Einen Brief nach dem anderen warf sie ins Wasser, wobei die Krümmung ihres Rückens verriet, wie aufgewühlt sie war. Schließlich warf sie ein ganzes Bündel Briefe in den See. Mit dem Blick folgte ich den Briefen, bevor das Bündel sich am höchsten Punkt seiner Flugbahn einfach auflöste und niemals das Wasser berührte. Als ich wieder zu Mary schaute, sah ich, dass auch sie im Begriff war, sich aufzulösen. Ihr seidiges Haar, die schlanken Arme und ihre anmutige Gestalt lösten sich einfach in Luft auf und wurden eins mit den Steinen und dem Wasser des Loch.

Das Kribbeln in meinen Gliedmaßen verschwand, und in meinem Kopf kehrte wieder Stille ein; nur noch das sanfte Plätschern des Wassers auf den Kieselsteinen war zu hören. Doch die tiefe, grenzenlose Trauer blieb. Marys Geste war der Verlust einer geliebten Person deutlich anzumerken gewesen. Irgendetwas war passiert. Sie hatte die Briefe weggeworfen, ins Wasser – waren es Roberts Briefe? Irgendetwas sagte mir, dass es so war.

Plötzlich war Logan an meiner Seite. Er schwieg, stellte sich jedoch sehr nahe neben mich, Arm an Arm, und berührte flüchtig meine Hand. Wenn jemand dabei war, würde er nie im Leben seinen Arm um meine Schultern legen. Typisch Logan.

»Ist er fort?« Taylor hatte uns mittlerweile erreicht. Ich nickte, unfähig, den Blick von der Stelle abzuwenden, an der Mary gestanden hatte. »Wie schade. Das wäre ein tolles Motiv für dich gewesen, Logan«, erklärte Taylor und klang dabei, als zitiere er aus einem Drehbuch. Mir wurde klar, dass Taylor etwas ahnte. Ich sah ihn mit großen Augen an, und er erwiderte meinen Blick, ohne irgendetwas preiszugeben.

Plötzlich erinnerte ich mich, wie nahe ich Loch Avich gekommen war. Ich drehte mich um und eilte in Richtung Festland, gefolgt von meinem Bruder und Taylor.

»Jemand Lust auf ein Bier?«, rief Taylor, als wir wieder ins Auto stiegen. Er sah mich wieder an, und in seinem Blick war kaum verhohlene Sorge zu erkennen. Ich wollte nach Hause – ich wollte allein sein und darüber nachgrübeln, was gerade passiert war, doch ich wusste nicht, welchen Grund ich vorschieben sollte, damit sich die beiden nicht um mich sorgten.

Im Pub zu sitzen, einen Drink in der Hand, stellte sich jedoch als das Beste heraus, was ich tun konnte, da sich ein Großteil der Trauer, die ich zuvor in Marys Gegenwart empfunden hatte, durch die Wärme des Alkohols auflöste.

Als Logan kurz nach draußen ging, um einen Anruf zu tätigen, ergriff Taylor die Gelegenheit. »Inary … was ist da eben passiert?«, setzte er an, sobald Logan außer Hörweite war.

Ich starrte ihn an; währenddessen gingen mir unzählige Lügen durch den Kopf, die ich für einen solchen Fall vorbereitet hatte – welche würde ich auswählen? Ich war es gewohnt, im Hinblick auf meine seherische Gabe zu lügen; ich hatte es, wenn nötig, jedes Mal getan.

Und dann war alles weg, wie fortgeblasen, keine einzige Entschuldigung war mehr da – mir wollte partout nichts einfallen. Ich wandte den Blick ab und trank einen weiteren Schluck von meinem Drink.

»Ich hoffe, dass du es mir eines Tages erzählen wirst, Inary. Denn glaub mir, das ist echt *gruselig*.«

Erzähl mir was Neues …

Ich schaffte es, Logan und Taylor davon zu überzeugen, wie müde ich sei und dass ich früh ins Bett müsse. In Wirklichkeit sehnte ich jedoch einen Besuch von Mary herbei, damit ich herausfinden konnte, was passiert war. Ich wurde irgendwie das Gefühl nicht los, dass sie mich heute Abend noch einmal besuchen würde.

Ich behielt recht. Das Gesicht der Mauer zugewandt, las ich unter der Bettdecke, bis ich plötzlich ein Gewicht neben mir spürte, als hätte sich jemand neben mich gesetzt. Für den Bruchteil einer Sekunde gestattete ich mir die Hoffnung, es könnte Emily sein, doch tief im Inneren *wusste* ich es. Ich drehte mich um, und da war sie: Mary. Sie saß so nahe neben mir, dass meine Beine, die angewinkelt unter der Decke lagen, beinahe ihre Hüfte berührten. Ihr Rücken war gekrümmt, als laste ein enormes Gewicht auf ihr, der Kopf war gesenkt. Sie hatte die Hände im Schoß gefaltet und hielt etwas Zerknülltes zwischen den Fingern. Wie eine Flutwelle überrollten mich ihre Gedanken und ließen mich leise keuchen. Über das leise Summen in meinen Ohren hinweg konnte ich ihre Gedanken hören. Doch anscheinend hatte das, was passiert war, ihr alle Vitalität und Lebenslust entzogen. Sie glättete das Stück Papier und betrachtete es, während sie leise schluchzte.

Liebste Mary,
es tut mir leid. Ich kann sie nicht verlassen. Anna wird unser Kind zur Welt bringen – es ist passiert, bevor ich dich kennengelernt habe, und ich habe wirklich nichts davon gewusst. Dennoch muss ich ihr nun zur Seite stehen. Es tut mir so leid, insbesondere nach allem, was deine Familie durchmachen musste.
Ich hasse mich dafür, aber ich bin nicht stark genug, um von hier fortzugehen.
Bitte verzeih mir.
Robert

Jedes Wort war wie ein Stein, der sie traf, und ich konnte jeden einzelnen Schlag spüren. Darum hatte sie also seine Briefe fortgeworfen.

Wie traurig, wie grausam war es, dass Mary und Robert sich erst begegneten, als die Würfel längst gefallen waren, alles für immer und ewig schon besiegelt war. Als würde sich das Leben über sie lustig machen, über alle drei.

Arme Mary. Ich wünschte inständig, dass sie nicht das durchmachen musste, was ich erlebt hatte. Und auf gewisse Art und Weise tat mir auch Robert leid, denn das war keine schöne Wahl, die er treffen musste.

Aber immerhin *hatte* er eine Wahl gehabt. Anders als Mary, der nichts anderes übrig blieb, als seine Entscheidung zu akzeptieren.

30 Wunder

Inary

Eilidh und ich hatten uns angewöhnt, uns jeden Mittwochmorgen zu Kaffee und Kuchen im La Piazza zu treffen. Ich freute mich schon immer darauf; Eilidh und ich bildeten das Herzstück unserer Treffen, doch es gab eine kleine Gruppe von Frauen – teils mit Kindern im Schlepptau, teils ohne –, die sich uns in wechselnder Zusammensetzung anschlossen. Allerdings muss ich gestehen, dass ich am meisten Spaß hatte, wenn ich Eilidh ganz für mich allein hatte.

Die Eröffnung des La Piazzas hatte für große Aufregung gesorgt und zu Beginn den Hauch von etwas anderem, etwas Neuem mit sich gebracht. Die älteren Damen gingen sofort hin; sie unterzogen das Lokal einer eingehenden Prüfung und berichteten der Familie und Freunden. Auf der Speisekarte standen hier einige ausgefallene Gerichte – Couscous, Ziegenkäse, Pesto und Hähnchen Tajine – sowie alle möglichen Getränke auf Kaffeebasis, wie Karamell-Espresso, Mochaccino und – wer hätte das gedacht – Chai Latte. Mitten in Glen Avich, jawohl! Doch man bekam dort auch die altbekannten Klassiker wie Tee, Scones und Toasted Teacakes. Die Überprüfung durch die älteren Damen bestand das Lokal mit Bravour. Dann folgte der Rest von Glen Avich ihrem Beispiel und wurde sofort vom Charme der wunderbaren Debora in Beschlag genommen, einer Frau mit schottisch-irischen Wurzeln, dunkler Augenfarbe und einer schier endlosen Energie.

»Ich frage mich, welches Potpourri wohl heute zum Einsatz gekommen ist«, flüsterte Eilidh, zu mir vorgebeugt.

Potpourri? Ich zog die Augenbrauen hoch.

»Yep. Ist es dir nicht aufgefallen? Debora wechselt jede Woche im Gäste-WC das Potpourri. Lavendel, Pfirsich, Beeren, Rose, Zitrone… lass uns wetten, was es diese Woche ist. Worum wollen wir wetten… einen Sahnekuchen, Sorley? Abgemacht?« Spielerisch schüttelte sie Sorleys kleine Hand, woraufhin er in seinem Hochstuhl vor Vergnügen quietschte.

Lavendel, schrieb ich.

»Okay. Ich sage Pfirsich. Sorley?« Sorley äußerte irgendetwas zwischen »tone« und »none«, was wir als Zitrone werteten.

»Na gut. Lavendel, Pfirsich oder Zitrone. Wenn es nichts davon ist, dann…«

»Da!«, schrie Sorley.

»Er meint, dass wir ohnehin ein Stück Sahnetorte essen werden. Braver Junge. Ich gehe mal nachsehen…« Und schon verschwand sie unter Sorleys wachsamem Blick ins Gäste-WC.

»Mama?«, fragte er. Ich lächelte und streichelte seinen Arm, was mein wortloser Ersatz war für *Mummy kommt gleich zurück, aber solange passe ich gut auf dich auf.* Er erwiderte mein Lächeln – offenbar glaubte er mir, und einen Augenblick lang bestand mein Herz aus geschmolzener Schokolade.

»Inary, meine Liebe…« Maggie und Liz, Tante Mhairis Freundinnen, tauchten vor mir auf.

»Wie geht es dir?«, erkundigte sich Liz.

Gut, erwiderte ich lautlos und lächelte.

»Immer noch keine Stimme. Du Ärmste! Wer ist denn dieses hübsche Baby?«, fuhr sie fort.

»Das kann aber noch nicht am Quellwasser gelegen haben!« Maggie lachte, und Liz stimmte heiter in ihr Gelächter ein. Zuerst war ich ziemlich verdutzt, doch dann dämmerte es mir. Das Wasser aus der St.-Colman's-Quelle. Die beiden waren der Meinung gewesen, ich sollte das Wasser trinken, damit meine

Stimme zurückkehrte. Beim Gedanken daran, dass Sorley für meinen Sohn gehalten werden könnte, wurde mir eiskalt – selbst wenn dies nur als Scherz gemeint gewesen war. Verstehen Sie mich nicht falsch, aber ich war meilenweit davon entfernt, bereit zu sein, Mutter zu werden.

Das ist Eilidh McCrimmons Sohn, schrieb ich.

»Was steht da?«, fragte Liz, die Augen halb zusammengekniffen. »Ich hab meine Brille nicht dabei.«

»Warte kurz …« Maggie kramte in ihrer Handtasche herum und holte ein Etui heraus. Sie setzte ihre Brille auf. »Eilidh Mc… ach ja. Das ist Eilidh McCrimmons Sohn«, erklärte sie ihrer Freundin. »Natürlich! Kleiner, ohne deine Mami habe ich dich gar nicht erkannt. Hallo, du süßer Fratz! Was für ein süüüüßer Fratz!«

»Aaaaw, er ist so süß! Du solltest wirklich das Quellwasser trinken, Inary …«, flüsterte Liz.

»Auf jeden Fall. Das könnte ein paar nette Nebeneffekte haben!« Maggie kicherte. »Natürlich nur, wenn du einen jungen Mann an deiner Seite hast. Wie alt bist du, meine Liebe?«

Fast 26, schrieb ich und betete inständig, dass sie es dabei belassen würden.

»Sechsundzwanzig! In deinem Alter hatte ich schon drei Töchter!«

»Und ich war schon seit Jahren verheiratet!«

Innerlich schauderte ich.

Aber andererseits, vielleicht war der Plan gar nicht so schlecht. Das wundersame Wasser der St.-Colman's-Quelle würde mich heilen *und* mir ein Baby bescheren, dann könnten wir meine Geschichte bei Facebook posten und Glen Avich als Ort der Wunder vermarkten.

»Oder geh zu Father McCroury. Er wird deinen Hals segnen«, erklärte Maggie ernst. Ich spürte, wie sich meine Lippen zu einem Grinsen verzogen, bevor ich es unterdrücken konnte. »Das kannst du gern belächeln, junge Dame, aber so wurde mein Mann von seinen Gallensteinen geheilt. Es war ein Segen.«

»Erinnerst du dich noch an Isobel?«, fing Liz wieder an. »Oh, Isobel hatte richtig schlimme Gelenkschmerzen. *Gelenkschmerzen*«, wiederholte sie, um ihren Standpunkt zu verdeutlichen. »Sie wurde von Father Sartori oben in Kinnear gesegnet, und die Schmerzen waren wie weggeblasen.«

»Fort. Als wären sie niemals da gewesen«, echote Maggie.

Ich lächelte auf eine Art und Weise, die hoffentlich mehr dankbar als amüsiert wirkte. Die beiden meinten es nur gut. Immerhin hat meine Großmutter ebenfalls an die wundersame Macht von Segnungen und Weihwasser geglaubt. Vielleicht war das alles auch reine Fantasie.

»Meine Liebe, jedenfalls hoffe ich, dass die Scones hier noch nicht ausverkauft sind. Das sind sie mittwochs nämlich immer«, stellte Liz mit einem Blick auf die Theke fest.

»Das liegt an den ganzen alten Leuten vom betreuten Wohnen. Die werden hier jeden Mittwochmorgen hergekarrt. Wenn es Scones gibt, werden die zu echten Heuschrecken«, flüsterte Maggie.

»*Heuschrecken*!«, echote Liz.

»Zitrone! Sorley hat gewonnen!« Eilidh war zurück. »Oh, hallo«, begrüßte sie Maggie und Liz.

»Hallo, meine Liebe. Du hast aber einen wirklich hübschen Jungen! Wie geht es denn Jamies Tochter …?«

»Maisie? Ihr geht es prima, vielen Dank.«

»Du hast zwei tolle Kinder, Eilidh«, stellte Maggie mit echter, herzlicher Liebenswürdigkeit fest.

»Das stimmt. Vielen Dank.«

Es folgte ein ganzer Reigen von »Pass auf dich auf, meine Liebe«- und »Mach's gut«-Ermahnungen, bevor sie weitergingen und sich an einen Tisch am Fenster setzten, nachdem Liz mir ein letztes Mal zugeflüstert hatte: »Probier das Wasser!«

»Worüber haben die beiden geredet?«, murmelte Eilidh.

Die beiden glauben, das Wasser der Quelle könne mich heilen.

»Na gut. Ich dachte, es soll nur Fruchtbarkeit verleihen? Ich habe ja immer vermutet, dass Peggy mir heimlich Wasser von dort in den Tee gekippt hat, da Sorley wirklich ein kleines Wunder war. Aber wie auch immer. Der junge Herr hier bekommt die Sahnetorte. O ja, die bekommst du!« Sie kitzelte Sorley an den Füßen, woraufhin er vergnügt kicherte.

»Wisst ihr schon, was ihr bestellen wollt, meine Lieben?«, fragte uns Debora, munter wie immer. Wir schafften es, uns zwei Muffins und ein Stück Sahnetorte zu sichern – die älteren Herrschaften vom betreuten Wohnen hatten nichts anderes mehr übrig gelassen.

»Mum!« Hinter uns erklang die Stimme eines kleinen Mädchens. Ich drehte mich um und sah, dass Peggy und Maisie das La Piazza betreten hatten. Eilidhs Miene leuchtete auf; beim Anblick der beiden lächelte sie. Eilidh hatte mir gegenüber erwähnt, wie sehr sie sich darüber freute, dass Maisie sich diese Anrede angewöhnt hatte. Als ich noch in London gewohnt hatte, war mir Janet Heath, Maisies leibliche Mutter, überall in den Zeitungen und auf Plakaten begegnet. Alex war ein großer Fan ihrer Werke, aber nicht von ihr als Person, nachdem ich ihm erzählt hatte, wie sie Maisie einfach zurückgelassen und jeden Kontakt zu ihr abgebrochen hatte. Zu sehen, wie fröhlich und wie nahe sich Eilidh und Maisie waren, freute mich sehr – die beiden hatten es wirklich verdient. Ich beobachtete, wie Eilidh, Sorley auf dem Schoß, einen Arm um Maisies Taille schlang und dabei überglücklich aussah. Ich fragte mich, was die Zukunft wohl für mich zu bieten hatte.

31 Der Fluss der Zeit

Inary

»Bist du so weit?«

Ich nickte. Taylor öffnete mir die Autotür. Es war ein überaus kalter Donnerstag, ein winterlicher Rückfall, weshalb ich mich für einen dicken Schal sowie eine rote Baskenmütze entschieden hatte.

»Wonach suchen wir heute?«

Ich schnappte mir mein Notizbuch. *Dokumente über Eheschließungen.*

»Also gut. Wir müssen herausfinden, mit wem Mary Gibson verheiratet war?«

Ja. Vielen Dank, dass du mir hilfst, Taylor.

»Kein Thema. Ich kann mir nichts Schöneres vorstellen, als meine Freizeit in einer Bücherei zu verbringen.«

Ich lachte, woraufhin er mich überrascht ansah. »Ich meinte das nicht als Witz. Ich bin Archäologe, wenn du dich erinnerst? Wir lieben solche Dinge.«

Während wir fuhren, musterte ich verstohlen sein Profil. Taylor blinzelte im Wintersonnenlicht, sein Haar leuchtete goldfarben, auf der Nase konnte ich einige Sommersprossen erkennen … und hinter ihm die unendlichen Braun- und Lilafarbtöne der Landschaft, die auf beiden Seiten an uns vorüberflog. Mein Herz zog sich mit einem Mal zusammen, ohne dass ich eine Ahnung hatte, warum dies so war – welcher Gedanke, welche Erinnerung hatte mich wie ein Schlag in die Seite getroffen? O ja, natürlich. Die Farben. *Alex*. Ich fragte mich, was er wohl gerade tat, ob sein Leben weitergegangen war, während meines eine Pause eingelegt hatte. Es kam mir wie eine Endlosschleife vor, wie im Film *Und täglich grüßt das Murmeltier.* So völlig außer Kraft gesetzt.

Lucy hatte sich sehr gefreut, uns zu sehen. Okay, sie hatte sich sehr gefreut, *Taylor* zu sehen, uns in den Archivraum geführt und uns viel Glück gewünscht. Das hatten wir auch nötig, da wir drei Stunden später immer noch Dokumente durchsahen. Die Trauunterlagen von Glen Avich waren aus unerfindlichen Gründen mit denen von Kilronan und Kinnear zusammengefasst – was eine *riesengroße* Menge an Dokumenten ergab.

»Tee und Scones?« Lucy steckte den Kopf zur Tür herein.

»Lassen Sie mich raten: Ihre Mutter hat die gebacken?«, fragte Taylor.

Lucy errötete und kicherte. »Ja, hat sie! Sie haben sich genau den richtigen Tag ausgesucht, um herzukommen.«

Geh ruhig, ich komme hier allein klar, schrieb ich.

»Bin gleich wieder da«, rief Taylor und folgte Lucy in den Nebenraum.

Allein zurückgeblieben, lehnte ich mich auf meinem Stuhl zurück und seufzte. Mir war klar, dass ich allmählich eine Art Besessenheit entwickelte, was Mary betraf, doch das alles lenkte mich von dem anhaltenden Schmerz in meinem Herzen ab. Außerdem kam ich nicht umhin zu vermuten, dass ich irgendwie dazu bestimmt war, mehr über sie herauszufinden.

Wenige Minuten später kam Taylor mit einer Tasse Tee und einem Scone in der Hand wieder zurück. Fragend sah ich ihn an, da ich mich noch gut an die Worte der Bibliothekarin an unserem ersten Tag hier erinnerte: Lebensmittel und Getränke waren hier in diesem Raum nicht erlaubt.

»Sie mag mich eben«, flüsterte Taylor. »Daher hat sie mir erlaubt, dir das hier mitzubringen.«

Ich grinste ihn an und griff zu.

»Warte mal, Inary. Ist das nicht …« Taylor deutete auf den Bildschirm. »Sieh mal, Mary Gibson!«

Sofort war ich hellwach und richtete mich auf. Schon ein paarmal hatte es falschen Alarm gegeben – offenbar war »Mary Gibson« zu jener Zeit eine beliebte Kombination gewesen, die somit häufiger vorkam.

»Mary Gibson, geboren am ersten Oktober 1895 … das ist sie doch!«

Ich nickte eifrig und scrollte das Dokument nach unten. »Verheiratet mit Alan Monteith … Monteith, mein eigener Nachname! Aber … Alan? Nicht Robert?«

»Hey, einen High Five!« Er streckte mir die geöffnete Handfläche hin. Lachend schlug ich ein. Manchmal war er so … typisch amerikanisch, auf eine liebevolle, witzige Art und Weise. Er konnte mir jederzeit ein Lächeln entlocken. »Offenbar seid ihr miteinander verwandt. Natürlich«, fuhr er fort, »bist du hier mit allen verwandt. Ich bin überrascht, dass du nicht drei Beine und ein einzelnes Auge mitten auf der Stirn hast …« Ich konnte nicht anders, ich musste lachen. Er hatte recht – hier in der Gegend war jeder mit jedem verwandt. Gott sei Dank gab es auch mal Neulinge im Dorf …

Ich nickte und nahm das Dokument unter die Lupe. Die Aufregung angesichts dieses Fundstücks nahm jedoch wieder ab, als mir langsam klar wurde: Mary und Robert hatten nicht geheiratet. Er hatte endgültig mit ihr Schluss gemacht und Anna, die wunderhübsche Frau, die ich in meiner Vision gesehen hatte, geheiratet. Mary war ihrerseits mit Alan Monteith in den Ehestand getreten.

»Sind wir hier dann fertig?«

Ich nickte und fühlte mich ein wenig ernüchtert.

»Vielen Dank hierfür«, wandte sich Taylor an die junge Bibliothekarin und zwinkerte ihr zu. Er *zwinkerte* ihr tatsächlich zu. Ich verdrehte zwar die Augen, andererseits fand ich es aber auch ziemlich komisch.

»Oh, Sie gehen schon? Wann sehe ich Sie denn wieder? Was ich sagen will: Kann ich sonst noch irgendetwas für Sie tun …?«

»Ich bin sicher, dass wir zurückkommen werden«, erwiderte Taylor.

»Dann sehe ich Sie also wieder.« Lucy lächelte. Wie subtil.

Demnach war Mary und Robert ein Happy End nicht vergönnt gewesen. Dabei hatte Mary ihm ihre Seele anvertraut, genauso wie ich es bei Lewis getan hatte. Und nachdem sie fort waren, war nichts mehr von uns beiden übrig, nichts außer einem kleinen Funken, der aber jede Sekunde ausgelöscht zu werden drohte. Fort waren auf jeden Fall die Kraft, Freude und Hoffnung, die im Glück verborgen lagen.

Du hättest ihn nicht so sehr lieben dürfen, wie du es getan hast, Mary. Genau das passiert nämlich, wenn man jemanden zu sehr liebt. Immer, wenn man jemanden liebt, dachte ich traurig.

32 Auf der Suche nach einem Herz

Alex

Alles lief prima. Und dann erwähnte sie plötzlich Schottland.

Sharon und ich hatten den Tag im Hyde Park verbracht; anschließend waren wir zu mir gegangen. Dort hatte sie mir ein paar Mezze zubereitet, wir hatten Musik aufgelegt, und alles lief bestens … bis sie mich fragte, wann ich das nächste Mal vorhätte, nach Hause zu fahren.

Vor meinem geistigen Auge tauchte das Bild einer Stadt auf, in deren Mitte sich ein erloschener Vulkan befand, auf dem wiederum eine Burg stand. Und mehr noch: windumtoste Berge und Hügel, Moore, der schwere, wolkenverhangene Himmel und endlose Strände – Zuhause.

Und auf eine sehr seltsame Art und Weise bedeutete Zuhause Inary.

Der Zauber war gebrochen. Für den Rest der Nacht war ich abgelenkt – ich konnte die Sorge in Sharons Miene sehen und hasste mich dafür, ihr diesen Schmerz zuzufügen. Hielt ich sie hin, hatte Inary *mich* nur hingehalten, unwissentlich? War dies eine Art von Trauertanz, bei dem jeder von uns in einer festgelegten Choreografie an den anderen gefesselt war und wir alle dazu bestimmt waren, verletzt zu werden?

Es war mal wieder typisch, dass ausgerechnet Inary erneut in meinen Träumen auftauchte, nachdem ich den ganzen Abend mit Sharon verbracht hatte. Ich träumte von einem Nachmittag im Regent's Park, im Open-Air-Theater. Ich befand mich damals immer noch in jenem Stadium, in dem ich dachte, dass sich zwischen uns etwas entwickeln könnte, bevor mir klar wurde, wie fest entschlossen sie war, unsere Beziehung rein freundschaftlich zu halten.

In meinem Traum war jedes Detail so klar und deutlich, als sei alles erst gestern passiert. Sie saß neben mir und las das Programmheft, eine türkisfarbene Strickjacke zusammengefaltet auf dem Schoß. Kastanienbraune Locken umspielten ihre Ohren wie Seetang eine Muschel. Sie trug ein kurzes Kleid mit Blumenmuster in den Farbtönen Grün, Petrol und Blau, was den erstaunlich klaren Blauton ihrer Augen betonte. Die untergehende Sonne schien ihr aufs Haar und ließ dieses kupfer- und goldfarben leuchten. In meinem Traum konnte ich sogar ihren Duft riechen, eine Mischung aus Sonnencreme und einem blumigen Parfum, passend zu ihrem Kleid. Ihre Anwesenheit neben mir – diese Zartheit und Aufregung, gemischt mit der Verheißung von weicher Haut – und die verträumten Szenen von *Ein Sommernachtstraum* verschmolzen miteinander, und als das Stück zu Ende war, befand auch ich mich in einem Traum.

Und dann nahm der Traum einen seltsamen Verlauf. Inary berührte mein Gesicht und beugte sich vor, um mich zu küssen – doch in dem Bruchteil einer Sekunde, bevor unsere Lippen aufeinandertrafen, begann sie zu schwinden wie eine Vision, die verblasste. Wie eine Fantasie, die sie immer für mich gewesen war.

Neben mir befand sich ein leerer Plastikstuhl, das Programmheft lag zerknittert und schmutzig zu meinen Füßen, und weit und breit war nichts von Inary zu sehen.

Sie war fort.

So sah nun unsere Wirklichkeit aus, egal, ob es mir gefiel oder nicht. Inary hielt sich in der anderen Landeshälfte auf, meilenweit von mir entfernt. Wir waren auseinandergesprengt worden. Aber nein, halt – wir waren ja nie zusammen gewesen.

33 Zusammenstoß

Inary

Von hellem Tageslicht umgeben, wachte ich auf – was seltsam für mich war, da ich für gewöhnlich viel früher wach wurde. Der Traum war unglaublich real und eindringlich gewesen.

Schon lang hatte ich nicht mehr an diesen Abend gedacht: An jenen Abend, an dem Alex und ich *Ein Sommernachtstraum* gesehen hatten. An diesem Abend im Theater hatte ich mich jedoch auf nichts anderes konzentrieren können als auf die Tatsache, dass ich am Vortag Geburtstag gehabt und Lewis nicht angerufen hatte. Dabei *wollte* ich ja gar nicht, dass er anrief – völlig surreal. Es erschien mir wie ein Ding der Unmöglichkeit, an meinem Geburtstag nicht mit ihm zu reden. Oder sonst jemals wieder.

Als sei ich inmitten eines Albtraums erwacht.

An den Tagen kurz vor meinem Geburtstag hatte ich regelrecht unter Strom gestanden und war nicht in der Lage gewesen, meine Aktivität einzudämmen – Arbeit, Einkaufen, eigentlich verhasste Sportkurse besuchen, Clubbesuche: Alles war mir lieber gewesen, als allein zu sein und darüber nachzudenken, wie chaotisch mein Leben zurzeit war. Ich war ausgelaugt, und meine übermäßig vielen Aktivitäten hatten nicht den Effekt gehabt, den ich mir erhofft hatte. Mein Verstand arbeitete unablässig und führte mich an einsame, winterliche Orte. Daher hatte ich Alex' Einladung, am Abend mit ihm auszugehen, sehr begrüßt, um mich von alldem abzulenken. Alex' Gegenwart beruhigte mich. Allein schon seine Stimme zu hören, das entspannte mich sofort und ermöglichte mir eine Verschnaufpause inmitten meiner chaotischen Gefühlswelt. Offenbar übte er diese Wirkung auf viele Leute aus.

Es war ein sehr friedlicher, geruhsamer Abend. Ein paar Augenblicke fühlte ich mich beinahe glücklich – nicht ganz, aber doch fast. Nach dem Theaterstück machten wir einen Abendspaziergang, aßen Fritten aus einer Zeitungstüte – wir mussten sehr darüber lachen, dass wir in der Zeitung lesen konnten. Ich erinnere mich noch gut: Als er mich nach Hause brachte und sich an der Vortreppe vor mir verabschiedete, fühlte ich mich, als wäre mir etwas geraubt worden. Ich wollte, dass er mit hineinkam und mir beim Vergessen half, doch ich hielt mich zurück. Auch bei jenem *anderen Mal* hätte ich mich besser zurückgehalten.

In meinem Traum durchlebte ich den ganzen Abend noch einmal, Standbild für Standbild voller entspannter Kameradschaft und ungezwungener Freude.

Ich wachte mit der Erwartung auf, die zartlilafarbenen Wände meines Londoner Zimmers zu erblicken und durchs Fenster den Verkehrslärm in der Ferne zu hören. Ich brauchte ein paar Sekunden, bis mir klar wurde, dass ich mich gar nicht in London, sondern zu Hause in Glen Avich befand, und dass Alex weit, weit weg war.

34 Landspitze

Inary

Ich fertigte mir einen kleinen Kalender an, in dem ich die Tage bis zu Lesleys Ankunft zählte – jeden Morgen strich ich einen Tag durch. Ich konnte es einfach nicht abwarten. Endlich war der Tag gekommen, und Lesley hatte mir eine SMS mit der Nachricht geschickt, dass sie nur noch eine Stunde entfernt war.

Als ich ihr Auto am Ende der Straße auftauchen sah – seit ihrer SMS hatte ich alle zehn Minuten aus dem Fenster geschaut –, rannte ich die Treppe hinunter und wedelte mit den Armen wie eine Windmühle. Lesley blieb nicht einmal genügend Zeit, um aus dem Auto zu steigen, bevor ich sie fest umarmte und den süßlichen Vanilleduft einatmete, der ihr Markenzeichen war.

»Ich hab dich so vermisst!«, rief sie, als wir unseren kleinen Umarmungstanz auf der Straße aufführten. »Lass mich dich mal anschauen.« Sie trat einen Schritt zurück, die Hände auf meinen Schultern. »Du hast abgenommen …«

Ich brauche eines deiner Currys, wollte ich sagen, doch ich konnte es nicht. *Alles gut*, formte ich stattdessen mit den Lippen. Mit einem Schlag blickte sie mich traurig an. Ja, ich kann leider immer noch nicht reden. Natürlich wusste sie Bescheid, aber ich konnte mir vorstellen, wie erschreckend es sein musste, dies zu erleben.

Keine Sorge, fuhr ich fort. Aber mir war klar, dass sie diese Aufforderung nicht beruhigen würde.

»Oh, Inary …«, seufzte sie und nahm mich ein weiteres Mal in den Arm. Ich lächelte, zuckte mit den Schultern und versuchte, so zu tun, als sei alles in Ordnung, als hätte ich mich mittlerweile an diesen Zustand gewöhnt.

Wir trugen ihr Gepäck nach drinnen – zwei Koffer für ein einziges Wochenende! Das war die Lesley, wie ich sie kannte und liebte. Ich überreichte ihr das Geschenk, das ich für sie vorbereitet hatte – eine Halskette, die von Jamie McAnena hergestellt worden war –, die sie, wie ich erhofft hatte, mit vielen »Ooohs« und »Aaahs« bedachte. Dann holte sie etwas aus ihrer Tasche. »Für dich«, verkündete sie und reichte mir ein Geschenk, das in rot-weiß gepunktetes Papier gehüllt und mit einem weißen Schleifenband umwickelt war. Ganz vorsichtig packte ich das Geschenk aus, um das schöne Papier nicht zu zerreißen. Darin befand sich ein Teddybär in der roten Uniform der königlichen Leibgarde mit allem Drum und Dran.

»Um dich an dein Zuhause in London zu erinnern«, erklärte Lesley, woraufhin uns beiden die Tränen in die Augen stiegen. Es drohten noch mehr Tränen, da auch ich ihr etwas geben musste.

Ich nahm Lesley an die Hand und führte sie in Emilys Zimmer. Dort öffnete ich die kleine Schublade seitlich an ihrem Bett, nahm den leuchtend grünen iPod heraus und reichte ihn Lesley.

»Ist das … war das Emilys iPod?«, fragte Lesley und nahm ihn mir sanft aus der Hand.

Ich beugte mich über Emilys Schreibtisch, um etwas auf meinen Block zu kritzeln. *Die Musik auf dem iPod ist von Emily. Sie hat gesagt, dass du ihn bekommen sollst.*

Lesley presste sich die Hand auf den Mund und musste schlucken.

»Danke«, sagte sie schließlich. »Ich werde ihn in Ehren halten.«

Eine halbe Stunde später saßen wir im Green Hat vor zwei Gläsern Wodka-Orange.

»Was ist denn jetzt mit deiner Stimme?« Lesley runzelte die Stirn.

Ich zuckte mit den Schultern und blickte zu Boden. Ich hasste es, sie derart besorgt zu sehen. Außerdem hatte ich Angst, sie würde versuchen, mich zu einem Arztbesuch zu überreden. Dazu war ich jedoch nicht bereit. Noch nicht.

»Du meine Güte, was kann man denn gegen ein Trauma tun? Therapien machen? Antidepressiva nehmen?«

Ich schüttelte den Kopf. *Das braucht Zeit*, schrieb ich.

»Süße, das dauert doch jetzt schon drei Monate …« Eine kurze Pause folgte, bevor sie scharf einatmete. »Du kommst nicht mehr nach London zurück, habe ich recht?«

Oh. Mit dieser Frage hatte ich nicht gerechnet. *Keine Ahnung. Logan ist ganz allein hier. Aber ich habe meinen Job noch nicht gekündigt. Wenn ich hierbleiben sollte, gebe ich dir auf jeden Fall rechtzeitig Bescheid – wegen der Wohnung.*

»Mach dir deswegen keine Sorgen. Das verstehe ich vollkommen.« Ein weiterer Augenblick der Stille folgte. »Ist das von Alex?«, fragte sie dann und deutete auf mein Notizbuch.

Ich lächelte. *Ja.*

»Ich habe gestern mit ihm gesprochen.«

Keine Ahnung, was ich darauf antworten sollte. *Wusste er, dass du herkommst und dich mit mir triffst?*

»Ja. Aber er hat nichts gesagt.«

Oh.

»Übrigens … ich glaube, er trifft sich mit einer Frau. Ich bin mir aber nicht ganz sicher …«

Ich blinzelte einmal, zweimal. Ein Feuerwerk der Verwirrung explodierte in meinem Kopf, sodass ich nicht verstehen konnte, was Lesley als Nächstes sagte.

Tut mir leid, was hast du gesagt?

»Ich sagte, ich glaube. Alex trifft sich mit einer Frau. Er kennt sie von der Arbeit, sie heißt Sharon. Ich bin nicht hundertprozentig sicher, dass sie zusammen sind, aber ich habe sie kürzlich zusammen gesehen, und da lief definitiv was zwischen ihnen. Ist wahrscheinlich auch gut so, Inary. Ihr beide konntet doch nicht ewig so weitermachen.«

Ich versuchte verzweifelt, irgendwie zu reagieren, bevor Lesley misstrauisch wurde. Ich ärgerte mich schwarz über mich selbst, dass ich so empfand. Ich hatte eine Beziehung mit Alex abgelehnt. Es war ihm also freigestellt, sich mit einer Frau zu treffen, wenn er es wollte. Eigentlich sollte ich mich sogar erleichtert fühlen. Immerhin versuchte ich, Abstand von ihm zu bekommen, oder etwa nicht? Stattdessen erwartete ich, dass Alex für immer und alle Zeiten keusch lebte, damit ich mich nicht aufregen musste? So was von egoistisch und unglaublich absurd!

Es ist so schön, dass du hier bist, schrieb ich und versuchte, ihr Lächeln zu erwidern. Als sei alles in bester Ordnung. Als empfände ich tatsächlich nichts für Alex, weder insgeheim noch offensichtlich.

Wir alle fuhren gemeinsam nach Kinnear, Lesley, Logan, Taylor und ich. Mit meinen Gedanken war ich allerdings ganz woanders. Ich konnte nicht aus meiner Haut. Ich musste immer wieder daran denken, dass sich Alex mit dieser … *Frau* traf, und brachte es nicht einmal fertig, ihren Namen auszusprechen.

»Lucy hat mich eben angerufen«, erklärte Taylor, als wir einen Moment unter uns waren.

Wer?

»Lucy, die Bibliothekarin, erinnerst du dich?«

Ich grinste. *Du hast ihr also deine Telefonnummer gegeben. Lässig!*, schrieb ich in mein Notizbuch. Meine Abfuhr hatte ihm also ganz klar das Herz gebrochen …

»So war es nicht! Also nicht so, wie du meinst! Sie wollte die Nummer haben, falls sie noch etwas anderes herausfinden sollte, was uns interessieren könnte …«

Und was hat sie herausgefunden?, schrieb ich, mit einem Schlag hellwach.

»Sie sagte, wir könnten noch woanders nach Informationen suchen.«

Ich nickte und forderte ihn auf weiterzureden.

»Kennst du die Ramsays aus Glen Avich?«

O ja. Das sind Cousins und Cousinen von mir. Mütterlicherseits.

Taylor lachte. »Natürlich. Hätte ich mir eigentlich denken können! Jedenfalls ist Lord Ramsay ein Förderer der Bibliothek. Lucy hat in ihrer Freizeit für die Familie gearbeitet und irgendwelche Schriften und Unterlagen katalogisiert. Sie meinte, dass sie sich sehr für die Ortsgeschichte interessieren.«

Lord Ramsay … Torcuil, meine ich natürlich … er war bei Emilys Beerdigung. Ich habe seine Telefonnummer, schrieb ich und kramte mein Handy hervor.

»Soll ich ihn für dich anrufen?«

Wärst du so nett?

»Klar, kein Problem. Gib mir dein Handy …«

Zehn Minuten später kehrte er in den Club zurück. »Torcuil hält sich derzeit in London auf, aber er meldet sich bei dir, wenn er zurück ist.« Er grinste. »Übrigens … Lucy fragte wegen deiner Stimme … ob du schon Anchovis probiert hast?«

Später schlichen Lesley und ich uns hinaus und holten uns Pommes frites im Golden Palace, die wir im St.-Colman's-Park aßen, wir zwei allein. Alles wäre perfekt gewesen, hätte mein Verstand nicht darauf bestanden, alle zwei Minuten in Gedanken zu Alex zurückzukehren. Ich vermutete, dass ich diese Frau schon einmal getroffen hatte. Entsetzlich, denn wenn sie die

Frau war, die ich im Sinn hatte, dann war sie, hochgewachsen und mit seidigem Haar, das in Wellen über ihre Schultern fiel, wunderschön.

Ich hatte die Sache eigenhändig in den Sand gesetzt, nicht wahr?

»Weißt du, die Wohnung ist so leer ohne dich, Inary…«, stellte Lesley fest.

So leer ohne mein Chaos, meinst du wohl!, schrieb ich lachend und hinterließ einen winzigen Frittenfettfleck auf der Seite. Mir wurde klar, dass das Notizbuch die gesamte Geschichte der letzten drei Monate beinhaltete – jedes Wort, jeder Fleck, jeder Strich stand stellvertretend für eine Erinnerung. Mein Leben befand sich in einem Notizbuch, dessen Seiten ein wenig ramponiert waren und dessen Ledereinband verkratzt und mit Tee-, Gras- und Make-up-Flecken übersät war; es erzählte die Geschichte meiner Tage hier.

Lesley seufzte. »Ich würde das Chaos jeden Tag auf mich nehmen, wenn du nur zurückkämest.«

35 Bald wird es geschehen

Inary

»Ich würde gern diesen Sommer raufkommen, vielleicht sogar mit Kamau. Du wirst mich also nicht los!« In Lesleys Lächeln verbarg sich ein Hauch von Trauer. Schon wieder würde sich nun beinahe ganz Großbritannien zwischen uns befinden.

Du weißt, dass du immer meine beste Freundin sein wirst. Die Entfernung zwischen uns spielt keine Rolle, schrieb ich und nahm ihre Hand.

»Wenn ich einmal reich und berühmt bin, werde ich mir hier ein Ferienhaus kaufen. Im Ernst! Schottland ist einfach unglaublich. Alex hat zwar immer behauptet, dass er nicht vorhabe, jemals wieder nach Schottland zurückzukehren und dort zu leben« – ich schaute zu Boden –, »aber seltsamerweise hat er mir kürzlich genau das Gegenteil erklärt. Dass er Schottland vermisse. Dass er es vermisse, in der Nähe seiner Familie zu sein.«

Mein Herz setzte einen Schlag aus.

»Er sagte, er habe die exakte Entfernung zwischen Glen Avich und London nachgeschaut: genau 841,5 Kilometer.«

Oh, formte ich mit den Lippen. *Was hat er sonst noch gesagt?*

»Dass dies ein schrecklich langer Weg sei.«

Ich bin sicher, dass Sharon diese Lücke füllen wird, schrieb ich, einen bitteren Geschmack im Mund.

»Vielleicht. Aber, Inary, sei ein bisschen nachsichtiger mit ihm. Du hast gesagt, dass du nur mit ihm befreundet sein willst. Er versucht einfach, das alles hinter sich zu lassen. Tut mir leid, ich will keinen Streit anfangen, aber auch Alex bemüht sich, irgendwie mit allem klarzukommen.«

Ich nickte. Sie hatte natürlich recht.

Lesley umarmte mich. »Jetzt aber genug von den Jungs. Ich hab dich noch gar nicht nach deinen Geschichten gefragt. Was macht Cassandra?«

Cassandra gibt es nicht mehr. Ist gelöscht.

»Im Ernst? Wie schade!«

Nein, das ist es nicht.

»Du machst also eine schriftstellerische Pause? Nach allem, was du durchgemacht hast, wäre das ...«

Ja. Eine Art Pause. Vielleicht für immer.

»O nein, Süße, das wäre eine Schande! Du musst einfach schreiben. Versprich mir, dass du nicht ...«

Ich weiß nicht.

»Versprich mir, dass du nicht aufgeben wirst!«, wiederholte Lesley. »Du musst deinen Traum verwirklichen!«

In jenem Moment begannen meine Gliedmaßen, ganz sanft zu kribbeln, und ich hatte das Gefühl, als hielte ich mein Ohr an eine Muschel, da ich ein sehr leises Flüstern vernahm – wie Wasser, das an einen weit entfernten Strand plätscherte.

Emily.

Lesley wiederholte Emilys Worte: Du musst deinen Traum verwirklichen.

»Jetzt ist sie also fort«, stellte Logan fest, als ich den Laden betrat.

Ich nickte.

»Tut mir leid.«

Ich sah zu ihm hinüber. Er war mit einem Stapel Rechnungen beschäftigt, sodass ich annahm, das Gespräch sei beendet. Halbherzig begann ich damit, die Radsportartikel aufzuräumen. Drei Jahre lang war Lesley der erste Mensch gewesen, dem ich morgens »Hallo« gesagt hatte, und abends der letzte Mensch, dem ich begegnet war. Wir hatten Zahnpasta miteinander geteilt, drei Trennungen durchgemacht (ich eine, Lesley zwei), zusammen Essen aus der Imbissbude verschlungen und stundenlang auf unserem Wohnzimmersofa gesessen und Fernsehdramen angeschaut, ein Häagen-Dazs-Eis zwischen uns. Sie hatte für mich gekocht, ich ihre Pressemitteilungen korrigiert. Sie hatte mich wach gehalten und mir alles über ihren neuesten Schwarm erzählt, während ich ihr meinen schrägen Gesang unter der Dusche zugemutet hatte. Ich habe jedes Mal meinen Kopf an ihre Schulter gelegt, wenn mir schlechte Nachrichten von Emily das Herz brachen; ich hatte sie ins Krankenhaus begleitet, als ihr Vater dort einer Notoperation unterzogen worden war. Und nun befand sich einmal mehr ein ganzes Land zwischen uns.

»Vermisst du dein Leben in London?«, fragte Logan mit vorgetäuschter Gleichgültigkeit.

Oh, ich verstehe. *Das* Gespräch stand also an, welches ich schon seit einer ganzen Weile erwartete: Ob ich für immer in Glen Avich bleiben würde oder nicht. Diese Antwort bedurfte aber mehr als nur eines Kopfnickens oder Schulterzuckens. Herrje, dieses Nicht-sprechen-Können forderte nun seinen Tribut.

Ja, ich denke schon.

»Und wann fährst du zurück?« Sein Tonfall war barsch, doch ein Hauch von Verletztheit lag darin.

Ich weiß nicht, ob ich das tun werde. Alex, der sich mit Sharon trifft, wäre nicht Grund genug, um mich wieder zu entwurzeln …

»Okay. Inary, hör mal.« Logan sah mir direkt in die Augen. »Du musst das tun, was für dich das Beste ist. Wenn du gehen willst, dann …«

Sprach da tatsächlich Logan? Wie sich die Dinge doch geändert hatten.

Kurz zögerte ich, doch über Logans Schulter hinweg sah ich

draußen – eingerahmt vom Fenster – die Hügel und Berge Glen Avichs, die von einem Nebelschleier eingehüllt waren. Die noch ihren Atem anhielten, bevor dort der Frühling ausbrach …

Ich will nicht fortgehen, schrieb ich und starrte dann überrascht auf die Notizbuchseite. Es stimmte. Ich wollte nicht weg von hier. Weder wollte ich aus Glen Avich fortgehen noch meinen Bruder verlassen.

»Oh. Okay. Dann muss ich dich wohl noch länger ertragen«, erwiderte er abrupt und ging ins Lager, um dort irgendetwas zu sortieren. Doch bevor er sich umdrehte, fiel mir seine erleichterte Miene auf.

Ich lächelte, ein Lächeln aufrichtiger Freude.

Entscheidung gefällt.

Jetzt bin ich an der Reihe, auf dich aufzupassen, Logan. So, wie du dich immer um uns gekümmert hast, dachte ich. Doch das schrieb ich nicht auf. Manche Dinge konnten niemals in Worte gefasst werden.

Lieber Alex,
Lesley war hier. Sie hat mir von Sharon erzählt.
Ich möchte dir viel Glück wünschen.

LG Inary

Ich fuhr meinen Laptop herunter und schaltete das Handy aus. Beide würde ich eine Weile in diesem Zustand belassen – so lange, bis ich bereit dazu war, mich dieser neuen Welt zu stellen. Einer Welt, in der Alex eine feste Freundin und ich alles in den Sand gesetzt hatte.

36 841,5 Kilometer

Alex

Auf den weißen Bettlaken wirkte Sharons Haut sogar noch dunkler, und ihr Körper sah verführerisch aus. An Wochenenden schlief sie gern länger, während ich dagegen ein Frühaufsteher war. Auch Inary war so ein früher Vogel. Manchmal hatten wir uns mit Lesley getroffen, um etwas beim Chinesen zu bestellen und eine DVD anzuschauen, dann war Inary meist schon um zehn Uhr auf dem Sofa eingeschlafen.

Achtung! Jetzt hatte sie sich schon zweimal in meine Gedanken geschlichen, dabei war es gerade mal neun Uhr morgens. Zweifellos würde ich ein weiteres Mal an Inary denken, wenn ich Sharon das Frühstück im Bett servierte – Müsli und Joghurt. Inary hasste Müsli; am Samstagmorgen aß sie gern ein Bacon-Sandwich. Danach könnte man die Enten im Hyde Park füttern gehen, doch Sharon würde eine Stunde brauchen, um sich fertig zu machen. Inary kämmte sich nur das Haar und war bereit für den Tag. Sie legte nie Make-up auf, es sei denn, sie ging abends aus. Und so weiter und so fort, und so völlig und gänzlich falsch.

»Hallo …« Sharon stützte sich auf den Ellenbogen und sah mich an. »Schon wach?«

»Ja, seit ungefähr einer Stunde«, erwiderte ich und setzte mich aufs Bett, um ihr einen Kuss zu geben. Gott sei Dank hängen unsere Gedanken nicht in riesigen Sprechblasen über unseren Köpfen.

Der Hyde Park war wunderschön; Sonnenstrahlen tanzten in den Bäumen, und überall waren fröhliche Menschen unterwegs; sie fuhren mit den Fahrrädern, lagen auf Decken, spielten Frisbee oder spazierten umher. Endlich hatte der Frühling in London Einzug gehalten. Schottland hatte die Kältewelle ebenfalls hinter sich gelassen, auch wenn es dort immer noch ein wenig kühl war, wie mir meine Schwester erzählte – Inary würde keinesfalls jetzt schon ihre Sommerkleider tragen … Aber ich musste mich auf das Hier und Jetzt konzentrieren. Sharon hatte ihre Hand in die meine geschoben, und ihr schweres, moschusartiges Parfum hüllte uns ein.

Wir spazierten über das Gras und setzten uns dann zu einem Picknick hin, das wir vorbereitet hatten. Sharon hatte einige winzig kleine Apfelküchlein eingepackt, die herrlich nach Zimt dufteten. Das letzte Mal, als Inary einen Kuchen gebacken hatte, hätte dieser wie ein Ball vom Boden hochhüpfen können – bei der Erinnerung daran musste ich grinsen. Das Komische war, dass sie jedoch nie aufgab: Sie kochte und backte, eine Katastrophe nach der anderen. Ich erinnerte mich noch gut daran, wie ich plastikartigen Rinderbraten mit verbrannten Kartoffeln gegessen hatte, nur um sie glücklich zu machen. Dagegen liebte ich ihre Spaghetti bolognese – oder die »Sparversion bolognese«, wie Lesley sie bezeichnete. Die war zwar auch schrecklich, aber irgendwie schmeckte sie nach zu Hause.

Sharon brach eine Scheibe Brot in kleine Stücke, um sie den Enten zu füttern. Ich versuchte, mich von meinen Gedanken loszureißen, und tat es ihr gleich. Allerdings war ich derartig abgelenkt, dass ich die Scheibe Brot in der Hand behielt und stattdessen den ganzen Laib Brot ins Wasser warf, inklusive Plastiktüte. Ich traf damit eine Ente am Bürzel, die panikartig aufflatterte.

»O Gott! Tut mir leid!«

»O nein, Alex! Die arme Ente!«, rief Sharon, lachte dabei jedoch, sodass ihre Augen aufleuchteten. Sie war wirklich wunderschön. Mein Magen verkrampfte sich, denn genau in der Mitte von allem, von meinem und Inarys Chaos, befand sich eine Frau, die mir gegenüber nichts als Liebenswürdigkeit gezeigt hatte. Eine großzügige, schöne, witzige Frau, die es wirklich nicht verdient hatte, als Lückenbüßerin zu dienen.

»Sharon ...«

»Ja?«, antwortete sie und machte ein langes Gesicht, als sie mich ansah. »Ist alles in Ordnung?«

»Es ist nur ...«

Ihr Blick verdunkelte sich und spiegelte meine ernste Miene wider. Ich brachte es nicht übers Herz.

Ich brachte es nicht übers Herz, noch mehr Schmerzen und Kummer zu verursachen – als hätte es davon in letzter Zeit nicht schon genug gegeben.

»Es ist nur ... ich hatte gehofft, du würdest heute Nacht noch bleiben. Bei mir, meine ich.«

»Klar.« Sie lächelte beruhigt.

Ich hasste mich. Inary hatte mich verletzt, doch sie hatte dies unwissentlich getan; sie hatte mich niemals gebeten, mich in sie zu verlieben. Stattdessen verletzte ich nun Sharon in dem vollen Wissen, was ich tat.

Auf dem Heimweg warf ich im Vorübergehen kurz einen Blick auf meinen E-Mail-Eingang. Da war etwas von Inary. Ich hielt den Atem an, als ich ihre Worte las ...

Sie wusste von Sharon.

Natürlich würde sie früher oder später davon erfahren. Nur hätte ich ihr es lieber selbst erzählt.

Ich hätte ihr gleich davon erzählen sollen, da ich nichts zu verbergen hatte, nicht wahr?

Plötzlich und unerwartet stieg Wut in mir auf – wegen ihres Tonfalls, als hätte ich etwas falsch gemacht, als hätte ich das

Band zwischen uns zerstört. Obwohl sie diejenige gewesen war, die auf Abstand gegangen war, mit mir geschlafen und dann gesagt hatte, es sei ein Fehler gewesen und dass wir nur Freunde sein könnten, mehr nicht.

Dennoch war es mir nicht erlaubt, mich mit anderen Frauen zu treffen.

»Jetzt sag bloß nicht, dass du arbeitest…« Sharons Stimme riss mich aus meinen Gedanken.

»Tut mir leid. Ich schalte es jetzt aus.« Und das tat ich auch. Ich schaltete das Handy aus und nahm mir, rot vor Wut, fest vor, mich nicht zu einer Antwort herabzulassen.

Doch später am Abend kapitulierte ich – natürlich.

Von: Alex.McIlvenny@hotmail.co.uk
An: Inary@gmail.com

Inary,

Es war drei Uhr nachts, und ich konnte nicht schlafen. Alles, was ich Inary sagen wollte, ging mir unaufhörlich durch den Kopf, und ich hatte keine Chance, diese Gedanken zum Schweigen zu bringen. Sie mussten einfach raus.

Du und ich, wir sind nicht zusammen, oder? Du willst nicht, dass wir richtig zusammen sind. Immerhin hattest du drei Jahre lang Zeit, um darüber nachzudenken. Ja, ich treffe mich mit Sharon. Ich konnte dein Spiel nicht mehr mitmachen. Mir tut es leid, was alles passiert ist, und ich schwöre bei Gott, wenn ich es für dich irgendwie erträglicher machen könnte, wenn ich dir helfen könnte… wenn du mir erlauben würdest, für dich da zu sein…
Aber du stößt mich weg. Und dann suchst du wieder meine Nähe, und ich lasse mich jedes Mal aufs Neue darauf ein. Es tut mir leid, aber so kann das nicht weitergehen. Sei

bitte nicht beleidigt, wenn ich mich mit einer anderen Frau treffe.
Natürlich können wir Freunde sein. Es liegt an dir.
Aber ich werde nicht aufhören, mich mit Sharon zu treffen,
nur, um diese komische Kiste mit dir fortzusetzen,
bei der wir beide letztlich allein sind, jeder für sich.
Alex

37 Entzücken

Inary

Ich lebte nun seit beinahe vier Monaten in Glen Avich. Mittlerweile war es endlich Frühling geworden, und damit waren einige Veränderungen einhergegangen. Ich spürte, wie sich mein Leben vorwärtsbewegte, wie ich mit jeder Faser meines Herzens und meiner Seele neue Möglichkeiten erschloss. Alles war in Bewegung, so unvermeidlich wie die Kontinentalverschiebung. Zwei Dinge blieben jedoch, wie sie waren: Emilys Abwesenheit schmerzte so sehr wie an ihrem Todestag, und der Zustand meiner Stimme hatte sich nicht gebessert. Aufzuschreiben oder pantomimisch darzustellen, was ich wollte, wurde eine geradezu selbstverständliche Angewohnheit.

Vielleicht war das Schweigen gar nicht so schlecht. Ich fühlte mich seltsam getröstet in meiner Hülle, selbst wenn diese die einfachsten Dinge verkomplizierte.

Zudem ängstigte ich mich ein wenig vor der Rückkehr meiner Stimme. Meine Stimme war in dem Moment verschwunden, als meine Gabe zurückgekehrt war – als hätte ich einen Sinn gegen einen anderen eingetauscht. Was, wenn meine Stimme zurückkehrte und ich die Gabe wieder verlor? Bevor ich Emily hatte sehen können?

Das konnte ich nicht riskieren. Selbst wenn alle darauf beharrten, dass ich noch einmal zu Dr. Nicholson gehen sollte, wartete ich lieber den passenden Zeitpunkt ab und blieb bei meinem Schweigen. Ich war zu einer verschwiegenen Person geworden, die mit ihren Gedanken und Gefühlen nicht mehr herausplatzen konnte – da sie erst übersetzt werden mussten, mit Papier und Stift aus meinem Hals geholt und mit Zeit und Mühe in die Welt hinausgebracht. Wenn man gezwungen ist, alles aufzuschreiben, was man sagen will, lässt man letztlich das meiste von dem weg, was man sonst, ohne nachzudenken, ausgesprochen hätte. Was vorher an der Oberfläche gewesen war, hatte sich tiefer vergraben, und während ich in meiner Welt des Schweigens versank, wurden viele Dinge immer klarer. Lügen und Illusionen schmolzen allmählich dahin, als ich mich langsam meinem Kern näherte – all dem, was mich ausmachte.

Ich war also eine verschwiegene, schweigende Person geworden. Ich hätte es niemals vermutet, doch es kam mir durchaus gelegen. Nach all dem Schmerz nach Emilys Tod war es unmöglich geworden, immer noch Angst zu haben. Vielleicht hätte ich einen ganzen Fluss mit meinen Tränen versorgen können, doch früher oder später fließt jeder Fluss ins Meer, und das, was Schmerzen bereitet hat, was einen bis ins Mark trifft, wird zur Erinnerung.

Ich lektorierte gerade, als Mary das nächste Mal zu mir kam. Es war noch früh am Nachmittag, und ich war vom Alltagslärm des Lebens umgeben: Draußen spielten Kinder Fußball; gelegentlich fuhr ein Auto den St.-Colman's-Way hinauf; leise tönte das Radio von unten herauf; und plötzlich war Mary da und saß an meinem Frisiertisch. Sie befand sich im Zentrum meiner Wahrnehmung, stärker und deutlich realer als zuvor. Tränen liefen ihr über die Wangen – ihre Verzweiflung hatte nichts Wütendes mehr wie noch zu dem Zeitpunkt, als sie Roberts Briefe ins Wasser geworfen hatte. Sie hatte resigniert.

Die Worte, die sie aufschrieb, erklangen so klar und deutlich in meinem Kopf, als hätte sie sie ausgesprochen.

Lieber Robert,
ich denke, du möchtest vielleicht wissen, dass ich heiraten werde. Er ist ein gütiger Mann und liebt mich, nichts anderes ist von Bedeutung. Ich vermute, wir werden nie erfahren, was hätte sein können; wir werden niemals erfahren, ob du und ich glücklich geworden wären. Aber wer weiß das schon?
Ich war neulich am Loch Avich – der Himmel war strahlend blau, und die Sonne hat geschienen, doch dann, ganz plötzlich, zogen schwarze Wolken über mir auf, und es begann heftig zu regnen. Dies geschah so schlagartig und stellte einen so starken Gegensatz dar, dass ich an uns denken musste. Wir waren zusammen; Du warst mein Leben. Und dann, ganz plötzlich, warst du fort. So, wie sich der Himmel innerhalb einer halben Stunde von sonnig zu stürmisch verwandelt, so können sich auch die Freude und das Glück innerhalb kürzester Zeit in Trauer verwandeln – doch auch das Gegenteil ist möglich. Für uns hat es keinen vorgeschriebenen Weg gegeben, Robert; das Leben wäre das gewesen, was wir daraus gemacht hätten.
Ich frage mich oft, wie unser Leben wohl ausgesehen hätte. Nach dem, was meiner Familie zugestoßen und was mit dir passiert ist, habe ich oft das Gefühl, als sei ich zerbrochen und könnte niemals mehr heilen. Während dein gesamtes Leben auf dem Spiel stand, sah es so aus, als hätte ich nichts zu verlieren. Doch das stimmt nicht. Ich konnte ertrinken – und tat es auch. Und ich denke, ich sollte nun besser aufhören, falls ich schon zu viel gesagt habe.
Ich wünsche dir Glück, viel Freude und ein langes, friedvolles Leben mit Anna. Bitte richte ihr meine Grüße aus, egal, ob sie sie annimmt oder nicht. Ich hoffe sehr, es wird nicht allzu lang dauern, bis auch Alan und ich eine frohe Botschaft zu verkünden haben – ich bin sicher, dass dies der einzige Weg ist, wieder ein wenig Freude in mein Leben zu bringen. Ich hoffe wirklich, dass das Leben noch ein wenig Freude für mich parat hält, selbst wenn es mir momentan vollkommen unmöglich erscheint, dass die Tränen von heute bald schon nur noch eine Erinnerung sein werden. Und ich bete, dass die Zeit mir den

Schmerz nehmen wird. Doch ich kann dir eines versprechen: Ich werde dich für immer in meinem Herzen tragen, ob es dir nun gefällt oder nicht. Ganz gleich, was auch passieren mag – du wirst in meiner Erinnerung nicht verblassen.
Ich kann keinen Grund erkennen, noch mehr zu schreiben: Schließlich sind das nur Worte und noch mehr Worte, nicht wahr? Und davon haben wir mehr als genug gehabt. Nur eines noch.
Robert, wenn du dich und mich in ein Gedicht verwandelst, dann lass es ein fröhliches, glückliches sein. Lass dich und mich darin auftauchen an jenem Tag am Ufer des Loch, im Mai, weißt du noch? Keine Traurigkeit mehr.
Lausche den unausgesprochenen Worten, dann wirst du wissen, wie ich mich entscheiden würde, wenn ich könnte. Doch alles, was ich jetzt sagen darf, ist, dass ich dir viel Glück wünsche.
Mary

Als sie fort war, wich alle Kraft aus mir, sodass ich vollkommen erschöpft auf dem Holzboden in die Knie ging. Ihre Gemütsverfassung deprimierte mich, machte mich apathisch. Für Mary und Robert gab es definitiv keine Hoffnung mehr.

Oder auch für Alex und mich.

Mit einer Ausnahme: Mary hatte dies nicht verdient. Sie hatte nichts getan, was all den Kummer und ihr Leid gerechtfertigt hätte. Ich dagegen schon, indem ich alle im Hinblick auf meine Gefühle belogen hatte, Alex, alle anderen und am allermeisten mich selbst.

Zum ersten Mal seit Tagen fuhr ich meinen Laptop hoch und schaltete das Handy ein. Unter den Dutzenden von E-Mails, die sich angesammelt hatten, befand sich eine, mit der ich nicht gerechnet hatte. Sie stammte von Alex.

...Aber du stößt mich weg. Und dann suchst du wieder meine Nähe, und ich lasse mich jedes Mal aufs Neue darauf ein. Es tut mir leid, aber so kann das nicht weitergehen. Sei bitte nicht beleidigt, wenn ich mich mit einer anderen Frau treffe...

Obwohl seine Worte mich trafen, hatte er recht.

Ich fragte mich, ob das zwischen ihm und Sharon etwas Ernstes war, ob er einfach *Lust* darauf hatte (diese Vorstellung brachte mich um) oder ob er es aus reiner Boshaftigkeit tat, nach allem, was ich ihm angetan hatte.

Oder ob er verliebt war. *Das* war mit Abstand das schmerzhafteste Szenario: dass er sich in sie verliebt hatte. Dass er sie so ansah, wie er mich angesehen hatte in jener Nacht, als wir miteinander geschlafen hatten.

Das schmerzte. Plötzlich war ich wütend.

Alex,
ich weiß, ich habe alles vermasselt. Es tut mir leid.
Aber du hast ja nicht lang gebraucht, um eine andere zu finden.

Ich klickte auf »Senden«; ich keuchte vor Zorn. Warum war ich so wütend auf ihn? Das hatte er nicht verdient. Vielleicht war ich einfach nur wütend auf mich selbst.

Ich starrte auf den Bildschirm und hoffte, dass er da war – und das war er auch.

So kann ich mich nicht mit dir unterhalten.
Schalte Skype ein.

Sobald ich mich bei Skype eingeloggt hatte, erhielt ich eine Nachricht.

Ich habe nicht lang gebraucht? Drei Jahre, Inary. Drei lange Jahre!

Zu meinem großen Entsetzen spürte ich, wie mir eine Träne über die Wange lief, und ich hasste mich dafür. Das war genau die Art von Situation, die zu vermeiden ich mich bemüht hatte – nämlich in so etwas hineingezogen zu werden, wieder verletzt zu werden.

Ich kann nicht erklären, warum ich so bin. Ich habe einfach keine Worte dafür, warum ich jedes Mal weglaufe, wenn ich dir nahekomme.

Ich tippte, und während ich das tat, bemerkte ich, wie die Wahrheit aus meinem Herzen hervorquoll und drohte, in meine Finger zu fließen. Ich wollte es ihm erzählen. Ich wollte ihm alles erzählen …

Alex: Dann finde endlich die richtigen Worte, Herrgott noch mal! Schließlich bist du eine Schriftstellerin!

Ich: Na gut. In Ordnung. Du willst wissen, was wirklich passiert ist? Lewis hat mich verlassen, weil er mich für verrückt gehalten hat. Und vielleicht bin ich das auch.

Alex: ?

Ich: Was, wenn ich dir sagen würde, dass ich Geister sehen kann?

Alex: Wie bitte?

Ich: Alex, ich kann Geister sehen.

Alex: ~ Bitte? ~

Ich holte tief Luft. Jetzt hätte ich alles dafür gegeben, sprechen zu können.

Ich: Hast du The Sixth Sense gesehen? Na ja, mein Leben ist ein wenig so wie in dem Film. Nur nicht so gruselig (meistens jedenfalls). Ich kann tatsächlich verstorbene Menschen sehen, entschuldige bitte dieses Klischee. Meine Großmutter war genauso. Das wird in unserer Familie weitervererbt und ist durchaus mit einem sechsten Sinn vergleichbar… es fühlt sich vollkommen normal an, wenn man damit zur Welt gekommen ist.
Es fing an, als ich sechs Jahre alt war, doch es hörte plötzlich auf, als ich zwölf war, nachdem ich einen riesengroßen Schreck bekommen hatte. Das Trauma hat mir die seherische Gabe geraubt, so wie mir der Tod von Emily die Stimme genommen hat. Jedenfalls habe ich Lewis davon erzählt, woraufhin er mich für verrückt erklärt hat. Ich denke, das hat ihn derart abgeschreckt, dass er deswegen Schluss gemacht hat. Letzte Gewissheit habe ich natürlich nicht, aber ich glaube schon, dass das der Grund gewesen war. Niemand sonst außer meiner Familie weiß davon. Jetzt ist meine Stimme weg, aber die Gabe ist wieder zurückgekehrt. Ich hatte so sehr gehofft, Emily wiederzusehen. Überall habe ich nach ihr gesucht, doch ich konnte sie nicht finden. So, das war's also. Jetzt wirst auch du mich für verrückt halten.

Lange, qualvolle Minuten vergingen, in denen ich auf seine Antwort wartete. Wahrscheinlich befand er sich in einer Schockstarre.

Alex: Du willst mich veralbern.

Er hielt das Ganze für einen verdammten Witz.

Ich: Nein, will ich nicht.

Alex: Du meinst das ernst?

Ich: Leider ja.

Alex: Das ist also diese Gabe, von der du gesprochen hast - die Gabe, die Lewis nicht akzeptieren konnte?

Ich: Ja.

Pause. Ich sah, dass er etwas schrieb, doch hier kam nichts an, so als würde er etwas schreiben und dann Wort für Wort wieder löschen.

Ich hatte es getan. Ich hatte ihm von der Gabe erzählt. Bei der enormen Tragweite dessen schlug mein Herz – vor Schrecken und Erleichterung – heftig.

Endlich bemerkte ich, dass er mich über Skype anrief. Aber warum? Er wusste doch, dass ich nicht sprechen konnte. Dennoch nahm ich den Anruf entgegen. Beim Anblick seines Gesichts hielt ich den Atem an. Da war er: Alex. *Mein Alex*. Das schwarze Haar war auf eine süße Feierabend-Art zerzaust. Er trug ein Hemd, den Kragen offen. Im Hintergrund konnte ich sein vertrautes Wohnzimmer erkennen – den Kamin, die Fotos seiner Nichten und Neffen auf dem Kaminsims … Mein Blick wanderte zu ihm zurück, und als sich unsere Blicke trafen, lächelte er. Alex besaß diese Eigenart: Wenn er lächelte, bildeten sich an seinen Augenwinkeln kleine Fältchen, und er sah plötzlich ganz jung aus wie ein fröhliches Kind. Ich wollte sein Lächeln erwidern, doch dazu hatte ich zu viel Angst.

»Hallo«, sagte er, und ich winkte ihm zu. Plötzlich wurde mir klar, dass auch er mich sehen konnte. Verlegen schnellten meine Hände hoch, und ich fuhr mir durchs Haar. Wahrscheinlich sah ich aus wie etwas, das eine Katze durch ein Gebüsch gezerrt hatte.

»Du siehst toll aus«, stellte er fest, und endlich umspielte der Hauch eines Lächelns meine Mundwinkel. »Ich muss dir etwas sagen.«

Ich nickte. Was sollte ich sonst tun?

Er hob ein Blatt Papier hoch, auf dem ein paar Wörter in roter Farbe standen: *Du bist noch verblüffender, als ich dachte.*

Hoffnung stieg in mir auf wie ein Ballon, der in den Himmel emporflog.

Ich schlug die Hände vor den Mund. Er glaubte mir. Er verstand alles. Er war nicht der Meinung, ich sei Satans Tochter oder geistesgestört und halluzinierte.

Plötzlich überkam mich Sehnsucht.

Ich vermisste ihn so sehr.

Ich liebte ihn.

O Gott.

Das war das erste Mal überhaupt, dass ich – sogar mir selbst gegenüber – zugab, dass meine Gefühle Alex gegenüber doch anders waren, als ich immer vorgegeben hatte. Was wahrscheinlich alle außer mir ohnehin gewusst hatten. Ich hatte ihn zurückgestoßen aus Angst, verletzt zu werden, doch mittlerweile war ich stärker geworden. Vielleicht würde er mir eine zweite Chance geben. Oder war es dafür schon zu spät?

Hastig suchte ich nach meinem Notizbuch und schrieb: *Ich kann es kaum abwarten, dir alles zu erzählen! Über diesen einen Geist, Mary … und über alles, was passiert ist.* Ich hob das Notizbuch hoch und hielt es vor die Webcam.

»Ich bin schon gespannt, davon zu hören. Jedenfalls denke ich mittlerweile, dass es vernünftig ist, Freunde zu bleiben … nach allem, was wir durchgemacht haben.«

Wie bitte? Wie können wir Freunde bleiben? *Ich liebe dich*, hätte ich am liebsten gesagt, aber es schien mir unmöglich zu sein, so etwas aufzuschreiben. Daher nickte ich und wartete darauf, was nun folgen würde …

»Ich will dich nicht verlieren, Inary. Das heißt, weil Sharon und ich zusammen sind und all das …«

Oh. Vor Enttäuschung wurde mir richtig schlecht.

Ja, schrieb ich knapp und hielt das Notizbuch hoch.

»Prima«, erwiderte er. Mir brach das Herz. »Und jetzt erzähl mir alles über Mary …«

Per E-Mail, schrieb ich. Er nickte, woraufhin wir beide Skype ausschalteten.

Sofort spürte ich, wie mir die Tränen übers Gesicht liefen, die sich hinter meinen Augen angesammelt hatten. Während unseres Gesprächs hatte ich mühsam versucht, sie zurückzuhalten, da er mich nicht weinen sehen sollte.

Ich schrieb ihm alles, was an jenem Tag vor dreizehn Jahren am Loch Avich geschehen war, sowie alles über Mary und meine Recherchen. Ich war so erleichtert über seine Reaktion und so erleichtert, dass er mir glaubte und mich verstand … dennoch schluchzte ich die ganze Zeit.

Wir würden nur Freunde sein.

Vielleicht liebte er sie.

Da hatte ich also meine Antwort. Wie ich befürchtet hatte, war es zu spät.

38 Ihr Gesicht zu sehen
Inary

Ein paar Tage später machten Taylor und ich uns auf den Weg zu Ramsay Hall. Dieser Landsitz war so prächtig wie ein Schloss, wenngleich kleiner, und die Außenanlagen waren üppig, grün und von Rotwild bewohnt. Der Kiesweg führte uns zu einer Steintreppe und einer Tür, die zweimal so groß war wie die Eingangstür unseres Cottages.

»Kommt herein, kommt herein«, begrüßte uns Torcuil auf seine ruhige Art. »Mrs Gordon hat heute leider ihren freien Tag, und ich konnte die Heizung nicht in Gang bringen … normalerweise komme ich damit klar, aber dieses Mal scheine ich sie wirklich lahmgelegt zu haben …«

»Soll ich mal einen Blick darauf werfen?«, fragte Taylor.

»Ja, das wäre toll. Ich bin übrigens Torcuil«, antwortete er und schüttelte Taylor die Hand. »Hier entlang bitte. Mir ist zu Ohren gekommen, dass du ein Buch schreibst?«

Ich nickte, doch Torcuil lief weiter geradeaus und sah mich daher nicht. Er drehte sich zu mir um und starrte mich an. »So, du schreibst also ein Buch …«, wiederholte er, in der Annahme, ich hätte ihn nicht gehört. »Oh, herrje, tut mir leid! Taylor hat mir am Telefon erklärt, dass du nicht sprechen kannst. Tut mir sehr leid. Das ist mir wirklich sehr unangenehm – das muss an der Kälte liegen, die mir in den Kopf gestiegen ist«, fuhr er fort, vollkommen ernst. Ich musste lachen. Mit seinen riesengroßen blauen Augen, die von einer Nickelbrille eingerahmt wurden, sah er ein wenig wie eine Eule aus, die im Tageslicht blinzelte.

Er führte uns durch eine endlose Reihe von Räumen und Korridoren sowie zwei Treppen hinunter, bis wir zu einer Art Kellergeschoss kamen. Ich stand neben Torcuil, als er Taylor den Heizkessel zeigte. Dieser war gigantisch groß und sah geradezu museumsreif aus.

»Da ist das gute Stück. Mrs Gordon … meine Haushälterin … schlägt normalerweise hier zweimal sowie hier einmal dagegen, dann funktioniert es jedes Mal. Doch bei mir scheint das nicht so gut geklappt zu haben. Offenbar erkennt das gute Stück seinen Meister. Oder vielmehr seine Meisterin, wie ich vielleicht sagen sollte.«

»Na gut, also zweimal hier und einmal dort?«, wiederholte Taylor völlig unbeeindruckt und, wie immer, hilfsbereit. »Okay, dann wollen wir mal sehen.« Er schlug dreimal auf den Heizkessel, woraufhin das Ungetüm einen langen, unheimlichen Klageton von sich gab. Der Klagelaut verstummte und verwandelte sich in ein Summen, das schließlich zu einem leisen, beruhigenden Brummton wurde.

Ich lächelte und drehte mich zu Torcuil um, der die ganze Zeit über neben mir gestanden hatte. Nur, dass dort jetzt nicht mehr Torcuil stand. Stattdessen befand sich an seiner Stelle eine völlig andere Person. Ein Mann, dessen blasses, lächelndes Gesicht sich nur wenige Zentimeter von meinem entfernt befand.

Ich schrie auf und sprang zurück, doch da war der Schatten schon fast verschwunden.

»Was ist los?«

»Alles in Ordnung mit dir?« Taylor und Torcuil waren sofort an meiner Seite. In diesem Moment bemerkte ich, wie meine Arme und Beine zu kribbeln begannen und das Summen in meinen Ohren vom Klageton des Heizkessels übertönt wurde.

Der Mann begann, sich vor meinen Augen aufzulösen, doch mein Herz machte keinerlei Anstalten, sich wieder zu beruhigen. Manchmal war das so mit der Gabe. Manche Dinge möchte man nicht sehen, insbesondere an historischen Plätzen wie Ramsay Hall.

Ich lächelte spröde und huschte mit meinen Fingern über Torcuils Arm, um eine Spinne anzudeuten.

»Oh, ja, davon sind hier unten einige unterwegs. Tut mir leid.«

Als wir wieder hinaufgingen, bemerkte ich, wie Taylor mich anstarrte. Ich fragte mich, ob ihn wohl mein Verhalten verwirrte.

Wir setzten uns in den Saal, ein prachtvoller Raum mit Holzboden und bodentiefen Fenstern, von denen aus man die großen Rasenflächen im Blick hatte. Ramsay Hall hatte ich schon immer gemocht, seit ich als Kind hierhergekommen war, um mit Torcuil und seiner Schwester, Sheila, zu spielen. Vom Fenster aus konnte ich das Baumhaus sehen, in dem wir immer gespielt hatten; es zauberte mir ein Lächeln auf die Lippen.

»Das war noch ein anderes Leben, was?«, stellte Torcuil fest, als er meinem Blick folgte. »Glückliche Erinnerungen. Mit Ausnahme der Tatsache, dass ich dazu neigte, aus dem Baumhaus zu fallen. Dabei habe ich mir sogar die Nase gebrochen. Zweimal. Aber wahrscheinlich erinnerst du dich daran, weil ich beim zweiten Mal auf dich gefallen bin …«

Ich lachte. Daran konnte ich mich in der Tat noch sehr gut erinnern.

»Jedenfalls konnte ich Folgendes herausfinden … Mary Gibson hat hier gearbeitet. Meine Urgroßmutter, Lady Edwina, hatte sie als Hausmädchen eingestellt. Sie ist auf ein paar Fotos zu sehen … hier, sieh mal«, sagte er und reichte mir ein dickes, in Leder eingebundenes Fotoalbum. »Sie muss etwa zwanzig Jahre alt gewesen sein, als das Foto gemacht wurde. Kurz danach hat sie Alan geheiratet.«

Ich lächelte. Ja, das war meine Mary. Ihr dunkles Haar war zu einem Dutt gekämmt, um den ein geflochtener Zopf gewunden war – ihre schlanke, schmale Figur, die winzigen, femininen

Hände. Endlich konnte ich ihr Gesicht besser erkennen: ihre herzförmige Stirn, die Augen, in denen so viel Leben steckte, dass sie sogar zu strahlen schienen, obwohl es eine Schwarz-Weiß-Aufnahme war. Sie lächelte, obgleich sie sich alle Mühe gab, ernst dreinzuschauen, was ihr jedoch nicht ganz gelang. Sie war Arm in Arm mit einem anderen, blonden Mädchen zu sehen, das etwas größer und fülliger war als sie und eine spürbare Ruhe ausstrahlte – Leah. Ich erkannte sie von meiner Vision wieder, was ich Torcuil natürlich nicht sagen konnte.

»Nach allem, was ich weiß, hatten Mary und Alan einige Probleme. Alan kehrte schwer verletzt aus dem Krieg zurück und konnte lange Zeit nicht arbeiten. Meine Urgroßmutter hat ihr hier auf dem Landsitz einen Job gegeben, und auch Lady Kilpatrick hat ihnen kräftig unter die Arme gegriffen.«

Lady Kilpatrick?

»Anna Kilpatrick.«

Na klar! Anna, Roberts Verlobte, war Lady Kilpatrick! Hatte sie nicht gewusst, was zwischen Robert und Mary passiert war? Sie musste doch davon erfahren haben. Dennoch hatte sie Mary geholfen. Ich erinnerte mich an ihr hübsches, anmutiges Gesicht und den würdevollen Blick. In einer Menschenmenge stach sie sofort heraus – und trotzdem war Mary diejenige, die Robert liebte. Doch sie war nicht diejenige, die er zur Frau gewählt hatte.

Erst da sah ich, dass ein Foto aus dem Album gerutscht und zu Boden gefallen war.

Ich hob es auf. Darauf war ein Kind zu sehen – ein Mädchen in einem weißen Kleid und Gamaschenstiefeletten. Ihr langes schwarzes Haar war zu Zöpfen geflochten, an deren Ende jeweils ein weißes Band zu einer Schleife gebunden war. Um mich herum schien sich alles zu drehen. Plötzlich hörte ich ein leises Geräusch wie Wasser, das in der Ferne ans Ufer plätscherte.

Ich wollte meinen Augen nicht trauen.

Es war das Mädchen, das ich in meinen Visionen gesehen hatte.

Es war das Mädchen aus dem Wasser von Loch Avich.

»Alles in Ordnung mit dir, Inary?«, erkundige sich Torcuil, doch seine Stimme erklang aus weiter Ferne.

Ich nickte.

»Sicher? Du siehst ein wenig grün im Gesicht aus.«

Mir geht's gut, schrieb ich. *Weißt du, wer dieses Mädchen ist?*

Torcuil nahm mir das Foto aus der Hand. Als die Verbindung zu dem Mädchen so plötzlich getrennt wurde, stieg eine leichte Übelkeit in mir auf. »Ich glaube, das ist Marys Schwester. Ich habe leider keine Bilder, auf dem beide zusammen abgebildet sind. Sie verschwand kurz vor Marys Hochzeit. Das arme Ding.«

Marys Schwester und das Mädchen im Loch Avich waren ein und dieselbe Person.

Marys Schwester war ertrunken – *finde sie,* hatte sie mich beschworen. Die beiden Schwestern flehten darum, wiedervereint zu werden. Das war also der Grund, warum Mary und ihre Mutter geweint hatten, als sie damals in mein Haus gekommen waren.

Weißt du, wie sie hieß?

»Ich bin nicht sicher … aber ich könnte die Unterlagen und Bilder durchsehen und schauen, ob ich etwas herausfinden kann.«

Das Mädchen im Loch Avich war die Person, die sie nie wiedersehen würden.

Vielen Dank. Kann ich mir das Album ausleihen? Ich werde auch pfleglich damit umgehen, versprochen.

»Natürlich. Ich kann es kaum abwarten, dein Buch zu lesen …«

Wieder nickte ich, den Blick zu Boden gerichtet.

»Gibt es hier vielleicht ein Badezimmer?«, erkundigte sich Taylor.

»Ja. Sechs Stück. Das nächstgelegene hat eine blaue Tür und befindet sich auf dem Treppenabsatz … dort, wo wir in den Keller gegangen sind.«

»Sechs Badezimmer? Nutzen Sie die alle?«

Torcuil lachte. »Eines für mich, eines für die Gäste, und die anderen eignen sich hervorragend, um dort Bücher aufzubewahren.«

Taylor verschwand im Labyrinth der Gänge, um nach der blauen Tür zu suchen; ich war überrascht, dass Torcuil ihm nicht angeboten hatte, ihm den Weg zu zeigen, doch sobald Taylor fort war, erfuhr ich den Grund dafür.

»So, Inary, was hast du da unten gesehen? Im Keller?«

Ich spürte, wie mir alles Blut aus dem Gesicht wich.

Was meinst du?

Er grinste. »Wir haben früher immer zusammen gespielt, weißt du noch? Ich weiß schon lang, dass du die Gabe hast. Auch in meinen Adern fließt das Blut der McCrimmons …«

Ich schaute zu Boden. Ich war völlig perplex und wusste nicht, wie ich dieses Thema mit irgendjemandem diskutieren sollte. Ich mochte Torcuil, doch mit Ausnahme von Emilys Beerdigung hatte ich ihn seit Jahren nicht mehr gesehen. Ich war unsicher, ob ich ihm vertrauen konnte.

»Ich werde dir keine weiteren Fragen stellen, Inary. Und mach dir keine Sorgen. Ich werde mit niemandem darüber reden.«

Ich nickte.

»Hey, da bin ich wieder«, verkündete Taylor fröhlich und kam zurück in den Saal. »Ich war zwar in einem Raum, der voller abgetrennter Köpfe war, aber sonst ist alles in Ordnung.«

»O ja, das Bad mit der blauen Tür. Das ist das Trophäenzimmer.«

»Cool. Hier muss es von Geistern wimmeln. Haben Sie schon mal darüber nachgedacht, Infrarotkameras zu installieren?«

»Die würden mich nur dabei aufzeichnen, wie ich durch

die Zimmer streune auf der Suche nach einer Schüssel Cornflakes.« Torcuil lachte. Unsere Blicke trafen sich.

Ich für meinen Teil war mir da nicht so sicher.

Ich legte das Fotoalbum auf meinen Schreibtisch. Was das Bild des Mädchens anbelangte, war ich mir seiner Anwesenheit schmerzlich bewusst, als würde es zwischen den Seiten und in meinem Kopf pulsieren. Ich *fühlte es*. Alex schrieb ich eine lange E-Mail und erzählte ihm, was passiert war und wie ich herausgefunden hatte, wer das Mädchen im Loch Avich war.

Von: Alex.McIlvenny@hotmail.co.uk
An: Inary@gmail.com

Das ist unglaublich. Du denkst, dass sie deshalb zu dir gekommen ist? Und erst dieser Typ im Keller deines Cousins... Dein Leben klingt wie eine Folge von PSI-Factor!

Von: Inary@gmail.com
An: Alex.McIlvenny@hotmail.co.uk

Ich wusste gar nicht, dass du dir PSI-Factor anschaust...

Von: Alex.McIlvenny@hotmail.co.uk
An: Inary@gmail.com

O ja! Das ist mein heimliches Laster. Ich liebe so herrlich abgedrehte Geschichten. Verrat mir nur eines: War der reizende Taylor auch dabei, als du deine Entdeckung gemacht hast?

Triumphierend grinste ich. Obwohl wir nur Freunde sein wollten, war er eifersüchtig.

Von: Inary@gmail.com
An: Alex.McIlvenny@hotmail.co.uk

Ja, war er. Er ist nett, aber absolut nicht mein Typ.

Von: Alex.McIlvenny@hotmail.co.uk
An: Inary@gmail.com

Na ja, ich denke mal, das geht mich nichts an.
Inary, mir war eine Idee gekommen hinsichtlich dieser Geschichte… also, Marys Geschichte. Vielleicht solltest du sie zu Papier bringen? Nachdem Cassandra ja jetzt verschwunden ist. Nur so ein Gedanke. Ich muss jetzt los.
Bis bald,
LG Alex

Ich seufzte. In mir war keine einzige Geschichte mehr. Seit Wochen hatte ich schon nicht mehr versucht, etwas zu schreiben – es hatte einfach keinen Sinn. Dennoch war ich gerührt. Alex hatte mich bei meinen Bemühungen zu schreiben, immer unterstützt. Die Sache war nur, dass ich mich zu erschöpft und leer fühlte, um schreiben zu können. So, als würde ich den Ben Cruachan barfuß erklimmen wollen.

In jener Nacht hatte ich den ersten Albtraum: schwarzes Wasser, das über mich hinwegschwappte. Ohne Luft in den Lungen zu haben, trieb ich dahin, das Herz erstarrt. Lange einsame Jahre auf dem Grund des Loch. Keuchend und nach Luft schnappend, wurde ich wach; nachdem ich wieder eingeschlafen war, begann alles von vorn. Ganz langsam und schmerzvoll ertrank ich; die Wasseroberfläche schloss sich über mir; meine Lungen füllten sich mit Wasser, mein Herz hörte auf zu schlagen – und dann Stille. Wieder und wieder. Manchmal erhaschte ich einen Blick auf mein weißes Kleid, auf meine kindlichen Hände, meine kleinen Füße in den Gamaschenstiefeletten, auf meine schwarzen Zöpfe. Ich war sie. Das Mädchen im Loch Avich. Marys verschwundene Schwester.

Sie war noch klein und hatte unglaubliche Angst. Sie rief nach Hilfe, doch niemand kam.

Ich ahnte zu diesem Zeitpunkt noch nicht, dass mich diese Albträume noch lang quälen würden. Jeden Abend betete ich, dass es die letzte Nacht sein möge, in der sie zu mir kommen würde, und dass stattdessen Emily zu mir kommen sollte, doch das passierte nie.

39 Kleines verlorenes Mädchen

Inary

Logan hatte immer mehr in seinem Laden zu tun, je wärmer es draußen wurde; Bergwanderer aus dem Süden und den Großstädten strömten in Scharen herbei. Ab und zu verschwand Logan jedoch einfach. Offenbar ging auch er zum Bergwandern. Oft hörte ich, wie er nachts telefonierte. Ich machte mir Sorgen, aber das Kuriose war, dass er ziemlich fröhlich wirkte. Eines Nachts ertappte ich ihn dabei, wie er im Wohnzimmer saß und, ein Glas in der Hand, einen Film im Fernsehen anschaute. So weit nichts Besonderes – seit Emilys Tod hatte er die meiste Zeit ein Glas in den Händen gehabt. Doch in jener Nacht war es ein Glas Orangensaft, und mir fiel auf, dass davon ein paar Päckchen im Kühlschrank aufgetaucht waren …

Da stand ich also nun im »Welly« hinter der Ladentheke und versuchte, mich zu konzentrieren, doch meine Gedanken schweiften immer wieder ab. Ich vergaß, was ich gerade tat, und starrte stattdessen Löcher in die Luft.

Seit drei Nächten nun. Seit drei Nächten quälten mich Albträume, in denen ich ertrank. Ich war völlig ausgelaugt und todmüde. Es war, als habe der Anblick des Mädchens auf dem Foto irgendeine Art von Kommunikation zwischen uns ausgelöst; die Träume vom Wasser waren stärker geworden, noch viel qualvoller. Schonungsloser.

Das Mädchen sprach zu mir, erzählte mir, was ihm zugestoßen war; es ließ mich jeden Augenblick seines schrecklichen Schicksals spüren. Es übermittelte mir seine Erinnerungen, die

Erinnerungen an seinen Tod und seine gespenstische Existenz. Das Mädchen im Loch Avich war eine Elementargewalt und besaß die geballte Intensität eines verlassenen Kindes. Es entzog mir jegliches Leben. Ich fürchtete mich mittlerweile davor, einzuschlafen, da es jede Nacht zu mir kam. Es wollte mich einfach nicht in Ruhe lassen.

»Hey! Hallo!« Eilidh war gerade mit Maisie zur Tür hereingekommen.

»Wie kann ich dir helfen?« Logan tauchte aus dem Lagerraum auf.

»Diese junge Dame hier braucht einen neuen Fahrradhelm. Sie hat ihren verloren.«

»Okay. Sollen wir mal ein paar anprobieren?«, erwiderte Logan lächelnd. Er war gerade von einer seiner Expeditionen zurückgekehrt und ziemlich gut gelaunt. Vergnügt ging Maisie mit ihm – sie mochte meinen Bruder gern – wie die meisten Kinder. Hinter seiner Schroffheit versteckte sich etwas Warmherziges, unverkennbar Liebenswürdiges, das Kinder viel eher wahrnahmen als Erwachsene. Ich dachte oft, dass er eines Tages ein toller Vater sein würde.

»Inary«, sagte Eilidh, »hör mal. Ich habe Lewis gesehen. Du weißt schon, Lewis McLelland.«

Ich schluckte und nickte. Ich musste den Nachnamen nicht gesagt bekommen. Ich wusste, von welchem Lewis sie sprach.

»Er hat mich nach deiner Handynummer gefragt. Natürlich habe ich sie ihm nicht gegeben. Aber ich wollte dich wissen lassen, dass er nach dir sucht. Er sagt, er müsse mit dir reden.«

Ich fühlte mich plötzlich krank. Das hatte mir gerade noch gefehlt.

Eilidh und Maisie kehrten mit einem neuen Fahrradhelm nach Hause zurück, und ich war noch verwirrter als zuvor.

»Aufwachen, Inary!«, rief Logan mir leise zu.

Tut mir leid, gestikulierte ich.

»Komm schon, geh nach Hause«, riet mir Logan.

Ich schüttelte den Kopf und faltete eifrig ein paar karierte Schals zusammen.

»So viel haben wir heute nicht zu tun. Also ab mit dir. Ganz im Ernst.«

Beim Verlassen des Ladens drehte ich mich kurz um, um ihm zum Abschied zuzuwinken, und sah, wie er mich musterte. Seine Miene war besorgt, und ich bekam ein schlechtes Gewissen, da ich ihm noch mehr Sorgen machte, als er ohnehin schon wegen meiner Stimme hatte. Aber wenn ich ihm von dem Mädchen im Loch Avich erzählt und ihm den wahren Grund erklärt hätte, warum ich neulich ins Wasser gefallen war, als ich mit Taylor in seinem Boot hinausgefahren war, wäre er noch besorgter gewesen. Hätte ich ihm davon erzählt, dass Lewis mich suchte, wäre Logan derjenige gewesen, der Lewis gesucht hätte. Und sicherlich nicht nur, um ein Schwätzchen mit ihm zu halten.

Eigentlich wollte ich nach Hause gehen, doch es war ein wunderbarer Frühlingsabend, und meine Füße wollten einfach nicht gehorchen. Sie trugen mich zur Hauptstraße und den ganzen Weg zum Loch Avich hinunter. Im sanften Licht der Dämmerung stand ich am Ufer des Sees. Der Schrei eines Waldkäuzchens durchbrach die Stille.

Bring mich nach Hause, hatte sie mich angefleht. Zweimal. Einmal, als ich noch ein Kind und kaum älter als sie selbst war, und ein weiteres Mal vor ein paar Wochen. Zweimal hatte sie mich gesucht – sie hatte dreizehn Jahre lang auf meine Rückkehr zum Loch Avich gewartet; dreizehn Jahre, um überhaupt mit irgendjemandem Kontakt aufnehmen zu können. In der Hoffnung, dass ich zuhören würde. Auch ihre Schwester war zu mir gekommen – mir war immer klar gewesen, dass es einen Grund für Marys Besuche geben musste. Keine andere Seele war so oft zu mir gekommen.

Aber ich wusste nicht, wie ich ihr helfen sollte. Tränen der Hilflosigkeit liefen mir über die Wangen, und bevor ich wusste, was ich tat, fand ich mich schluchzend am Ufer wieder. Ich hatte keine Ahnung, weshalb ich weinte: ob ich um Marys Schwester weinte, um meine eigene Schwester oder vielleicht auch um die Geliebten, die Mary und ich nicht mehr hatten. Wahrscheinlich war es eine Mischung aus allem. Zwei verlorene Mädchen, ich dazwischen, völlig ratlos.

40 Und dennoch habe ich sie gefunden

Alex

Und deshalb war Inary magisch. So einfach war das. Sie besaß eine Gabe, von deren Existenz ich nicht einmal etwas geahnt hatte, obwohl ich darüber in Büchern gelesen und so etwas in Filmen gesehen hatte – aber es war eben nichts, was man jemals tatsächlich für möglich gehalten hätte. Wie stehen die Chancen, sich in eine Person zu verlieben, die so einzigartig ist?

Und dennoch hatte ich sie gefunden.

Ich hatte Inary sofort geglaubt. In meinem Kopf war kein Raum für die Frage, ob sie mir wirklich die Wahrheit erzählte, oder für die Annahme, dass mit ihr etwas nicht stimmen könnte. Dafür kannte ich sie zu gut.

Was sie mir über das Mädchen in den Tiefen des Sees erzählt hatte, war beunruhigend. Ich wollte mir lieber nicht vorstellen, wie Inary sich im eiskalten Wasser von Loch Avich befand oder jede Nacht unter Albträumen litt. Vielleicht hätte sie keine Albträume mehr, wenn ich sie in meinen Armen hielte – ich würde das Mädchen im See davonjagen.

Doch es war nicht Inary, die ich nachts in meinen Armen hielt, es war Sharon. Und ich war mir nicht sicher, ob ich so weitermachen konnte, mit dem Herzen bei einer Frau zu sein und mich mit einer anderen zu treffen. Jeden Tag redete ich mir ein, stärker zu sein und mir wirklich alle, *alle* Mühe zu geben, mich in die Frau neben mir zu verlieben; jede Nacht wurde mir klar, dass ich schon wieder versagt hatte. Wie lang konnte ich Sharon diesen Zustand zumuten? Wenn ich mit ihr Schluss machte, wie ich mit Gaby Schluss gemacht hatte, würde dies dann bedeuten, mich auch in Zukunft auf dieser schrecklichen, einsamen Straße zu bewegen, mit Inary an meiner Seite und doch auch wieder nicht? Ich sollte verdammt sein, wenn ich es täte. Und verdammt, wenn ich es nicht täte. So sah es aus.

41 Gebrochene Versprechen

Inary

Als wäre ich nicht schon aufgewühlt genug, lief ich ihm am nächsten Tag über den Weg.

Lewis.

Um mich herum drehte sich alles, und eine wahre Flut von Erinnerungen schwappte über mich hinweg.

»Inary. Ich habe dich schon überall gesucht …«

Ich verschränkte die Arme vor der Brust und schaute zu Boden. Er wusste genau, wo ich wohnte. Vielleicht traute er sich nicht, sich bei Logan blicken zu lassen. Was ich ihm nicht verübeln konnte.

»Du siehst toll aus«, stellte er fest, während ich mir vorstellte, ihm eine Ohrfeige zu verpassen – was ich schon vor drei Jahren hätte tun sollen. »Dich wiederzusehen … fühlt sich richtig gut an.«

Gut war sicherlich nicht das Wort, mit dem ich die Situation beschreiben würde. Bei Emilys Beerdigung war ich zu überwältigt von allem, um die Geistesgegenwart zu besitzen, ihn vor die Tür zu setzen. Er konnte von Glück sagen, dass Logan ihn dort nicht gesehen hatte.

»Können wir vielleicht irgendwo hingehen? Irgendwo, wo wir vielleicht ein wenig mehr unter uns sind als hier auf der Straße?«

Gibt es in Glen Avich einen solchen Ort? Einmal abgesehen von meinem Haus? Und dort würde er nicht einen Fuß hineinsetzen. Ich schüttelte den Kopf.

»Inary … bitte. Hör mir zu. Nur dieses eine Mal.«

Ich seufzte. Was soll's? Was auch immer er mir zu sagen hatte, konnte mich nicht mehr verletzen. Und vielleicht würde ich endlich eine Erklärung bekommen und herausfinden, ob es wirklich meine Gabe war, die ihn dazu bewogen hatte, mit mir Schluss zu machen.

Ich lief in Richtung des St.-Colman's-Way, und Lewis folgte mir schweigend. Dort nahm ich auf der Bank Platz, von der aus ich auf das ganze Dorf hinunterschauen konnte, kuschelte mich in meine weiche Angorastrickjacke und wappnete mich gegen das, was er gleich sagen würde.

»Wie geht es dir?«

Rebellisch holte ich mein Notizbuch hervor.

Gut. Wo ist Claire?

»Ihr geht's gut. Sie ist zu Hause.« Sie *lebten* also zusammen. Mir wurde schlecht. »Du meine Güte, Inary … du schreibst ja anstatt zu reden! Warst du schon beim Arzt?«

Ich verdrehte die Augen. Vielleicht ein wenig zu spät, um sich Sorgen um mich zu machen. *Wahrscheinlich ein Trauma*, schrieb ich. *Meine Stimme wird schon wieder zurückkommen.*

»Oh, Inary …«, bedauerte er mich und strich mir über den Arm.

Ich bemerkte, dass ich einerseits angewidert war, und dennoch hätte ein kleiner Teil von mir – der, der immer noch wie erstarrt an unserem Tisch in Kilronan saß – beinahe vor Erleichterung geweint, seine Berührung wieder zu spüren. Ich hasste diesen Teil von mir. Ich hasste ihn wirklich, innig, abgrundtief.

Hast du dich schon mit Claire getroffen, als wir noch zusammen waren?, kritzelte ich mit zitternder Hand.

»Nein! O Gott, Inary! Natürlich nicht!«

Gut, gut. Tut mir leid, dass ich dich für einen größeren Mistkerl gehalten habe, als du tatsächlich bist.

»Das war es nicht. Es ist so, dass … ach, ich weiß nicht. Es ging alles so schnell …«

Du wolltest unbedingt mit mir zusammenziehen. Du wolltest dich verloben. Meine Augen brannten. Er war derjenige gewesen, der gedrängt hatte, derjenige, der nicht genug von mir hatte bekommen können und mir versprochen hatte, für immer mit mir zusammen sein zu wollen.

»Ich weiß, ich weiß. Ich bin ein Idiot.« Er blickte in die Ferne. Ich kam über seine Frechheit nicht hinweg, mich ausgerechnet jetzt aufzusuchen.

Lag es am zweiten Gesicht?

Er schaute zur Seite.

Erwischt.

»Es tut mir leid. Ich weiß auch nicht, was da über mich gekommen ist… als du mir davon erzählt hast. Ich habe einfach Panik bekommen.«

Warum? Was hatte das mit dir zu tun?

»Inary! Du hast mir erzählt, dass du Gespenster sehen kannst! Wie hättest du denn reagiert, wenn ich dir das erzählt hätte? Du hast mir gesagt, dass du von einem ertrunkenen Mädchen aus dem Loch angegriffen wurdest!«

Das stimmte auch.

»Ich konnte nicht… ich konnte nicht…«

Du dachtest, ich sei verrückt.

»Ich dachte, ich würde dich kennen. Und dann hast du plötzlich diese Katze aus dem Sack gelassen.«

Es war ein Fehler. Ich hätte es dir nicht erzählen dürfen.

»Nein, nein. Es war genau richtig. Ich war es, ich war der Idiot. Nachdem ich dich verlassen hatte, war ich am Boden zerstört…«

Du armer Kerl, dachte ich.

»Logan kam zu mir. Er sagte, du seist in London. Um Abstand von mir zu bekommen. Du kennst ja deinen Bruder, er drohte, mir die Nase zu brechen…«

Gut, schrieb ich wütend.

»Ich weiß, ich hatte es verdient. Und dann hatte ich einfach nicht mehr den Mut, mich bei dir zu melden. Als ich dich dann bei Emilys Beerdigung gesehen habe …«

Ich zuckte zusammen.

Gespräch beendet, schrieb ich und stand auf.

»Inary, bitte geh noch nicht«, flehte er und kam einen Schritt näher. »Es tut mir leid«, flüsterte er und strich mir eine Haarsträhne hinters Ohr. »Als du mir von deiner … Gabe … erzählt hast, hätte ich zu dir stehen sollen. Ich hätte wissen müssen, dass du um Hilfe bittest. Und ich hätte für dich da sein müssen, um dir zu helfen.«

Wie bitte?, fragte ich lautlos.

»Das ist nichts, wofür man sich schämen müsste, Inary«, fuhr er fort und umschloss beruhigend meine Hand mit der seinen. »Das habe ich jetzt begriffen. Wir hätten uns gemeinsam um deine Probleme kümmern sollen …«

Um meine Probleme?

Ich musste lachen.

Ich konnte nicht anders.

»Inary?«

Er dachte ernsthaft, ich sei krank. Geistig krank. Nun, da hatte es keinen Sinn, das zu bestreiten.

Ich drehte mich auf dem Absatz um und ging.

Einfach so.

Und dieses Mal hatte ich nicht das Gefühl, mich von ihm loszureißen, das Gefühl, dass ein Körperglied fehlte, wie es damals jedes Mal gewesen war, wenn wir getrennt waren.

»Inary?«, wiederholte er. Ich blieb stehen. Es gab doch noch etwas, das ich loswerden wollte. Also holte ich mein Notizbuch heraus und kritzelte schnell etwas hinein.

Übrigens: Ich sehe wieder tote Menschen. Überall. Sag das ruhig deiner Mutter. Sie kann mich ja exorzieren lassen.

Ich wünschte, ich könnte behaupten, dass mir dies ein wenig Genugtuung verschafft hätte, doch das wäre gelogen. Die Wahrheit ist, dass ich rein gar nichts empfunden habe. Ohne einen Blick zurück lief ich den St.-Colman's-Way hinunter, den kalten Wind im Haar und nicht eine einzige Träne im Auge.

Meine Gabe war keine Krankheit. Sie war ein Privileg.

Und es wurde Zeit, dass ich dies auch nutzte.

Als ich nach Hause kam, holte ich tief Luft. Zum ersten Mal seit drei Jahren fühlte ich mich frei. Frei von Lewis, frei von Bedauern. Er dachte ernsthaft, ich sei krank – doch das zweite Gesicht war das Beste an mir. Nun war das Thema Lewis endgültig beendet, und ich hatte meine Gabe zurück.

Ich war wieder ein Ganzes. Mein Herz, das Lewis mir gebrochen hatte, war stärker geworden, und für mich gab es keinen Grund mehr, mich zu verstecken und mein zweites Gesicht vor demjenigen zu verheimlichen, den ich liebte.

Das Gespräch mit Lewis hatte mir einiges klargemacht. Meine Gabe war im schlimmsten Augenblick meines Lebens zurückgekehrt – als ich Emily verloren hatte. Genau in dieser Zeit war Mary aufgetaucht, um mich in meiner dunkelsten Stunde zu trösten – nun war ich an der Reihe, ihr zu helfen. Das Mädchen im Loch Avich brauchte mich. Mich zu Tode zu erschrecken, das war die einzige Möglichkeit, die sie hatte, um mich zum Zuhören zu bewegen. Sie sah wie ein Monster aus, doch ihre Worte waren die eines verängstigten Kindes: *Bitte, Inary. Hilf mir. Bring mich nach Hause.*

Es gab niemanden sonst. Niemanden, der zuhören konnte, niemanden, der sie nach Hause bringen konnte.

Niemanden außer mir.

Von: Inary@gmail.com
An: Alex.McIlvenny@hotmail.co.uk

Lieber Alex,
ich bin Lewis über den Weg gelaufen. Er sagte, es täte ihm leid, was er getan habe; dass er mir, nachdem ich ihm von meinem zweiten Gesicht erzählt hatte, dabei hätte helfen müssen, meine Probleme anzuerkennen...
Du meine Güte, da bin ich ja wirklich noch mal glimpflich davongekommen.
Inary

Von: Alex.McIlvenny@hotmail.co.uk
An: Inary@gmail.com

Ich wünschte, ich wäre derjenige gewesen, der ihm über den Weg gelaufen ist. Oder ihm eine reingehauen hätte.
So ein Vollidiot...

Die Vorstellung, dass Alex jemandem eine reinhauen könnte, brachte mich zum Lachen – er war so sanftmütig, dass man sich dies nur schwerlich vorstellen konnte...

Tut mir leid, ich muss los.
Wir sprechen uns später.
Alex

Oh. Das war ja ziemlich übereilt. Ich fragte mich, was er wohl zu tun hatte, wohin er ging. Er traf sich mit Sharon, also besser nicht fragen. Ich könnte mich ohrfeigen dafür, so blind gewesen zu sein. Aber leider ließen sich die Zeiger der Uhr nicht zurückdrehen.

42 Die Wahrheit

Alex

Sie weinte. Ich konnte es nicht ertragen.

Aber ich musste es tun. Ganz gleich, ob zwischen Inary und mir etwas sein würde – Sharon verdiente es einfach, geliebt zu werden. Tatsächlich und aufrichtig geliebt zu werden.

»Es tut mir leid …« Ich rieb mir das Gesicht mit beiden Händen.

»Das verkrafte ich nicht mehr, Alex. Ich bin schon jahrelang in dich verliebt …«

Bei diesem Geständnis blieb mir kurz das Herz stehen.

»Es tut mir leid …«

»Jetzt hör auf, immer zu wiederholen, es tue dir leid! Es ist dieses schottische Mädchen, nicht wahr? Diese Hillary, Inary, wie auch immer sie heißen mag …« Sie zwang mich, mich umzudrehen und sie anzuschauen.

»Wir sind nicht zusammen.«

»Nein, das weiß ich! Weil sie dich nicht will, und dennoch läufst du ihr nach. Du bist ein Idiot. Und ich auch. Ein totaler Vollidiot.«

»Sharon …«

»Ich reiche hiermit meine Kündigung ein, Alex. Ich ertrage es nicht mehr, dich jeden Tag sehen zu müssen. Das bin ich mir selbst schuldig …«

»Nein, das ist unfair. Ich werde gehen.«

»Um Himmels willen, Alex. Lass mich bitte einmal eine Entscheidung selbst treffen«, sagte sie, lief zur Haustür und riss sie für mich auf.

Beunruhigt nickte ich.

»Geh.«

Ich ging zur Tür und trat gerade über die Türschwelle, als sie mich zurückrief.

»Alex …«

»Ja?« Ich drehte mich zu ihr um. Vielleicht wollte sie ein paar versöhnliche Worte loswerden. Vielleicht hoffte ich auf Vergebung …

»Die Eulen. Die waren für sie, oder?«

Wieder nickte ich.

»Hau ab, Alex.«

Ich hatte es nicht besser verdient. Keine Vergebung für mich, zumindest nicht von Sharon.

Das Erste, was ich tat, als ich auf die Straße hinaustrat, war, Inary eine SMS zu schicken, da meine Sehnsucht nach ihr stärker war als mein Schuldgefühl oder meine Scham. Die Liebe hatte mich zu einem Lügner werden lassen, und das würde nicht noch mal passieren. Auch wenn wir nicht zusammen sein konnten, so würde ich dennoch nie wieder jemanden derart behandeln.

Sharon und ich haben uns getrennt, schrieb ich kurz und knapp. Die Antwort kam, als ich gerade die Autotür öffnete.

Das tut mir leid.

Nicht gerade das, was ich mir erhofft hatte. Andererseits war ich ein Narr, das hatten wir ja bereits festgestellt.

Das war's. Ich fuhr allein nach Hause.

43 Ertrinken

Inary

Ich eilte zu Logans Laden und hielt ein duftendes Essenspaket mit Sandwiches und Brownies aus dem La Piazza schützend unter meine Jacke, damit es nicht nass wurde. Mir schwirrte der Kopf. Alex' SMS. Er war frei. Doch mehr hatte er nicht gesagt. Dennoch konnte ich es kaum abwarten, ihm von meinem Vorhaben zu erzählen. Vielleicht hatte ich dann den Mut, meine eigenen Gefühle zu verstehen.

Ich lief durch den sanften Frühlingsregen, einer von der trügerischen Sorte, der mich beinahe unmerklich durchnässt hatte. Mein Haar war bereits tropfnass. Ich heckte einen Plan aus: Ich würde auf den Ruf des Mädchens aus Loch Avich antworten und tun, worum es mich bat. Ich würde das Mädchen nach Hause bringen.

Ich spielte die verschiedenen Möglichkeiten durch: Ich könnte zur Polizei gehen und erklären, dass sich im Wasser des Loch eine Leiche befände. Woher ich das wusste? Tat nichts zur Sache.

Nein, das war nicht so gut. Und wie sollte man sie überhaupt finden? Loch Avich war groß. Die einzige Möglichkeit bestand darin, herauszufinden, wo das Mädchen war. Dann würde ich die entsprechende Ausrüstung benötigen, um sie zu bergen. Eine Tauchausrüstung. Taylor. Ihm konnte ich die Wahrheit natürlich nicht anvertrauen. Ich müsste mir eine komplizierte Erklärung einfallen lassen, woher ich wusste, dass sich dort unter Wasser eine Leiche befand. Doch zuerst musste ich herausfinden, wo genau das Mädchen war. Und das bedeutete, dass ich noch einmal zurückkehren und sie fragen musste.

Allein konnte ich das keinesfalls tun. Die Wirkung, die das Mädchen auf mich hatte – ungezügelte Panik; Angst, die so stark war, dass ich jede Orientierung verlor –, reichte schon aus, dass ich am liebsten nie mehr auch nur einen Fuß auf das Ufer des Loch setzen wollte. Das Mädchen wollte mich sicherlich nicht verletzten – doch es war verzweifelt und so verängstigt, wie es ein Kind nur sein konnte. Wenn es mich wieder ins Wasser des Loch zog, würde ich in meinem Zustand – derart in Panik, dass ich nicht einmal schwimmen konnte –, ertrinken, ganz gleich, ob sie mich tatsächlich verletzen wollte oder nicht.

Ich wollte Logan alles erklären, damit er mich begleiten würde, und feststellen, ob das Mädchen mir irgendeinen Hinweis geben konnte, wo es lag. Ich musste es einfach versuchen. Danach könnten wir dann zu Taylor gehen und … uns irgendetwas einfallen lassen.

Als ich die ganze Sache im Kopf durchspielte, tauchten immer wieder die Fragen auf: *Wer bin ich? In was mische ich mich da ein?* Ich spürte deutlich, wie mir das Herz plötzlich bis zum Hals schlug und Panik in mir aufstieg. Ich lief schneller. Es gab eine einzige Furcht einflößende Sache in meinem Leben – und ich würde mich ihr aussetzen. Wieder. Mittlerweile wusste ich, dass es nur ein kleines Mädchen war – doch sein Geist war so mächtig und kraftvoll, so voller Wut und Verzweiflung, dass es mir Angst machte.

Keuchend torkelte ich in den Laden.

»Hallo! Was machst du hier an deinem freien Tag?«, begrüßte mich Logan. »Bist du den ganzen Weg hierhergerannt?«

Wie aufmerksam, dachte ich, während mir die Lungen beinahe platzten. Ich reichte ihm das Paket mit dem Essen.

»Oh, danke! Ist das aus dem La Piazza? Auch Brownies. Toll.«

Ich ging zur Ladentheke und schnappte mir Papier sowie einen Stift. *Hast du kurz Zeit?*, schrieb ich.

»Was ist los?« Mir fiel die Sorge in seinem Blick auf.

Ich holte tief Luft. Jetzt oder nie.

Ist jemand im Laden?

»Nein, warum?«

Ich muss was Privates mit dir besprechen. Du musst mich zum Loch Avich begleiten.

»Warum?«, wiederholte er.

Wieder holte ich tief Luft und kritzelte meine Antwort, so schnell ich konnte, auf das Papier. *Aus demselben Grund wie vor vierzehn Jahren. Ich habe ein ertrunkenes Mädchen gesehen. Total gruselig. Sie bat mich, sie nach Hause zu bringen. Bitte komm mit mir zum Loch. Ich muss sie finden.*

Ein paar Sekunden lang starrte Logan mich schweigend an. Selbst wenn seine Großmutter und Schwester das zweite Gesicht besaßen, so fiel es ihm immer noch schwer, die ganze Sache zu begreifen. Wahrscheinlich wäre es auch für jeden anderen nicht einfach, nehme ich an.

Sie ist furchterregend. Aber sie ist noch klein. Erinnerst du dich an die junge Frau, die ich ein paarmal gesehen und von der ich dir erzählt habe? Mary? Es ist ihre Schwester, schrieb ich, und zeigte ihm das Bild, das ich in meine Tasche gesteckt hatte.

»Oh … das ist sie? Wie ist sie im Wasser gelandet?«

Ich weiß es nicht. Ich weiß auch nicht, wie sie heißt, ich kenne nur ihren Nachnamen: Gibson.

»Das hast du also gesehen, als Dad damals mit dir zum Loch Avich gefahren war?«

Ja.

»Woher hast du das Bild?«

Torcuil.

Logan holte tief Luft. »Klingt wie Samara.«

?, malte ich.

»Samara. Das bösartige Kind mit übernatürlichen Kräften aus dem Horrorfilm *Ring*.«

Sie ist nicht bösartig!

»Sie mag vielleicht nicht bösartig sein, aber letztlich bist du im Loch Avich gelandet. Zweimal. Beim ersten Mal wärst du beinahe nicht mehr rausgekommen, erinnerst du dich? Mum und Dad waren außer sich. Und beim zweiten Mal … gut, dass Taylor da war!«

Das ist genau das, was ihr passiert ist. Sie fiel ins Wasser und kam nicht mehr heraus. Aber niemand war da, um ihr zu helfen. Niemand.

»Hmmm.«

Sie bittet mich, sie nach Hause zu bringen.

»Ja, das hast du schon gesagt. So wie in … ja wie eigentlich? Du meine Güte, ich kann es nicht fassen, dass wir ernsthaft darüber reden. Du bittest mich, nach einem Geist zu suchen, der dich bereits zweimal beinahe ertränkt hätte! Ist dir das eigentlich klar?«

Ja!!! Ich hatte mir alles durch den Kopf gehen lassen. Und ich nahm das durchaus nicht auf die leichte Schulter. Ich wollte gerade wirklich richtig wütend werden, als Logan etwas sagte, was mich besänftigte.

»Ich habe gerade erst eine Schwester verloren. Ich habe nicht vor, auch noch meine zweite Schwester zu verlieren, Inary.« Seine Lippen waren zu einer schmalen Linie zusammengepresst, und mir war klar, dass er seine Meinung nicht ändern würde.

Ich hatte keine andere Wahl: Ich würde wohl oder übel allein zum Loch Avich gehen müssen.

44 Rose
Inary

Meine Hände zitterten so sehr, dass ich sie in der Jackentasche vergraben musste. Meine Ausrede für Logan: ein Besuch am Nachmittag bei Tante Mhairi. Alex hatte ich ebenfalls nichts gesagt – ich hatte ihm die unheimlichen Seiten meiner Begegnungen mit Marys Schwester verschwiegen, da ich ihm keine Sorgen machen wollte. Nach allem, was am Loch Avich – zweimal – passiert war, wäre er schockiert gewesen, wenn ich ihm erzählt hätte, dass ich allein dort hinging.

Als der See in der Ferne auftauchte, gaben meine Knie plötzlich nach. Aber ich hatte keine andere Wahl. Das Mädchen brauchte mich. Mary brauchte mich. Bliebe ich tatenlos, stünden mir endlose Nächte bevor, in denen ich in meinen Träumen ertrank.

Das kleine Boot schaukelte, als ich hineinstieg. Trotz meiner Angst konnte ich mich der Schönheit des Sees nicht entziehen. Das schwarze, ruhige Wasser spiegelte den stahlblauen Himmel wider, und in der Mitte des Loch war Ailsa mit ihren knorrigen Bäumen und Büschen zu erkennen.

Ich ruderte noch nicht lang, als das Geflüster begann und mit ihm die gewohnten Anzeichen dafür einsetzten, dass ich gleich *sehen* würde. Sie fingen leise an und wuchsen in ihrer Intensität schneller, als ich es ertragen konnte. Es war unglaublich. Meine Glieder waren angespannt; meine Ohren schmerzten von den Schwingungen einer sich nähernden Seele. Ich sank auf dem Boden des Bootes auf die Knie, die Arme schützend um den Kopf gelegt.

Das Flüstern wurde lauter und lauter, bis schließlich Wörter zu verstehen waren.

Rose … Rose … Rose … war alles, was ich hören konnte. Das war also ihr Name! Rose Gibson …

Rose. Sag mir, wo du bist, flehte ich. *Komm und sag es mir!*

Ich bemerkte, wie das Boot plötzlich schwankte und Wasser um mich herum aufspritzte. Obwohl meine Ohren und mein ganzer Körper schmerzten, hob ich den Kopf, um mich umzuschauen.

Das Mädchen war da, trieb vor dem Boot im Wasser, weiß und aufgedunsen, die Augen zwei Lachen der Qual und Verzweiflung; das, was von seinen Lippen übrig war, hatte einen Farbton zwischen Blau und Schwarz. Sein Haar, auf dem Foto hübsch geflochten, war nass und strähnig und mit Seetang verwoben.

Wo bist du, Rose?, rief ich im Geiste.

Ich weiß es nicht. Im Loch Avich. Es ist dunkel.

Was siehst du?

Plötzlich schnellte Rose in die Höhe und warf sich mit ausgestreckten Armen auf mich. Ich kniff die Augen zu. Ich wollte ihr Gesicht nicht sehen, vielmehr ertrug ich es nicht, es zu sehen … doch bevor ich mich rühren konnte, spürte ich ihre kalten, nassen Hände auf meinen Wangen und ihren eisigen Atem auf meiner Haut.

Nichts! Ich kann nichts sehen! Ich bin im Loch Avich! Bring mich nach Hause!

Zusammengekauert lag ich auf dem Boden des Bootes, Rose über mir. Ich spürte, wie das Wasser aus ihrem Haar auf mich herabtropfte, wie mich ihre Hände suchten. Sie würde mich mit sich in die Tiefe nehmen. Sie würde mich ertränken …

Ich musste mich konzentrieren. Mit viel Mühe gab ich meinen Gedanken wieder eine Form.

Wo genau im Loch Avich? Rose, bitte. Der Loch ist groß. Wo bist du?

Sie zerrte mich an den Rand des Bootes – so urplötzlich, dass mir der Atem stockte. So fest ich konnte, krallte ich mich am Bootsrand fest.

Bring mich nach Hause!, schrie Rose und versuchte, mich ins Wasser zu ziehen. Ich musste schnell nachdenken. Ich musste meine Angst in den Griff bekommen. Meine Hände schmerzten, und Rose zerrte an mir und zerrte und zerrte … *Lass mich gehen. Lass mich bitte gehen*, flehte ich sie an. Sie war unglaublich stark – es war die Kraft der Verzweiflung. Ihre Augen waren riesig, schwarz und ohne Iris, das Haar reichte ihr bis zur Hüfte; die Überreste ihres Kleides waren zerrissen und verrottet. Sie schüchterte mich immer noch ein – doch ich war voller Mitleid, voller Trauer angesichts ihres Schicksals. Ich schaffte es, einen Gedanken zu formen. *Wo warst du, als du ins Wasser gefallen bist?*

Ich bin aus dem Boot gefallen. Ich habe nach Nestern gesucht. Ich möchte jetzt nach Hause!

Wenn sie nach Nestern von Wasservögeln gesucht hat, dann war sie wahrscheinlich in der Nähe von Ailsa. Denn hätte sie am Ufer danach gesucht, wäre kein Boot nötig gewesen.

Ich glaube, ich weiß, wo du bist. Ich werde dich finden.

Mit einem Mal hörte sie auf, an mir zu zerren.

Ich werde dich nach Hause bringen, Rose.

In ihr brandete eine Woge der Sehnsucht auf, und erneut waren ihre Gedanken so kraftvoll, dass ich mein Gleichgewicht verlor und wieder am Bootsrand Halt suchen musste. Einmal mehr spürte ich ihre kleinen Hände auf meinen Armen, ihren kalten Atem in meinem Gesicht.

Lass mich hier nicht allein …

Rose. Hör mir zu. Wenn du mich mit dir in die Tiefe zerrst, werde ich dich nicht nach Hause bringen können.

Eine Sekunde lang verharrte sie, bevor sie sich ganz langsam zurückzog. Doch ihr Geist war so mit dem meinen verwoben, dass mein Körper ihr zu folgen schien, als seien wir aneinandergebunden. Kurz schwebte ich über dem Bootsrand.

Rose, lass mich gehen …

Und dann tat sie es. Sie tauchte so rasch ins Wasser, wie sie diesem entstiegen war, und verschwand.

Bring mich nach Hause. Rose … Rose … Rose … Ihre Gedanken hallten minutenlang in meinem Kopf nach, während ich keuchte und versuchte, mich zu beruhigen.

Ich ruderte ans Ufer zurück; das Boot knarzte unter mir. Endlich war ich wieder auf dem Festland. Ich hatte Mühe zu stehen. Plötzlich kam mir der Erdboden entgegen, und alles um mich herum drehte sich. Mir wurde schwarz vor Augen, als wäre es bereits Nacht geworden. Rote und gelbe Sterne explodierten vor meinen Augen.

»Inary!«

Ich hörte jemanden rufen, spürte Arme um mich und die kalten, harten Kieselsteine unter meinen Knien und an meinem Gesicht.

Nach einiger Zeit kam ich zu mir – ich habe keine Ahnung, wie lang es gedauert hat. Ich saß auf dem Boden und lehnte an einem Baum. Neben mir hockte jemand. Logan.

»Wie geht es dir?«

Okay, erwiderte ich tonlos und richtete mich langsam auf. Um mich herum drehte sich alles, doch ich hielt mich aufrecht. Was machte Logan denn hier?

»Vorsicht …«, flüsterte er und setzte sich neben mich. Dann legte er meine Finger um einen Melaminbecher. »Trink das.« Was ich tat. Heißer Tee – sofort ging es mir ein wenig besser. Ich griff in meine Tasche – das Notizbuch war immer noch da. Gott sei Dank war ich nicht im Wasser gelandet. Ich holte das Notizbuch hervor und schrieb mit zitternden Händen etwas hinein.

Was machst du hier? Woher wusstest du, dass ich hier bin?

»Du bist eine schlechte Lügnerin, Inary. Als du mir gesagt hast, dass du Tante Mhairi besuchen willst, wusste ich, dass was faul war. Ich habe sie angerufen …«

Du hast mir nachspioniert!

»Du hast davon gesprochen, im Loch Geister zu sehen, natürlich behalte ich dich da im Auge! Was hast du denn erwartet? Um Himmels willen, Inary, derart dein Leben aufs Spiel zu setzen … Ich fasse es nicht!«

Tut mir leid …

»Das sollte es auch. Das war das letzte Mal, hörst du? Das letzte Mal, dass du dich auf eine so verrückte Geisterjagd-Expedition begeben hast. Nie wieder, Inary, verstanden?«

Ich glaube, ich weiß, wo das Mädchen ist. Irgendwo in der Nähe von Ailsa, schrieb ich.

Logan holte tief Luft. »Du hast sie also gefunden?«

Ich glaube schon.

»Dann ist jetzt endgültig Schluss, Inary. Okay? Versprich mir das.«

Ich muss mich erst darum kümmern …

»Na gut! Aber du gehst nicht mehr allein zum See!«

Ich nickte und lehnte meinen Kopf an seine Schulter. Am liebsten hätte ich einfach die Augen geschlossen und wäre an Ort und Stelle eingeschlafen.

Ich muss mit Taylor reden. Meine Hände zitterten dermaßen, dass ich kaum schreiben konnte.

»Wie willst du ihm denn erklären, dass …«, wollte Logan einwenden.

Ich werde ihm die Wahrheit sagen. Mir ist es egal, ob er mir glaubt oder nicht. Ich will einzig und allein, dass Rose nach Hause zurückkehrt.

Ich war am Ende meiner Kräfte und wollte keine weiteren Worte mehr hören, weder von den Lebenden noch von den

Toten. Ich schloss die Augen und betete, nicht wieder mit weiteren Albträumen gepeinigt zu werden, in denen ich ertrank. Doch meine Gebete wurden nicht erhört, da mich Rose wieder die ganze Nacht lang mit Visionen quälte – wirbelnde Wellen, reglose und mit Algen bewachsene Ufer. Ich fiel in den See; Wasser war in meinem Mund, in meinen Lungen, es erstickte mich. Und die gleiche Szene immer und immer wieder: Ich konnte meine Kinderhände sehen, den Saum meines weißen Kleides und meine kleinen Stiefelchen, als ich mich über das Wasser beugte; das Boot glitt unter meinen Füßen weg … und dann schloss sich das kalte, schwarze Wasser über meinem Kopf, und meine Lungen füllten sich mit Wasser, bis ich nicht mehr atmen konnte. Und dann Stille. Totenstille. Absolute, unendliche Einsamkeit.

Am nächsten Tag schrieb ich Taylor eine SMS, um mich mit ihm im La Piazza zu treffen. Ich wollte ihn bitten, Rose' sterbliche Überreste aus dem Loch Avich zu bergen – ohne ihm dabei sagen zu können, woher ich wusste, dass sie sich dort befanden.

Das würde bestimmt nicht einfach sein.

Ich hatte kurz darüber nachgedacht, ihm eine ausgeklügelte Lüge aufzutischen – ich habe die Überreste eines kleinen Schuhs auf Ailsa gefunden – oder vielleicht einen einzelnen Knochen –, doch dann hatte ich mich dazu entschlossen, die Sache nicht unnötig zu verkomplizieren. Ich würde es ihm einfach erklären und abwarten, was er sagte.

»Hi, wie geht's?«, fragte er fröhlich. »Oh, Pfefferminztee. Herrlich. Vielen Dank!«

Gern geschehen. Ich möchte dich um einen Gefallen bitten. Zur Abwechslung war ich überraschenderweise ein wenig beschämt. Taylor war ein wirklich toller Freund, und es machte mir Probleme, ihn auszunutzen. Aber wahrscheinlich wäre früher oder später auch ich einmal an der Reihe, ihm im Gegenzug zu helfen, redete ich mir ein.

»Klar. Schieß los«, erwiderte er. »Musst du noch weitere Nachforschungen anstellen?«

Könnte man so sagen. Ich brauche dich ... oder dein Team, um Rose Gibson zu finden. Marys Schwester, erinnerst du dich?

»Das Mädchen auf dem Foto, ja. Das arme Ding. Du glaubst, dass sie ertrunken ist? Na ja, falls sie es ist, dann ist es nahezu unmöglich, sie da unten zu finden. Loch Avich ist groß, und wir sind nur zu fünft. Die Suche würde monatelang dauern. Und immerhin müssen wir mit den Ausgrabungsarbeiten vorankommen. Tut mir leid.« Er hob entschuldigend die Hände.

Ich weiß, dass sie ertrunken ist, und ich weiß auch, wo sie ist. Irgendwo in der Nähe von Ailsa.

»Oh. Okay ... na gut, wenn sie dort unten irgendwo ist, dann wäre die Insel ein guter Platz, um mit der Suche zu beginnen, denke ich ...«

Also glaubst du, du kannst es machen?

»Klar. Ich werde es zumindest versuchen. Ich rede mit meinem Team.«

Es folgte eine kurze Pause. Ich wusste schon, was nun kommen würde.

»Aber woher weißt du, dass sie sich dort befindet?«

Ich weiß es eben. Was sollte ich denn sonst sagen?

»Okay. Gut«, antwortete er und trank einen Schluck von seinem Pfefferminztee. Ich nippte an meinem Cappuccino und starrte ins Kaminfeuer in der Hoffnung, dass er es dabei belassen würde. »Du weißt es eben.«

Ich nickte. *Wie laufen denn die Ausgrabungsarbeiten?*, schrieb ich hastig, um das Thema zu wechseln. Er ließ sich jedoch nicht so leicht an der Nase herumführen.

»Ich weiß doch, dass da was im Busch ist, Inary. Als wir draußen auf Loch Avich hinausgefahren sind, da ist irgendetwas Seltsames passiert …«

Ich schlug den Blick zu Boden.

»Und erinnerst du dich noch an den Spaziergang mit Logan? Da hast du einen Fischreiher gesehen …«

Ja, der war wunderschön, schrieb ich.

»Da war kein Fischreiher, Inary. Ich bin doch nicht blind.«

Ich spürte, wie mir jegliche Farbe aus den Wangen wich und mein Herz zu rasen begann.

»Erinnerst du dich noch an Torcuils Keller? Du hast geschrien und bist zusammengezuckt. Dieses Mal war es offensichtlich kein Fischreiher …«

Eine Spinne, schrieb ich mit zitternden Händen.

»Aha. Eine Spinne.«

Es folgte eine kurze Pause, in der ich nicht wusste, was ich sagen, was ich tun sollte. Ich konnte ihm nichts von meinem zweiten Gesicht erzählen. Innerhalb einer sehr kurzen Zeit war Taylor ein wirklich guter Freund von mir geworden. Ich hatte ihn gern, er hatte mich gern, und auf eine gewisse Art und Weise vertraute ich ihm. Aber ich brachte es nicht übers Herz, ihm davon zu erzählen. Und zwar nicht, weil ich mich vor den Konsequenzen fürchtete und er mich für verrückt halten könnte – obwohl die Möglichkeit bestand –, sondern eher, weil es ein so kostbarer, geheimer Teil von mir war … Ich *konnte* es einfach nicht.

»Hör mal, Inary. Ich bin nicht sicher, was los ist, aber wir werden nach Rose suchen. Ich werde eine Erklärung dafür finden. Vielleicht erzähle ich ihnen, dass ich vor einiger Zeit auf der Insel ein paar Pfeilspitzen gefunden habe und es nun an der Zeit ist, sich darum zu kümmern, oder so etwas in der Art.«

Danke.

»Ich sage dir Bescheid, wenn es losgeht«, sagte er und erhob sich.

Ich nickte. Spontan stand ich auf und schlang meine Arme um ihn. »Du schuldest mir ein Bier …«, stellte er lachend fest.

Ich schulde dir wohl eher eine Erklärung, dachte ich. Aber die wirst du leider nicht bekommen.

45 Man liebt nur einmal

Inary

Es war ein grauer, verregneter Frühlingsmorgen, und ich wurde von Gefühlen der Angst, Hoffnung und Sorge geradezu überschwemmt. Keine Ahnung, was ich mit meinen wirren Gedanken anstellen sollte. Daher nahm ich die Brille ab, schaltete den Computer aus und machte einen langen Spaziergang, bei dem der Wind und der Regen meinen Gedanken die Schärfe nahmen. Ich … verzehrte mich nach etwas. Wonach, das wusste ich nicht.

Ich sollte mir selbst gegenüber ehrlich sein, dachte ich während des Spaziergangs. *Natürlich* wusste ich, wonach ich mich verzehrte. Alex.

Dass ich ihn vermisste, war so allgegenwärtig wie das Atmen. Ich vermisste ihn jede Minute, die verstrich. Selbst wenn wir miteinander in Kontakt waren, konnte ich seine Abwesenheit spüren. Ständig.

Alex und Sharon. Sharon und Alex.

Das klang nicht richtig, oder? Und obwohl die beiden nicht mehr zusammen waren, hatte er immer noch nichts darüber gesagt, was das für uns beide zu bedeuten hatte – wenn überhaupt.

Die Liebe hatte auch Mary nicht gutgetan. Ihre Geschichte hatte kein Happy End. Liebe besiegt nicht alles, oder? Manchmal findet sie einfach nicht ihren Weg. Manchmal verirrt sie sich und bringt auch uns auf Abwege.

Gott sei Dank war es Mittwoch, der Tag meines wöchentlichen Treffens mit Eilidh im La Piazza. Manchmal, wenn man vollkommen gestresst und genervt ist, kann nur ein Gespräch unter Frauen helfen, besonders, wenn es dabei Kaffee und Kuchen gibt. Auf herkömmliche Art konnte ich nicht mitreden – wortwörtlich –, aber ein Gespräch unter Frauen wollte ich mir nicht entgehen lassen.

Neben dem Kamin ließ ich mich auf meinen Lieblingsplatz fallen, ein bequemes Sofa. Der Regen prasselte an die Fensterscheiben; Landschaft und Himmel sahen grau aus und verschmolzen in einem Nebelmeer. Eilidh war noch nicht da, weshalb ich die Chance nutzte, Taylor eine SMS zu senden.

Gibt es schon Neuigkeiten?

Noch nicht. Morgen tauchen wir wieder.

Ich seufzte. Was, wenn sie nichts entdeckten? Was, wenn Rose nirgendwo gefunden wurde, wenn ihre Gebeine verstreut und versteckt waren und niemals geborgen werden konnten? Was, wenn sie für alle Zeit verschollen blieb?

Aber so durfte ich nicht denken. Ich musste weiterhin hoffen.

»Hallo! Tut mir leid, dass wir zu spät sind!«, rief Eilidh lachend und setzte sich neben mich. Sorley schlief tief und fest im Kinderwagen. Debora kam zu uns, um unsere Bestellung aufzunehmen.

»Ein Scone mit Sahne und Konfitüre sowie eine Tasse Tee bitte«, bestellte Eilidh. »Inary?«

Dasselbe, erwiderte ich tonlos.

»Tut mir leid, die Scones sind leider aus. Heute ist der Besuchstag vom betreuten Wohnen. Wenn es Scones gibt, werden diese Leute zu echten Heuschrecken.«

Ich musste lachen. Das hatte ich doch schon mal irgendwo gehört.

»Was empfiehlt denn die Chefin heute?«, erkundigte sich Eilidh.

»Ich habe eine Mandel-Kirsch-Torte gebacken, mit der man Tote aufwecken kann.«

Bitte nicht. Ich schauderte.

»Herrlich.« Eilidh sah mich an, und ich nickte. »Zwei Stücke bitte. Danke.« Debora ging, woraufhin Eilidh und ich unser Gespräch fortsetzten. »Inary … versteh mich bitte nicht falsch, du weißt, dass ich mich nicht einmischen will, aber … wie lang hält dieser Zustand schon an? Vier Monate? Und es gibt immer noch keinerlei Anzeichen dafür, dass deine Stimme zurückkehrt. Vielleicht solltest du doch noch einmal zum Arzt gehen …«

Das ist das Letzte, was ich will.

»Ich weiß. Ich bin nicht sicher, ob ich dir das je erzählt habe, aber vor zwei Jahren ging es mir wirklich übel. Bevor ich nach Glen Avich zurückgekehrt bin. Mein Arzt hatte mir Antidepressiva und dergleichen verschrieben. Mit diesen habe ich mich wie ein Zombie gefühlt. Am Tag, als ich hierher zurückgekommen bin, habe ich alles in den Müll geworfen. Das war einfach nicht das Richtige für mich. Aber für andere Leute wiederum ist es das schon. Du könntest dazugehören …«

Ich hoffe, nicht.

Eilidh seufzte. »Wahrscheinlich. Du allein weißt, was gut für dich ist. Ich bin sicher, dass die Zeit ihre Aufgabe verrichten wird. Das ist alles, was du brauchst. Zeit, um die Wunden deines Verlusts zu heilen. Und dann wirst du wieder sprechen können.«

Da war ich mir nicht so sicher, aber ich sog Eilidhs Worte auf wie frisches Wasser an einem heißen Tag. Das brauchte ich. Der Zeitpunkt war gut, um sie etwas zu fragen, was mich schon eine ganze Weile beschäftigte.

Was war der Grund, warum du in Glen Avich geblieben bist? Jamie?

»Nein. Die meisten Leute hier glauben das, aber ich hatte meine Entscheidung schon lang getroffen, bevor das mit Jamie etwas Ernstes wurde. Der Grund, warum ich geblieben bin, ist Glen Avich. So einfach ist das. Mmm, danke, Debora, das sieht fantastisch aus!«

»Lasst es euch schmecken! Übrigens, und das wollte ich dir schon seit Langem sagen, finde ich dein Haar richtig toll«, stellte Debora fest und fuhr mir mit der Hand durchs Haar. »Ich habe immer schon rotes Haar haben wollen. Du siehst so durch und durch schottisch aus.«

Ich errötete. Mein Haar war wieder gewachsen und reichte mir nun in dicken Locken bis über die Ohren. *Danke*, antwortete ich tonlos und nahm die Mandel-Kirsch-Torte in Angriff. Köstlich.

»Ja, ich gehöre hierher. Obwohl es klein ist und hier jeder alles über jeden weiß ... Hier ist mein Zuhause.«

Ich nickte. Ich verstand das total.

In London gab es jemanden. Ich hab es aber in den Sand gesetzt, und jetzt ist es zu spät, schrieb ich. Plötzlich schmeckte Deboras Torte wie Pappe.

»Meine Oma hat immer gesagt, man bekommt das, was für einen vorbestimmt ist. Das mag vielleicht ein wenig nach Klischee klingen, aber ich habe an mir festgestellt, dass es stimmt.«

Ich war ein Dummkopf. Nach allem, was mit Lewis passiert war, hatte ich einfach nur Angst. Darum habe ich ihn gehen lassen.

»Ich weiß genau, was du meinst. Als ich Jamie begegnet bin, konnte ich nicht ...« Ein trauriger Schatten huschte über ihr Gesicht, und ihre Stimme verebbte. »Auch ihn hätte ich beinahe verloren. Und jetzt schau dir das an!«, fuhr sie fort und deutete auf Sorley, der immer noch im Kinderwagen schlief. Wie aufs Stichwort schlug er seine großen blauen Augen auf.

»Da!«, rief er, was wahrscheinlich so viel bedeutete wie: »Ich habe Hunger«, denn Eilidh holte einen Keks in Bärchenform aus ihrer Tasche und legte ihn neben ihren Kuchen auf den Teller.

»Da bist du ja wieder wach«, gurrte sie und hob ihn aus dem

Wagen. »Hallo!« Sie gab ihm einen Kuss und drückte ihm dann den Keks in die Hand. Sorley schmiegte sich an sie, den Keks fest in der Hand. Er brauchte einen Augenblick, um wach zu werden. Ich schmolz dahin, als ich sah, wie die beiden einander anschauten. Ich trank einen Schluck von meinem Cappuccino, bevor ich mir wieder meinen Stift schnappte.

Glaubst du, man liebt nur einmal richtig?

»Oooh, schwierige Frage. Doch, ja, das glaube ich.«

Dann bin ich erledigt. Ich hatte meine Chance.

Eilidh sah mich gedankenvoll an. »So einfach ist es nun auch wieder nicht. Die wahre Liebe erkennt man nicht immer sofort. Du denkst vielleicht, du hättest deine Chance *gehabt*, aber möglicherweise war das gar nicht die wahre Liebe. Offen gestanden hatte ich keine Ahnung, was wahre Liebe ist. Erst als Jamie und ich zusammengezogen sind. Es ist nicht immer nur eitel Sonnenschein, aber es geht darum, jede Minute zu lieben, die man zusammen ist. Sich darauf zu freuen, wenn der Partner nach Hause kommt. Ihm zuzuhören und stolz darauf zu sein, die Frau an seiner Seite zu sein ...«

Das alles hatte ich mit Lewis, schrieb ich verbittert.

»Pa?«, fragte Sorley.

»Empfindest du immer noch etwas für ihn?«, fragte Eilidh, holte einen abgewetzten Plüschpinguin aus der Tasche und gab ihn Sorley. Oh, vielleicht bedeutete »pa« Pinguin.

Nein, schrieb ich und meinte es auch wirklich so.

»Da siehst du's. Wahre Liebe bleibt für alle Zeiten bestehen. Alles andere ist nur Schwärmerei, Freundschaft, Lust oder was auch immer. Wahre Liebe kennt kein Ende.«

»Dada«, fuhr Sorley fort und hielt mir seinen Pinguin hin. Ich beschloss, dass »dada« bedeutete, »Kuschel mit mir«. Sorley quietschte vor Vergnügen, als ich ihn auf meinen Schoß setzte, ihn drückte, kitzelte und mit Küssen bedachte.

In diesem Augenblick klingelte mein Handy. Es war Taylor. Als Eilidh Sorley nahm, drückte ich auf den grünen Knopf und hielt das Handy an mein Ohr – er wusste, dass ich nicht reden konnte, weshalb ich einfach abwartete.

»Inary, ich wollte dir nicht einfach nur eine SMS schicken, für den Fall, dass du sie vielleicht nicht gelesen hättest. Ich komme dich gleich abholen. Wir haben Rose gefunden.«

Ich schaute vom Ufer aus zu, als sie sie aus dem Wasser hoben. Die Taucherin presste einen Haufen Knochen fest an ihre Brust – nach all den einsamen Jahren im Loch Avich war dies die letzte Umarmung, die Rose jemals bekommen würde.

Es überraschte mich nicht, als ich in dieser Nacht aufwachte und ein Flüstern in meinem Ohr hatte – eine Stimme, die mir so vertraut geworden war wie die einer Schwester: Marys Stimme. »Danke«, sagte sie, und ich lächelte in die Dunkelheit.

46 Schwestern

Inary

Die Nachricht verbreitete sich wie ein Lauffeuer, dass im Loch Avich ein Mädchen gefunden worden war, das dort vor vielen Jahren ertrunken war. Die Kirche war zum Bersten gefüllt, und noch viel mehr Menschen versammelten sich auf dem Friedhof. Die Lokalpresse machte Bilder von Rose' Sarg und den Nachkommen ihrer Familie. Es war ein wunderschöner Tag – so frisch und voller Licht. Ich freute mich für sie, dass es Frühjahr war, als sie endlich zu Grabe getragen wurde. Torcuil, Logan und Taylor standen alle um ihren weißen Sarg versammelt, der mit Lilien bedeckt war.

»Inary … ich muss dich etwas fragen«, sagte Taylor nach der Zeremonie. »Woher wusstest du das?«

Diese Frage konnte ich nicht beantworten. Darum grinste ich nur, gab ihm ein Küsschen auf die Wange und ging. Außer meiner Familie sollte nur Alex jemals von meinem Geheimnis erfahren.

Danke, sagte ich tonlos in Torcuils Richtung und strich im Vorbeigehen kurz über seinen Arm. Ich musste jetzt allein sein.

Als ich nach der Beerdigung nach Hause ging, war ich nicht überrascht, dass Rose und Mary unter einer Birke auf mich warteten; sie hielten einander an der Hand. Rose sah wieder ganz wie die Alte aus, mit funkelnden Augen und rosigen Wangen. Ich konnte den Baum durch ihren Körper hindurchscheinen sehen, als sei ihr Geist schwächer geworden. Vielleicht befand sie sich auf dem Weg an einen anderen Ort. Um endlich in Frieden zu ruhen.

Beide lächelten mich an, und ich erwiderte ihr Lächeln. Vor Freude, Trauer und Erleichterung kamen mir die Tränen. Mary und Rose waren wieder miteinander vereint; vielleicht würde dies Emily und mir auch eines Tages vergönnt sein.

47 Zeichen an der Wand

Inary

Als ich am nächsten Tag ins »Welly« kam, lächelte Logan in sich hinein.

»Oh, hallo! Wie geht's dir heute?«, zwitscherte er. Ja, mein Bruder *zwitscherte* tatsächlich. Misstrauisch beäugte ich ihn.

Gut, kritzelte ich in mein Notizbuch.

»Das ist toll!«

Irgendwas war im Busch. Ich wollte gerade nachfragen, als meine Antwort zur Tür hereinkam – mit schwarzem, welligem Haar und Augen in der Farbe frischer grüner Blätter.

»Hallo ...«

Aisling trug einen Rucksack und eine Kameratasche, und dieses Mal hatte sie auch Schuhe an den Füßen.

»Hey ...« Logan schmolz vor meinen Augen dahin. Er ging zu ihr, schloss sie in die Arme und – kaum zu glauben – küsste sie!

Ein Wunder!

Darum also all diese mysteriösen Anrufe ... und sein Verschwinden in diese Phantomhütten ... und all die Saftpakete, die in unserem Kühlschrank plötzlich aufgetaucht waren.

»Hallo!« Sie lächelte mich an. Ich war zu erstaunt, um ihr Lächeln zu erwidern.

»Geh schon mal ins Haus«, wandte sich Logan an sie. »Ich komme gleich nach.«

»Okay«, erwiderte sie und küsste ihn auf die Lippen.

Mein Bruder, das stille Wasser.

Soso ... Aisling also! Ich wusste nicht mal, dass ihr in Kontakt seid!

»Ja, ich wollte einfach nicht drüber reden, bevor wir nicht endgültig zusammen waren.«

Nun, das erklärt deine Veränderung ...

»Nein. Jedenfalls nicht komplett. Stimmt, in letzter Zeit geht es mir besser. Und Aisling hat dazu beigetragen. Aber hauptsächlich geht es mir besser, weil du da bist.«

Ich konnte nicht fassen, was ich da hörte. Ärgerlicherweise kamen mir die Tränen. Ich wollte gerade etwas aufschreiben, als plötzlich und unerwartet Logan seine Arme um mich schlang und mich fest umarmte. Das Blatt Papier und mein Stift fielen zu Boden. Mit einem Mal wurde ich von einer Woge der Gefühle übermannt. Die ganze Missstimmung zwischen uns, all die unausgesprochenen Worte – die Art und Weise, wie er mir vorgeworfen hatte, fortgegangen zu sein; wie ich ihm vorgeworfen hatte, nicht zu akzeptieren, dass ich hatte gehen müssen; wie er mich für meine Entscheidung hatte bezahlen lassen, jedes Mal, wenn wir miteinander gesprochen hatten –, das alles schien sich mit einem Mal in Luft aufgelöst zu haben, und alle Barrieren waren durchbrochen. Ich verbarg mein Gesicht an seiner Brust, und wir blieben eine ganze Weile so eng umschlungen stehen.

»Eine Knuddelorgie!«, spottete er, doch der Ausdruck seiner Augen verriet seine Rührung.

Als ich mich an jenem Nachmittag auf dem Heimweg vom Laden nach Hause befand und langsam durch die Abenddämmerung ging, sah ich plötzlich jemanden vor unserem Haus stehen – eine Frau. Ihr schwarzes Haar verriet sie: Es war Mary. Sie beugte sich hinunter und streckte den Arm aus ... und hielt etwas fest. Neben ihr befand sich ein weiterer Schatten, ein ganz kleiner, der an ihrer Hand hing. Einen Moment lang sah ich beide vollkommen klar: ein dunkelhaariges Kleinkind mit strahlenden Augen und Händen mit Grübchen, das kleine Gesicht nach oben gerichtet. Und Mary mit einem Ausdruck absoluten Glücks in ihrem Gesicht und reiner, freudiger, allumfassender Liebe im Blick. Diesen Blick hatte ich schon einmal gesehen, bei Eilidh und Sorley. Das Kleinkind musste Marys Sohn sein.

Die Szene löste sich vor meinen Augen auf, und ich holte tief Luft. Da hatte ich meine Botschaft, die Mary für mich bereithielt: Selbst wenn alles verloren schien, konnte man trotzdem immer noch das Glück finden. Sie hatte Robert verloren, doch ihr Leben ging weiter. Und wer weiß, wer ihre wahre Liebe gewesen war? Robert und die Intensität der ersten Liebe, oder Alan und die vielen, langen Jahre, die mit Hingabe, Familienleben und erlebten und überstandenen Entbehrungen gefüllt waren? Die Liebe kann vielerlei Gestalt annehmen; sie ist nicht so geradlinig wie ein Fluss, der zum Meer fließt, sondern ein kurvenreicher Strom, der sich einen Weg bahnt. Für Mary galt dies. Vielleicht konnte es sich auch für mich bewahrheiten. Aber wer sollte meine wahre Liebe sein? Wer würde mein Seelenverwandter sein, falls es einen solchen gab?

Ich kramte mein Handy heraus, und plötzlich entwickelten meine Finger ein Eigenleben und beschlossen, Alex eine SMS zu schicken.

Ich muss dich etwas fragen,
tippte ich.

Oh, hallo,
antwortete er.
Worum geht's?

Bist du immer noch böse auf mich?

Warum sollte ich das sein?

Weil ich gesagt habe, es sei ein Fehler gewesen. Was zwischen uns gewesen ist. War es aber nicht.

Ich wartete nicht auf seine Antwort – meine Finger zogen ihr eigenes Ding durch. Erneut.

Ich glaube, ich liebe dich.

Und beschlossen, diesen Satz zu schreiben. Und dann drückten sie auf »Senden«, bevor ich es mir anders überlegen konnte.

Es gab nichts, rein gar nichts, was ich hätte tun können, um das Absenden der Nachricht wieder rückgängig zu machen und meine Worte zurückzunehmen.

Mir war schlecht. Ich hatte ihm gerade gesagt, dass ich ihn liebte. Nun musste ich auf seine Antwort warten. Dank sei Gott für die Technik … hätten wir zu Marys Zeiten gelebt, hätte ich wochenlang auf die Ankunft eines Briefes warten müssen.

So saß ich nun in der Küche und starrte mein Handy an, fünf Minuten lang, zehn, fünfzehn. Keine Antwort. Zwanzig Minuten vergingen, dann eine Stunde, dann zwei Stunden. Zu diesem Zeitpunkt lief ich im Zimmer auf und ab und versuchte, mich abzulenken – aber ich konnte mich nicht davon abhalten, alle paar Sekunden auf das Display des Handys zu schauen. Ich überprüfte, ob ich Empfang hatte. Hatte ich. Ich überprüfte, ob dieser funktionierte, indem ich mir selbst eine SMS schickte – wie erbärmlich war das bitte? Ich erhielt meine eigene Nachricht. Es funktionierte also alles tadellos.

Ich musste hier raus. Schnell warf ich mir eine Jacke über und suchte im La Piazza Zuflucht. Ich saß an meinem Stammplatz neben dem Kamin und starrte auf das Handy.

Debora kam auf mich zu. »Hey, Süße. Alles in Ordnung bei dir? Du siehst erschöpft aus.«

Prima, alles gut, danke, nickte ich, bevor ich dann *Doppelter Espresso, bitte* tonlos flüsterte.

Mit einer kleinen Espressotasse und einem prachtvollen samtroten Cupcake mit einem hauchzarten Schmetterling darauf kehrte sie zurück.

»Damit du deine Sorgen vergisst, Süße«, erklärte Debora lächelnd. Traurig musterte ich den Cupcake. Er war wunderschön, doch ich konnte nicht mal einen einzigen Bissen davon probieren, so verkrampft war mein Magen. Ich hob die Tasse an die Lippen und wollte gerade einen Schluck trinken, als der Signalton durch den Raum hallte, dass ich eine SMS erhalten hatte. Er hallte tatsächlich durch das ganze La Piazza, da ich die Lautstärke hochgedreht hatte, um auch ja keine Nachricht zu verpassen. Zwei ältere Damen warfen mir einen finsteren Blick zu, und Deboras Katze stürzte schnurstracks zur Hintertür hinaus.

»Da meldet er sich ja schon! Er hat dir eine SMS geschickt!«, rief Deborah von ihrem Platz hinter der Theke aus und grinste.

Die Tasse in der Luft, erstarrte ich. Meine Hände zitterten, als ich die Tasse absetzte und mir das Handy nahm.

Ich wollte gar nicht hinschauen.

Aber ich musste.

Kannst du Brot und Müllbeutel kaufen? Danke!

Wie bitte?

Mist. Die SMS stammte von Logan. Frustriert strich ich mir das Haar zurück. Mist, Mist, Mist.

Ich musste mir das Gesicht waschen. Also lief ich zum Gäste-WC im hinteren Teil des La Piazza – ich kam nicht umhin, festzustellen, dass das Potpourri des Tages Pfirsich war – und spritzte mir kaltes Wasser ins Gesicht.

»Dein Handy hat wieder gepiept. Liebes, ich glaube, das Eingangssignal hat man bis rauf nach Aberdeen gehört«, erklärte Debora, sobald ich das Gäste-WC verlassen hatte.

Hatte es wieder gepiept? Mein Herz raste – vielleicht hatte

Logan erneut eine SMS geschickt, um mir noch weitere Besorgungen aufzutragen; ich sollte mir also lieber keine Hoffnungen machen. Ich öffnete die Nachricht.

Ich bin mir ziemlich sicher, dass ich dich auch liebe.

48 Meine Geschichte

Inary

Es würde keine Werwölfe mehr geben, keine Gedanken daran, was ein Herausgeber wohl mögen könnte oder nicht, wohin sich der Markt entwickelte oder wodurch sich meine Chancen erhöhen würden, veröffentlicht zu werden. Ich trug eine Geschichte in mir, die bereit war, zu Papier gebracht zu werden. Wie Emily und Alex schon gesagt hatten, war es eine Geschichte aus Glen Avich, und diese war zu mir gekommen. Sie war die ganze Zeit über vor meinen Augen gewesen. Wieso hatte ich bloß so lange gebraucht, um das zu begreifen?

Es war wie ein Schalter, der umgelegt worden war. Ich öffnete meine Seele und schrieb stundenlang ohne Unterbrechung.

Ich schrieb, bis die Morgendämmerung hereinbrach. Dann warf ich mich aufs Bett und fiel in einen tiefen, erholsamen Schlaf, wie ich ihn seit Monaten nicht mehr erlebt hatte.

Während der nächsten Wochen konnte ich nicht von meinem Computer losgeeist werden. Ich ließ sogar die Treffen mit Eilidh am Mittwochmorgen ausfallen, unabhängig davon, wie sehr ich sie sehen wollte. Jede Minute, in der ich nicht im Laden arbeitete oder mit Alex sprach, verbrachte ich mit Schreiben. Ich aß vor der Tastatur, raubte der Nacht ein paar Stunden, um zu schreiben, und fühlte mich so glücklich wie schon seit langer Zeit nicht mehr. Ich war besessen von diesem unglaublich befreienden Gefühl, als wäre ich schon ein Leben lang durstig gewesen und durfte nun endlich trinken. Alex' Liebe zu mir und mein schriftstellerisches Arbeiten: Zum ersten Mal seit Jahren fühlte ich mich gesättigt.

49 Schottland

Alex

Ich hatte mit Sharon Schluss machen müssen. Auf keinen Fall konnten wir so weitermachen. Und als hätte Inary dies gespürt, als hätte sie gefühlt, dass ich trotz all meiner Ängste – und trotz allem, was in der Vergangenheit passiert war – mich ein weiteres Mal öffnete und bereit war, hatte auch sie sich geöffnet.

Als ich ihre Nachricht bekam, konnte ich es nicht glauben. Nach all dem Hoffen und Warten und der aufgeschobenen Liebe wurde es endlich wahr. Inary, ihre Geister, ihre Schreiberei und ihre kleine Inary-Welt – die Welt, zu der ich unbedingt dazugehören wollte. Und endlich tat ich das auch.

Ich wollte sofort bei ihr sein; die Nachrichten reichten einfach nicht, nichts reichte mehr aus. Erst musste ich jedoch ein paar Dinge klären. Doch jetzt würde es nicht mehr lang dauern.

50 Frühling in mir

Inary

Es war der Morgen meines sechsundzwanzigsten Geburtstags. An diesem windigen, sonnigen Tag, einem jener Tage des Spätfrühlings, an dem alles vor Leben nur so übersprudelte, spazierte ich in Emilys grünem Seidenkleid am Ufer des Loch entlang. Rund um Loch Avich empfand ich keine Angst mehr, sondern nur noch Frieden. Das kleine verlorene Mädchen war nach Hause zurückgekehrt, und ich auch. Lange Zeit hatte ich mich vom Tod umzingelt gefühlt, nachdem mir meine Eltern und Emily genommen worden waren. Und nun strotzte ich vor purer Lebensfreude.

Alex hatte mir verraten, dass er eine Überraschung für mich plante, und ich war zu aufgeregt, um noch ruhig sitzen bleiben zu können. Natürlich rechnete ich mit einer Eule oder Ähnlichem, doch Alex' seltsame Andeutungen und Hinweise hatte ich nicht enträtseln können.

Die Zeit war reif für eine Entscheidung. In meinem Herzen spürte ich, dass ich nicht mehr nach London zurückgehen konnte, dass mein Platz hier war. Ich hatte erst fortgehen müssen, um zu erkennen, wo sich mein wahres Zuhause befand. Aber Alex war in London. Und ich konnte nicht riskieren, ihn zu verlieren – nicht noch einmal. Mir war klar, dass wir uns früher oder später mit der unbedeutenden Angelegenheit befassen mussten, dass eine Tagesfahrt mit dem Auto oder ein Flug zwischen uns lag, und keiner von uns beiden wollte so weit vom anderen entfernt sein.

Doch allein schon die Vorstellung, Glen Avich zu verlassen, brach mir das Herz.

Zudem machte es mir Angst, in eine Stadt zurückzukehren, die so groß war wie London, ohne sprechen zu können. Seit Monaten schwieg ich nun, und es gab keinerlei Anzeichen dafür, dass sich die Situation ändern würde. Wie sollte ich mein altes Leben bewältigen, ohne reden zu können? Hier kannte mich jeder. Ich konnte in Peggys Laden einkaufen oder ins La Piazza gehen, Zeit mit Eilidh und meinen alten Freunden verbringen, in Logans Laden arbeiten und jeden Bereich des Lebens ohne größere Probleme meistern. Bei einer Rückkehr nach London wäre ich vollkommen verloren.

Und was wäre mit meinen Geschichten, die ich erzählen will und muss? Meine Geschichten sind hier.

Ich packte mein Handy und schickte ihm die Textnachricht, die ich vorbereitet hatte – Worte, die von Herzen kamen. Ich musste ihm unbedingt sagen, wie ich über Glen Avich dachte. Dass ich keinen Geburtstag mehr außerhalb des Dorfes feiern wollte.

Das hier ist mein Zuhause. Ich will nicht wieder fort von hier. Ich liebe dich von ganzem Herzen. LG

Ich wurde immer nervöser, während ich auf seine Antwort wartete. Ich fürchtete mich vor einem *Ich will nie wieder am Ende der Welt leben;* ich hoffte auf ein *Lass uns drüber reden …*

Ganz sicher hätte ich nicht mit der Antwort gerechnet, die ich erhielt.

Bist du bereit für dein Geburtstagsgeschenk?

Oh. So viel also zum Thema Themenwechsel …

Ja, na klar! LG

Du bekommst es in zwanzig Minuten.

Wie bitte? Sollte das heißen, in zwanzig Minuten werde ich ein Paket geliefert bekommen? Sollte ich nach Hause gehen und auf den Paketdienst warten?

Was soll das heißen? fragte ich nach.

Ich meinte damit, dass ich am Bahnhof bin.

Er ist *wo*?

An welchem Bahnhof?

Auf dem Schild hier steht Glen Avich.

Ich glaube nicht, dass irgendjemand schon einmal die Strecke zwischen Loch Avich und dem Bahnhof in derart kurzer Zeit bewältigt hatte wie ich an jenem Frühlingstag.

Vom See her wehte ein kühler Wind, und um mich herum erblühten überall die Narzissen und Krokusse – nach dem Grau des Winters willkommene Farbtupfer.

Ich lief an Maggie und Liz vorbei, die gerade Peggys Laden betreten wollten. Ich konnte mir ihre Unterhaltung genau vorstellen – *Ich habe gerade Inary gesehen, sie lief die Straße hinunter, als sei der Leibhaftige hinter ihr her! Was wohl jetzt schon wieder mit ihr los ist …*

Ich lief an Eilidh und dem kleinen Sorley vorbei, die auf dem

Spielplatz auf einer Bank saßen – Eilidh riss den Kopf herum, um zu sehen, wer hinter dem Zaun vorbeirannte. Sie lächelte und winkte, als sie mich erblickte. Schon komisch: In meiner Aufregung waren die beiden zu einem alten Holzschnitt oder einem Renaissance-Gemälde geworden – mit dem Titel »Mutter mit Kind«.

Gelächter brach aus meiner Brust hervor, belebt durch das Wissen, dass er da war und bereits auf mich wartete …

Ich entdeckte seine vertraute Gestalt – die blaue Jacke, die ich eine Million Mal gesehen hatte, der alte, ramponierte Rucksack an seiner Seite, die breiten Schultern und die starken Hände, von denen eine gerade durch sein schwarzes Haar fuhr – er war angespannt, das konnte ich erkennen. Ich wollte seinen Namen rufen, doch ich konnte nicht. Ich hielt inne, mit einem Mal schüchtern, und keuchte. Ich war mir so sicher gewesen, direkt zu ihm zu laufen und ihm um den Hals zu fallen, doch aus mir unerfindlichen Gründen blieb ich stehen.

Wir standen voreinander, unbeholfen und glücklich und verlegen und sehnsüchtig, vor allem sehnsüchtig. Seine Lippen verzogen sich zu einem Lächeln, und seine Freude, mich zu sehen, trieb mir die Tränen in die Augen.

»Inary …«

Endlich waren wir zusammen, und es hätte schon vor Jahren passieren können, vielmehr hätte es vor Jahren schon passieren sollen, hätte ich mich nicht verirrt, wäre ich nicht zu sehr damit beschäftigt gewesen, im Labyrinth meiner Gedanken spazieren zu gehen, anstatt tatsächlich zu leben. Seine Arme schlossen sich um mich, sein Gesicht befand sich ganz nahe an meinem – wie viele Male hatte ich seinen Geruch eingeatmet, seinen typischen Alex-Duft –, und unsere Lippen trafen zum zweiten Mal aufeinander, dieses Mal aber gehörten wir zusammen. Ich hatte mit Zärtlichkeit gerechnet, und die gab es auch, aber nicht nur. Meine Knie wurden weich, und ich spürte eine Woge der Sehnsucht. Ich wollte alles in mich aufnehmen: die

Hügel, den Himmel, die Frühlingsblumen und Alex. Ich war hungrig nach Leben und Liebe, um all die Zeit aufzuholen, die ich verloren hatte und nun zurückbekommen wollte.

Ich wollte festgehalten und geküsst werden, ich wollte schreiben, ich wollte lachen und Inary sein. Und hier sein, zu Hause.

»Inary ...«, flüsterte er – wie kam es, dass mir nie aufgefallen war, wie schön, wie tief seine Stimme war? Sein Akzent hatte in London, umringt von so vielen unbekannten Stimmen, immer so vertraut geklungen. »Ich will nie wieder von dir getrennt sein.«

Über seine Schulter hinweg fiel mir eine Frau auf, die uns beobachtete. Die Sonne blendete jedoch so sehr, dass ich ihre Gesichtszüge nicht erkennen konnte. Irgendein neugieriger Vogel aus Glen Avich, dachte ich. Zwei Leute, die sich am Bahnhof küssen, am helllichten Tag, praktisch vor den Augen des gesamten Dorfes – darauf würden sie sich noch monatelang genüsslich stürzen. Doch dann spürte ich das vertraute Kribbeln in den Gliedern, dieses Frösteln, das sich über die Schultern ausbreitete. Jemand war da, jemand, der nicht mehr am Leben war. Mary, ganz bestimmt.

Ich löste mich aus Alex' Armen und musterte die Person. Es war nicht Mary.

Es war Emily, meine Emily, die nur wenige Schritte von uns entfernt stand und lächelte.

Sie winkte und drehte sich dann um, um sich in den Hügeln unserer Heimat zu verlieren.

Ich öffnete die Lippen, und zum ersten Mal seit Monaten sprach ich; ich sprach die Worte, die mir die ganze Zeit über die Kehle zugeschnürt hatten.

»Auf Wiedersehen, Emily.«

Epilog

Die Toten sind lebendig geworden

Die Straßen von Glen Avich, die Wälder und Hügel und das Wasser des Loch sind voller Geschichten, die nicht in Vergessenheit geraten werden. Einfache Geschichten von Liebe und Streit; von Regentagen und Hochzeiten; von Krankheiten und spielenden Kindern; von sich liebenden Männern und Frauen. Das alles sind die Fäden von früheren Familien und vergangenem Leben, die vor meinen Augen verwoben sind. Die Männer und Frauen, die hier gelebt haben und vor meiner Zeit gestorben sind und von denen einige Blutsverwandte waren; die Tränen, die sie vergossen haben; ihr Gelächter; die Tage, an denen Babys zur Welt gekommen und geliebte Menschen verstorben sind; die Liebe und der Hass; die Freuden und die Trennungen; diese Geschichten stehen an jeder Wand geschrieben und sind um jeden Baum gewickelt; sie steigen vom Erdboden auf wie Nebelschwaden.

Wenn ich spazieren gehe, höre ich diese Geschichten; mit jedem Schritt flüstern sie mir zu. Ich sehe sie in Stein gemeißelt und in Ecken wirbeln, wo sie nur darauf warten, entwirrt zu werden. Ich sammele sie in meinen Händen, sie folgen mir, umhüllen mich und warten, weil sie erzählt werden wollen. Überall, wo ich hingehe, sehe ich sie, die Menschen, die einst dort gelebt haben, und sie rufen mich. Ich sehe die Seelen der Verstorbenen in den Augen der Kinder – ich kann in ihr Blut sehen, als würde ich ein Buch lesen. Jede verstorbene Generation kann ich sehen. Meine Träume mögen von der Zukunft erzählen, doch die Toten kommen zu mir, damit die Vergangenheit nicht vergessen wird. Ich schätze jeden Tag und jede Nacht, in der die Toten lebendig werden, denn das sind die Geschichten, die ich erzählen werde.

Danksagung

Ich danke Ross von ganzem Herzen, der erstaunlich gut gelaunt damit klarkommt, eine Schriftstellerin zur Frau zu haben, ebenso meinen beiden Söhnen, Sorley und Luca, die, schlicht und ergreifend, mein Leben sind. Ich entschuldige mich für all die Male, bei denen ich körperlich anwesend, in Gedanken jedoch in Glen Avich unterwegs war.

Danken möchte ich auch meinen beiden Familien, den Sacerdotis und den Walkers, die immer mitfiebern und mir die Daumen drücken – insbesondere meine Schwiegermutter, Beth. Ich danke dir aus Millionen von Gründen, und du kennst jeden einzelnen davon!

Vielen Dank auch Irene, die bis auf die Blutsverwandtschaft in allem meine gefühlte Schwester ist. *Ti voglio bene, amica mia!*

Unendlich dankbar bin ich zudem Sorley McLean, dessen Gedichte die Saat für dieses Buch ausgebracht haben. Marys und Roberts Geschichte basiert auf Sorleys Gedicht »The Choice«, während Glen Avich selbst aufkeimte, nachdem ich das schmerzlich schöne Gedicht »Hallaig« gelesen hatte. In diesem Roman zitiere ich Sorley dreimal: »Die Toten sind lebendig geworden« und »Jede verstorbene Generation« in Inarys Nachwort sind eine Hommage an »Hallaig«, während die letzte Zeile aus Emilys Lied von einem anderen Gedicht Sorleys inspiriert wurde, »Vergesst niemals meine Liebe«. Sorleys Poesie trage ich in mir; sie wird nie aufhören, mich zu meinen Geschichten zu inspirieren.

Mein aufrichtiger Dank geht an Kristen Susienka, der Lektorin dieses Romans, dafür, dass sie ihn hat aufblühen lassen. Du kennst die Geschichte in- und auswendig und hast sie fast so intensiv gespürt wie ich – wofür ich unendlich dankbar bin. Ich danke dir für den verrückten Zeitplan, den wir beide eingehalten haben, die vielen Telefonate und die endlosen E-Mails. Danke! Großer Dank gebührt zudem Janne Moller und Lindsey Fraser, die mir dabei geholfen haben, der Geschichte eine Form zu geben, sowie allen bei Black&White dafür, dass sie an mich geglaubt haben.

Danken möchte ich auch meiner Agentin, Charlotte Robertson. Wir haben diesen Weg gerade erst eingeschlagen, also liegen eine glückliche Zukunft sowie viele Erfolge vor uns!

Tausend Dank auch an meine Schriftstellerfreunde. Ihr gebt meinem Verstand Nahrung und wärmt mir das Herz, bringt mich zum Lachen und seid für mich da, wenn die Sonne scheint und es in Strömen regnet. Roy Gill, Phil Miller und Gillian Philip, jeder Erfolg von mir ist auch eurer. Danken möchte ich auch der Twittercommunity dafür, Autoren einen »Aufenthaltsraum« zu bieten, in dem wir uns an Tagen, an denen wir wieder einmal nur mit dem Postboten und uns selbst gesprochen haben, miteinander unterhalten und uns gegenseitig auf den neuesten Stand bringen können! Insbesondere möchte ich Alice Peterson erwähnen, eine Inspiration im Hinblick auf das Leben und die Bücher. Ihr wunderbarer Roman »Kein Mann für jeden Tag« hat mich dazu gebracht, eine Eislaufszene unter funkelnden Lichtern schreiben zu wollen. Du weißt, was ich meine, Alice!

All diejenigen, die mich kennen, ob nun persönlich oder aus dem Internet, wissen, dass ich von Musik geradezu besessen bin. Hier sind die Künstler, die den Soundtrack zu Inarys Geschichte geliefert haben: Máire Brennan, Julie Fowlis, Norrie McIver, Manran sowie The Treacherous Orchestra und viele andere. Vielen Dank dafür, Leute!

Danke, danke, danke den vielen Tausend Lesern, die meine erste Glen-Avich-Geschichte, »Am Ende des Winters«, gelesen und eine Kritik geschrieben haben. Zu wissen, dass Eilidh nun in vielen Herzen ist, macht mich glücklich. Ich wäre jetzt nicht hier, wenn Sie alle mir kein Vertrauen geschenkt hätten, daher mein aufrichtiger Dank dafür, dass Sie meinen Geschichten zugehört haben und sie zu Ihren Geschichten gemacht haben.

Und zu guter Letzt möchte ich Schottland dafür danken, *mich* zu einem seiner Kinder gemacht zu haben. Es gibt keinen Ort, an dem ich lieber wäre.

Daniela